Das Buch

Auf den Inseln von Ama-no-mori lebt das Volk der Bujun ein friedliches, zurückgezogenes Leben. Doch die Idylle trügt, denn die Bewohner haben eindeutige Beweise, daß die Kräfte des Chaos einen neuen Angriff auf die Welt der Menschen planen. An der Küste wurde eine Seemannskiste mit der Zunge eines Makkon gefunden; diese Lebewesen, die mit den dunklen Kräften gemeinsame Sache machen, hatte man längst für ausgestorben gehalten.

Qaylinn, ein geistlicher Würdenträger, und Ojime, ein Politiker der Bujun, erwarten den Dai-San. Dieser war früher ein menschliches Wesen, wurde dann aber durch eine phantastische Metamorphose zu einer höheren Kreatur. Nur von ihm kann in der bedrängten Situation, in der sich die Bujun befinden, Hilfe kommen. Die beiden Abgesandten der Menschen können nur hoffen, daß der Dai-San ihnen trotz der schlimmen Botschaft, die sie ihm bringen müssen, mit seinen magischen Kräften beistehen wird: Moichi, der Blutsbruder des höheren Wesens, steht in dringendem Verdacht, den Mächten des Chaos als menschlicher Agent zu dienen.

Der Autor

Eric Van Lustbader wurde 1946 in New York geboren. Nach dem Studium an der Columbia University war er Journalist bei verschiedenen Musikzeitschriften, Manager und Produzent einer Band. Außerdem arbeitete er für die Presseabteilung von CBS.

Nachdem seine ersten Romane große Erfolge wurden, gab er den Job bei CBS auf und widmete sich nur noch der Schriftstellerei. Seine Bücher sind in über 30 Sprachen übersetzt und erreichen weltweit Spitzenplätze auf den Bestsellerlisten; darunter so bekannte Titel wie *Der Ninja* (01/6381), *Der Kaisho* (01/9083) und *Schwarzes Schwert* (01/9625).

ERIC VAN LUSTBADER

# DRACHENSEE

Roman

Aus dem Amerikanischen
von Bernhard Liesen

Deutsche Erstausgabe

WILHELM HEYNE VERLAG
MÜNCHEN

HEYNE ALLGEMEINE REIHE
Nr. 01/10573

Besuchen Sie uns im Internet:
http://www.heyne.de

Titel der Originalausgabe
DRAGONS ON THE SEA OF NIGHT

*Umwelthinweis:*
Das Buch wurde auf
chlor- und säurefreiem Papier gedruckt.

Redaktion: Redaktionsbüro Dr. Andreas Gößling


Printed in Denmark 1998
Umschlagillustration: Premium/Sekai Runka
Umschlaggestaltung: Atelier Ingrid Schütz, München
Satz: (2967) IBV Satz- und Datentechnik GmbH, Berlin
Druck und Bindung: Nørhaven, Viborg

ISBN 3-453-13160-6

Ich widme dieses Buch meinem Vater,
der um weitere Geschichten bat.

Die Welt ist umfassender –
und wenn wir erst einmal begriffen haben,
daß dies das einzige Geheimnis ist,
werden wir aus der Finsternis erwacht sein.

*– Aus den Tafeln der Iskamen*

Was wir als Magie bezeichnen,
war einst das Produkt der Unwissenheit.

*– ein altes Sprichwort der Shinju*

PROLOG

# Rhythmus des Todes

»Er kommt!«

Qaylinn, der oberste Rosh'hi der Bujun, umklammerte die hölzerne Balustrade der Terrasse, die sich über die gesamte Länge der obersten Ebene des Tempels erstreckte, dessen Vorsteher er war. Sein altes, zerfurchtes Gesicht glänzte im rostfarbenen Licht der riesigen, an den Polen abgeplatteten Sonne, die über den Sümpfen zu sinken begann, während die Gänse aufstiegen und landeten, wie sie es schon seit undenklichen Zeiten getan hatten.

»Ich habe dir gesagt, daß er kommen würde!«

»Ja«, sagte eine Stimme hinter ihm. »Aber wird er sich auch anhören, was wir ihm zu sagen haben?«

Von Kindesbeinen an hatte man Qaylinn gelehrt, die intuitiven Absichten des Sprechers aus dem Klang von dessen Stimme abzuleiten. Qaylinn wandte sich um, um den anderen anzublicken. Der Mann hatte eine stattliche Figur, und sein Gesicht wurde von einem Heiligenschein aus stahlgrauem Haar eingerahmt. *Obwohl er schon so lange kein Schlachtfeld mehr gesehen hatte, ist er in seinem Innersten doch immer Soldat geblieben*, dachte Qaylinn. »Du hast Angst«, sagte er leise.

»Du nicht?«

Qaylinn schüttelte den Kopf. »Du vergißt, daß ich dem Dai-San persönlich begegnet bin. Ich kenne ihn.«

Der große Mann schüttelte den Kopf. »Ich habe den Dai-San ebenfalls gesehen, und zwar in der Anwesenheit des Kunshin, unseres Herrschers. Meiner persönlichen Meinung nach läßt man ihn zu nahe an den Drachenthron herankommen. Ich halte es für dumm, wenn man sich in dem Glauben wiegt, ihn kennen zu können. Kann man einen Gott begreifen? Ich glaube nicht.«

»Was immer er jetzt auch sein mag, früher war er ein Mensch«, entgegnete Qaylinn ruhig. »Und ich versichere Ihnen, daß er keine egoistischen Motive hat, was den Drachenthron betrifft. Er hat sich mit dem Kunshin verbündet, und die beiden stehen sich näher als Brüder.« Es war wichtig, die Befürchtungen des Ministers zu zerstreuen. Wenn die Kunde davon zu den anderen Mitgliedern des Kabinetts vordringen sollte … Ihr Glaube an den Dai-San durfte auf keinen Fall erschüttert werden. Er war ihre einzige Hoffnung und hatte seine Aufgabe noch nicht erfüllt. »Dai-San ist von einer Frau geboren worden, und sein Geist gleicht dem eines Menschen. Was immer aus ihm geworden sein mag und was für magische Kräfte auch auf ihn eingewirkt haben mögen – im Grunde seines Herzens bleibt er ein Mensch.«

Der Hohe Minister Ojime seufzte. »Wenn ich doch nur dein Vertrauen hätte, Sayann.« Sayann war ein Ausdruck der Bujun, der äußersten Respekt bezeugte. Man verwendete diese Anrede nicht oft, und Ojime gebrauchte das Wort noch seltener. »Auch ich weiß, daß unser Schicksal – und das der gesamten Menschheit – in den Händen des Dai-San ruht.«

Es kam ein unnatürlicher und unbeständiger Wind auf, der Qaylinns safrangelbe Robe über seinen nackten Füßen hochwirbelte und auch Ojimes Mantel aus imprägnierter Baumwolle und gegerbtem Leder zerzauste. Sein Mantel war indigoblau und zeigte seinen hohen Rang innerhalb des Sekkan an, des Kabinetts der Bujun.

*Natürlich hat Ojime Angst,* dachte Qaylinn. Er ist ein Politiker aus ganzem Herzen, und man hatte ihn gelehrt, den Mächtigen über ihm zu fürchten und gleichzeitig seine Macht zu begehren. So war er auch zu seinem indigoblauen Kleidungsstück gekommen. Qaylinn fragte sich, wie viele der anderen hochgestellten Minister die gottgleiche Macht des Dai-San fürchteten und ihn zugleich darum beneideten. Etwas in seinem kahlen Schädel alarmierte ihn. Er wußte, daß hier Gefahr im Verzug war, und das war vor allem der dringende Grund gewesen, warum er den Dai-San aufgefordert hatte, ihn im Shinsei-na-ke-Tempel in Haneda, der Hauptstadt von Ama-no-mori, aufzusuchen. Es handelte sich um eine nahe Gefahr, um die versteckte Schlange in der Brust derjenigen, die einen glauben machen wollten, daß sie Freunde seien. Man würde Ojime und alle anderen hochgestellten Minister überwachen lassen müssen.

Quaylinn blickte nach Westen. Es hatte den Anschein, als ob die lavendelfarbenen Wolken sich teilen würden. Wenn er die Augen zusammenkniff, konnte er in der Nähe des Horizonts einen schwarzen Fleck ausmachen. Der Wind blies ihm ins Gesicht, und er spürte eine Elektrizität, wie sie während eines Gewitters die Luft erfüllte.

»Ich sehe ihn«, flüsterte Ojime direkt hinter Qaylinn. »Letztlich hat er doch auf deinen Ruf geantwortet.«

»Ich wußte, daß es so kommen würde«, sagte Qaylinn ungerührt. »Er ist der Dai-San.«

»Wie dem auch sei«, antwortete Ojime, »was wir ihm zu sagen haben, wird ihm nicht gefallen. Das, was die Füße des Schneehasen mir verraten haben!«

Der Rosh'hi hatte sich ruckartig umgewandt, und seine Stimme klang ungewöhnlich angespannt. »Wenn ich mit dem Dai-San rede und ihm mitteile, was ich ihm zu sagen habe, dann bin ich in erster Linie ein Botschafter der *karni*, jener Geister, die in Ama-no-mori beheimatet sind und uns vor Schaden schützen.«

»Laß uns hoffen, daß der Dai-San daran glaubt«, sagte der hochgestellte Minister düster.

Der Wind zerzauste ihre Mäntel und Gewänder mit heftigem Ungestüm. Der von der sinkenden Sonne beleuchtete Fleck hatte sich jetzt zu einem erkennbaren Objekt gewandelt. Während Ojime es anstarrte, schienen sich ihm die Eingeweide im Leib umzudrehen. Er sah sich mit dem großen, mit drei Hörnern versehenen Haupt eines *kaer'n* konfrontiert, einem jener uralten Tiere, auf dem alle Krieger der Bujun in den Epochen des Feuers, des Eises, der Magie sowie der Finsternis und der Geisterbeschwörung geritten waren. Aber diese Zeiten waren selbst für die Bujun schon Legende.

Einst hatte es viele dieser Kreaturen gegeben, und sie hatten harmonisch mit den Bujun zusammengelebt. Jetzt war der Bestand der *kaer'n* mit ihren riesigen Flügeln drastisch dezimiert. Sie lebten in einem Tal der nördlichsten von Ama-nomoris drei Inseln, wo sie durch die eisige Hochgebirgslandschaft geschützt waren.

*Was würde ich nicht alles dafür geben, eines dieser Viecher in die Finger zu kriegen*, dachte der Minister, während er von einem Fuß auf den anderen trat. Wenn man mich sähe, wie ich auf einem dieser legendären *kaer'n* reite, würde sich meine Macht verzehnfachen. Mein Drang, Vorsitzender des Sekkan zu werden, wäre dadurch abgesichert, und anschließend könnte ich meine Attacke gegen den Kunshin selbst in die Wege leiten. Aber – guter Gott – beim Anblick dieser Kreatur werden mir die Knie weich!

Qaylinns Gedanken beschäftigten sich gleichfalls mit dem *kaer'n*, aber er empfand ein nostalgisches Gefühl des Bedauerns darüber, daß den Bujun ihre Fähigkeit, die *kaer'n* zu erziehen und sich mit ihnen zu verständigen, irgendwie abhanden gekommen war. Im Gegensatz zu Ojime blickte er mit Ehrfurcht und Verehrung auf das Tier.

Der Flügelschlag des *kaer'n* dröhnte den beiden Männern in den Ohren, während es die Wolkenformationen hoch über ihnen aufwirbelte und durchbrach. Man nahm einen bestimmten Rhythmus wahr, ein gewisses Pulsieren, das den gesamten Körper zu durchdringen schien. Obwohl Ojime nie Beweise unter die Augen gekommen waren, behauptete der Volksmund, daß die Flügel der *kaer'n*, wenn sie töteten, die Luft in einem Rhythmus peitschten, der sich langsam dem Herzschlag des Opfers anglich. Wenn die Rhythmen einander entsprachen, starb das Opfer.

Rittlings auf der Bestie saß die einzige Gestalt auf dem Planeten, die das *kaer'n* kontrollieren und mit ihm reden konnte: der Dai-San, der Krieger des Sonnenuntergangs.

Qaylinn spürte ein brennendes Gefühl auf seinem Gesicht, während das *kaer'n* durch das gehörnte und gepanzerte Fleisch seine Krallen ausfuhr, um nach dem obersten Geländer des Tempels zu greifen. Es legte seine schillernden Flügel an und beugte den langen schuppigen Hals, bis der trapezförmige Kopf fast den Steinfußboden berührte. Der feste Blick der intelligenten, bernsteinfarbenen Augen durchbohrten den Minister und den Rosh'hi.

Die beiden Männer standen verblüfft da, während der Dai-San über die Wölbung des Halses des *kaer'n* zu ihnen herabstieg. Er war unglaublich groß und in einen nachtfarbenen Umhang aus einem fremdartigen Gewebe gehüllt. Sein seltsamer, hoher Helm war mit Edelsteinen besetzt, deren leuchtendes Funkeln dem der Sterne nicht unähnlich war. Seine facettierte Rüstung hatte keinerlei Ähnlichkeit mit dem, wovon Ojime je geträumt hatte. In das Metall war mit einer so vollendeten Kunstfertigkeit eine Schar mythischer Tiere eingraviert, daß es sich um lebende Wesen zu handeln schien. Er hatte keine Vorstellung, was für unbekannte Handwerker diese phantastische zweite Haut gefertigt hatten, aber er sehnte sich danach, die Rüstung zu berühren und anzulegen. Er wollte persönlich ihre Wirksamkeit überprüfen und das berauschende Gefühl der Unverletzbarkeit kennenlernen, das sie ihm mit Sicherheit verleihen würde. Was er mit einer solchen Rüstung alles anfangen könnte!

Das Gesicht des Dai-San glich dem eines Menschen, war aber doch in vielerlei Hinsicht völlig anders. Zunächst war sein verschleierter Blick gebrochen. Man hatte das Gefühl, als würde man von einer Gesellschaft von Menschen beobachtet, die alle verschiedene Persönlichkeiten hatten. Seine hervorstechende Nase wirkte wie aus Granit gehauen, und seine Wangen schienen, als wären sie aus den Tiefen der gewaltigsten Wüsten freigelegt. Der Mund erinnerte an einen Dolch aus Eis, der horizontal die untere Hälfte seines Gesichts schlitzte. Kurzum, er glich keinem anderen Wesen, dem die beiden Männer je begegnet waren.

»Dai-San«, sagte Qaylinn sanft, während er ihn mit einer kurzen zeremoniellen Verbeugung bedachte. »Es ist gut, daß du gekommen bist.«

Der angsteinflößende Mund des Dai-San öffnete sich, und bei anderen hätte man seinen Gesichtsausdruck vielleicht für ein Lächeln gehalten. »Es ist schön, dich wiederzusehen, mein Freund.«

Qaylinn hob die Hand und wies kurz in Ojimes Richtung. »Darf ich dir den Hohen Minister Ojime vorstellen? Er repräsentiert die weltliche Schicht der Bujun-Gesellschaft.«

Während der Dai-San Ojime mit dem starren Blick seiner unmenschlichen Augäpfel fixierte, erbleichte der Minister. Ojime war ein erfahrener Menschenkenner, und diese Gabe war ihm bei seinem Aufstieg auf der Leiter des politischen Erfolges zugute gekommen. Aber das hier war eine andere Geschichte. Er versuchte, seinen Blick in den Tiefen dieser unheimlichen Augen zu verankern, weil er wußte, daß sich darin die Seelen aller Männer und Frauen spiegelten. Was er sah, entsetzte ihn. Statt der nackten Wand, die er sich vorgestellt hatte, als er den Dai-San vor Jahren zum ersten Mal traf, blickte er in eine verspiegelte Halle, wo er mit den Exzessen und Sünden seiner eigenen Seele konfrontiert wurde. Er spürte, wie ihm Schweißtropfen den Rücken hinunterliefen und wie sich ihm der Magen umdrehte. Um sich von den fürchterlichen Bildern zu befreien, die vor seinen Augen tanzten, verbeugte er sich tief. Er fühlte sich hundeelend, verbarg seine Abneigung aber tief in seinem Inneren, während Qaylinn den Dai-San in das Heiligtum des Tempels geleitete. Sie gingen durch die Halle der Geheimnisse mit ihren eigentümlich gekrümmten Wänden und den massiven, tausendjährigen Säulen aus Zedernholz, schritten dann durch den Korridor der Erinnerung, wo die Schriftrollen des Gründungsvaters der Rosh'hi in handgemeißelten Nischen hingen, bis sie endlich in der Gebetskammer angekommen waren.

Die letzten ersterbenden Strahlen der sinkenden Sonne berührten die massiven, steinernen Fensterbänke der hohen und schmalen Westfenster, so daß karmesinrote Flecken die teegrünen Wände färbten und in elektrisierender Weise die erhöhte Plattform erleuchteten, an der eine mit Schwarz auf weißem Grund beschriebene Schriftrolle hing. Der fortlaufende, mit kalligraphischer Sorgfalt verfaßte Text war von Qaylinns Urgroßvater niedergeschrieben worden, der den Tempel vor langer Zeit gegründet hatte.

»Entschuldige bitte, daß wir dir keinen heißen Tee anbieten, Dai-San«, sagte Qaylinn, der sich erneut verneigte. »Aber unser Anliegen ist dringend und die Zeit knapp bemessen.« Er ging zu der Plattform, kniete an der Stelle direkt unter der Schriftrolle nieder und drückte auf zwei der kurzen Holzbretter. Ojime, der auf fast gefährliche Weise vom Dai-San fasziniert war, blickte einen Augenblick zu dem Rosh'hi hinüber. Qaylinn hob die Bretter zur Seite und griff in einen rechteckigen Raum, der sich darunter befand. Einen Moment später zog er einen Gegenstand hervor, der mit Lappen aus Wildleder eingewickelt war. Er stand auf und hielt den Gegenstand von sich weg, als ob er durch ihn vergiftet werden könnte. Ohne ein Wort der Erklärung entfernte er langsam die Wildledertücher, bis alle zur Seite gefallen waren. Er bot das Objekt dem Dai-San zur Inspektion an.

Ojime registrierte die rasche Reaktion im Gesichtsausdruck des Dai-San, bevor er sich herabbeugte und an dem dicken grauen Objekt herumschnüffelte. Zu Ojimes Überraschung fuhr der Kopf des Dai-San schnell zurück.

»Sie ist frisch.« Obwohl er flüsterte, dröhnte seine Stimme in Ojimes Ohren.

»Frisch.« Qaylinn nickte. »Ja.«

Der Dai-San trat einen Schritt zurück, so plötzlich, daß Ojime die Bewegung entgangen war. In einem Augenblick befand sich der Dai-San an dieser Stelle, im nächsten an einer anderen. Erstaunlich!

Man hörte das Rascheln von poliertem Leder und perlenbesetzter Seide, als der Dai-San sein riesiges Schwert – *aka-i-tsuchi* – zog. Die lange, blaugrüne Klinge glänzte im letzten Tageslicht, als ob es draußen nicht dämmern würde, sondern Mittag wäre. Der Dai-San hielt die Klinge horizontal ausgestreckt, und die Spitze berührte fast die Ledertücher, die geöffnet wie Blütenblätter irgendeiner fremdartigen Blume dalagen. Die Spitze glitt langsam unter das graue Objekt, bis dieses auf der Klinge lag. Daraufhin zog der Dai-San das Schwert zurück. *War es nur meine Einbildung,* fragte sich Ojime, *oder hat der Rosh'hi erleichtert aufgeseufzt?*

Der Dai-San betrachtete das dicke graue Objekt mit angespanntem Interesse. »Das ist die Zunge eines Makkon.«

»Eines Makkon, ja.« Qaylinn nickte. »Einer jener Bestien aus dem Reich der Finsternis, die die Vorreiter für den Dolman waren.« Der Dolman, der Herrscher über die Kreaturen im Land der Finsternis, hatte vor ein paar Jahren versucht, die Welt unter seine Kontrolle zu bringen. Man hatte eine offene Feldschlacht ausgefochten, die in dem Kai-feng an der Zitadelle von Kamado ihren Höhepunkt gefunden hatte. Der Dai-San und der Dolman waren miteinander vertraut und auf eine seltsame und besondere Art miteinander verbunden gewesen, weil es die Entscheidung des Dolman gewesen war, in diese Welt einzudringen. Das hatte zur Erschaffung des Dai-San geführt, des Retters der Menschheit, der dann den Dolman vernichtet hatte.

»Aber alle Makkon sind tot«, sagte der Dai-San. »Es gab vier, und sie sind alle gestorben.«

Qaylinn schüttelte den Kopf. »Was da auf deinem Schwert liegt, Dai-San, ist die Zunge eines Makkon. Sie ist frisch und unkonserviert. Es ist sicher, daß entweder ein Makkon auf irgendeine Weise überlebte oder ...« Seine Stimme versagte, und die Worte hingen in der Luft, während das letzte Sonnenlicht hinter den weit entfernten, hohen Bergen im Westen erlosch.

»... oder es waren mehr als vier«, vollendete der Dai-San.

»Ja.« Der Rosh'hi faltete die Tücher aus Wildleder wieder zusammen und legte sie zur Seite. Er zog fünf kleine Gegenstände aus der Tasche seines Gewands und warf sie auf den Boden. »Ich habe die Fußknöchel des Schneehasen geworfen, Dai-San, und sie künden von einem neuen Versuch der Mächte der Finsternis, unsere Welt zu versklaven.«

»Der Dolman ...«

»Er existiert nicht mehr«, sagte Qaylinn. »Du hast selbst dafür gesorgt, als du ihn durch dein magisches *dai-katana* vernichtet hast. Aber die Mächte der Finsternis sind nicht ausgelöscht worden, als der Dolman starb. Das Reich versank in Unordnung und Leiden, und wir hofften, daß es führerlos bleiben und deshalb keine Bedrohung für uns darstellen würde. Jetzt haben die Knöchel des Schneehasen uns die Wahrheit verraten. Es gibt einen neuen Führer im Reich der Finsternis, und er will Erfolg haben, wo der Dolman versagt hat.«

»Ich wußte, daß meine Arbeit noch nicht erledigt ist«, sagte der Dai-San.

»Ich frage mich, ob das je der Fall sein wird«, antwortete Qaylinn.

Der Dai-San warf die Zunge des Makkon in die Luft und fing sie mit den Klauen seines schuppigen, sechsfingrigen Handschuhs auf, der aus dem Fell eines Makkon gefertigt war. »Wo hat man diese Zunge gefunden?«

»Während einer Routineinspektion – auf einem Kintai-Klipper«, antwortete Ojime, befriedigt darüber, daß jetzt die taktische Phase der Diskussion begonnen hatte.

Seit der Dai-San nach Ama-no-mori zurückgekehrt war, hatten sich die Inseln dem Handel geöffnet. »Ein aufmerksamer Zollinspektor entdeckte ein nervöses Mannschaftsmitglied und ordnete an, daß das Schiff vom Bug bis zum Heck durchsucht wurde. Die Zunge war in der privaten Kiste des Matrosen versteckt.«

»Ich will diesen Mann befragen«, sagte der Dai-San.

Sogar wenn man von ihm vernommen wurde, war das schmerzhaft. Ojime atmete tief durch, bevor er antwortete. »Es tut mir leid, aber das ist unmöglich. Der Matrose hat Selbstmord begangen.«

»Bist du sicher?« fragte der Dai-San. »Deine Männer haben sich immer noch nicht an Fremde gewöhnt. Sie sind für ihre Überreaktionen berüchtigt.«

Ojime registrierte, daß sich die Blicke des Dai-San und Qaylinns trafen, und er war eifersüchtig auf ihre Beziehung. »Absolut sicher«, antwortete er mühsam. »Es gibt ein halbes Dutzend Zeugen.«

»Ich werde alle Männer unter dem Kommando des Zollinspektors zur Rechenschaft ziehen«, sagte der Dai-San.

»Wir haben keine Ahnung, warum man die Zunge des

Makkon hierhergebracht hat«, bemerkte Ojime, der verzweifelt versuchte, den Grimm des Kriegers des Sonnenuntergangs von sich abzulenken. »Wir haben aber herausgefunden, wo sie herkam: aus der Großen Schlucht.«

»Das ist sehr weit von hier entfernt«, antwortete der Dai-San. »Sie liegt jenseits der Mu'ad-Wüste in Iskael, dem Land meines Blutsbruders Moichi Annai-Nin.«

»Auf dem Gipfel des heiligen Berges von Sin'hai«, bestätigte Ojime. »Wir brauchen dich, um diese neue Bedrohung zurückzuschlagen. Wir glauben, daß irgend etwas oder *irgend jemand* die Tiefen der Großen Schlucht ausnutzt, um aus der Dimension der Finsternis zu uns durchzubrechen.«

Der Dai-San nickte. »Wer weiß, vielleicht ist die Große Schlucht selbst der Tunnel, der von den neuen Mächten der Finsternis errichtet worden ist. Ich werde mich unverzüglich dorthinbegeben.«

Er wandte sich um, um zu gehen, aber Qaylinns Stimme ließ ihn wie angewurzelt stehenbleiben. »Es gibt da noch etwas, was der Schneehase uns offenbart hat.«

Der Dai-San richtete seinen unheilvollen Blick auf die beiden Männer. »Sag es mir.«

»Ja, Dai-San.« Qaylinn erkannte den Befehl genauso wie der Minister. »Es gibt da einen Agenten ... einen menschlichen Agenten, den die Mächte der Finsternis einsetzen, um in unserer Welt Fuß fassen zu können.«

»Hast du einen Namen?«

»Ja.«

Zu Ojimes Überraschung schien der Rosh'hi jetzt unter der Last seiner Botschaft zu versagen. Angesichts seiner Feigheit ergriff Ojime das Wort. »Die Knöchel des Schneehasen sind geworfen worden, und es gibt keinerlei Mißverständnis«, sagte er, bevor auch er die Nerven verlor. »Dein Blutsbruder, Dai-San, ist der Agent und Verräter: Moichi Annai-Nin.«

# Erster Teil

## *Iskael*

## Erstes Kapitel

# DIE LAUNEN DES MEERES

Das Schiff legte sich auf die Seite. »Holt die Segel ein!« brüllte Moichi Annai-Nin. »Beim Oruboros, beeilt euch gefälligst.«

Alle Segel wurden eingeholt. Sie fielen zusammengefaltet herab, während der heulende Wind mit starken Stößen an ihnen zerrte. Doch das Hauptsegel, das größer als die anderen und deshalb anfälliger war, hatte sich verheddert. Die sorgfältig festgezurrte Takelage hatte unter dem überraschenden Einbruch der peitschenden Hiebe des plötzlichen Sturms nachgegeben. Er riß die Befestigungen wie Korken aus einer Reihe von Flaschen: Pop! Pop! Pop! Das obere Ende des dreieckigen Segels glich einem schlangenförmigen Banner und klatschte naß gegen den regentriefenden Mast, bevor es in unregelmäßige Fetzen zerrissen wurde.

Während Moichi seinen großen, muskulösen dunkelhäutigen Körper nach achtern auf den verängstigten Steuermann zubewegte, war ihm das wüste Treiben des Meeres nur intuitiv bewußt. Die Diamanten in seinem rechten Nasenflügel versprühten bläuliches Licht, als er den scharfen, intensiven Geruch des Sturms einsog. *Zum Teufel mit diesem Bujun-Schiff und seiner ausgeklügelten Konstruktion*, dachte er. Wenn ich den Kurs nicht halten kann, werden wir mit Sicherheit untergehen. Er zog einen der beiden mit Kupfergriffen versehenen Dolche hervor, die zu seinem Erkennungszeichen geworden waren, und kappte einige der Taue, die sich von den Wanten losgerissen hatten und mit deren Hilfe die Seeleute die Takelage hinaufsteigen konnten.

Nach außen hin grinste er breit, um seine Männer durch seine Zuversicht anzutreiben, aber innerlich verfluchte er ihre schmutzigen Seelen, weil ihm bewußt geworden war, daß jeder von ihnen auf den drei Decks der *Tsubasa* bei der anfänglichen Attacke des Sturms von Panik ergriffen worden war. Nun, sprach er resigniert zu sich selbst, während er von Gruppe zu Gruppe ging, hier Trossen einholte und dort wild hin- und herschwingende Spiere mit Tauen festzurrte, was kann man schon von Männern erwarten, die man sich in den Asphaltlöchern an den Quais von Sha'angh'sei zusammengesucht hatte? Eben nur versoffene Ex-Seeleute oder drogensüchtige Kleinkriminelle, deren Träume durch die Zeit und teuflische Einflüsse verblaßt waren. Er hätte es sich selbst nie gestatten dürfen, eine solche Mannschaft anzuheuern, doch war der innere Drang, gemeinsam mit seiner Geliebten, Aufeya Seguillas y Oriwara, in sein Heimatland Iskael zurückzukehren, zu stark gewesen. Er hatte schon viel zu lange festen Boden unter den Füßen gehabt.

Heute war es sechseinhalb Wochen her, daß sie aus Sha'angh'sei, dem wichtigsten Hafen an der Südküste des von Menschen bewohnten Kontinents, ausgelaufen waren. Diesen Morgen verbrachte er mit Aufeya unter Deck, nachdem er während seiner Beobachtung der Kormorane bereits dreimal den Wind getestet hatte, ohne daß seine Bemühungen ihm Aufschluß gegeben hatten. Eigentlich war er durch Aufeya wie von Sinnen gewesen. Er hatte sie gefragt, ob sie ihn heiraten würde, wenn sie sein Zuhause in Iskael erreicht hätten. Sie willigte ein, und Freude entzündete das kupferfarbene Licht in ihren Augen.

Eine graugrüne, durch ihre Wucht undurchsichtige Welle krachte über die Reling und durchnäßte Moichi, der mit einem Gewirr losen und defekten Tauwerks beschäftigt war. Auf den Knien brüllte er seinen Leuten weiter unten eine Warnung zu, während das Wasser über das bereits nasse mittlere Deck donnerte. In diesem Augenblick fühlte Moichi die verborgene Macht dieses Sturms, und es war ihm bewußt, daß es sich nicht um eines jener gewöhnlichen Unwetter handelte, die von Zeit zu Zeit über die östlichen Gebiete des Meeres von Iskael hinwegfegten. Einen Moment lang schien sein Geist etwas jenseits des Sturms wahrzunehmen, das dennoch ein Teil davon war, zumindest beinahe. Aber es war fast lächerlich zu glauben, daß es etwas wie eine bösartige Existenz geben könnte, als wenn der Taifun selbst lebendig wäre. Er sagte sich, daß das völlig unmöglich sei, und widmete sich wieder seinen dringlichen Aufgaben.

Um das Ganze noch schlimmer zu machen, kam hinzu, daß die *Tsubasa* keines jener gewöhnlichen Schiffe war, auf denen er die Kunst des Navigierens und Segelns gelernt hatte: Es war ein Bujun-Schiff, ein Geschenk von Moichis Blutsbruder, des legendären Dai-San, der die von Menschen bewohnte Welt im Kai-feng vor dem Dolman und den eindringenden Mächten der Finsternis gerettet hatte. Jene endgültige Entscheidungsschlacht hatte das Ende der Epochen der Finsternis und der Geisterbeschwörung eingeläutet.

Die *Tsubasa* war wie alle anderen Dinge aus Bujun, jener entlegenen Inselgruppe, die der Dai-San aufgesucht hatte, zart und mysteriös wie der Nebel, der die Gestade der Inseln einhüllte. Die Bujun waren zurückgezogen lebende, tapfere Krieger, die es vorzogen, unter sich zu bleiben. Es waren eine Menge Legenden über sie im Umlauf. Eine davon besagte, daß die Bujun auf großen, gepanzerten und gehörnten Drachen namens *kaer'n* durch die himmlischen Lüfte reiten würden.

Obwohl Moichi ein exzellenter Navigator war, hatte er die Schwierigkeiten und Besonderheiten, die sich mit diesem prachtvollen und makellos gebauten Bujun-Schiff verbanden, immer noch nicht ganz begriffen. Während er, von Schwindelgefühlen erfüllt, aufstand und das Meerwasser aus seinen Nasenlöchern blies, verfluchte er seine Ungeduld, die ihn dazu verleitet hatte, die Reise nach Hause zu schnell und mit dieser Mannschaft aus Laien angetreten zu haben. Als er die durch den Schiffsrumpf hinunterführende Leiter zum mittleren Deck abwärts taumelte, fühlte er sich wie ein Ringer mit zu großem Selbstvertrauen, der sich erst in der Arena der verborgenen Reserven seines Gegners bewußt wurde, die sich unter der sichtbaren Kraft seiner Muskeln versteckten.

Er riskierte einen Blick nach oben und sah keinen Horizont. Statt dessen schlugen tieftreibende Wolkenfetzen wie zornige Hiebe auf die aufgewühlte See ein. Ein fast nahtloses Gebilde aus Wolken und Meer entstand, ein gewaltiges, sich krümmendes Biest, in dessen Bauch das Schiff gefährlich hin- und herschlingerte. Mit jedem Ächzen der gebogenen Schiffswände aus abgelagertem *kyoki*-Holz, mit jeder Neigung des Schiffes in den immer düsteren Wellentälern, bei jeder gefährlichen Biegung der Masten unter dem Ansturm der kreischenden, schweren Windböen wurde Moichi bewußt, daß für die *Tsubasa* der Anfang vom Ende bevorstand.

Gott sei mein Zeuge, tadelte er sich selbst, aber dies alles wäre nicht passiert, wenn ich nicht unter Deck so beschäftigt gewesen wäre. Aufeya! Selbst jetzt spielten ihm seine Gedanken noch einen Streich, schweiften ab zu ihrer seidigen, cremefarbenen Haut, zum Ausdruck der Sehnsucht und der Liebe in ihren kupferfarbenen Augen und der manchmal sanften, dann wieder wilden Lust der Nächte, die sie gemeinsam in der Kajüte des Kapitäns verbracht hatten.

Verdammt, nein! Moichi war zum Herrn der Meere bestimmt, zum Navigator, und jetzt, wo er Kapitän seines eigenen Schiffes war, sollte sich endlich ein lebenslanger Traum erfüllen. Kein Sturm, sei er noch so gewaltig, würde ihm bei seiner neuen Aufgabe die Planken unter den Füßen wegziehen. O nein, schwor er sich, während er die von der Gischt feuchte Reling umklammerte und sein Gleichgewicht wiederfand. Beim Oruboros, dem großen Geist der Meere, der alle Seeleute lenkt, ich werde es nicht zulassen!

Die dichten Wolken über ihm zerstückelten das trübe, immergrüne Tageslicht zu Flecken dahintreibender, bedrohlicher Schatten, die über die schlingernden Flanken des Schiffes jagten, als ob sie sich mit der aufgewühlten See verbündet hätten, um den Klipper untergehen zu lassen.

Die Befestigungen der Takelage heulten protestierend, während sich die *Tsubasa* erneut durch gefährliche Wasser bewegte. Moichi brüllte Befehle, und seine Männer rannten taumelnd zu den Bilgen und beschäftigten sich mit den überlasteten Pumpen für den Notfall. Aber der Wind nahm weiter zu, und die überfallartigen, mächtigen Böen, die den Klauen irgendeines schlechtgelaunten Tieres glichen, machten das Reffen der Segel fast unmöglich. Moichi versuchte, seiner Mannschaft weitere Kommandos zuzuschreien, aber der Sturm übertönte ihn mit seinem hysterischen Lärm.

Das Schiff befand sich in Schräglage und wäre fast gekentert. Moichi wandte sich um und stürmte nach achtern zur Ruderpinne. Er war die Treppe im Schiffsrumpf gerade halb emporgeklommen, als er über sich ein Krachen hörte, das dem Auseinanderbrechen eines Dachbalkens glich. Er brauchte nicht aufzublicken, um zu wissen, daß der Besanmast – der dünnste der drei Masten des Klippers – übermäßig strapaziert worden und geborsten war.

Er raste die Treppe hoch und jagte über das vibrierende Deck. Ohne sich um einen festen Stand zu kümmern, stieß er seine Männer zur Seite, bevor der Mast mitsamt einem Gewirr von Takelage und Tauwerk herabkrachte. Doch der erste Maat wurde von einem der horizontalen Balken im Gesicht getroffen. Eine Wunde klaffte auf, während der Mann in einem vergeblichen Versuch, sein Gleichgewicht zu wahren, nach hinten taumelte.

Moichi versuchte, ihn zu fassen, streckte sich aus, rutschte und fing sich wieder. Seine kräftigen Finger packten das Handgelenk des Maats, doch sein eigener Schwung und die heftige Bewegung des Schiffes ließ den Mann über die Reling stürzen. Mit einem Angstschrei verschwand er. Moichi wurde mitgeschleift, krachte mit schmerzenden Rippen an die Reling und hielt sich halb benommen und mit zusammengebissenen Zähnen fest. Seine Muskeln spannten sich, und seine Venen traten hervor. Er spähte über die Bordwand. Gischt und Regen schlugen ihm ins Gesicht, doch er erkannte den angstverzerrten Blick des Maats: die Augen weit aufgerissen, wild starrend. Das Blut strömte wie rosafarbener Regen aus seiner Wunde.

»Halt durch! Gleich hab' ich dich!« brüllte Moichi gegen den Sturm an, während er seine Kräfte sammelte, um den Maat wieder an Bord zu hieven. Aber genau in diesem Augenblick neigte sich die *Tsubasa* auf der Seite der Kämpfenden nach unten in die donnernde See. *Mein Gott, wie dunkel es hier ist,* dachte Moichi. Wie in der Unterwelt.

Mit gleichgültiger Kraft ergriff das Meer den Maat und riß ihn aus seinen Händen. Der Mund des Mannes verkrampfte sich zu einem stummen Schrei, als die großen schwarzen Strudel des Wassers ihn umfingen, hochwirbelten, um ihn endgültig in die Tiefe zu zerren.

Der Untergang des Schiffsmaats hatte sich nicht angekündigt, das Bevorstehende nicht angedeutet. Im einen Augenblick hatte Moichi ihn noch fest im Griff gehabt, im nächsten fand er nichts mehr, was er festhalten konnte. Es gab nur noch die kalte Nässe, die, wie in Agonie klagend, ein Lied anstimmte.

*Guter Gott*, dachte Moichi, *so habe ich das Meer noch nie erlebt.*

Er hob den Kopf und blinzelte durch den Taifun. *Nein*, dachte er. *Beim Oruboros, das ist zuviel!*

Aber sein Gehör hatte ihn nicht getäuscht. Er nahm eher eine Vibration als ein reales Geräusch wahr, ein gräßliches, markerschütterndes Grollen, das in seinem ganzen Körper widerhallte und teuflisch in seinem Gehirn brummte.

Unter wütendem Gebrüll jagte Moichi auf das obere Deck mit der Achterhütte und stieß abwechselnd Befehle und aufmunternde Bemerkungen aus, die dem jungen, fast versteinerten Steuermann galten. Dann setzte er seinen eigenen muskulösen Körper ein, um das streikende Steuer in Bewegung zu setzen, das sich aber weigerte.

Er lief zur Reling, sprang auf das mittlere Deck und gestikulierte, während er sich aufrappelte und zum Hauptmast rannte. »Setzt das Großsegel!« schrie er. »Hoch mit dem Großsegel!«

Niemand reagierte. Gute Besatzungsmitglieder wußten, wie man alle Segel trimmen und die Luken und Takelage schalken mußte, um so einen Sturm durchzustehen. Für diese Mannschaft aber war es undenkbar, bei einem Unwetter die Segel zu setzen. Es war der reine Wahnsinn, was ihr Kapitän von ihnen verlangte.

»Bewegt euch!« brüllte Moichi. »Ansonsten sind wir bald alle Leichen, die auf dem Meeresgrund verrotten oder von den Riesenfischen gefressen werden!«

Als ob seine Worte unterstrichen werden sollten, wurde es plötzlich völlig dunkel. Die Männer begaben sich in der unnatürlichen Finsternis nach achtern. In ihrer Mitte erscholl ein Schrei, aber vielleicht war es auch nur der infernalische Taifun selbst, der sich, auf seinem Höhepunkt angelangt, über die winzigen Kreaturen lustig machte, die es wagten, auf seinem funkelnden Rücken zu reiten.

Es spielte keine Rolle. Sie sahen den *tsunami* gleichzeitig. Hinter ihnen hatte sich eine hoch aufragende, schwarz- und purpurfarbene Wellenfront gebildet, die immer schneller wurde, mit jedem Sekundenbruchteil wuchs, bis die Mannschaft sich einer massiven Mauer aus Wasser gegenübersah, welche sie zu verschlingen drohte. Sie fühlten den Druck, der sich als großes Rauschen in ihren Ohren und als Pochen in ihren Köpfen bemerkbar machte. Die Männer standen wie gelähmt da und starrten hilflos auf das Nahen ihrer Verdammnis.

Nur Moichi war in Bewegung. Er brüllte den Manschaftsmitgliedern etwas ins Ohr und stieß sie in diese oder jene Richtung, doch die Besatzung war durch den sich verstärkenden *tsunami* noch immer konsterniert. Dann erwachte einer von ihnen wieder zum Leben und bewegte sich auf den Hauptmast zu. Er zog mit der ganzen Kraft seines geringen Körpergewichts, und seine dunklen, mandelförmigen Augen wandten sich dem von Moichis Gewicht schnell entfaltenden Segel zu. Der Mann war der einzige Bujun innerhalb der Mannschaft, und er hatte sich während der Reise total von den anderen isoliert, so daß Moichi sich noch nicht einmal an seinen Namen erinnern konnte.

»Der Oruboros verflucht euch!« brüllte Moichi, während er und der Bujun mit dem Großsegel kämpften. »Tut, was ich sage, oder ihr werdet abkratzen!«

Vielleicht fühlten sie die Nähe des Todes, oder es war der finster dreinblickende, kraftvoll an der Takelage zerrende Bujun, was sie endlich handeln ließ. Wie auch immer, sie überwanden ihre Regungslosigkeit und erinnerten sich an ihre Aufgaben. Wie ein Mann machten sie sich daran, das flatternde Großsegel zu entfalten, das protestierend aufstöhnte, während es in der Wucht des Sturms gesetzt wurde.

Jetzt überließ Moichi es dem Bujun, der Mannschaft Anweisungen zu geben, und kehrte auf das obere Deck mit dem Führerhäuschen zurück, wo er sich dem Steuermann mit den aschfarbenen Zügen zuwandte. »In den Wind!« brüllte er in das angespannte Gesicht des Mannes. »Bei Gott und allem, was heilig ist, wenn du es nicht schaffst, werden wir im nächsten Moment sinken!«

Er wandte sich nicht um, aber er fühlte die dunklen und tödlichen Vibrationen des *tsunami,* der immer näher kam, während die wertvollen Sekunden schnell verstrichen.

»Du bist verrückt!« kreischte der Steuermann verängstigt. »Du dirigierst uns direkt in die Richtung der Wellenfront! Sie wird uns mit Sicherheit verschlingen!«

Moichi stieß den Steuermann verzweifelt zur Seite, reckte den Kopf und rief nach dem Bujun. Das Großsegel war gesetzt und wölbte sich im peitschenden Wind. Wenn es durch die Kraft des Taifuns nur nicht riß!

Der kleine Mann mit den Mandelaugen kam die Treppe hinauf, und in dem Augenblick, wo seine Hände das Steuer ergriffen, fühlte Moichi, daß das Schiff reagierte. Er blickte dem Bujun scharf in die Augen, bemerkte aber nur die stumme Konzentration des Mannes, der mit ihm gemeinsam kämpfte, um die *Tsubasa* gänzlich in die Windrichtung zu manövrieren, bevor das aufgeblähte Großsegel das Schiff zum Kentern bringen würde.

Hinter ihnen kam der *tsunami* bedrohlich näher, wuchs weiter an und schäumte und brodelte auf seinem Wellenkamm wie ein Kessel. Moichi riskierte einen Blick über die Schulter. Im Zentrum ihrer riesigen Masse bestand die Wellenfront aus tiefstem Schwarz.

Moichi und der schlanke Bujun schwitzten wie Lasttiere und stützten sich mit den Füßen gegen die schlüpfrigen Bretter des Decks ab, während sie an dem widerspenstigen Steuerrad zerrten. Die gewalttätig aufgewühlte See hatte die *Tsubasa* im Griff und wollte sie nicht entkommen lassen. Sie keuchten vor Anstrengung, und ihre Lungen glichen einem heißen Blasebalg. Sie mühten sich weiter mit dem Steuer ab, und dann begann das Schiff langsam, quälend langsam, widerwillig zu reagieren. Es änderte den Kurs und kämpfte gegen den Wind, die kräftigen Querströmungen und die unbarmherzige Flut an. Sie drehten sich nach links, immer nach Backbord, und die beiden Männer kämpften mit zusammengebissenen Zähnen. Ihre Schultermuskeln traten hervor, und ihre Brustkästen blähten sich wie gesetzte Segel.

Jetzt war ihre Wahrnehmung neben dem Heulen des Sturms ganz vom Rumpeln des *tsunami* in Anspruch genommen, und Moichi wußte, daß es möglich war, daß sie zu spät reagiert hatten und daß das Großsegel ihre Geschwindigkeit nicht genug steigern würde, um die Wellenfront zu durchbrechen. Sie würden alle ertrinken und ihre Körper zerfetzt werden wie das Inholz, das um sie herum zersplitterte. Er wollte nicht wie Seegras oder Plankton enden, das von der Flut davongetragen wurde.

»Bei Gott, leg deine ganze Seele in deine Anstrengungen, Mann!« brüllte er dem Bujun ins Ohr. »Alles, was du geben kannst! Alles!«

Die Heftigkeit des Sturms und die Worte, die dieser große, bärengleiche Dämon neben ihm ausspuckte, ließen den Bujun erzittern. Er hatte auf der Tsubasa angeheuert, um dem endlosen Trübsinn von Sha'angh'seis engen, gekrümmten Straßen zu entkommen, den Betrügereien, den verlausten Händlern, den Provokateuren mit dem teuflischen Blick und den gemeinen Waffenhändlern. Es war ein Fehler gewesen, daß er seine Heimatinseln verlassen und den brodelnden Kontinent aufgesucht hatte. Die Arbeit auf einem Bujun-Segelschiff war ihm als die perfekte Fluchtmöglichkeit aus dem Wahnsinn von Sha'angh'sei erschienen. Während er weiter das Steuer hielt, sprach er zitternd ein Gebet, an das er sich nur halb erinnerte.

Doch kein Gebet konnte den fürchterlichen Ansturm des *tsunami* vertreiben, der triumphierend über dem sirenenhaften Gekreisch des Taifuns daherritt. Das Geräusch war völlig unnatürlich, eine Art Vibration, die an den zusammengebissenen Zähnen des Bujun rüttelte, ihm die kurzen Nackenhaare zu Berge stehen ließ und eine Gänsehaut über das schweißnasse Fleisch jagte. Dennoch registrierte sein halb benommener Geist die Ermahnung seines direkt neben ihm stehenden Kapitäns, der auf seine Kraft angewiesen war, um das Schiff voll in die Windrichtung zu manövrieren. Dieses Gefühl der Vertrautheit und der Kameradschaft war etwas Neues für den Bujun, der diese Empfindung als respektgebietend und angenehm empfand. Nie zuvor war irgend jemand auf ihn angewiesen gewesen, und er war verpflichtet und entschlossen, seine ureigenste Seele aufzugeben, wenn es das sein sollte, was von ihm erwartet wurde. Mit der Schulter an das ächzende Steuer gelehnt, verdoppelte er seine Anstrengungen und keuchte wie ein brünstiges Tier.

Der *tsunami* glich einem lebenden Wesen, das die Besatzung wie die Hand Gottes verfolgte. Sein Rollen und Donnern ließ an einen in Agonie verharrenden Giganten denken, an eine unaufhaltsame gepanzerte Faust, die sie alle vernichten wollte.

Unten auf dem mittleren Deck lösten die Seeleute die letzten Taue des Großsegels, und sie fühlten, wie ihnen kalter Schweiß am Rückgrat hinablief. Wo sie gerade standen, stürzten sie auf die Knie, erbrachen sich und urinierten unbeabsichtigt. Andere schrien oder beteten einfach zu Göttern, an die sie nicht mehr glaubten. So kehrten sie unbewußt auf die Wege ihrer Vorfahren zurück, die sie einst für ihre Frömmigkeit verachtet hatten. Weil sie nicht mehr auf ihre angeborenen menschlichen Kräfte vertrauten, bettelten sie um Beistand und flehten diese längst totgeglaubten Götter an, sie durch ein Wunder zu erlösen.

Auf dem Deck über ihnen brüllte Moichi dem Bujun etwas ins Ohr: »Beim Oruboros, jetzt, jetzt, jetzt!« Sie rangen beide mit den Steuer und kämpften mit dem wütenden Meer und dem böigen Sturm, bis Moichi, der angesichts dieser fast unlösbaren Aufgabe seinen Geist genauso wie seine Muskeln anstrengte, das Schiff weiter nach links manövrierte.

Plötzlich empfand er eine tiefe Beziehung zu seinem Schiff und redete leise mit der *Tsubasa* in der allgemein gültigen Sprache der Meere. Er schmeichelte ihr, verfluchte sie, liebkoste sie und schlug sie, und dann drohte er ihr, daß sie für alle Ewigkeit auf dem Meeresboden verrotten würde.

Während der ganzen Zeit spürte Moichi die Existenz des heranstürmenden *tsunami,* dessen Wellenkamm anschwoll. Er war jetzt höher als die größten Gebäude, an die er sich erinnern konnte, sogar riesiger als die geheimnisvollen Pyramiden, die er im Land der Majapan gemeinsam mit dem Dai-San erklommen hatte, als man ihn noch Ronin genannt hatte.

*Ich habe das Grauen von Xich Chich überlebt, dachte Moichi, wo ich Götter vernichtet habe, die mächtiger als irgendeines der Elemente waren. Ich habe in der Schlacht von Kai-feng gekämpft, im Krieg gegen den Agenten der Mächte der Finsternis, den gefürchteten Dolman. Im Land des Opalmonds habe ich das Monster Diablura eliminiert und der tödlichen, magischen Verlockung der Feuermaske widerstanden. Ich habe die Zauberin Sardonyx überlistet, indem ich sie mit ihren eigenen teuflischen Waffen schlug. All das habe ich überlebt. Auch hier, in der Nähe meines Zuhauses und auf meinem ureigenstem Terrain, dem Meer, werde ich nicht sterben! Bei Gott, ich bin der Herr der See!*

Moichi hob den Kopf und sah die von Blitzen durchzuckten Wolken. Er spürte die Nähe eines anderen Geists, das Zusammenspiel ihrer Mächte, während er und die Besatzung die heulenden Naturgewalten um sie herum bekämpften. Moichi grinste. Er liebte den peitschenden Wind, den salzigen Geruch des Meers und den titanischen Kampf, mit dem einen der Ozean konfrontierte, damit man seinen Wert unter Beweis stellen konnte.

Sein Herz schlug schnell und stark, und sein Geist erweiterte und richtete sich auf die schlanken Flanken seines neuen Schiffes. Er sah den scharf hochgebogenen Bug vor der Wasserfront, die sich jetzt fast über ihnen auftürmte. Zum erstenmal bewunderte Moichi die Konstruktion des Bujun-Schiffes. Seine eigenen Schiffe hätten sich durch ein Wellental dahingewälzt, aber die schlanke *Tsubasa* durchschnitt die Wogen wie ein heißes Messer Butter. Das Großsegel war fast ganz gesetzt, und er spürte, daß ihre Geschwindigkeit zunahm. Sie waren fast am Ziel ihrer Anstrengungen angelangt. Aber die Wellenfront hatte gleichfalls an Tempo gewonnen, weil die Kraft im Herzen des Taifuns ihr zusätzliche Stärke verliehen hatte. Da waren die flatternden Arme des Sturms und die sich tief unten im Meer, wo das Tageslicht für immer verbannt war, selbst verstärkende Brandung.

Die Mannschaft sah jetzt nichts mehr außer dem *tsunami*, der ihr gesamtes Universum erfüllte. Moichi war klar, daß das Schiff noch eine gewisse Strecke zurücklegen mußte. Der Versuch, die Wellenfront mit Geschwindigkeit und Risikobereitschaft zu durchbrechen, war ein verzweifeltes Glücksspiel gewesen, bestenfalls eine riskante Wette. Jetzt war ihre Zeit abgelaufen.

Der Bujun neben ihm zitterte vor Furcht und vor Anstrengung. Moichi nahm dessen Gefühle fast so intensiv wahr, als ob sie seine eigenen wären. »Mach schon, Freund, laß mich jetzt nicht im Stich!« murmelte er. »Jetzt gibt es nur noch uns beide und die *Tsubasa*, die gegen diesen Leviathan kämpft.«

Moichi starrte innerlich einen kurzen Augenblick lang in das Herz des *tsunami*, und er fühlte, daß seine Entschlossenheit abzubröckeln begann. Es gab keinen Ausweg aus diesem Wahnsinn. Er war ein Narr gewesen, diese Attacke einzulciten.

Dann nahm er die Bewegung neben sich wahr, und er hörte den Ruf des Bujun wie den eines weit entfernten Seevogels: »Es wird schon, Käpt'n. Das Steuerruder reagiert perfekt. Der Wind kommt direkt von achtern!«

Jetzt verschwanden die Zweifel. »Verdopple deine Anstrengungen!« brüllte Moichi, den der Mut und die Entschlossenheit des Bujun dankbar stimmten. »Halt das Steuerruder fest, Freund! Wenn wir nur ein paar Grade vom Kurs abkommen, sind wir verloren. Unser Bug muß die Wellen frontal treffen.«

Das Getöse des *tsunami* klang als, ob die Erdkruste zerbrechen würde. Es erschütterte die Decks und ließ die Zähne der Mannschaftsmitglieder klappern, die vor Furcht und Abscheu heulten.

»Bastard!« rief Moichi in die Richtung der sich kräuselnden, schwarzen Wand des Wassers. »Ich werde dich trotzdem besiegen! Mein Ende ist noch nicht gekommen, und es wird mit Sicherheit nicht durch deine teuflische Hand herbeigeführt werden.« Die beiden Männer hielten das Steuerruder mit letzter Kraft fest, als sie erneut mit der anstürmenden Wellenfront konfrontiert wurden, die so hoch über ihnen aufragte, daß sogar Moichi, der sein Bewußtsein so weit wie möglich erweitert hatte, die kalten Klauen der Angst in seinem Bauch spürte. »Der Augenblick der Wahrheit ist da, Freund!«

Die *Tsubasa* durchschnitt die Wellenfront. Über ihnen erhoben sich Wände windgepeitschten Wassers, die ein Teil des wütenden Himmels zu sein schienen und ihn dann völlig ersetzten. Sie befanden sich mitten im *tsunami*, und ihr Schicksal war jetzt mit seiner elementaren und unvorhersehbaren Macht verknüpft. Die Energie des Sturms war unerträglich, als befänden sie sich in einem riesigen Bienenstock, wo Insekten durch einen Eindringling zum Wahnsinn getrieben wurden. Dann schienen sich die Seiten der Wellenwände zu schließen und an Farbe und Intensität zuzunehmen. Was war hier los?

Beim Gott meines Vaters, betete Moichi. Es war, als ob man in das Antlitz eines Gottes blicken würde, das von großen Augen ohne Lider und einem Mund ohne Lippen beherrscht war. Der Gesichtsausdruck ungemilderten Zorns war in seiner Intensität so schockierend, daß es Moichi den Atem verschlug. Es hatte den Anschein, daß es hier keinerlei Luft mehr gab. Dazu kam der Eindruck eines unermeßlichen Alters, so daß die Vorstellung der Ewigkeit zum erstenmal in Moichis Leben Form und Substanz gewann.

Dann fühlte er, wie das Herz des Meeres sich unter dem gequälten Kiel ihres Schiffes bewegte und erschauerte, als ob sich eine gigantische Hand aus der Tiefe emporgereckt und das Schiff ergriffen hätte. Es schoß wie besessen nach vorn, während der heulende Wind das Großsegel bis zum Zerreißen blähte. Der nach oben gebogene Bug der *Tsubasa* hob sich, als ob er den schäumenden Kamm der Wellenfront grüßen wollte, die jetzt mit einem unheimlich zerreißenden Geräusch über die Besatzung hereinbrach. Während das Steuerruder in diese oder jene Richtung ausbrechen wollte, wären Moichi und dem Bujun beinahe die Arme abgerissen worden. Aber die beiden Männer hielten die *Tsubasa* strikt auf ihrem Kurs, und das Bujun-Schiff durchbrach den wirbelnden Mahlstrom vor ihnen mit einem erstaunlichen Geschwindigkeitsschub.

Moichi fühlte das Gebet des Bujun eher, als daß er es hörte, während der dahinschlingernde Klipper steil in ein Wellental von beängstigender Tiefe hinabtauchte. Lange, atemlose Augenblicke sahen sie nur ein intensives Grün und ein tiefes Schwarz, und der Wirbel der riesigen Wellen erfüllte ihre Ohren, Köpfe und Körper mit einem fremdartigen Getöse.

Weit von der Meeresoberfläche über ihnen entfernt, glitten links und rechts gigantische Formen vorbei, die sich in einem lautlosen Schauspiel bewegten und krümmten. Keiner von ihnen hatte je so etwas gesehen oder es sich auch nur vorstellen können.

Es war unmöglich zu beurteilen, wie lange sie den wäßrigen Schlund durchpflügten, und dann erschien über ihnen endlich der erste Fleck eines tiefen Blaus, der zunächst so klein war, daß viele ihn für einen Bestandteil des wütenden Meeres hielten. Der blaue Fleck wurde nach und nach größer und schien sie aus ihrem nassen Grab herauszuführen, bis sie endlich das Gefühl hatten, daß das Schiff sich hob, um ihm zu begegnen, als ob es sich um ein Zusammenspiel mit der sich ändernden Flut unter ihnen handeln würde.

Der breit grinsende Moichi nahm sich einen Moment lang Zeit, um dem Bujun auf die Schulter zu klopfen. Dann ergriff er rasch wieder mit beiden Händen das Steuerruder, weil die *Tsubasa* in den immer noch tückischen Querströmungen schlingerte, den Nachwehen des grausamen Taifuns.

»Jetzt ganz vorsichtig«, flüsterte Moichi dem Bujun ins Ohr. »Der *tsunami* liegt hinter uns, aber dieser Sturm kann uns immer noch Kopf und Kragen kosten.« Durch das Steuerruder zwischen ihnen übten sie ein strenges Regiment über den Kurs des Schiffes aus. »Lausche dem Wind in den Segeln und achte darauf, den Wandel seiner Formen zu deuten. Wenn wir eine Breitseite abkriegen und sich das Hauptsegel zu sehr bläht, werden wir wie ein Stein sinken.«

Der Bujun umklammerte das Steuerruder weiterhin fest, seine Knöchel hatten sich durch die Anspannung weißlich verfärbt. Er konzentrierte sich auf die ihm zugewiesene Aufgabe, registrierte mit Kennerblick den böigen Wind und nahm Kurskorrekturen vor, wenn es erforderlich war.

Moichi beobachtete ihn und beglückwünschte sich selbst. Dieser Bujun hatte mehr Mut als alle anderen Mitglieder dieser elenden Mannschaft zusammen. Er blickte nach oben und sah, daß der blaue Himmel verschwunden war. Statt dessen bemerkte er finstere, dicke Gewitterwolken, die sich dunkel und voller Regen am dichtbewölkten Himmel kräuselten und herabtauchten, um den graugrünen Ozean zu berühren. Die sich teilenden und züngelnden gelb- und rosafarbenen Blitze blendeten ihn.

Damit begann der Sturzguß von neuem. Moichi blickte sich um. Die *Tsubasa* lag bereits tief im Wasser, und die Speigatts des Schiffes waren durch zusammengepreßtes Seegras und Tang verstopft.

»Was glaubst du«, fragte er den Bujun, »wird dieses Schiff es aushalten, wenn ich den Befehl gebe, alle Segel zu setzen?«

Der Bujun blickte ihn an und nickte. »Das Schiff wird alles aushalten, was du von ihm verlangst, Käpt'n. Da kannst du sicher sein.«

Moichi nickte. Während er sich der Mannschaft auf dem unteren Deck zuwandte, rief er, daß die Männer alle Segel setzen sollten. Sie waren jetzt auf die größtmögliche Geschwindigkeit angewiesen, damit nicht noch mehr Wasser über Bord strömte und sie kein Risiko eingingen, von einer hohen Welle begraben zu werden.

Einer der Maate, ein mürrisch dreinblickender Riese mit ölig tropfendem Schnurrbart und einigen Jahren Erfahrung auf See, stieg die Treppe zum Führerhaus hoch.

»Du denkst doch nicht etwa daran, bei diesem Sauwetter die Segel setzen zu lassen, Käpt'n«, knurrte er. Es war keine Frage.

»Wenn wir es nicht tun, werden wir untergehen«, sagte Moichi, der sich nicht die Mühe gab, den Maat anzublicken, weil er den Männern Anweisungen gab, alles, was zerstört worden war, über Bord zu werfen.

»Da liegst du falsch, Käpt'n. Wenn wir die Segel setzen, werden wir mit Sicherheit untergehen.« Moichi war jetzt nah genug bei ihm, um seine Rumfahne riechen zu können. »Dieser gottverdammte Dämon war ein Omen. Wir werden jetzt nichts anderes tun, als abzuwarten, bis sich der Sturm verzogen hat.«

Moichi schoß auf ihn zu. »Sieh doch, wie tief das Boot im Wasser liegt. Bei dem schweren Regen und den verstopften Speigatts werden wir innerhalb von vier Stunden sinken. Bei Gott, du gehorchst meinen Befehlen!«

»Ich warne dich«, sagte der Maat. »Führe die Götter nicht weiter in Versuchung.«

»Ich habe befohlen, daß alle Segel gesetzt werden«, sagte Moichi in drohendem Ton.

Der Maat gab nicht nach, sondern zupfte statt dessen an seinem fettigen Schnurrbart. Er wies mit dem Kopf in die Richtung des Bujun. »Er hat den Befehl gegeben, oder? Dieser verdammte Bujun-Bastard. Ich habe Geschichten gehört, wie sie auf ihren verfluchten Schiffen segeln.« Der Maat spuckte schweren gelben Speichel aus. »Dies ist nicht der richtige Moment, um die Ratschläge eines elenden Bujun zu befolgen.«

»Auf diesem Schiff bin ich der Kapitän«, sagte Moichi. Ihm war klar, daß er seine Autorität sofort wiederherstellen mußte. »Und du wirst meinen Befehlen gehorchen.«

»Warum sollte ich, Käpt'n?« Der Maat hob die Arme und spreizte sie weit. »Warum sollte es jemand von uns tun? Du hast es so gut wie jeder andere gesehen, nehme ich an.«

»Halt's Maul!« donnerte Moichi. »Oder der Bujun kriegt deinen Job!«

Der hünenhafte Maat spuckte erneut aus und versuchte zu lachen, aber es klang wie ein Stöhnen. »Gut, aber wen kümmert das noch einen Deut? Dies ist eine Reise unter dem Stern der Verdammnis, und du hast uns alle umgebracht. In jedem Fall.« Er war nicht in der Lage, die Intensität von Moichis starrem Blick zu ertragen, und wandte sich den anderen Männern zu. Seine Stimme steigerte sich zu einem heiseren Brüllen. »Ihr habt es alle glasklar gesehen, das weiß ich – das Gesicht in den Wellen. Alle guten Götter verfluchen den Tag, als ich dieses elende fremdländische Schiff betreten habe.«

»Ich habe gesagt, daß du den Mund halten sollst«, brüllte Moichi, während er den Mann die Treppe hochzog.

»Zu spät, Käpt'n, es ist bereits passiert. Der Augenblick, den alle Seefahrer fürchten. Wir haben alle in Miiras Spiegel geblickt! Wir sind tot! Du kannst die Legende nicht leugnen. Wir sind verdammt!«

Moichi rammte seine riesige Faust in die schmierige Visage des Maats, der Hals über Kopf die Treppe hinabstürzte. Moichi wollte ihm gerade nachsetzen, als er sah, daß seine eigene Kabinentür offen stand. Aufeya war heraugetreten. Da sie nicht an das Toben des Meeres gewöhnt war, hätte sie eigentlich bleich und schwach sein müssen, aber sie schien den Sturm ohne Folgen überstanden zu haben. Moichi fragte sich, wie lange sie bereits dort gestanden hatte. Lange genug, um die Tirade des Maats mitzuhören? Bei Gott, er betete, daß dies nicht der Fall gewesen war. Sie blickte Moichi an und machte das Palliate-Zeichen. Aufeya gehörte zum Volk der Dalusier, deren Kultur – wie die von Moichi – eng mit der Religion verbunden war.

»Setzt alle Segel!« brüllte Moichi. »An die Arbeit, Freunde! Ich schwöre euch, daß alle, die sich widersetzen, auf dem Meeresboden verrotten werden! Ich werde keine Meuterei an Bord der *Tsubasa* dulden!«

Die Besatzung reagierte und setzte so schnell wie möglich die Segel. Während alle hektisch arbeiteten, stand Aufeya weiter da. Ihr langes rotes Haar flatterte um ihre Wangen und Schultern, und der Blick ihrer kupferfarbenen Augen wanderte von dem niedergestreckten Maat zu Moichis kompromißlosem Gesichtsausdruck.

Er registrierte die Neugier und die Angst, die ihre Miene verriet. Aufeya entstammte einem Volk, das extrem abergläubisch war, und sie hatte erlebt, wie ihr eigener Dämon – Diablura – zu einem realen und beängstigenden Leben erwacht war und sie fast vernichtet hatte. Für sie war die Welt der Zauberei und der Teufel nicht der Vergessenheit anheimgefallen. Jetzt war Moichi klar, daß sie die Warnungen des Maats hinsichtlich Miiras Spiegel mitangehört hatte, und er verfluchte den Mann von neuem.

Moichi stieg gerade die Treppe zu ihr herab, als ein plötzlicher Regenstoß seine Sicht verschleierte. Der Wind heulte, und das Schiff legte sich auf die linke Seite. Moichi wurde über das Geländer der Treppe geschleudert und krachte auf das mittlere Deck. Innerhalb eines Augenblicks war er wieder auf den Beinen. Ihm wurde schwarz vor Augen, und er versuchte, zu klarem Bewußtsein zu kommen und den Schmerz in Schulter und Hüfte abzuschütteln. Er brüllte seinen Männern, die das Großsegel herabließen, Befehle zu. In diesem Moment bemerkte er, daß er Aufeya nicht mehr sah.

Er unterbrach seinen Wortschwall und rannte zur Reling auf der linken Seite des Schiffes. Von dort konnte er gerade noch eine kleine, bleiche Hand ausmachen, die mit weißlich verfärbten Knöcheln die untere Holzreling umklammerte. Moichi streckte die Hand aus und sah Aufeyas angstverzerrtes Gesicht. Sie hatte die Augen weit aufgerissen und starrte ihn an, während ihr langes, rötliches Haar ihr Gesicht und ihren Hals peitschte.

»Halt dich fest, Aufeya, ich hab' dich!«

Während seine Finger ihr Handgelenk umschlossen, legte sich das Schiff erneut auf die linke Seite, und das wütende Meer stieg, als ob es eine Bestie mit eigenem Willen wäre. Die Wellen krachten gegen die Wände des Bujun-Schiffes und überfluteten Aufeya völlig.

In diesem Augenblick spürte Moichi ein heftiges Ziehen, ein zusätzliches Gewicht, das ihm fast den Arm aus dem Leib gerissen hätte. Ihm war klar, daß das unmöglich war, aber es schien, als ob irgend etwas in der Tiefe versuchen würde, Aufeya nach unten zu ziehen.

Dann hob sich das Schiff auf einem Wellenkamm, und das Wasser wich zurück, so daß Aufeya wieder bei ihm war. Sie war völlig durchnäßt und keuchte. Ihr dichtes Haar klebte wie Seegras an ihr. Sie hustete und spuckte das Salzwasser aus. Moichi streckte seine andere Hand aus und begann, sie nach oben zu ziehen.

Das Schiff tauchte erneut in ein Wellental, und der Regen peitschte wie Hagel auf sie ein. Es war, als ob eine Art von Schatten über sie fallen würde, als das Wasser an ihren Hüften, am Brustkorb und den Schultern hochstieg, bis es sie zu verschlingen drohte. In diesem Augenblick wurde Moichi durch irgendein inneres Gefühl veranlaßt, zu der blaugrünen Unterseite der Welle aufzublicken, und in ihren brodelnden Tiefen sah er erneut jenes unheimliche, aus uranfänglichen Zeiten stammende Gesicht, dessen Ausdruck zornerfüllt war. Der Mund dieses Wesens schien sich zu öffnen, und Moichi hörte ein Grollen, das dem Geräusch eines entfernten Donners glich.

Er schüttelte den Kopf, als ob er seine Ohren vom Wasser befreien wollte, aber es half nicht. Erneut raunte der Donner, aus dessen An- und Abschwellen man nur die folgenden Worte heraushören konnte:

*Ich muß sie kriegen. Ich muß sie haben.*

*Was höre ich da?* dachte Moichi wie von Sinnen.

*Es ist Miiras Wunsch.*

Miira!

*Du kannst mich ja auf eigene Gefahr herausfordern!*

Das Wasser stieg und leckte an Aufeyas Mund und Nase. Sie kämpfte und war tief verängstigt, offensichtlich aus Angst, sie könnte ertrinken.

Moichi riß sich mit großer Willensanstrengung vom Anblick des mysteriösen Gesichts los und konzentrierte sich auf seine wichtigste Aufgabe. Er war Aufeyas einzige Chance, am Leben zu bleiben, und hatte nur noch wenige Augenblicke, um zu reagieren. Eine noch größere Welle kam auf sie zu. Das Schiff begann bereits, den nächsten Wellenkamm zu erklimmen, und Moichi war klar, daß dies seine letzte Chance war, Aufeya vor dem Ertrinken zu retten.

Er preßte seine Knie gegen die hölzerne Seitenwand und zog sie nach oben, wobei er die gesamte Kraft seiner Beine, seines Rückens und seiner Arme einsetzte. Seine Muskeln spannten sich, und seine Sehnen traten hervor. Er spürte, daß Miira mit grimmiger Entschlossenheit gegen ihn ankämpfte, aber Moichis Wille war stärker. Er beschwor die Kräfte seines Blutsbruders Dai-San, und dann zog er Aufeya langsam, quälend langsam, zu sich hoch. Während das Schiff über den Wellenkamm glitt, hievte er das keuchende und zitternde Mädchen über die Reling.

Er warf einen letzten Blick auf das wutverzerrte Gesicht in der Welle, das daraufhin in zehntausend Splitter zerbrach. Die Welle schlug harmlos gegen die Bordwand, und ihre weiße Gischt verschwand im Kielwasser der *Tsubasa*.

## Zweites Kapitel

# MIIRAS SPIEGEL

Aufeya hatte die Stimme natürlich gehört.

Und natürlich mußte Moichi ihr jetzt etwas über Miiras Spiegel erzählen. Ihm blieb keine Wahl. Sie beide waren Miira – oder einer Kreatur, die sich so nannte – zu nahe gekommen, als daß Moichi noch eine Alternative gehabt hätte.

Er hatte mehrere Stunden damit verbracht, den Zustand des Schiffes zu überprüfen, aber die unglaubliche Widerstandsfähigkeit des prachtvollen Bujun-Schiffes hatte dafür gesorgt, daß nur minimale Schäden auszubessern waren. Moichi wunderte sich erneut darüber, daß ein so elegant gebautes Schiff einen derart heftigen Sturm überstehen konnte, und dankte dem Dai-San aufs neue von ganzem Herzen für das Geschenk, weil er sicher war, daß kein normales Schiff den Taifun überlebt hätte.

Am Ende überließ er die verbleibenden Aufgaben dem Bujun-Steuermann, der Arasomu hieß. Er hatte ihn zum Ersten Maat befördert. Moichi kletterte wie ein Affe die Querbalken des Hauptmasts hinauf, und als er oben angekommen war, prüfte er den Wind und schmeckte den süßlichen Geruch des Ozeans, der günstige Winde verhieß. Als er wieder auf dem Deck angekommen war, kramte er seine nautischen Instrumente hervor und berechnete anhand der Konstellation der funkelnden Sterne die Position des Schiffes. Er übermittelte Arasomu alle Informationen und erteilte ihm seine Befehle. Moichi war zufrieden, daß das Wetter sich zum Guten gewandelt hatte und daß sie sich innerhalb einiger Stunden wieder auf dem Kurs nach Iskael befinden würden. Schließlich ging er zu seiner unterhalb des Decks gelegenen Kabine, wo Aufeya auf ihn wartete.

Während sie in wärmende Decken eingehüllt in ihrer Koje lag, erzählte er ihr die Legende von Miiras Spiegel. Unter einem sternenglänzenden Himmel segelte die *Tsubasa* über ein ruhiges Meer, geleitet von sanft wehenden Winden. Aus den Bettdecken spähten nur Aufeyas Nase und ihre Augen hervor, und mit ihrem zerwühlten Haar und den kupferfarbenen Augen wirkte sie wie ein kleines Kind, daß darauf wartete, vor dem Einschlafen eine Gutenachtgeschichte zu hören.

»Die Seeleute auf der ganzen Welt behaupten«, begann Moichi mit seiner Geschichte, »daß Miira eine Frau von außergewöhnlicher Würde und Schönheit war. Sie lebte in Syrinx, einem Land, das sehr weit entfernt hinter dem Berg Sin'hai liegt, und zwar, wie behauptet wird, am Rande eines felsigen Abgrunds, der sich bis ins Innerste dieses Planeten hinabsenkt. Ich glaube, daß ihre Landsleute schon vor langer Zeit ausgestorben sein müssen.

Diese Menschen waren von der Politik besessen. Die Macht ging ihnen über alles, und das Einfädeln von Intrigen war ihnen zur zweiten Natur geworden. Miiras Ehemann war stellvertretender Minister einer Regierung, in der ein gegenseitiger Vernichtungskrieg herrschte.

Zu der Zeit, als Miira einen Sohn gebar, war ihr Gatte Bnak in einen gefährlichen Machtkampf mit dem Anführer der wichtigsten Oppositionspartei verstrickt. Bnak war ein treuer Regierungsanhänger, der sich der Aufgabe verschrieben hatte, diejenigen zu bekämpfen, die das um Reformen bemühte Regime stürzen wollten.

Bnak entdeckte immer wieder Verschwörungen gegen höchste Repräsentanten der Regierung, und weil er über zahlreiche Informationsquellen verfügte und seine Intelligenz genauso außergewöhnlich war wie Miiras Schönheit, konnte er Maßnahmen ergreifen, solche Absichten zu hintertreiben.

Du wirst mich jetzt sicher fragen wollen, warum Bnak kein richtiges Ministeramt übertragen worden war, wo er doch so klug war und über soviel Autorität in jener machtorientierten Gesellschaft verfügte. Die Antwort ist so simpel wie erschütternd.

Miira war eine Shinju.

Die Shinju waren die Ureinwohner dieses Landes. Bnaks

Vorfahren hatten bereits vor Jahrhunderten einen riesigen, stürmischen Ozean überquert, weil sie ihr Reich vergrößern wollten. Sie entdeckten das Land der Shinju und wollten es sogleich kolonisieren. Im Verlauf dieses Prozesses dezimierten sie die Bevölkerung der Shinju und jagten die Überreste der Ureinwohner in die trostlosen, einsamen Berggebiete. Dort überließen sie die Shinju ihrem Schicksal, um sie durch Verhungern oder den Einfluß der Naturgewalten sterben zu lassen. Zumindest hatten sie sich das so gedacht. Aber die Shinjus waren so widerstandsfähig wie einfallsreich und überlebten wie die Bergziegen, deren dichtes Winterfell sie schoren und zu fantastischen Geweben verarbeiteten, die so leicht wie Luft und so warm wie ein loderndes Feuer waren.

Als junger Mann war Bnak von fremden Völkern fasziniert gewesen und hatte zu Studienzwecken zwei Jahre im Bergland mit den Shinju zusammengelebt. Hier hatte er Miira getroffen und sich in sie verliebt. Ihre eigenen Leute hätten es ihr nie gestattet, um ihn zu werben oder gar einen Fremden zu heiraten, wenn sie Bnak nicht näher kennengelernt und seine besonderen Fähigkeiten erkannt hätten. Was Bnak anbetraf, so hatte er die hartnäckige Abneigung und die Verachtung seiner Landsleute gegenüber den Shinju nie verstanden. Er wußte, daß diese keine minderwertigen Menschen waren, sondern daß eher das Gegenteil der Fall war. Seine eigenen Landsleute würden vermutlich nie begreifen, daß die Shinju über weit mehr Wissen und Weisheit verfügten als sie selbst. Die Shinju waren eben keine kriegerische Gesellschaft.

Für Bnak wäre es weitaus bequemer gewesen, gemeinsam mit Miira unter den Shinju zu leben, aber er war kein Feigling. Er hatte sich entschlossen, in seine Hauptstadt zurückzukehren und innerhalb des Systems an der Veränderung der Gesetze zu arbeiten, die die Shinju betrafen. Er wollte seine Landsleute über Miiras Volk aufklären, und die Reformer waren seine größte Hoffnung. Keine andere Partei hätte ihm auch nur einen untergeordneten Posten verschafft. Miira war bereit, ihm in jeder nur denkbaren Weise zu helfen.

Den Ministern, die das Land beherrschten, bedeutete es

nichts, daß Miira wunderschön und so würdevoll wie eine Lerche war, die aus dem Antlitz der Sonne hinabfliegt. Sie begriffen nicht, daß sie intelligenter als die meisten Männer war. In ihren Augen waren Miira und die Angehörigen ihres Volkes minderwertig, und obwohl sie Bnaks Klugheit bereitwillig anerkannten und all seine Fähigkeiten zu ihrem eigenen Vorteil ausbeuteten, machten sie sich hinter seinem Rücken über ihn lustig. Sie äußerten verächtliche Bemerkungen über Miira und verweigerten Bnak jegliche Beförderung, die ihm zustand. Kurzum, sie gaben vor, seinen leidenschaftlichen Plädoyers für die Shinju zuzuhören, und verwarfen sie dann, als ob sie dem verworrenen Gerede eines Wahnsinnigen gelauscht hätten.

Dennoch arbeitete Bnak, loyal bis zum bitteren Ende, im Auftrag der Regierung weiter.

Miira lebte inzwischen ihr Leben weiter, so als ob ihr die Verachtung dieser Männer und von deren hochgeborenen Gattinnen nichts ausmachen würde. Zumindest äußerlich nicht.« Moichi zuckte die Achseln. »Aber wer weiß schon, wie es in ihrem Innersten aussah? Obwohl sie in keinerlei Hinsicht eitel war, benutzte Miira jeden Morgen ihren Shinju-Spiegel, um sich zu schminken. Jetzt war es ihrem Ehemann zur Gewohnheit geworden, neben ihr zu sitzen und sie zu beobachten. Der frühe Morgen war die Zeit ihres ruhigen Zusammenseins, und weil Bnak oft nicht vor Mitternacht oder sogar noch später von der Arbeit zurückkehrte, kam zu dieser Zeit der Frieden der wahrhaft Liebenden über sie.

›Du bist die Schönste von allen‹, sagte Bnak dann bewundernd zu Miira. ›Und du wirst jeden Morgen noch schöner. Weißt du eigentlich, daß dein Spiegelbild wunderschön, aber irgendwie auch anders ist ... Es gibt dort eine Form der Reinheit, und ich erkenne, daß sie aus deinem tiefsten Inneren stammt. Wenn ich dein Ebenbild im Spiegel anblicke, kommt es mir vor, als ob ich dich als junges Mädchen sehen würde, dessen Gesichtsausdruck vom Einfluß der Zeit, der Sorgen und der Qual weder berührt noch gezeichnet wurde.‹

Bnak sagte ihr das so oft, daß schon sehr bald ein Ritual daraus wurde. Aber so häufig er seine Worte auch wiederholte, Miira antwortete nicht. Sie zeigte dann jenes sanfte und verträumte Lächeln, das sie nur ihn sehen ließ und das er kennengelernt hatte, als er inmitten der Shinju gelebt hatte. Drei Monate, nachdem Miira einen Sohn zur Welt gebracht hatte, stürmten Aufständische in der grauen und traurigen Stunde vor der Morgendämmerung ihre Villa. Sie erschlugen Bnaks Wachen und raubten den Säugling aus einer Wiege in dem kleinen Raum, der an das Schlafzimmer der Eltern angrenzte.

Bnaks Feinde ließen ihm die Wahl: Er sollte von seinem Amt zurücktreten, dann könnte er die Hauptstadt mit seinem Sohn in den Armen verlassen. Ansonsten würde er seinen Sohn tot auf der Treppe seines Hauseingangs finden.

Jetzt begriff Bnak, was aus der Regierung werden würde, wenn er die Stadt verlassen würde. Die Zahl der Komplotte würde sich vervielfachen, bis man diejenigen, die seine Position vertraten, vernichtet hatte. Man würde die führenden Regierungsmitglieder erledigen, die Stadt und die gesamte Nation in Aufruhr und Chaos stürzen. Durch die Straßen der Hauptstadt würden Ströme von Blut fließen, und nur die Götter wußten, wann es damit vorbei sein würde.

Es gab zwei Möglichkeiten: Er konnte ausharren und für Reformen kämpfen oder fliehen und zusehen, wie alles, wofür er sich eingesetzt hatte, zu Staub und Asche zerfiel. Aber diese Entscheidung konnte er nicht alleine fällen, und so tat er das, was er bei schwierigen und sehr wichtigen Fragen immer tat: Er bat Miira um Rat.

Obwohl sie vor Kummer außer sich war, riet sie ihm, den Eingebungen seines Herzens zu folgen.

Ich habe mich oft gefragt«, sagte Moichi, der seine eigentliche Erzählung kurz unterbrach, »ob Miira sensibel genug war, um zu erkennen, daß Bnaks Ziel eines vereinten Landes nur der Traum eines Mannes mit einem aufrichtigen Herzen und einer guten Seele war.

›Unsere Herzen sind eins‹, sagte Bnak mit Tränen in den Augen. ›Sag mir, was ich tun soll!‹

›Was rät dir dein Herz?‹ fragte Miira, während sie seine Hände hielt. Sie blickte ihm mit jenem Ausdruck der Reinheit, den er so gut kannte, tief in die Augen. ›Sag mir die Wahrheit.‹

›Die Loyalität geht mir über alles. Das ist die Wahrheit, meine Liebste‹, sagte er. ›Wenn ich meine Leute betrüge, verstoße ich gegen meine Loyalitätspflicht, und dann bin ich kein Mann, sondern ein Nichts.‹

Miira war nicht überrascht. Die Reinheit seiner Ideale liebte sie an ihm am meisten, weil sie diese Einstellung an die edelsten ihrer eigenen Landsleute erinnerte. ›Tu, was du für richtig hältst, mein Lieber‹, sagte sie, und ihre Stimme klang wie das Läuten einer Glocke. ›Ich fürchte ohnehin, daß wir unseren Sohn für immer verloren haben.‹

Damit meinte sie natürlich, daß die Entführer ihres Sohnes nicht die Absicht hatten, ihn mit dem Leben davonkommen zu lassen. Sie waren Verbrecher, die nur auf die Macht aus waren. Was konnte ihnen das Leben eines Säuglings – besonders, wenn es sich um einen Mischling handelte – schon bedeuten? Weniger als nichts. Miira befürchtete, daß sie ihn sogar mit Vergnügen umbringen würden.

Bnak preßte die Fäuste gegen die Ohren, aber es war zu spät. Die bittere Wahrheit hatte sich in seinen Verstand eingebrannt, er konnte nicht anders, auch wenn es klüger gewesen wäre, als Miiras Ratschlag zu befolgen. Er mußte vergessen, daß er je einen Sohn gehabt hatte, und alle wertvollen Erinnerungen verdrängen und neu beginnen.

Konnte er diese schreckliche, aber notwendige Aufgabe auf sich nehmen?

Er wußte, daß er es tun mußte.

Er trotzte seinen Feinden, den Gegnern der Regierung. Er blieb loyal und somit ein Mann. Aber wie hoch war der Preis, den er dafür zahlen mußte!

Am nächsten Morgen fanden sie ihren Sohn, wie Miira es befürchtet hatte, am Tor ihrer Villa. Er war mit einem blauen Seil erwürgt worden.

Nach der obligatorischen Trauerzeit von drei Tagen widmete sich Bnak wieder seinen Pflichten im Ministerium. Er klagte alle Gefälligkeiten ein, die man ihm im Laufe der Jahre schuldig geworden war, und in der gesamten Hauptstadt wurde die Direktive ausgegeben, die Entführer und Mörder zu suchen.

Als Bnak aber in dieser Nacht auf dem Weg nach Hause war, lauerte man ihm auf. Seine Leibwächter wurden erschlagen, und man ermordete ihn auf brutale Weise. Zu fast derselben Zeit stürmten andere Männer seine Villa und suchten nach Miira. Aber sie fanden nur leere Zimmer vor.

In einem anderen Viertel der Hauptstadt wurden die hochrangigen Minister in ihren Schlafzimmern überwältigt. In den Straßen floß Blut, wie Bnak es vorausgesehen hatte. Das Chaos regierte, während die neuen Herrscher ihre Macht in den Korridoren der Ministerien und in den Straßen zu festigen versuchten. Tausende starben, und die Hauptstadt verwandelte sich in ein Schlachthaus, in dem die Regierungstreuen mit den Aufständischen kämpften.

Während dieser Zeit des brutalen Krieges und des Todes stand Miira, die in einem der nördlichsten Vororte der Stadt wohnte, jeden Morgen auf, um sich der verwundeten Männer und jener Frauen anzunehmen, die geschlagen und vergewaltigt worden waren. Sie hatte jetzt weder Zeit noch das Verlangen, sich zu schminken, und doch blickte sie aus Gewohnheit weiter auf ihr Ebenbild in ihrem Shinju-Spiegel. Sie wollte die Erinnerung an Bnak wachhalten. Kurz bevor man ihm aufgelauert hatte, war sie durch einen grellen Angstschrei aus dem Schlaf gerissen worden, aber als sie aufwachte, wurde ihr klar, daß der Schrei nur in ihrem Shinju-Geist existiert hatte. Der Angstschrei hatte ihr alles über die Kämpfe in der Stadt und den unmittelbar bevorstehenden Tod ihres Ehemanns verraten, wie die vorbeihastenden Schritte auf der Straße vor ihrer Villa. Sie sprang aus dem Bett, packte ein paar Kleider, Geld und ihren Spiegel zusammen und floh einige Augenblicke vor dem Eindringen jener, die sie exekutieren wollten, durch einen geheimen Ausgang aus der Villa.

Wenn sie jetzt, während die kriegerischen Auseinandersetzungen tobten, täglich auf ihr Spiegelbild blickte, begrüßte sie dort ein völlig anderes Gesicht. Man hatte häufig behauptet, daß die Shinju über magische Kräfte verfügten. Diese Gerüchte tauchten hin und wieder auf, aber natürlich schenkte ihnen kein zivilisierter Mensch Glauben. Warum auch? Wären Bnaks Landsleute dann in der Lage gewesen, ihr Land zu erobern, sie abzuschlachten und ihnen das zu rauben, was einst ihnen gehört hatte, wenn die Shinju tatsächlich über magische Kräfte verfügt hätten?

Aber wenn andere mit Miira in den Spiegel geblickt hätten, dann hätten sie sich vielleicht gefragt, warum ihr Spiegelbild jetzt nichts mehr von der Liebe ihres Gatten verriet. Bnak war tot, genauso wie ihr Sohn. Miiras Herz bestand nur noch aus kalter, grauer Asche. Ihr ruhiger und geduldiger Verstand hatte sich zu einem dunklen, unerbittlichen Juwel der Wut gewandelt.

Selbst wenn sie sich um die Verwundeten und Sterbenden kümmerte oder den Verwirrten Ratschläge erteilte, brannte sie auf Rache. Wenn sie auf ihr Bild im Spiegel starrte, wurde ihr bewußt, was sie zu tun hatte, um jenes dunkle Juwel verschwinden zu lassen, obgleich sie geschworen hatte, dies nie zu tun, auch wenn es ihren sicheren Tod bedeutete.

Auch Miira legte jetzt wie Bnaks Feinde eine umfassende Liste an, in der verzeichnet war, wann die Repräsentanten des neuen Regimes kamen und gingen. Hinter den Namen der führenden Minister notierte sie, zu welchen Tageszeiten sie sich im Ministerium aufhielten.

Nachdem sie sich einen Monat lang dieser Aufgabe gewidmet hatte, setzte sie sich hin, um die Fülle ihrer Notizen auszuwerten. Zu dieser Zeit waren die schwersten Kämpfe abgeflaut, und nur die letzten Hinterbliebenen leisteten vereinzelt Widerstand. Der Würgegriff des neuen Regimes war allumfassend. Miira fand heraus, daß sich alle Minister um Mitternacht in der Ratsversammlung trafen. Um Mitternacht, dachte sie, während sie ihre Aufzeichnungen zur Seite legte. Die Stunde, zu der Bnak gestorben war.

Jeder kann seine eigenen Spekulationen darüber anstellen,

wie es ihr gelang, die Phalanx der Wachen zu überlisten. Wie dem auch sei, niemand sah, wie sie das Ministerium betrat, und auch drinnen erblickte sie kein Mensch, bis sie im zentralen Sitzungssaal der Putschisten auftauchte. Aber da war es bereits zu spät.

Sie schritt um den großen ovalen Tisch, an dem ihre widerwärtigen und selbstzufriedenen Feinde saßen, die Mörder ihrer Familie. Noch blieb Zeit, auf Rache zu verzichten, aber Miiras Geist wurde durch die Erinnerung an Bnak und ihr Baby beherrscht, und so hielt sie ihren heiligen Schwur.

Sie machte von ihren magischen Shinju-Kräften Gebrauch, und es stellte sich heraus, daß alle Gerüchte einen wahren Hintergrund hatten. Während sie hinter den Ministern vorbeiging, stellte Miira vor jeden einzelnen ihren Spiegel auf, und es blieb keinem eine andere Wahl, als sein eigenes Spiegelbild anzublicken.

Vermutlich wird man niemals sagen können, was sie darin sahen, aber ich vermute, daß es bei jedem etwas anderes war. Nacheinander reckten sie die Hände in die Luft, als ob sie von Trugbildern überwältigt werden würden, und ihr Gesichtsausdruck verzerrte sich vor Furcht in grotesker Weise. Sie konnten ihre Därme nicht mehr kontrollieren, und die Todesfurcht ließ einige von ihnen laut aufschreien.

Als der letzte Minister gestorben war, blickte auch Miira in ihren Spiegel, und man sagt, daß auch sie auf der Stelle gestorben sei.« Damit beendete Moichi seine Geschichte.

Aufeya hatte sich in ihrer Koje aufgesetzt und ihre eigenen Schmerzen und Ängste vergessen, weil sie die Erzählung immer stärker gefesselt hatte. »Ist das eine wahre Geschichte?« fragte sie. »Sie klingt so fantastisch. Schrecklich und fantastisch.«

»Das stimmt, aber obwohl es eine faszinierende Geschichte ist, bezweifle ich, daß sie wahr ist.«

Aufeya schien sich eine Weile in ihren Gedanken zu verlieren. Dann fegte sie das Bettzeug zur Seite, lief durch die Kabine und begann sich anzukleiden. »Ich will an Deck gehen«, sagte sie. »Ich ersticke hier, und draußen bricht der Tag über dem Meer an. Ich möchte ihn sehen. Es war eine lange, furchterregende Nacht.«

Selbst zu dieser frühen Stunde war an Deck jede Menge los. Arasomu verständigte sich kurz mit Moichi. Er hatte zwei kleinere Kurskorrekturen während seiner Wache vorgenommen. Nach den Informationen, die Moichi ihm gegeben hatte, hoffte er, daß sie vor Mittag die Küste von Iskael erblicken würden. Das Wetter war schön, und man sah ganz oben am Himmel zerfetzte Wolkenbänder. Der Wind frischte aus nordwestlicher Richtung auf. Die meteorologischen Bedingungen waren ideal.

»Ich finde es seltsam«, sagte Aufeya, als sie wieder allein waren, »daß du nicht abergläubisch bist, obwohl die Seeleute doch gewöhnlich eine absolut abergläubische Horde sind.« Sie warf ihren Kopf hin und her, glücklich, bei diesem schönen Wetter an Deck zu sein. »Und dennoch habe ich gehört, daß du den Oruboros anrufst, obwohl du an den Einen Gott glaubst.«

Moichi schüttelte den Kopf. »Nein, ich rufe ihn nicht wirklich an. Gelegentlich verfluche ich ihn, weil man nicht in dieser Weise über den Gott meines Volkes spricht. Man ruft Gott nicht an, damit sich der Wind dreht oder damit man geschäftlichen Erfolg hat. Unser Gott hat keine Ähnlichkeit mit jenen Göttern aus Rauch und Stein, vor denen andere niederknien. Er ist mit dem Universum identisch; er ist alles. Er lebt und sorgt für seine Gläubigen. Aber im Gegensatz zu irgendeinem legendären Wüsten- oder Meeresgeist gewährt er keine kleinen Gefälligkeiten.«

Aufeya lächelte. »Wie der Oruboros.«

Er bemerkte ihren spöttischen Tonfall. »Der Oruboros, die riesige, uralte Seeschlange, hat einst existiert, Aufeya. In einer anderen Epoche verfügte er tatsächlich über große Macht.«

»Du redest von ihm, als ob es ihn nicht mehr geben würde.«

Moichi blickte auf sie hinunter. Er wußte nicht, ob sie irgendein Spiel mit ihm trieb und ihn durch ihre Zweifel irritieren wollte. Nicht zum erstenmal war er verblüfft darüber, wie wenig er sie eigentlich kannte. »Ronin hat den Oruboros erschlagen, als er in den Dai-San verwandelt wurde.«

Aufeyas amüsierter Gesichtsausdruck verschwand, als Moichis Blutsbruder erwähnt wurde. Ihr war völlig klar, wie wichtig diese schon fast mythische Figur für Moichi war. »Aber ich verstehe nicht wirklich, wer oder was der Dai-San ist«, sagte sie.

Jetzt lächelte Moichi. »Versteht das irgend jemand wirklich?« Die Erinnerung verschleierte den Ausdruck seiner lohfarbenen Augen. »Ach, Aufeya, was für Abenteuer wir gemeinsam überstanden haben.« Sein Blick hellte sich auf, während er das Unerklärliche zu erfassen versuchte. »Er war einst ein Mensch, der mir vielleicht ähnelte. Aber für ihn hatte das Schicksal einen anderen Weg ausersehen. In Ama-no-mori wurde er durch eine uralte Zauberzeremonie der Bujun verwandelt, und das Ganze war Bestandteil eines großen Plans. Er wurde vernichtet und wieder zusammengesetzt. Man hat ihn gezwungen, auf dem Rücken des Oruboros zu reiten und diese ehrwürdige Kreatur, die ihm lieb und teuer war, zu erschlagen. Nur so konnte er vermutlich als Dai-San wiedergeboren werden.

»Dai-San«, wiederholte Aufeya. »Dieser Name stammt aus einer mir unbekannten Sprache.«

»Sie ist den meisten unbekannt. Es ist Bujun.«

»Aber der Dai-San ist kein Bujun.«

Moichi zuckte die Achseln. »Ama-no-mori wurde zu seiner Wahlheimat. Dort begann seine Metamorphose.«

Aufeya hatte die Augen weit aufgerissen. »Ist er wirklich mehr als ein sterblicher Mensch?«

»In der Epoche der Magie, in der er geboren wurde, war alles möglich.«

»Selbst die Geschichte von Miiras Spiegel.«

Aufeya hatte ihn im Griff und wußte es. Einen Augenblick lang runzelte Moichi düster die Augenbrauen, brach dann aber in ein tiefes, dröhnendes Gelächter aus. »Vielleicht. Ich glaube aber, daß die Epoche der Magie vorbei war, als der Dai-San den Dolman vernichtete.«

»Und was ist mit Sardonyx?« fragte Aufeya. »War sie nicht die mächtigste Zauberin?«

Wie immer überdachte Moichi diese heikle Frage sorgfältig. Sardonyx, eine gebürtige Adanerin, war als Sklavin verkauft worden. Schließlich hatte sie ihren Herrn ermordet und war für dieses Verbrechen ins Gefängnis gesteckt worden. Indem sie ihren Körper an die Wachen verkaufte, gelang ihr die Flucht. Der weitere Verlauf ihres Lebens war ein Geheimnis; Moichi war sich noch nicht einmal sicher, ob das, was ihm Sardonyx erzählt hatte, der Wahrheit entsprach. Sie war eine vollendete Lügnerin und genoß es, Geschichten zu erfinden und ihre Persönlichkeit ständig zu verändern, so wie andere ganz selbstverständlich Luft atmeten.

Sardonyx hatte sich einst auf Aufeya fixiert, und als Moichi Aufeya rettete, war Sardonyx von ihrem Schloß im Land des Opalmonds nach Dalucien zurückgekehrt. Dort hatte sie Aufeyas Mutter Tsuki umgebracht, indem sie auf irgendeine mysteriöse Weise den Körper ihrer Tochter einsetzte, und so hatte sich ihre diabolische Rache sowohl auf die Mutter als auch auf die Tochter ausgedehnt. Die Mutter war tot, und Aufeya konnte sich nie verzeihen, was sie angerichtet hatte.

Moichi beobachtete mit einem Auge den Wind und mit dem anderen Aufeyas Gesicht. »Was Sardonyx betrifft, bin ich zu der Überzeugung gelangt, daß sie eher eine Wahrsagerin als eine Zauberin war. Sie war eine sehr talentierte Handauflegerin, um es so einfach wie möglich auszudrücken.«

»Dann war alles, was uns im Land des Opalmonds zugestoßen ist, nur eine Illusion?«

»Nein. Du weißt, daß es nicht so war. Aber die Feuermaske, dieses Symbol der Macht, das Sardonyx so begehrte, gab es tatsächlich. Die Maske stammte aus der Epoche der Magie, und ihre Macht war ehrfurchtgebietend.« Als Moichi sah, wie Aufeya erschauerte und das Palliate-Zeichen machte, legte er den Arm um sie und küßte sie auf die Wange. »Ich denke, daß es für uns beide am besten ist, wenn wir Sardonyx völlig vergessen. Da ich ihr die Feuermaske entrissen hatte, kannte sie nur noch den einen Gedanken, sich an deiner Mutter zu rächen. Nachdem ihr das unglücklicherweise gelungen ist, ist sie jetzt, da habe ich keine Zweifel, weit von hier entfernt, in ihrem Schloß im Land des Opalmonds.«

Sie gingen gemeinsam zur Reling und blickten auf die aufgehende Sonne.

Aufeya wandte sich Moichi zu. »Du vermißt ihn, oder?«

»Wen?«

»Du empfindest eine sehr tiefe Zuneigung für den Dai-San.«

»Er ist mein Blutsbruder.«

»Ich glaube, er bedeutet dir weitaus mehr.«

Moichi schwieg für eine Weile, als ob er mit einem schwierigen Problem ringen würde. »In irgendeiner unergründlichen Weise sind wir eins. Ich kann es nicht besser erklären. Er wurde erschaffen, um den Dolman und die Mächte der Finsternis zu vernichten, die diese Welt zu erobern drohten und die menschliche Rasse für alle Zeiten vernichten wollten. Es war mein Schicksal, daß ich an seiner Seite war. Er ist der größte Krieger aller Zeiten, und wir sind gemeinsam nach Kai-feng gereist, zur letzten großen Schlacht der Menschheit.«

»Und doch warst du nicht bei ihm in Ama-no-mori, als seine Metamorphose begann.«

Er seufzte. »Ach, Aufeya, jede Reise hat ein Ende. Mein Schicksal hatte mir vorherbestimmt, daß ich nach Sha'angh'sei zurückkehren sollte. Ich hatte meine eigene Aufgabe zu erfüllen.« Er lachte in sich hinein. »Und ich hatte Glück, daß ich es getan habe, weil ich dich ansonsten nie kennengelernt hätte.«

»Oder Sardonyx.«

»Ich habe kein Interesse mehr an ihr oder dem Land des Opalmonds. Das ist eine Sache der Vergangenheit.«

»Wo wir gerade vom Mond reden«, sagte Aufeya fasziniert, während sie zum Himmel zeigte. »Da ist er! Schau, Moichi, schau!«

## DRITTES KAPITEL

# DAS HAUS DER ANNAI-NIN

Die strahlend weißen Gebäude von Ala'arat glänzten im tropischen Sonnenlicht wie Zuckerwürfel. Die Stadt hatte eine strategisch günstige Lage, weil sie von neun an eine Klaue erinnernden Hügeln eingefaßt wurde, die sich an der weit ausholenden, halbmondförmigen Bucht erhoben. Ala'arat war in jeder Hinsicht das genaue Gegenteil von Sha'angh'sei, des wichtigsten Hafens des Kontinents der Menschen. Hinter den vor Geschäftigkeit sprühenden Quais, Straßen, Alleen und Seitengassen erinnerte die architektonische Struktur der Stadt präzise an die Form eines Sterns. Anstatt eines riesigen Durcheinanders verschiedenster Formen glichen die Gebäude hier ordentlichen Quadraten oder Rechtecken, und da, wo die Stadt sich auf die Hügel ausdehnte, wo auch hier die politisch einflußreichen Familien lebten, gab es zwar eine komplexere Architektur, die aber auch stark durch geometrische Formen charakterisiert war.

Sie standen an Deck, während die *Tsubasa* mit festgemachten Segeln und geworfenem Anker beidrehte. Aufeya klatschte begeistert in die Hände. »Wie wunderbar!« rief sie. »Die Stadt sieht aus, als ob sie aus Zuckerwürfeln errichtet worden wäre!«

Moichi stand neben ihr, den Arm um ihre schlanke Taille gelegt. Er spürte, daß ihm Tränen in den Augen standen. Nach all den langen Jahren, in denen er mit dem Krieger des Sonnenuntergangs die hintersten Winkel der Welt bereist hatte, wirkte seine Heimat wunderschön.

Aber seine Freude war nur von kurzer Dauer. Ein gut bewaffneter Leichter glitt über die sanften Wellen auf sie zu, während Moichi den Befehl gab, ein Boot zu Wasser zu lassen, damit er mit dem Hafenmeister sprechen und sich eine Anlegeerlaubnis sichern konnte. Zugleich war ihm klar, daß im Hafen viel zu viel Betrieb war, als daß er mit einer Anlegeerlaubnis an einem der Quais hätte rechnen können. Dort lagen jede Menge viermastige Frachter, die mit allen Arten von Waren be- oder entladen wurden: mit Früchten, Gemüse und Korn, Ballen handgefärbter Seide, Voile-Baumwolle, dichtgewebtem Leinen, aber auch exklusiven Waren wie Zypressen, Ebenholz, kostbarem Marmor oder glänzendem Obsidian. Aber Moichi hatte keinen Zweifel daran, daß er einen Anlegeplatz weiter draußen, links oder rechts der großen Fahrrinne, ergattern konnte.

Als er sah, daß eine Gruppe Iskamen-Marinebeamter an seinem Schiff anlegte, war er überrascht. Der Anführer war ein sehr junger Mann, der bis auf einen langen, dichten Zopf glatzköpfig war. Er stolzierte über das Deck und fragte nach dem Kapitän. Als Moichi vortrat, war er einen Augenblick lang überrascht, einen Landsmann zu sehen.

»Woher kommt ihr?« fragte der Offizier. Als Moichi es ihm erzählte, nickte er. »Habt ihr unterwegs irgendwo angelegt? Hat man euch auf See gesehen, oder habt ihr mit irgendeinem anderen Schiff Kontakt gehabt?«

»Weder noch«, antwortete Moichi etwas verstört. »Gibt's ein Problem?«

»Nicht, wenn du die Wahrheit sagst«, meinte der Beamte, der Aufeya beäugte. »Was habt ihr hier vor?«

»Ich kehre nach Hause zurück«, sagte Moichi. »Ich will heiraten.«

Der Beamte beobachtete ihn eine Zeitlang. »Wir werden dein Schiff durchsuchen müssen.«

»Warum?«

Der Beamte trat einen Schritt vor, und sein Blick verdüsterte sich. »Hast du etwas zu verbergen?«

»Natürlich nicht«, antwortete Moichi. »Aber du bist mir eine Erklärung für dieses außergewöhnliche Vorgehen schuldig.«

»Tatsächlich ist das eine völlig routinemäßige Prozedur«, sagte der Beamte. »Du bist ein Landsmann, aber ich sehe, daß du seit langer Zeit nicht mehr in Iskael warst. Während deiner Abwesenheit hat sich vieles geändert. Unsere Nachrichtendienste berichten seit einiger Zeit über Unruhen in den Siedlungen in der Wüste, über Tote und Menschen, die unter mysteriösen Umständen verschwunden sind. In Ala'arat hat man feindliche Spione enttarnt. Wir fragen uns, wie sie hier eingeschleust werden. Sie kommen ums Leben, bevor sie es uns erzählen können, und deshalb müssen jetzt alle Schiffe durchsucht werden, die eine Anlegeerlaubnis beantragen.« Er machte eine kurze Pause. »Können wir jetzt beginnen, *Kapitän*?«

Moichi nickte. Er fühlte sich plötzlich unwohl. »Tu, was du tun mußt. Ich bin ebenso wie du daran interessiert, daß in Ala'arat sichere Verhältnisse herrschen.« Während sich der Mann abwandte, um seinen Männern weitere Befehle zu erteilen, sagte Moichi: »Das ist ja fast wie im Kriegszustand.«

Der Beamte drehte sich wieder um. Trotz seiner Jugend erkannte Moichi in seinem Gesichtsausdruck die Trostlosigkeit vorzeitigen Alterns. »Eine extrem scharfsinnige Einschätzung, Kapitän«, sagte er.

Die Villa der Annai-Nin glich dem Bild seiner Erinnerung: Die verblaßten weißen Stuckwände waren in strahlendes Sonnenlicht getaucht, und die jadegrün glasierten Dachkacheln glänzten aus jeder Perspektive wie facettierte Juwelen.

In einem Land, wo es sonst nur duftende Zedernwäldchen und reiche, fruchttragende Dattelpalmen gab, war es erstaunlich, eine so imposante Eingangspforte zu sehen, die aus großen Eichenplatten bestand und eine Maserung wie das Muster eines Tigerfells mit komplizierten Schnitzereien aufwies. Die Pforte hatte klug konstruierte Türangeln und öffnete sich nach innen. Moichi erklärte Aufeya, daß seine Vorfahren selbst zu einer Zeit, als es gefährlich und nicht ratsam gewesen war, mit dem Kontinent der Menschen Handel zu treiben, weltoffene Kaufleute gewesen waren. Sie hatten sich für viele fremdländische Produkte interessiert und dafür langfristige Verträge ausgehandelt.

Die Villa lag auf dem höchsten der neun Hügel, so daß man die große Bucht überblicken konnte, die eine der wenigen, natürlichen Vorzüge war, über die Iskael verfügte. Weit unter ihnen erstreckte sich die halbmondförmige Stadt Ala'arat wie die Wedel einer Dattelpalme.

Es hatte den ganzen Tag in Anspruch genommen, die notwendigen Papiere für die Hafenbehörden auszufüllen. In dem geschäftigen Hafen von Ala'arat wimmelte es von Sicherheitsmaßnahmen, die in bürokratische Vorschriften gehüllt waren.

Die Stadt glänzte in der Dämmerung wie ein Juwel. Die Lichter glitzerten und changierten durch den Einfluß des Rauchs, der von unzähligen Kochstellen emporstieg. Die Luft war von entfernten und mysteriösen Geräuschen erfüllt, von den anschwellenden, heulenden Stimmen der Betenden. Die gepflasterten Plätze der riesigen Märkte der Stadt, die seit dem Morgengrauen verstopft gewesen waren, waren jetzt fast verwaist, weil sich die heilige Stunde des *chaat* – des wöchentlichen heiligen Abends – näherte. Moichi hatte gehofft, seine Villa vor dem Beginn des rituellen Feiertages zu erreichen.

»Einst, vor vielen Jahren, war das gesamte Territorium dieser Stadt so leblos und ausgezehrt wie Skelette in der Wüste«, sagte Moichi, während er mit Aufeya die gewundene Auffahrt emporstieg. »Im Verlauf einer Generation haben die Iskamen eine durch Felsen und Sandverwehungen geprägte Gegend in eine üppige Landschaft verwandelt.«

»Warum habt ihr euch hier niedergelassen, wenn die Umgebung so unwirtlich war?«

Moichi schwieg und zeigte über die Dächer der Villa. »Da hinten liegt Mu'ad, die Große Wüste. Die Iskamen verbrachten des halbe Jahr in dieser Einöde. Jedes andere Volk, daß so lange in dieser Wüste als Nomaden hätte leben müssen, wäre verhungert oder erfroren. Aber Gott war auf unserer Seite. Er zeigte uns, daß wir keine andere Wahl hatten – die Mu'ad-Wüste war unser Los.« Sie schritten erneut auf die großen Holzpforten der Villa zu. »Die Iskamen, Aufeya, sind acht Generationen lang von der Rasse der Adaner versklavt worden, die am jenseitigen Ende der Mu'ad-Wüste leben. Gott hat zu unseren Stammesältesten gesprochen. Er hat ihnen gesagt, daß sie jenseits der Großen Wüste am sichersten leben könnten.«

»Aber warum gibt es so viele bewaffnete Wachen und mißtrauische Augenpaare im Hafen und in den Straßen, wenn deine Landsleute frei sind?«

»Alte Ängste sterben nur schwer aus, und es ist die bittere Wahrheit, daß die Verfolgung der Iskamen nie wirklich aufgehört hat.«

Sie neigte spöttisch den Kopf. »Du wußtest das alles, und dennoch hast du dich entschieden, allem den Rücken zuzukehren.«

»Ich hatte beschlossen, Seefahrer zu werden.«

»Um die Meere zu befahren, hast du dich von deinem Heimatland und dem Kampf deiner Landsleute abgewandt.«

Er blickte sie zornig an. »Zweifelst du an meinem Mut?«

Aufeya fühlte die sengende Hitze seines Blicks und legte ihm sanft die Hand auf den Arm. Sie spürte die Anspannung seiner Muskeln. »Nein, ich bezweifle nicht deinen Mut, Moichi, niemals. Ich verdanke dir mein Leben, und das ist mehr, als ich im Verlauf eines Menschenlebens je wieder gutmachen kann.« Ihre Stimme wurde sanft, und sie küßte ihn leidenschaftlich. »Ich liebe dich, wie ich noch keinen anderen Mann geliebt habe. Ich rede über deine Verpflichtungen, was den uralten Kampf deines Volkes betrifft.«

Moichi schwieg eine Zeitlang. Die rauschenden Palmwipfel schienen das letzte Sonnenlicht zu verzerren und es in etwas Lebendes und Verschwommenes zu verwandeln, das an eine Kreatur vom Meeresgrund erinnerte, die aus ihrer Korallenhöhle schlüpfte. Plötzlich hörte man den Schrei eines Turmfalken, eines Raubvogels aus der Wüste.

»›Besetzt die Wälle, die Adaner kommen!‹ Das war der Schlachtruf meines Bruders. Das war die Maxime der Fe'edjinn, der militanten Sekte unseres Volkes. Sie nannten sich selbst Freiheitskämpfer, aber meiner Ansicht nach waren sie nichts als Mörder, die die Gesetze von Iskael umgingen, um Macht anzuhäufen und ihr fanatisch angestrebtes

Ziel zu erreichen: einen heiligen Krieg der Vergeltung gegen die Adaner. Die Verpflichtung meines Bruders gegenüber diesem Ziel war mehr als genug für eine Familie.«

»Glaubst du wirklich, daß dein Bruder ein Mörder ist?« fragte Aufeya.

»Jesah ist...« Moichi biß sich auf die Unterlippe und wandte sich etwas von Aufeya ab. »Ich würde alles glauben, was man mir über Jesah Annai-Nin erzählt.«

»Moichi...«

»Nein, nein!« Er wirbelte herum, und sein Gesichtsausdruck war wutverzerrt. »Du würdest es nicht verstehen.«

Aufeya öffnete den Mund, um etwas zu sagen, überlegte es sich dann aber anders. »Du mußt dich doch zumindest darauf freuen, deine Schwester Sanda wiederzusehen. Du hast so oft von ihr gesprochen.«

»Ach, Sanda.« Sie waren fast an der Pforte angelangt. Im Gegensatz zu dem hektischen Treiben der dicht bevölkerten Straßen und Alleen unter ihnen war der Innenhof der Villa ruhig und verwaist. Aber im Hauptgebäude selbst brannten Lichter. »Ich vermisse sie sehr. Wenn es einen Schmerz in meinem Herzen gegeben hat, weil ich Ala'arat verlassen wollte, dann war es der, daß ich Sanda für sehr lange Zeit nicht sehen würde.« Er blickte auf die Lichter in der Villa, während er die Pforte aufstieß. »Wie lange ist das her! Wieviel ist seitdem in ihrem Leben passiert! Als ich abreiste, war sie ein junges Mädchen.«

Sie durchschritten den quadratischen Innenhof, und ihre Schuhsohlen knirschten auf dem Boden aus zerbrochenen Meeresmuscheln. Während sie die Stufen zur Eingangstür emporstiegen, war sich Moichi der bittersüßen Mischung von Gefühlen und der erneut heraufbeschworenen Erinnerungen bewußt, von denen er einige lieber verdrängt hätte.

Er dachte gerade an seinen Vater und schmerzhafte *chaat*-Feiertage, als sich die großen Türflügel nach innen öffneten und sie über die Schwelle der Villa der Annai-Nin traten.

Plötzlich schleuderte man ihnen Fackeln ins Gesicht, und dann hörten sie das Klappern von Schuhsohlen. Ihr Bizeps und ihre Unterarme wurden von starken Fingern umklammert. Moichi nahm die strengen Körpergerüche und den Gestank von Angst und langem Warten wahr.

»Moichi ...!«

Er ging einen Schritt auf die Männer zu, aber eine Schwertklinge an seiner Kehle ließ ihn innehalten. Durch das blendende Licht der Fackeln sah er verzerrte Gesichter, durch Wind und Waffen entstellt. Dann versetzte der flüchtige Anblick eines Uniformärmels seinen Verstand in rasende Bewegung. »Ich bin Moichi Annai-Nin, der älteste Sohn von Jud'ae Annai-Nin. Wer wagt es, mich zu einer Geisel in meinem eigenen Haus zu machen?«

»Dein Haus?« Die Stimme klang scharf und so schneidend wie der Hieb einer Peitsche. »Macht Platz!«

Die Uniformierten traten beiseite, behielten Moichi und Aufeya aber fest im Griff. Moichi erkannte in dem wechselnden Licht eine große, schlanke Gestalt, die eine fein gewobene Uniform aus Seide und goldenen Tuchstücken trug. »Wenn du der älteste Sohn des Patriarchen Jud'ae bist, solltest du es besser beweisen können. Du warst lange weg.«

Der hochgewachsene Offizier hatte dichtes schwarzes Haar und einen gekräuselten Vollbart. Seine tiefliegenden, kaffeebraunen Augen ergaben gemeinsam mit der Hakennase ein Gesicht, das die Farbe von gebrannten Mandeln hatte und nichts verriet, aber alles sah.

Moichi nahm all dies in Sekundenbruchteilen wahr. Er hätte sich eine Meinung über den Mann bilden können, wenn er nicht etwas bemerkt hätte, das dafür sorgte, daß sich ihm die Eingeweide im Leib umdrehten. Um den Hals und den Kopf des Offiziers war die grün und braun gestreifte Kapuze der Fe'edjinn geschlungen.

»Ich verstehe nicht. Gehörst du zur staatlichen Miliz oder zu den Fe'edjinn?« fragte Moichi heiser.

Der Offizier lächelte. »Ich sehe, daß du *tatsächlich* lange weg warst. Die Fe'edjinn sind in Iskael die staatliche Miliz.«

»Aber wie ist das möglich?« fragte Moichi. »Der Staat kann keine Mörder und Attentäter unterstützen.«

Einer der Männer bedachte ihn mit einem heftigen Schlag gegen die Schläfe. »Halt deine Zunge im Zaum, Lümmel!« knurrte er. »Sonst schneide ich sie dir heraus!«

Der große Offizier neigte den Kopf zur Seite und schwieg, während das Blut aus einer Wunde an Moichis Wange tropfte.

»So, ein heimkehrender Hurensohn«, bemerkte er endlich.

»Was habt ihr in meinem Haus zu suchen?« fragte Moichi.

Derselbe Mann erhob erneut die Faust, um Moichi zu schlagen, aber der Offizier gebot ihm Einhalt. »Wenn du tatsächlich der älteste Sohn der Familie Annai-Nin bist, hast du das Recht, Bescheid zu wissen.«

»Soll ich dich durch die Villa führen?« fragte Moichi. »Soll ich dir zeigen, wo ich mich mit meinem Bruder Jesah versteckt habe, als wir acht Jahre alt waren und unser Vater außer sich vor Zorn über das war, was wir angestellt hatten? Soll ich dir zeigen, wo ich meine weinende Schwester Sanda gefunden habe, die sich einen Knöchel des linken Handgelenks gebrochen hatte? Soll ich dir die Stelle zeigen, wo meine Mutter und mein Vater begraben worden sind?«

Der große Offizier nickte. »Du wirst mir all dies und noch viel mehr zeigen. Alles, was ich sehen will.«

»Dann laß uns gehen, so daß wir unbehelligt die Villa meiner Familie betreten können.«

Nach einem Augenblick nickte der Offizier. »Dafür kann ich sorgen. Aber meine Männer werden uns begleiten und die Waffen bereithalten.«

»Es ist ein Sakrileg, während des *chaat* Waffen zu tragen.«

Der Offizier zuckte die Achseln und streckte die Hand aus, um Moichi zu bedeuten, daß er ihm den Weg zeigen sollte.

Sie schritten langsam durch die Villa der Annai-Nin, und Moichi wurde an jeder Ecke von Schatten und Geistern überfallen. Die Erinnerungen, die er lange unter sorgfältig geknüpften Spinnweben begraben hatte, tauchten wieder auf und bohrten sich brutal in sein Bewußtsein. Er sah sich als Kind, den sturen, schmächtigen Jesah und Sanda mit ihren wunderschönen blauen Augen. Überall wurde er mit der versunkenen Welt der Annai-Nin konfrontiert, der Welt seines Vaters, der über soviel Prestige und Ehre verfügt hatte. Aber das waren Reichtümer gewesen, die das begrenzte Verständnis eines Kindes nicht erfassen konnte. Die Reihe der Essensgäste aus Politik, Philosophie und Religion war endlos gewesen, und es hatte jede Woche glänzende, verschwenderische Feste gegeben, wo die berühmtesten Leute in der luxuriösen Villa der Annai-Nin willkommen geheißen wurden. Gegen diese Welt hatte Jesah rebelliert. Die großen geschäftlichen Erfolge des Vaters, die Beziehungen, die er geschmiedet hatte, und der Respekt, den er sich bei den Völkern auf dem Kontinent der Menschen jenseits des Meeres erworben hatte, bedeuteten ihm nichts. Jesah war früh unter den Einfluß der fanatischen Fe'edjinn geraten und hatte in ihrer strengen Auslegung der Schrifttafeln der Iskamen und ihrer Besessenheit, sich an den Adanern zu rächen, einen Blitzableiter für seinen inneren Zorn gefunden.

Hatten er und Moichi jemals einen Grund gefunden, sich etwas Freundliches zu sagen oder sich nur ansatzweise ein Zeichen der Zuneigung zukommen zu lassen? Hatten sie sich nicht zusammen an dieser Stelle hinter der Speisekammer versteckt, die er gerade dem Offizier der Fe'edjinn zeigte? Und hatten sie sich in der Finsternis ihres Verstecks nicht blutig geprügelt?

Es war weitaus angenehmer, sich an Sanda zu erinnern, wie sie sich an seiner Taille festgeklammert hatte, wie er sie vor den Jungen in der Schule beschützt oder sie in die Grundsätze der Religion eingeführt hatte. Er hatte sie gelehrt, wie die heiligen Inschriften auf den Tafeln zu deuten waren, die man von dem heiligsten Ort der Iskamen, dem Gipfel des Berges Sin'hai, hergebracht hatte.

Aber es war unmöglich, Jesahs Verrat zu vergessen. Dunkle Erinnerungen bedrängten weiter wie Schlangen sein Gedächtnis. War es nicht Jesah gewesen, der seine Familie verlassen und sich in die Rekrutierungslager der Fe'edjinn in die öde Wildnis der Mu'ad-Wüste begeben hatte? Ja, aber Moichi war vom Vater und Sanda gerügt worden, weil er zur

See fahren und nicht nur die Familie der Annai-Nin, sondern Iskael überhaupt vergessen wollte.

»Was mich angeht, werde ich dir nie verzeihen können«, hatte Jud'ae nur wenige Monate vor seinem Tod gesagt. »Als ältester Sohn hast du mir und meiner Familie gegenüber eine heilige Pflicht. Wer wird die Geschäfte führen, wenn ich nicht mehr lebe? Jesah? In seinem Blick erkennt man nur Blutgier. Sanda? Sie ist eine Frau. Sie wird bald heiraten, aber ich werde keinen Fremden ins Vertrauen ziehen. Blut ist Blut, Moichi. Du vor allem müßtest das wissen und dich den Traditionen fügen.«

Moichi wußte nicht, wie Sanda über all dies dachte. Sie war Augenzeuge seiner Demütigung gewesen, hatte aber strikt geschwiegen.

Es war bereits seit zwei Stunden dunkel, als Moichi den Gang durch die Villa mit dem Fe'edjinn-Offizier zu dessen Zufriedenheit hinter sich gebracht hatte. Jetzt schickte der Offizier seine Männer in andere Teile des Hauses und nickte unmerklich. »Ich, Tamuk, der Erste Darman der Fe'edjinn, heiße dich, Moichi Annai-Nin, herzlich in deiner Heimat willkommen.« Aber er streckte das Handgelenk nicht aus, damit Moichi es nach Art der Iskamen umfassen konnte. Das merkte sich Moichi gut.

»Wo sind die anderen?« fragte Moichi. »Und warum bist du hier?«

Tamuk streckte die Hand aus. »Setz dich bitte.«

Aufeya saß da und blickte nervös auf Moichi, der stehen blieb. Sein Blick hatte sich nicht von dem des Fe'edjinn-Offiziers gelöst. Sie befanden sich in Jud'aes Arbeitszimmer, einem eher kleinen Raum im hinteren Teil der Villa, der mit Schriftrollen, Büchern und den Erinnerungsstücken eines Menschenlebens angefüllt war. Die Luft war mit Vorstellungen von den möglichen Ereignissen geschwängert. Moichi führte den Fe'edjinn und Tamuk nach dem Rundgang hierher, um ihnen das Geheimfach zu zeigen, das den kostbarsten Besitz seines Vaters enthielt: eine handgeschriebene Kopie der Schrifttafeln der Iskamen, deren Anfertigung fünf Jahre in Anspruch genommen hatte. Man zündete Öllampen an, deren Duft bei Moichi noch mehr Erinnerungen auslöste.

Tamuk seufzte. »Du machst es dir nur unnötig schwer.«

»Ich habe nichts getan, als wegen des *chaat* nach Hause zurückzukehren, Erster Darman.«

Tamuk schwieg eine Weile. Man hörte nur das Rascheln der Palmwipfel hinter den Fenstern und das gemächliche Tropfen von Wasser in der nahe gelegenen Spülküche. Tamuk atmete tief durch und verschränkte seine Finger. »Zunächst ist es meine Pflicht, dir mitzuteilen, daß deine Schwester tot ist.«

»Sanda!«

Aufeya stieß einen kleinen Schrei aus, während Moichi zurücktaumelte, als ob Tamuk ihm eine Klinge in die Brust gerammt hätte. Aufeya stand auf und stützte ihn, während er zitternd dastand.

»Was ... Wie ist es passiert?«

»Sie wurde auf brutalste Weise umgebracht. Es geschah vor drei Nächten, während sie schlafend in ihrem Bett lag.«

Moichi hob den Kopf. »Du sagtest ›auf brutalste Weise‹.«

»Ich bitte dich, es mir zu ersparen, von den Details berichten zu müssen«, erwiderte Tamuk, der Aufeya anblickte.

»Erzähle es mir!« Moichi schrie fast.

»Gut, wenn du darauf bestehst.« Tamuk seufzte. »Die Oberfläche ihres Körpers war ... nun, in Ermangelung eines besseren Ausdruck würde ich sagen, daß sie zerfetzt war. Alle ihre Rippen waren gebrochen, als wenn man sie nach außen gezogen und ihre Eingeweide aus dem Unterleib gerissen hätte.«

»Guter Gott!« Aufeya klammerte sich an Moichis Arm. Ein kaltes Frösteln kroch ihm das Rückgrat hinunter, aber er riß sich zusammen. *Das kann nicht wahr sein,* dachte er. Es mußte irgendeine andere Erklärung geben.

Tamuk warf ihm einen kalten Blick zu, bevor er wieder das Wort ergriff. »Ihr Ehemann ...«

»Ehemann?«

Tamuk hob seine schwarzen Augenbrauen. »Genau. Deine Schwester hatte vor einem Jahr geheiratet. Wußtest du das nicht?«

Moichis Gedanken schienen wie eingefroren zu sein. Einerseits gab es die Vergangenheit, als Sanda noch am Leben gewesen war, und andererseits die Gegenwart, in der sie tot war. Eine scharfe und unheimliche Demarkationslinie trennte die beiden wie eine Fensterscheibe, und Moichi fand sich auf der falschen Seite dieser Scheibe eingesperrt.

»Wer ...« Sein Mund war ausgetrocknet, und er wurde plötzlich von Schuldgefühlen übermannt. Wenn er nur nicht seine Familie verlassen und der Verlockung des Meeres nachgegeben hätte. Wenn er nur hiergeblieben wäre ...

Aufeya löste sich einen Moment von seiner Seite, um ihm aus einer gläsernen Karaffe einen dunklen, zähflüssigen Likör einzuschenken. Sie reichte ihm den halbvollen Metallbecher, und Moichi sah ihn mit einem leeren Blick an. Auf dem Becher waren Runen der Schrifttafeln eingraviert. Es war jener Becher, mit dem sein Vater immer das Ritual der Ansprache während des *chaat*-Festes begangen hatte. Er sah, daß sich seine Knöchel weiß verfärbt hatten, und kippte den Likör krampfhaft hinunter. Seine Augen waren wäßrig, während er sich die Lippen leckte. Dann konzentrierte sich sein Blick wieder auf den Fe'edjinn-Offizier. »Wen hat Sanda geheiratet?«

»Einen Kaufmann von den nahegelegenen Hängen des Berges Sin'hai. Einen Mann namens Yesquz.«

»Was weiß man über ihn?«

»Praktisch nichts. Er handelt mit Gewürzen, Kräutern und medizinischen Heilwurzeln, die man nur am Fuße des Berges Sin'hai findet. Offensichtlich kann er davon ziemlich gut leben – er hat den Markt aufgekauft. Aber deiner Schwester ging es nicht ums Geld.«

»Hat man ihn auch umgebracht?«

»Er hält sich gegenwärtig nicht in Ala'arat auf. Und auch in jener Nacht, als deine Schwester ermordet wurde, war er nicht hier. Er reist häufig.«

»Wo ist er jetzt?«

»In der Mu'ad-Wüste. Er handelt dort mit seinen Waren.«

»Bring ihn her«, sagte Moichi. »Ich will ihn befragen.«

Tamuk blickte ihn merkwürdig an. »Denselben Gedanken hatten wir auch. Dein Bruder Hamaan ist gerade mit einer Truppenabteilung abgereist, um ihn zu holen.«

»Hamaan? Mein Bruder heißt Jesah.«

Tamuk legte eine kurze Pause ein. »Nicht mehr. Er ist jetzt ein Qa'tach, einer der fünf Fe'edjinn-Führer, und als solcher hat er einen Qa'tach-Namen angenommen.«

»Davon hatte ich keine Ahnung«, sagte Moichi nach einer Weile.

Tamuk schien angewidert zu sein.

»Warum sind meine anderen Schwestern nicht hier?« fragte Moichi.

»Als ihre Ehemänner den Fe'edjinn beitraten, sind sie mit ihren Familien in die Siedlungen in der Mu'ad-Wüste gezogen.«

»Guter Gott«, flüsterte Moichi.

»Seit deiner Abreise hat sich eine Menge verändert«, sagte Tamuk. Seine Worte waren wie Echos dessen, was der Marinebeamte gesagt hatte, nachdem er an Moichis Schiff angelegt hatte. »Dieser Mord, so fürchterlich er auch sein mag, ist bei weitem nicht der erste. Aber bei deiner Schwester liegt der Fall anders. Sie war eine Annai-Nin, und ihr Tod hat die Menschen aufgerüttelt. Selbst die Friedenspartei ist verstummt, und jetzt sprechen alle Iskamen mit einer Stimme.«

»Mit einer Stimme?« wiederholte Moichi.

»Hier herrscht Krieg, Mann«, sagte Tamuk. »Der heilige Krieg gegen Adan.«

»Aber wie ist das möglich?« Moichi war verwirrt. »Es werden Tausende, vielleicht Millionen Menschen sterben. Wir reden hier weniger über Krieg als über Völkermord.«

»Du solltest dich besser an den Gedanken gewöhnen. Dies ist die Realität, die du nach deiner Heimkehr vorfindest. Gut, wenn es keine weiteren Fragen mehr zu beantworten gibt ...« Tamuk blickte kurz Aufeya an. »Das wär's dann für heute nacht.« Er verbeugte sich mechanisch, aber die Geste schien nicht Moichi zu gelten. »Es tut mir leid, daß deine Heimkehr unter so tragischen Begleitumständen stattfindet. Ich werde zwei Wachtposten zum Eingangstor abkommandieren ...«

»Das wird nicht notwendig sein, Erster Darman«, sagte Moichi.

Tamuk lächelte dünn. »Ich fürchte doch. Sicherheitspolitik. Der extrem grausame und unmenschliche Mord an deiner Schwester macht es wahrscheinlich, daß die Adaner dafür verantwortlich waren ... Eine Attacke gegen den Qa'tach, eine Art persönlicher Racheakt. Eine typische Botschaft der Adaner-Terroristen.«

Moichi dachte an sein Gespräch mit dem jungen Marinebeamten. »Dann gibt es also Angehörige des Adaner-Volkes in Ala'arat.«

Tamuk nickte. »Agenten der Organisation Al Rafaar, die für Spionage und Anschläge zuständig sind. Sie waren in letzter Zeit ziemlich aktiv.« Sein Grinsen war roh und freudlos. »Du siehst, es war notwendig, daß die Fe'edjinn an die Macht kamen. Vielleicht verachtest du uns jetzt etwas weniger. In diesen Tagen braucht Iskael unsere hart gepanzerte Faust mehr denn je.« Tamuk wandte sich Aufeya zu. »Gute Nacht, Madame.« Ohne ein weiteres Wort verließ er den Raum.

## Viertes Kapitel

# SCHATTEN

In der halb verdunkelten Villa bereitete Aufeya das Nachtmahl zu. Es war sehr spät. Die Aufrufe zum Gebet waren längst verhallt, und an den steilen Abhängen des Hügels flackerten und erloschen die Lichter von Ala'arat – außer an den hell erleuchteten Wachposten, wo die fanatischen Mitglieder der Fe'edjinn aufmerksam patrouillierten. Dennoch hatten Gewalt und Mord die Stadt heimgesucht, und niemand schlief ruhig.

Sie stellte das Essen auf den langen, kunstvoll geschnitzten Tisch aus Macasser-Ebenholz und rief dann nach Moichi. Als sie keine Antwort vernahm, ging sie ihn suchen. Sie hörte hallende Geräusche, die auf einen Kampf im Korridor schließen ließen, und während sie den Flur aufgeregt hinablief, rief sie wieder und wieder seinen Namen. Ihr Herz überschlug sich. Was war, wenn der Mörder an den Tatort seines Verbrechens zurückgekehrt war, wie Tamuk und seine Fe'edjinn es offensichtlich vermutet hatten?

»Moichi!« schrie sie.

Sie stürmte um eine Ecke und fand ihn in der riesigen Bibliothek seines Vaters. Moichi stürzte die Möbel um und zerstörte mit seinen Dolchen alles, was ihm unter die Augen kam. Er war allein und rasend.

Sie erschauerte und machte das Palliate-Zeichen, aber da dies mittlerweile zum Ritual geworden war, beruhigte es sie nicht wirklich. Vom Türrahmen aus beobachtete sie die mutwillige Zerstörung. Ihr war klar, daß sie ihm keinen Einhalt gebieten oder in irgendeiner Weise eingreifen durfte. Sie mußte dem Wahnsinn seinen Lauf lassen, weil sie gut über Moichis Leiden Bescheid wußte.

Dann war es endlich vorbei und die Zerstörung der sorgfältig eingerichteten Bibliothek seines Vaters beendet. Moichi stand keuchend und schwitzend in der Mitte des Raums, und seine weit aufgerissenen Augen starrten wie die eines kranken Tieres. Endlich begann sich sein Atem zu beruhigen. Sein Kopf wirbelte herum, und sein Blick wurde wieder klar.

»Wie lange bist du schon hier?«

»Spielt das eine Rolle? Du hast seit dem frühen Morgen nichts gegessen. Das Essen steht auf dem Tisch.«

Diese Rückkehr zum Alltäglichen ließ ihn seine Fassung wieder ganz zurückgewinnen. Er nickte und ergriff ihre Hand. »Ich möchte dir etwas zeigen.«

Er führte sie in ein Zimmer, das mit gewebten Brokatstoffen in den hellen Farben der Wüste ausgestattet war, die offensichtlich alle von derselben geübten Hand hergestellt worden waren. Neben einem Bett mit Holzpfosten kauerte er sich nieder. Die Bettwäsche war zurückgeworfen und unordentlich, als ob jemand den Ort in Eile verlassen hätte. Moichi entzündete eine dicke Kerze, die auf dem Bettrahmen auf einem wachsüberströmten Porzellanteller stand.

Er trat zur Seite, und Aufeya sah den dunklen, unregelmäßigen Fleck auf dem Fußboden. Sie erkannte die Farbe getrockneten Blutes. Hier also hatte man Sanda ermordet. Es war niemand mehr in der Villa gewesen, um das Blut aufzuwischen, aber wahrscheinlich hätten Tamuk und seine Fe'edjinn-Gefolgsleute es auch nicht zugelassen, daß irgend jemand während ihrer Untersuchungen den Raum betrat.

»Ich vermisse sie, und für mich als Seefahrer ist das ein sehr seltsames Gefühl.« Sie nahm die Bitterkeit in seinem Tonfall wahr. Er wandte sich mit zusammengeballten Fäusten um. »Ich hätte sie retten können, Aufeya.«

Ihr Herz fühlte seinen Schmerz. »O Moichi, wie kannst du so etwas sagen?«

»Weil ich es weiß«, erwiderte er grimmig. »Ihr Mann hat sie hier allein und ungeschützt zurückgelassen ...«

»Aber das hier ist Ala'arat.«

Er ignorierte ihre Worte. »Wenn ich statt auf dem Meer hier gewesen wäre ...«

»Ja, dann wären dein Leben und unser beider Leben völlig anders verlaufen.« Sie liebkoste ihn. »Aber das ist nichts weiter als ein Traum. Sie ist tot, mein Liebster, aber ich versichere dir, daß es nicht deine Schuld ist.«

Moichi blickte auf sie hinab und küßte sie auf die Stirn. *Er braucht Zeit*, dachte sie.

»Es gibt da etwas, was ich noch zu erledigen habe«, sagte er, während Aufeya auf die Tür zuging. »Nein. Bleib bitte hier.«

Er kniete sich neben dem Bett nieder. Seine Fingerspitzen strichen über den dunklen Fleck. Dann erhob er sich, und nach einem Augenblick hörte Aufeya seinen sanften Gesang. Sie wußte, daß es sich um das Totengebet der Iskamen handelte. Sein Kopf war mit einem kleinen Tuch bedeckt, und seine Schultern waren gekrümmt, als ob er eine große Last tragen müßte.

Er beendete sein Gebet, und sie wartete geduldig mit gesenktem Kopf. Schließlich trat sie einen Schritt vor und legte ihm zärtlich eine Hand auf die Schulter. »Du mußt jetzt etwas essen. Dann werden wir schlafen. Es war ein langer Tag.«

Aber auch nach dem Mahl fanden sie keinen Schlaf. Moichi, der während des Essens geschwiegen hatte, trat auf die Veranda hinaus. Aufeya folgte ihm einen Augenblick später. Sie wußte, daß er sie gehört hatte. »Auf See sind mir diese Stunden kurz vor der Morgendämmerung die liebsten, weil es die friedlichsten sind. Ein Fregattenvogel oder vielleicht eine Möwe sind die einzigen Geschöpfe, die sich rühren. Selbst der Wachtposten hoch oben in seinem Korb ist oft eingenickt. An Deck fühle ich ...« Er breitete die Arme aus. »Es ist, als ob mein ganzes Sein mit der Welt im Einklang wäre, ihrer langsamen Umdrehung und der kosmischen Uhr, die unhörbar und unsichtbar tickt, aber nur von mir allein wahrgenommen wird.«

»Hast du jetzt dasselbe Gefühl?« fragte Aufeya sanft. »Es ist dieselbe Zeit.«

»Ich weiß es nicht.« Er schüttelte den Kopf. »Ich fühle mich wie ein Fisch an Land.«

»An Land?«

»Hier in Iskael bin ich ein Fremder ... Nichts ist so, wie ich es in Erinnerung hatte.«

Aufeya trat auf ihn zu und stand dann neben ihm. Sie legte ihm eine Hand auf den Unterarm. »Dann solltest du dich daran erinnern, daß du auch nicht mehr derselbe bist. Nichts ist so beständig wie eine Fliege in Bernstein. Alles wandelt sich, und Veränderungen sind unausweichlich.«

»Aber jetzt kommt der Krieg, Aufeya. O nein, kein normaler Krieg. Jetzt werden sich die Iskamen und die Adaner so lange bekämpfen, bis nur noch ein Volk überleben wird. Und doch, wie du siehst, bin ich nicht entkommen. Ich bin am Vorabend eines heiligen Krieges nach Hause zurückgekehrt. Und jetzt stehe ich vor der Frage, die mich mein ganzes Leben lang begleitet hat: Wie kann man das Unausweichliche aufhalten?«

Im Unterholz raschelte ein Vogel, und überall um sie herum rauschten und flüsterten die Dattelpalmen im Wind der Morgendämmerung, die gerade anzubrechen begann. »Als ich jung war, habe ich mich hier nie allein aufgehalten. Ich war viel zu sehr damit beschäftigt gewesen, unten im Hafen rumzuhängen und die Seeleute zu beobachten, die die Quais hinauf- und hinunterliefen. Ich habe aufs Meer hinausgesehen, um einen Hauch meiner Bestimmung zu erhaschen. Zumindest habe ich das gedacht. Jetzt glaube ich, daß ich es einfach deshalb tat, weil mein Vater es mir verboten hatte. Bei ihm ging es immer darum, den Traditionen zu folgen.«

»Das Meer ist ein harter Lehrmeister«, sagte Aufeya. »Vielleicht hast du nur den einen gegen den anderen eingetauscht.«

»Aber es war *meine* Entscheidung«, sagte er schroff. »Nicht seine.« Dann senkte er den Kopf und ergriff ihre Hand. »Wie Sanda geweint hat, als ich Iskael verließ. Sie ist den ganzen Weg zum Hafen hinuntergelaufen, um mich zu halten. ›Ohne dich werde ich sterben‹, hat sie gesagt. Ich küßte sie und lachte über solch kindische Gefühle.«

Aufeya wandte sich um und küßte ihm zärtlich die Tränen von den Wangen. »Vielleicht wirst du eines Tages erkennen«, flüsterte sie, »daß du deinen Vater genauso vermißt wie jetzt Sanda.«

Hinter einer Wolkenbank brach der bläulich weiße Vollmond hervor, und in ihrem Rücken tauchten Schatten auf, die so schwach waren, daß sie Geistern oder Engeln ähnelten, und die sie nur ab und an aus den Augenwinkeln wahrnahmen.

Moichi hob einen Arm und zeigte in die mondbeschienene Nacht. »Da, jenseits der Mu'ad, der Großen Wüste, liegt Adan.«

Aber Aufeya blickte nach links, wo sich hinter Tausenden von Hektars der berühmten Zedernhaine Iskaels, jenseits der düsteren und dämmrigen vulkanischen Einöden, die sich in unregelmäßigen Steigerungen bis zu den untersten Bereichen einer Art riesigem Berg erhoben, so weit entfernt wie der Horizont. Es war unmöglich, seine Höhe einzuschätzen, weil der Gipfel in wogende Wolken, dichten Nebel und einen seltsamen, eisigen Schleier gehüllt war.

Sie starrte auf den Berg. Etwas, das sie weder benennen noch sich vorstellen konnte, verunsicherte sie. Der Nebel, der die zerklüfteten oberen Bereiche einhüllte, schien fast durchscheinend zu sein. Ein- oder zweimal war sie überzeugt, daß sie einen unbeschreibbaren Farbblitz gesehen hatte, der durch die vorbeiziehenden Nebelschwaden zerstreut wurde oder sich ausdehnte.

Sie war überzeugt davon, daß sie ein solches Naturphänomen, das sie auf den Abhängen des Berges bestaunen konnte, noch nie gesehen hatte. Im Lauf ihres Lebens hatte sie viele Hügellandschaften und Gebirgsmassive gesehen, die sich durch das Alter gekrümmt und abgerundet hatten, und jüngere Formationen mit scharfen Kanten und tiefen Schluchten. Aber diese ungeheuren Gebirgskämme und Bergtäler widersetzten sich jeglicher Einordnung.

Es war, als ob sie auf eine Formation starren würde, die sich gerade eben in der Dunkelheit der Nacht aus dem geschmolzenen Erdinneren erhoben hätte, wo alles wundgescheuert und blutig wie Moichis Gefühle war und dennoch voller uranfänglicher und donnernder Energie. Die zerklüfteten Felsschluchten waren beunruhigend und wirkten wie riesige schwarze Risse in der Erdoberfläche. Die Gebirgskämme waren zackig und spitz. Aufeya fühlte, wie sich ihre Kopfhaut zusammenzog, und sie wischte sich die Augen, die aus unerfindlichen Gründen zu tränen begannen wie zu ihren Kinderzeiten, wenn sie zu lange in die Mittagssonne gestarrt hatte. Sie wollte gerade das Palliate-Zeichen machen, doch da durchfuhr sie ein Schauer, weil ihr plötzlich klar wurde, daß es nur mehr ein Gestus war.

»Moichi«, sagte sie mit heiserer Stimme, »erzähl mir etwas über den Berg im Norden.«

»Tut mir leid, aber das würde Jahre dauern«, antwortete er. »Das ist der Berg Sin'hai, die Heimat Gottes.«

»Des Gottes der Iskamen.«

»Des *einzigen* Gottes.«

Sie konnte ihren Blick nicht von dem zugleich beängstigenden und trostspendenden Anblick des Berges Sin'hai abwenden. »Glaubst du, daß jenseits davon Syrinx liegt, das Land Miiras und ihres Volkes?«

»Das weiß nur Gott«, antwortete Moichi. »Soweit ich weiß, ist seit Jahrhunderten niemand mehr dorthin gereist.«

»Der einzige Gott.« Aufeya wandte sich Moichi flüchtig zu. »Wie kannst du das behaupten? Du, der du Magier, unvorstellbare Bestien und Zauberinnen kennengelernt hast. Du, dessen bester Freund ein gottähnliches Wesen ist.«

»Es gibt Götter und solche, die vorgeben, es zu sein. Und dann gibt es jenen Gott, der auf dem Berg Sin'hai wohnt.«

»Hast du diesen Gott je gesehen?«

»Nein. Niemand hat ihn je erblickt. Aber er offenbart sich durch den Berg. Unsere Wissenschaftler sagen, daß der Berg Sin'hai alt ist – unvorstellbar alt. Die Zeitalter sind vorübergegangen. Orkane, Regenfälle, Hagel und Eis. Der Berg ist beständig. Und so soll es auch sein. Gott hat unser Volk aus Adan herausgeführt und in die Mu'ad-Wüste geleitet. Die Adaner haben gelacht und uns ziehen lassen. Sie waren überzeugt davon, daß wir dem Tod geweiht waren, weil das Töten das größte Talent der Großen Wüste ist. Aber der Glaube an den Gott unserer Vorfahren war unumstößlich, und er hat uns durch die sengende Hitze geleitet, bis wir auf der anderen Seite in Iskael ankamen. Wir haben in der Mu'ad-Wüste überlebt, was kein anderes Volk geschafft hätte.«

»Wie sieht der Gipfel des Sin'hai bei schönem Wetter aus?« fragte Aufeya fasziniert.

»Das weiß niemand. Die Nebel- und Wolkenwirbel weichen nie.«

»Willst du damit sagen, daß noch kein Iskamen den Berg bestiegen hat, um zu sehen, was es auf dem Gipfel zu sehen gibt?«

»Wir *wissen* es, Aufeya. Überdies verbieten die Schrifttafeln einen solchen Versuch, und zwar aus gutem Grund. Der Berg Sin'hai ist unendlich groß, er erstreckt sich bis in die Höhe des göttlichen Reiches. Sterbliche Menschen können sich eine solche Höhe nicht vorstellen, vom Erklimmen ganz zu schweigen.«

Über Ama-no-mori brach die Dämmerung herein, und die Schatten der japanischen Zedern und der sorgfältig gepflegten roten Kiefern wurden länger. In einer der unzähligen großen Hallen im Schloß des Kunshin saß der Dai-San, der seine letzte Mahlzeit einnahm, bevor er sich auf dem gepanzerten Rücken seines *kaer'n* auf seine Reise über den Ozean begeben wollte.

Sein hoher Helm reflektierte Licht und Schatten in jeden Winkel der Halle, in der sich sonst niemand aufhielt. Am anderen Ende befand sich der Drachenthron, der in ätherisches Licht getaucht war, das keine sichtbare Quelle zu haben schien. Es war der zeremonielle Thron der Macht, auf dem nur der Kunshin selbst Platz nahm. Er war aus einem einzelnen Block der seltensten Fu-chui-Jade geschnitzt, die die Farbe von leuchtendem, durchscheinendem Grün hatte, das an sprießende Blätter im Frühling denken ließ.

Es gab nur wenige, denen das Zusammensein mit dem Dai-San gestattet war, aber auch nur die wenigsten ertrugen es, von diesem unheimlich gebrochenen Blick beobachtet zu werden. Nur die Eingeweihten, die ihn kannten, verstanden wirklich, was hinter diesen fremdartigen Augäpfeln vor sich ging, und nur sie wurden durch seinen Blick nicht eingeschüchtert.

Eines dieser Wesen trat nun aus den Schatten hervor, eine wunderschöne Frau mit schrägen, mandelförmigen Augen und einem ungewöhnlich breiten und sinnlichen Mund. Ihre Frisur glich dem langen, traditionellen Zopf der Krieger, der sich auch unter dem hohen Helm des Dai-San verbarg. Zudem trug sie eine stählerne, von den Bujun hergestellte Rüstung, die beste ihrer Art, die zugleich widerstandsfähig und geschmeidig war, so daß sie selbst durch die heftigsten Schwerthiebe nicht zersplittern würde. In alle Teile ihrer Rüstung war das Platinsiegel des Kunshin eingeprägt, das drei fliegende Kiebitze innerhalb eines Weltkreises zeigte.

»Chiisai«, sagte der Dai-San bereits, bevor sie ganz aus dem Dunkel hervorgetreten war, »möchtest du nicht gemeinsam mit mir zu Abend essen?«

Die einzige Tochter des Kunshin blickte auf den Platinring am Zeigefinger seiner linken Hand. In der Mitte des Rings befand sich eine blaue Perle, eine der seltensten Perlen überhaupt, die Chiisai persönlich aus einer berühmten Kray-Auster geholt hatte, die halb verborgen auf dem Grund der Haneda-Bucht lag. Diese Auster, die mittlerweile einen Durchmesser von gut fünf Fuß hatte, war von Chiisais Urgroßmutter in der Bucht versenkt worden. Alle Frauen in der direkten Erbfolge des Kunshin waren außergewöhnlich talentierte Taucherinnen, und ein Teil ihres Vermögens war durch den Verkauf von Perlen zustande gekommen.

Chiisai ging auf den Dai-San zu und setzte sich neben ihn. Sie ergriff seine Hand, und ihre Fingerspitzen umschlossen die vertraute Wärme der außergewöhnlichen Perle. Sie stammte aus der Zucht ihrer Mutter, die ihr vor ihrem Tod dieses Geheimnis offenbart hatte. Eines Tages, wenn sie ihrer eigenen Tochter die Kunst des Tauchens beigebracht hatte, würde sie sie in das Geheimnis der blauen Perle der Kray-Auster einweihen. Ihr Vater, der Kunshin, kannte es nicht, und auch der Dai-San war ahnungslos. Für Chiisai war es ein Symbol tiefer Liebe, daß sie Dai-San dieses Geschenk überreicht hatte, welches mit einer so großen, verborgenen Macht verbunden war.

»Mußt du abreisen?« fragte sie, obwohl sie die Antwort kannte.

»Ich bin für den Krieg erschaffen worden, Chiisai. Nicht für Heim und Herd, die Familie oder die Liebe.«

Sie beugte sich vor, und ihr Gesichtsausdruck war sorgenvoll. »Aber wir lieben uns doch.«

Sein hoher Helm funkelte dunkel, während er sich ihr zuwandte. »Wir waren eins, und wenn wir uns in Liebe vereinigen, spüre ich dein Herz. Dieses Gefühl ist mir sehr wichtig.«

Sie wollte, daß er fortfuhr, wußte aber, daß er bereits mehr gesagt hatte, als er sonst jemandem anvertrauen würde. Nur sein Blutsbruder Moichi Annai-Nin bedeutete ihm so viel wie sie. »Ich würde dich begleiten«, sagte sie in einem fast trotzigen Tonfall.

Der Dai-San wischte sich die Lippen ab und schob dann seinen Teller zur Seite. »Warum möchtest du das?«

»Du weißt warum«, antwortete sie. »Weil ich dich begehre.«

»Das reicht nicht«, erwiderte er. »Im übrigen gibt es zwingende Gründe für dein Hierbleiben.«

»Traust du Ojime?« fragte sie. »Vereinen sich die Mächte der Finsternis wieder einmal unter einem neuen Banner? Gibt es wirklich einen Nachfolger des Dolman?«

»Ich glaube an die Weissagung der Knochen des Schneehasen«, sagte der Dai-San. Sie erhoben sich gemeinsam und gingen zu den schmalen Fenstern, wo sie die Gänse beobachteten, die in Schwärmen über die Äcker und Reisfelder von Haneda hinwegflogen und dann jenseits der dunklen, ansteigenden Hänge von Fujiwara verschwanden. »Was den Hohen Minister Ojime betrifft, so ist er der Grund, warum ich wünsche, daß du in der Hauptstadt bleibst. Seine Pläne gehen weit über das hinaus, was er öffentlich verkündet.«

»Ist dir irgend etwas zu Ohren gekommen? Wie kannst du ...?« Sie keuchte leise, als jener unheilvolle Blick sie zu fixieren begann. War es nur ihre Einbildung, oder glühte in seinen Augen ein fieberhaftes, überirdisches Licht. Wer war er? Weder ein Mensch noch ein Gott, sondern irgend etwas dazwischen, ein Wesen, für das es gegenwärtig noch keine Definition gab.

»Ojime hat Angst vor mir«, sagte der Dai-San. Er ignorierte ihre Fragen, auf die es keine Antworten gab – zumindest keine rationalen. »Vielleicht haßt er mich auch. Ich würde es an seiner Stelle auch tun. Er muß genau observiert werden. Er ist ein Lügner und Betrüger mit riesigem Ehrgeiz. Für seine Ambitionen stelle ich – wie dein Vater – ein Hindernis dar.«

»Aber was ist, wenn mit der Mission, mit der er dich beauftragt hat, irgend etwas nicht stimmt? Was ist, wenn es ihm nur darauf ankommt, daß du so weit wie möglich von Amano-mori entfernt bist?«

Der Dai-San betrachtete Chiisais feingeschnittenes Gesicht. »Dann sind die Gründe für dein Verweilen um so zwingender.« Er hob ihr Kinn mit einem seiner riesigen Knöchel an. »Du bist eine Kriegerin mit einer bestimmten Aufgabe, Chiisai. Es entspricht nicht deiner Bestimmung, meine Konkubine oder meine Helferin zu sein.«

Sie nickte und seufzte. »Ich bin aus Sha'angh'sei, dem Kontinent der Menschen, zurückgekehrt, um mit dir zusammenzusein, obwohl ich eigentlich vorhatte, dort eine lange Zeit zu bleiben.«

»Du wirst wieder dorthin zurückkehren«, erwiderte er. »Aber du kannst dich auf deine Instinkte verlassen. Ich versichere dir, daß du nicht bloß wegen mir nach Hause zurückgekehrt bist. Hier droht Gefahr – ernsthafte Gefahr. Und es ist deine Bestimmung, dich ihr zu stellen.«

Er starrte wieder durch die engen Fensterschlitze, und sie fühlte seine Sehnsucht, sich in die Wolken zu erheben und seine lange Reise anzutreten. Es war, als sei ein drittes Wesen in die Halle geschlüpft, das jetzt schweigend wie ein Schatten zwischen ihnen stand.

Chiisai erschauerte leicht, was nicht ihre Art war. Es war schwierig, sich an diese Seite seines Wesens zu gewöhnen, wenn man an seine gewaltigen Kräfte dachte. »Kommt es jemals vor, daß du ihn vermißt?«

»Wen?«

»Ronin. Das menschliche Wesen, das du einst warst.«

Der Dai-San schwieg lange, und Chiisai glaubte, daß sie einen schwerwiegenden Fehler begangen hatte. Dann begann sich der Nebel zwischen ihnen endlich zu lichten. »Etwas, an das man sich nicht erinnert, kann man nicht vermissen«, antwortete er.

»Du erinnerst dich nicht an dein früheres Leben?«

Die Finger des Dai-San liebkosten die schuppige Haut des sechsfingrigen Makkon-Handschuhs. »Ich erinnere mich daran, so wie du dich an einen Traum erinnern würdest.«

»Aber das ist sehr traurig.«

Er schenkte ihr jenes Lächeln, das nur für sie reserviert war. »Ich habe nie gesagt, daß ich nicht träume.« Er zog an seinem Makkon-Handschuh. »Rot, grün, blau. Ronin lebt immer noch in meinem Inneren, gemeinsam mit dem tragischen, menschlich-tierischen Zwitter Setsoru und den weiblichen Geistern. Das ist die Identität meines früheren Lebens, das ich wie die verdorrte Haut einer Schlange abgeworfen habe. Rot, grün, blau. Facetten eines Edelsteins, Teile eines Ganzen.«

»Ich verstehe dich nicht.«

»Das sollst du auch nicht. Deshalb rede ich auch nicht darüber.«

»Halt mich«, flüsterte sie, und als er seine Arme um sie legte, fühlte sie sich besser.

»Hast du Angst?«

»Nicht um mich selbst, sondern um die Menschheit«, antwortete sie. »Ich glaubte, wir hätten die Mächte der Finsternis für alle Zeiten besiegt, nachdem du den Dolman in Kamado getötet hattest.«

»Das Böse hat einen Verstand, eine Lunge und ein Herz«, sagte der Dai-San, und seine Stimme klang wieder wie das Läuten einer Glocke. »Was sein Denken und sein Fortschreiten betrifft, gleicht es einem monolithischen Block. Sein Einfluß wächst und schwindet, aber es findet immer genug Anhänger, die seinem Sirenenruf erliegen. Nichts kann für alle Zeiten vernichtet werden. In Kamado haben wir eine Schlacht gewonnen, mehr nicht. Der Krieg geht weiter.«

Die teegrünen Wände der Gebetskammer waren mit Schatten gemustert. Der Shinsei-na-ke-Tempel, in dessen Innerstem sich die Gebetskammer befand, war nur ein Teil des von einem Wassergraben umgebenen Schlosses des Kunshin, wo Chiisai und der Dai-San sich in diesem Augenblick voneinander verabschiedeten.

Die Gebetskammer, die einen Moment zuvor noch verwaist gewesen war, war jetzt von einer Art weiterem Schatten erfüllt. Seine schwärzliche Länge regte sich eine Zeitlang nicht, aber dann löste er sich aus der an Spinnengewebe erinnernden Finsternis. Er bewegte sich rasch und leise zu der erhobenen Plattform hinüber, und genau in ihrer Mitte, direkt unter der Papierrolle, die Qaylinns Großvater geschaffen hatte, kniete er nieder, als ob er beten würde.

Der Hohe Minister Ojime streckte seine langen, geschickten Finger aus, ahmte die Handgriffe des obersten Rosh'hi nach und hob die polierten Holzbretter hoch. Er zog den mit Wildlederlappen umwickelten Klumpen aus dem Geheimfach hervor, und seine Hände zitterten, während er das Päckchen öffnete, in dem sich die Zunge befand, die man einem Makkon herausgeschnitten hatte.

*Macht!* dachte Ojime in fiebriger Aufregung.

Während des Gesprächs mit dem Dai-San hatte er es geschafft, eine Position einzunehmen, die es ihm jetzt erlaubte, die Bewegungen des Rosh'hi zu imitieren, um das Geheimfach zu öffnen. In einem ständigen Delirium der Erwartung mußte er auf den richtigen Augenblick warten. Ihm war klar, daß es nicht zu lange dauern durfte, weil die mit dem Makkon-Fleisch verbundene Macht vergänglich war. Ließ man sie austrocknen, würde sie sich in Nichts auflösen, aber Ojime war entschlossen, das nicht zuzulassen.

Statt dessen hatte er sich einen Plan zurechtgelegt und es so eingerichtet, daß er sich für einige Stunden im Tempel aufhalten konnte. Er hatte das Kommen und Gehen aller Priester und Rosh'his genau beobachtet und war dann, zu dem von ihm ausgewählten Zeitpunkt, durch den Korridor der Erinnerung geschlichen. Er hatte sich in den dichten Schatten verborgen und sich vergewissert, daß er allein war.

Jetzt hatten sich alle seine Vorbereitungen ausgezahlt. Er hatte seine Beute!

*Macht!* schrie es in ihm, während er die Zunge des Makkon sorgfältig wieder einhüllte, sie in die Innentasche steckte und aufstand, um sich davonzustehlen. Aber als er sich umdrehte, wurde ihm bewußt, daß er nicht allein war.

»Was hast du hier zu suchen, Hoher Minister?« fragte Qaylinn. Argwohn und Zorn hatten sein Gesicht dunkel anlaufen lassen. »Ich bezweifle, daß ich dich daran erinnern muß, daß die Gebetskammer ein heiliger Ort ist. Und ich bin nicht naiv genug zu glauben, daß du irrtümlicherweise hier hereingestolpert bist.«

»Oh, das war kein Irrtum, Sayann«, sagte Ojime, der langsam und bedächtig auf den Rosh'hi zuging. »Ich bin aus einem wichtigen und schwerwiegenden Grund hier.«

»Und der wäre?«

Sie standen bereits so nah beieinander, daß Qaylinn nicht mehr rechtzeitig reagieren konnte, als Ojime sein Messer zog. Wie in Ekstase rammte er es dem Rosh'hi in die Brust. Als Qaylinn nicht hinfiel, stieß er wieder und wieder zu, während er mit den Zähnen knirschte und seine Muskeln sich vor Anstrengung wölbten, während er Haut, Knorpel und Knochen zerfetzte.

In Qaylinns Blick erkannte man das Antlitz des Todes, und er fiel geräuschlos auf den Boden, während mit den letzten Herzschlägen eine blutige Fontäne aus seinem Körper herausspritzte. Das Blut bildete zu seinen Füßen einen dunklen See, in dem sich der Mörder und das Opfer spiegelten.

Ojime starrte keuchend auf den Toten herab. »Nicht jede Frage verdient eine Antwort, Sayann«, sagte der Hohe Minister, warf das blutige Messer in eine Ecke der Gebetskammer und schlich flink und zielstrebig aus dem Tempel.

Kurz vor Sonnenaufgang klopfte jemand wie wahnsinnig an die Eingangstür der Villa. Moichi, der im Halbschlaf vor sich hindöste, einen Arm um Aufeya gelegt, sprang auf. Er rieb sich den Schlaf aus den Augen, während er den dunklen Korridor hinabging. Es schien Wochen her zu sein, daß er in den Genuß einer richtigen Nachtruhe gekommen war.

Er öffnete die Tür und sah einen von seinen Schiffsleuten, gefolgt von einem Fe'edjinn-Wachmann. Tamuk hatte versprochen, sie am Rand des Grundstücks zu postieren.

»Käpt'n ...!«

»Ist das einer deiner Männer?« fragte der Wachtposten verdrießlich. »Er behauptet ...«

»Er gehört zu meiner Mannschaft«, sagte Moichi und sah den Seemann an, dessen Gesicht sich vor Wut weiß verfärbt hatte. »Was führt dich her?«

»Es geht um Arasomu, Käpt'n. Er ist an Land gegangen und wollte zur Wache wieder auf dem Schiff sein.«

»Vor vier Stunden«, sagte Moichi, während Aufeya hinter ihm auftauchte.

»Er ist noch nicht zurück. Und da du an Land bist ...«

Moichi schnitt ihm das Wort ab. »Weißt du, wo er hinwollte?«

Der Seemann nickte. »In die Bar ›Krieger des Schattens‹. Er ...«

»Eine üble Spelunke«, sagte der Fe'edjinn-Wachtposten düster. »Wir gehen da nur zu zweit hin, und auch nur dann, wenn es unbedingt sein muß. Der Laden öffnet um Mitternacht und schließt während der Morgendämmerung. Frauen – und manchmal auch Männer, wenn den Kunden danach ist – verkaufen sich dort stundenweise. Man sagt, daß man dort für Geld nahezu jede illegale Droge kaufen kann.«

»Wo ist dieser Ort?« brüllte Moichi.

»Am landeinwärts gelegenen Teil des Quais der roten Gewürze«, sagte der Mann von den Fe'edjinn. »Aber ich würde dir nicht raten ...«

Doch da hatte Moichi die Tür schon zugeschlagen und rannte mit Aufeya im Gefolge auf das Eingangstor zu.

»Sage nicht, daß ich dich nicht gewarnt hätte!« rief der Wachtposten. »Dort wird so oft jemand getötet, daß wir uns gar nicht mehr die Mühe machen, die Fälle zu untersuchen.« Aber im Grunde war es dem Wachmann gleichgültig, was geschah. Da die Inhaber der Villa weg waren, suchte er sich einen bequemen Platz unter einer Dattelpalme und schlief, bis seine Ablösung kam.

Am hinteren Ende des Quais der roten Gewürze wurde ein schlanker, viermastriger Schoner mit Woll- und Leinenballen sowie Lattenkisten mit Vieh beladen, die ins weit entfernte Kintai im Norden verschifft werden sollten. Das landeinwärts gelegene Ende des Quais war dagegen verwaist. Die gesuchte Bar lag in einer finsteren, engen Gasse zwischen zwei riesigen Speicherhäusern mit geschlossenen Läden und geschwärzten Fassaden. Eine einzelne, rote Laterne knarrte und schwankte über dem niedrigen und engen Eingang hin und her. Der Schiffsjunge, der keuchend hinter ihnen hergerannt war, um den Anschluß nicht zu verlieren, duckte sich gegen die Fassade eines der beiden Speicherhäuser. Moichi schickte ihn mit einem knappen Befehl auf die *Tsubasa* zurück. Dann ergriff er den Türknauf aus Messing, der durch die salzige Meeresluft eine grüne Patina angenommen hatte, und stürmte ins Innere.

Drinnen war es so überheizt, als ob man die glutheißen Türen eines Ofens hätte offenstehen lassen. Moichi und Aufeya befanden sich in einem niedrigen Raum, dessen Decke sich durch Rauch und Ruß schwarz verfärbt hatte. Die Laternen tauchten den Raum in Rot. Eine verkratzte Bar mit Zinkauflage säumte die Rückseite, und dunkle Spiegel reflektierten überall ihre Bewegungen. Aber die Spiegel waren zerbrochen und die Splitter über den schwarzen Holzboden verstreut. Die Theke war völlig verbeult, als ob ein Riese mit seinen Fäusten darauf eingeschlagen hätte. Der Raum führte in ein kleines, enges Eßzimmer, dessen Boden mit umgeworfenen Stühlen, kaputten Tischen und Porzellanscherben übersät war. Dahinter befanden sich eine schmuddelige Küche und die Toiletten. Das ganze Lokal war wie ausgestorben, aber die Öfen brannten mit voller Kraft, und der Herd war offensichtlich schon seit Stunden an. Das Schmorgericht in einem der Töpfe war angebrannt, und Moichi nahm es von der Flamme. Auf einer nahegelegenen Anrichte, die mit Krümeln übersät war, lag ein flacher Laib ungesäuerten Brots mit Kastaniengeschmack.

»Beim Oruboros, was war denn hier los?« fragte Moichi. »Hier sieht's aus, als ob man eine Horde von Berserkern losgelassen hätte. Und wo sind die Typen hin?«

Aufeya sah sich um. »Scheint so, als ob sie überstürzt verschwunden wären.«

»Merkwürdig.« Moichis Nasenflügel blähten sich, während er den Kopf aus der Küche herausstreckte. »Hinter dieser Hehlerspelunke scheint noch mehr als Schmuggelware zu stecken.«

Doch auch nach einer Stunde nutzlosen Suchens hatten sie nichts gefunden. Moichi ging zur Toilette, um sich zu erleichtern. Sie war außergewöhnlich schmutzig und stank so, daß man denken konnte, die Latrine sei nie geputzt worden. Er hielt die Luft an, während er urinierte, und in diesem Moment sah er eine kaum erkennbare Kontur an der Wand. Zuerst dachte er, daß es nur ein weiterer Riß in der schmutzigen Stuckwand wäre, aber als er seine Hose zuknöpfte, erkannte er, daß die Linie vertikal verlief. Er trat von dem Abtritt zurück, legte seine Hand neben eine Seite der Linie, und drückte kräftig. Es tat sich nichts. Er versuchte es auf der anderen Seite, und plötzlich öffnete sich ein Teil der Wand nach innen. Er sah die ersten Stufen einer steilen und ausgetretenen Treppe.

Moichi rief nach Aufeya und bat sie, eine Laterne mitzubringen. Gemeinsam stiegen sie die Stufen hinauf. Im ersten Stock stank es überall nach abgestandenen Körpersäften. Sie schritten einen engen Flur hinab, der an beiden Seiten von Türen gesäumt war. Während sie kurz in die kleinen Zellen blickten, sahen sie empfindungslose Paare und auch einige Dreiergruppen, die sich nackt aneinanderpreßten. Moichi und Aufeya nahmen einen seltsam penetranten, süßen Gestank wahr.

»Opayne«, flüsterte Moichi. »Ich glaubte, unten einen Hauch davon gerochen zu haben.«

»Opayne?«

»Das ist eine starke, halluzinogene Droge, die verspricht, jene zu beflügeln, die Probleme haben, sexuell in Schwung zu kommen.«

»Nun, das hört sich ja interessant an«, sagte Aufeya.

Aber Moichi schüttelte den Kopf. »Die Droge ist extrem suchterregend und manchmal tödlich. Die Wirkung auf das Gehirn ist nicht vorhersehbar.«

Aufeya erschauerte, während sie von Raum zu Raum gingen. »Haben alle diese Menschen die Droge genommen?«

»Zweifellos. Wir könnten sie zu Brei schlagen, und sie würden nicht aufwachen.«

Sie waren jetzt fast am Ende des Flurs angelangt, und Moichi öffnete die Tür auf der linken Seite.

»Aber irgendwann im Laufe des Tages werden sie doch aufwachen?« fragte Aufeya ängstlich.

»Verdammt!« schrie Moichi, der erstarrt im Türrahmen stand.

Aufeya drängte sich gegen ihn, um einen Blick in den von Schatten eingehüllten Raum werfen zu können. Sie schnappte nach Luft. »Arasomu.«

Moichis erster Maat lag mit gespreizten Gliedern auf einem Bett, das sich in einen klebrigen See glänzender Eingeweide verwandelt hatte, die immer noch zu zucken schienen. Der Gestank der Exkremente war furchtbar.

»Es ist gerade erst passiert!« sagte Moichi heiser, während er einen seiner Dolche mit den juwelenbesetzten Griffen zog.

»Was ist ihm zugestoßen?« flüsterte Aufeya.

Das war eine berechtigte Frage. Es stand völlig außer Zweifel, daß Arasomu tot war, aber die Art und Weise, wie er umgebracht wurde, war beinahe unvorstellbar. Sein Brustkorb und Unterleib waren von großen, unregelmäßigen, vertikalen Schnitten gezeichnet, so daß seine zerbrochenen Rippen rötlich aus den Hautfetzen hervorstachen. Darunter hatte man ihm in einem Wahnsinnsanfall von Mordlust die Eingeweide aus dem Leib gezogen.

»Das habe ich schon einmal gesehen«, sagte Moichi in so grimmigem Tonfall, daß Aufeya noch beunruhigter wurde.

»Was hast du schon mal gesehen?« fragte sie verängstigt.

»Er ist von einem Makkon getötet worden.« Moichis Tonfall deutete an, daß er weder seinen Worten noch seinen Augen trauen wollte. Und jetzt konnte er nichts gegen das Kribbeln tun, das ihm das Rückgrat herunterlief, weil sich seine schlimmsten Befürchtungen bewahrheitet hatten.

Ein entsetzliches Heulen erfüllte den Raum, und die Schatten erbebten, erstarben und lebten im gleichen Augenblick wieder auf. Moichi erhaschte im Halbdunkel des flackernden Kerzenlichts einen kurzen Blick auf ein unheilvoll dreinblickendes, orangefarben funkelndes Augenpaar.

Während das Makkon durch den Raum flog, ihn mit seiner Körpermasse ausfüllend, erlosch die Flamme fast. Die riesigen Fußkrallen der Bestie zerschmetterten das Bett und Arasomu. Der dicke, dornige Schwanz schlug hin und her, und die Klauen seiner oberen Extremitäten kamen zum Vorschein. Sie waren schwarz wie Obsidian, fingen das Licht ein und hielten es fest, als ob es jede lebende Energie aus der Atmosphäre absaugen könnte.

Während Moichi Aufeya zurück in Richtung Tür stieß, ertönte direkt neben ihnen wieder das Heulen. »Raus hier!« brüllte er, während sich der Schnabel des Makkon öffnete. Dort, wo sich eigentlich seine dicke Zunge hätte befinden müssen, um seine außerirdischen Schlachtrufe auszustoßen, war nichts als ein widerwärtiger Stumpf zu sehen, der in stummem Zorn zitterte und pulsierte.

Die Vorderpranke des Makkon schoß vor. Sie streifte Moichi, schleuderte ihn herum und warf Aufeya mit gespreizten Gliedern auf den Rücken. Moichi wirbelte herum und stach im gleichen Augenblick mit seinem Dolch zu, aber die Klinge glitt ohne Wirkung von der wie eine Rüstung gepanzerten Haut des Makkon ab.

Die Bestie aus dem Reich der Finsternis schleuderte eine Klaue gegen Moichis Brust, und die ebenholzschwarzen Krallen zerfetzten das gegerbte Leder und das Metall. Die Krallen schlossen sich und zogen Moichi auf den geöffneten Schnabel zu.

Moichi fühlte den eisigen, stinkenden Atem der Bestie, und es kam ihm vor, als ob der Luft jeglicher Sauerstoff entzogen worden wäre. Er hatte den Eindruck, er befände sich unter Wasser. Obwohl er nicht atmen konnte, kämpfte er um einen Halt für seine Füße an der gepanzerten Brust des Makkon. Der Verlust ihrer Zunge bewies, daß die Bestie im Mund verletzbar war. Irgend jemand oder irgend etwas hatte ihr die Zunge herausgeschnitten, und trotz der furchterregenden Situation verspürte Moichi den Wunsch, eines Tages demjenigen zu begegnen, der das Makkon verstümmelt hatte. Moichi bemühte sich, seinen Dolch in Position zu bringen, um in das Weiche des Rachens das Makkon zu stoßen.

Die Messerkante traf die Unterseite des Schnabels. Die Klinge glitt über seine Oberfläche, und das Makkon taumelte zurück, wobei es ein Loch in die alte und baufällige Außenwand des Gebäudes riß. Wutentbrannt begann es, Moichi so zu strangulieren, daß alles Leben aus ihm zu weichen drohte, langsam, unerbittlich, quälend. Je stärker Moichis Schmerz wuchs, desto intensiver schienen die sprühenden, orangefarbenen Augen dreinzublicken.

Durch das Loch in der Wand vermischte sich der blaue Mondschein mit dem gelbroten Kerzenlicht, das über den Kämpfenden schwankte. Aufeya war in dieses Licht eingetaucht, das auf einmal eine bemerkenswerte Verwandlung offenbarte.

Wo einen Augenblick zuvor Aufeya gestanden hatte, lag jetzt eine schlanke, große Frau mit dem Kopf eines Ibis. Sie trug ein goldenes Gewand, und aus ihren Schulterblättern wuchsen gefiederte Flügel hervor. Dann veränderte sich das Licht leicht, oder vielleicht war es auch das Taumeln der Kämpfenden, die Schatten auf die sich immer noch vermischenden Lichtquellen warfen. Wie auch immer, sie hatte sich im nächsten Augenblick in eine statuengleiche Frau verwandelt, deren Haut so kühl wie Perlen glänzte. Ihr dichtes, geflochtenes Haar bestand aus Platinsträngen, und ihre Augen waren ovale Rubine. Ihre langen, gewölbten Fingernägel waren durchsichtige Saphire, und ihre teilweise entblößten Brüste feurige Opale. Dann veränderte sich das Licht erneut, und sie offenbarte sich als eine weitaus kleinere Frau mit einem flachen Gesicht und hohen Wangenknochen. Ihre Hautfarbe war genauso dunkel wie die Moichis oder die eines anderen Iskamen oder Adaners. Ihre Augen hatten die Farbe von Kobaltsplittern, und ihr langes, zu einem einzelnen Zopf zusammengebundenes Haar die von frisch poliertem Kupfer. Sie trug ein seltsam verspiegeltes Brustschild und darüber eine schwarze Weste aus Rehleder. Die Hose aus dem gleichen Material steckte in abgetragenen Jagdstiefeln, die ihr knapp bis über die Knie reichten.

Sie wandte sich um, so daß eine der verspiegelten Flächen über ihren Brüsten das Mondlicht einfing. Die langen, schlanken Finger ihrer Hand beschirmten den Blitz reflektierten Lichts. Als sie ihre Finger öffnete, hielt sie darin eine merkwürdige Waffe, klar und glänzend wie ein Eiszapfen. Sie warf den Arm zurück und schleuderte die Waffe gegen die Schulter des Makkon. Sie durchbohrte Hornhaut und Fleisch und verschwand im Körper der Bestie.

Das Makkon brüllte, taumelte zurück und ließ gleichzeitig Moichi los, der mit seinem Dolch nach ihm ausholte. Eine schwarze, dicke Flüssigkeit, so klebrig wie Leim, tropfte aus der Wunde. Das immer noch heulende Biest entkam durch den Riß in der Wand und verschwand sofort im Schatten der dicht gedrängten Speicherhäuser.

Moichi hatte die Hände auf die Knie gestützt und schnappte mit gesenktem Kopf nach Luft. Als er sich endlich wieder aufrichten konnte, wandte er sich Aufeya zu, die ihn so anblickte, wie sie es immer getan hatte. Sie stand mit erhobener Fackel weit hinten im Türrahmen, wo sie das Mondlicht nicht erreichen konnte.

»Alles in Ordnung?« fragte sie.

Moichi nickte. »Vielleicht durch den Beistand Gottes.«

»Den Gott der Iskamen. Wie ich dich um ihn beneide.«

Das war ein seltsamer Satz, aber angesichts der Umstände dachte er nicht weiter darüber nach. Doch die Erinnerung blieb, und als sie viel später aus seinem Unterbewußtsein auftauchte, wußte er, wer diese Worte zuvor ausgesprochen hatte: die Zauberin Sardonyx.

Aber da war es schon viel zu spät.

Der Dai-San spricht:

»Wenn ich es doch nur fertigbringen würde, daß Chiisai mich versteht, aber letztlich ist sie nur ein menschliches Wesen, auch wenn sie zu den Bujun gehört. Ich bin den Bujun in großer und dauerhafter Freundschaft verbunden. Ihre Zauberkräfte haben mich erschaffen, und es sind ihre Geheimnisse, die mich beleben. Aber im Gegensatz zu den Lehren anderer Völker können diese Geheimnisse nicht von einer Generation an die nächste weitergegeben werden. Ich bin in Geheimnisse verstrickt, und das ist mein Karma. Aber das ist manchmal schwierig zu ertragen, weil sie mich von allen anderen Wesen – auch von Chiisai – entfremden, außer von den *kaer'n*.

Ich blicke tief in Chiisais Augen und kenne die Empfindungen ihres Herzens. Wir haben uns oft vereinigt, und diese Verschmelzungen waren sowohl hitzige körperliche Wettkämpfe als auch Beweise meiner Zärtlichkeit für sie. Sie ist schließlich die Tochter des Kunshin und daher eigentlich unberührbar. Aber ich kenne sie. Sie ist wild und stolz und kein bißchen traurig, um so weniger, als sie mich kennt. Das ist keine Prahlerei, sondern schlicht die Wahrheit, die ich jederzeit aus dem Ausdruck ihrer Augen ablesen kann.

In anderen Zeiten und unter anderen Umständen würde ich mit Sicherheit Chiisai zur Frau nehmen. Der Kunshin würde es sich gewiß wünschen, aber ich habe zu ihm gesprochen, wie die *kaer'n* zu mir gesprochen haben, und er hat resigniert. Schließlich ist er mit den *kaer'n* sogar stärker

vertraut als ich. Es stimmt, daß ich für einige Jahre mit ihnen zusammengelebt habe, aber er hat sie während seines gesamten Lebens als Mensch gekannt.
Der Kunshin kennt die Unabwendbarkeit des Schicksals, ist aber nicht allwissend. Sein Geist bleibt im Grunde menschlich und nur beschränkt aufnahmefähig. Die *kaer'n* sind sich dessen bewußt. Ich fürchte, daß sie verständnisvoller sind als ich. Mit der Zeit verliere ich die Geduld, was die Langsamkeit des menschlichen Denkens und seine Wege angeht. Ich muß mich vor solchen Neigungen hüten. Die *kaer'n* sagen, daß ich die Überbleibsel von Menschlichkeit, die mir noch verblieben sind, bewahren muß und sie nicht verlieren darf. Sie sind für meine Persönlichkeit – und deshalb für meine Macht – genauso wichtig wie die Zauberkraft meines *daikatana.*
Ich weiß, daß die *kaer'n* recht haben. Wie immer …«

# Zweiter Teil

## *Mu'ad*

## Fünftes Kapitel

# GEISTER ERHEBEN SICH

Die weiße Sonne war so kristallklar wie ein Diamant und brach so schwer wie eine gepanzerte Faust auf Mu'ad herunter, die Große Wüste. Moichi, der seine Wangen mit Ruß eingeschmiert und seinen Kopf mit einer großen Fe'edjinn-Kapuze bedeckt hatte, blinzelte in das wogende Nichts aus weißen Dünen und windgepeitschtem Sand. Die Hitze durchdrang sogar die derben, in Öl gehärteten Ledersohlen seiner Seemannsstiefel. Seine Fußsohlen brannten, und er fühlte deutlich die Feuchtigkeit zwischen seinen Zehen, wußte aber nicht, ob sie von geplatzten Blasen, Blut oder Schweiß herrührte.

Sie waren seit vier Tagen draußen in der Mu'ad-Wüste, und es kam ihnen bereits so lang wie ein Monat vor. Tamuk hatte sie gewarnt. Tatsächlich hatte der Erste Darman alle nur erdenklichen Varianten seiner Überredungskunst eingesetzt, um Moichi den Wunsch auszureden, die Siedlungen in der Wüste aufzusuchen. Aber Moichi war entschlossen gewesen, und schließlich hatte Tamuk zugestimmt. Schließlich gehörte Moichi zur Familie der Annai-Nin und war der Bruder des Qa'tach.

Aufeya war leichter und schlanker als Moichi, und ihr schien es etwas besser zu gehen. Ihr Gesicht war ganz in die Fe'edjinn-Kapuze eingehüllt, und sie trug den *d'alb*, das traditionelle Wüstengewand, so, als ob sie damit aufgewachsen wäre. Bei einer Dalucierin war das natürlich unmöglich, und dennoch konnte kein Zweifel daran bestehen, daß sie das Leben in der Wüste wie eine Einheimische ertrug, und Moichi war ihr dankbar dafür.

Während der heißesten Tageszeit verwandelte sie ihre Kapuze mit kleinen Stäbchen in eine Art Schirmmütze, die mehr Schatten spendete, von dem jeder Millimeter unbezahlbar war. Sie erholte sich, während sie in ihrem Sattel einnickte

Manchmal ignorierte sie Tamuks Rat, langsam zu reiten, und tauchte neben Moichi auf. Sie sprachen über viele Dinge, aber seltsamerweise nie über ihre Heimat, das ferne Dalucien. Sie schien von der Mu'ad-Wüste fasziniert zu sein, und als Moichi ihr erzählte, wie die Iskamen gelernt hatten, Teile der großen Wüste fruchtbar zu machen, schien sie bereits Bescheid zu wissen. Er hätte sich diesen und ähnliche Augenblicke einprägen sollen, aber vielleicht war sein Bedürfnis, der Wahrheit nicht ins Auge blicken zu müssen, zu stark.

Moichi hatte weder Tamuk noch Aufeya erzählt, warum er so unerbittlich darauf beharrte, in die Wüste aufzubrechen. Tatsächlich war er sich selbst nicht sicher. Er wußte nur, daß er von der Wüste angezogen wurde wie ein Magnet vom Nordpol. Eigentlich wollte er um Sanda und seinen Maat Arasomu trauern, aber seine Gedanken kehrten immer wieder zu dem Makkon zurück. Die Finsternis-Bestie hatte sie mit Sicherheit beide abgeschlachtet. Die Art und Weise ihres Todes war vergleichbar. Dazu kam Moichis Schock, ein Makkon gesehen zu haben, wo er sich doch sicher gewesen war, daß der Dai-San alle vernichtet hatte. Wie war das möglich? Warum hatte das Makkon diese beiden Menschen umgebracht? Gab es hier eine Beziehung, oder hatte es aufs Geratewohl gewütet? Sein Wissen über die Makkon ließ Moichi frösteln: Er wußte, daß sie als eine Art Botschafter oder Vorbote auftraten, als Vorreiter einer höher entwickelten und stärkeren Macht der Finsternis. Zur Zeit der Schlacht von Kai-feng war das der Dolman gewesen. Aber der Krieger des Sonnenuntergangs hatte den Dolman erschlagen, das stand für Moichi fest. Doch wer war dann der Lehnsherr dieses Makkon?

Sicher war, daß die Makkon nie blindlings töteten. Es gab immer eine Absicht, die die Absicht der Mächte der Finsternis widerspiegelte. Aber dieses Makkon war etwas anders als all die anderen, denen Moichi zuvor begegnet war. Sie wären nie in der Lage gewesen, sich völlig in die menschliche Welt zu integrieren, so daß sich ihre Silhouette mit jedem Schlag der beiden pulsierenden Herzen änderte. Bei diesem Makkon dagegen war es anders; es befand sich voll und ganz in dieser Welt.

Es besaß keine Zunge und war von einer Wut erfüllt, die Moichi nie zuvor gefühlt hatte – ein Rätsel, das gelöst werden mußte. Am Morgen des Tages, als Arasomu umgebracht worden war, war Moichi durch die dichtbevölkerten Straßen von Ala'arat gegangen, im Glauben, daß das Makkon aus der Stadt geflohen war. Aber wohin?

Es gab eine Spur. Während die früheren Makkon keine Spuren hinterlassen hatten, weil sie sich nur teilweise in dieser Welt befanden, war diese Bestie äußerst präsent. Moichi konnte es förmlich riechen, nicht so sehr mit der Nase, sondern mit seinem Geist.

Er hatte Tamuk von diesen Dingen nichts erzählen können, weil dieser ihn kurzerhand für verrückt erklärt hätte. Der Erste Darman hatte seine eigene Erklärung, die vorschrieb, daß die Morde von Al Rafaar verübt worden waren, den Terroristen aus Adan. Was Aufeya betraf, so wollte Moichi nicht, daß sie so wie er durch die bösartige Anwesenheit des Makkon beunruhigt wurde.

Sie ritten auf ihren fahlbraunen *co'chyn* quer durch die Wüste. Das waren langbeinige Wüstentiere mit knorrigen Knien, gehörnten, dreieckigen Köpfen, traurigen Augen und einem sich ringelnden Rüssel, mit dem sie an den unwahrscheinlichsten Stellen Wasser einsaugen konnten. Ein *co'chyn* hatte drei Mägen, von denen zwei dazu dienten, für die langen nomadischen Wanderungen in der erstickenden Hitze Flüssigkeit zu speichern. Sowohl die Iskamen als auch die Adaner hatten Methoden erfunden, diese Tiere, die sie ausschließlich für Reisen durch die Wüste einsetzten, zu trainieren.

Tamuk, der stets um ihre Sicherheit besorgt war, hatte zwei Fe'edjinn-Krieger mitgebracht, die am Anfang und am Ende der Karawane ritten. Reisen durch die Wüste fanden normalerweise nachts statt, wenn die schlimmste Hitze des Tages sich etwas aufgelöst hatte, aber in der Mu'ad wäre das ein Fehler gewesen, der die Leben vieler Reisender gekostet hätte, die nicht an ihre Besonderheiten gewöhnt waren. Hier war es zwingend notwendig, sich größtenteils während der Tageszeit zu bewegen, weil man sonst im wahrsten Sinne des Wortes gebraten worden wäre. An Schlaf war tatsächlich nur in den paar Stunden vor oder nach Mitternacht zu denken, wenn es in der Mu'ad-Wüste zwar immer noch heiß, aber nicht mehr nahezu unerträglich war.

Der Schlaf war dann oft traumlos und fest, weil Körper und Geist so erschöpft waren, daß man schon vor dem Ende des Abendessens einschlummerte. Aber bei Moichi lag der Fall anders.

Er träumte jede Nacht, und es war immer mehr oder weniger derselbe Traum – zumindest erschien ihm stets die gleiche Person, als ob sie ein Engel in der aschfarbenen Dunkelheit wäre.

Er träumte von Sanda, die wie ein Tier in ihrem eigenen Bett abgeschlachtet worden war. Diese Träume ähnelten fiebrigen Visionen oder Halluzinationen, die in einigen Kulturen immer noch »Heimsuchungen« genannt wurden. Aufeyas Mutter Tsuki hatte behauptet, diese Phänomene zu kennen. Die arme, verstorbene Tsuki, die von der rachsüchtigen Sardonyx getötet worden war ...

Sanda erschien ihm in vielerlei Gestalt. Zuerst war sie ein vor Leben und Energie strotzendes jugendliches Mädchen, deren Augen sogar dann lachten, wenn Moichi sie hänselte, oder ihr Gesicht war verdüstert und betrübt, nachdem sie Zeugin einer seiner legendären Auseinandersetzungen mit Jesah gewesen war. Sie sprach in diesen Träumen nie, sondern geleitete ihn durch bruchstückhafte Erinnerungen, die ihn wie Blitze in einer stürmischen Nacht elektrisierten. Schließlich führte sie ihn an Jud'aes Totenbett, und diese Szene brachte Vergebung zwischen Vater und Sohn. Plötzlich befand sich Moichi wieder an Deck seines Schiffes und nahm den drohenden Tod wahr. Er war nach Hause zurückgekehrt, um seinen im Sterben liegenden Vater zu sehen.

Dann erschien ihm Sanda als Frau mit dem Kopf eines Vogels – ein kleiner weißer Reiher mit flaumigen Federn, die durch perlende Wassertropfen glänzten. Ihr langer schwarzer Schnabel schoß herab, und er sah, daß auf seiner scharfen Spitze ein zappelnder Fisch aufgespießt war, dessen mattgoldene Augen Moichi anstarrten, als ob er eine sonderbare Absicht hätte. Mit einer plötzlichen Bewegung ihres Kopfes verschlang sie den Fisch. Dann öffnete sich ihr Schnabel, und sie sprach:

*»Zeit ist Teil des Seins*
*Wenn der Geist über Morast und Abgrund eilt*
*Begrabe vergangene Gefühle*
*Und suche den Bären in dem Stein*
*Nicht um zu besitzen*
*sondern um erfüllt zu sein.«*

Sanda hatte eine hohe Stimme, die wie das rauhe und schrille Schreien eines Pfaus klang, und der träumende Moichi mußte sich sehr anstrengen, um alle ihre Worte zu verstehen. Sie machten für ihn keinen Sinn, aber nach dem Aufwachen erinnerte er sich an sie und übertrug die Worte mit Holzkohle in sein kleines, in gefärbtes Leder gebundenes Logbuch.

In der Nacht, bevor die Karawane die erste Niederlassung in einer Oase tief in der Mu'ad-Wüste erreichte, erschien Moichi Sanda in einem letzten Traum, wie sie auf ihrem schrecklichen und blutverschmierten Bett lag. Es war entsetzlich für ihn, statt des lebhaft glühenden Gesichts ein bläulichweißes Antlitz vor sich zu sehen. Sie bewegte sich, als müßte sie immer noch Qualen erleiden. Im Traum dachte er, daß Tote keine Schmerzen mehr spürten. Sie strich über ihren Unterleib und wölbte die Hände, um zu verhindern, daß ihre Eingeweide auf die Füße rutschten. Ihr zerschmetterter Brustkasten lag offen wie das Gerippe eines Schiffswracks, das auf dem Meeresboden verrottet, und die Hautfetzen hingen wie Seetang an ihr.

Moichi versuchte, ihr in die Augen zu blicken, um irgendeine Ähnlichkeit mit der geliebten Schwester, die er einst gekannt hatte, wahrzunehmen, aber seine Augen weigerten sich wie in vielen Träumen, sich auf Details zu konzentrieren.

Doch vielleicht hatte sie auch gar keine Augen, da er nichts als eine gähnende und beängstigende Leere wahrnahm, als ob alles, was Sanda einst ausgemacht hatte, zusammen mit den Eingeweiden herausgerissen worden wäre.

*Sanda!* schrie er stumm. *Meine Schwester!* Sein Herz schlug so rasend, daß es schien, als ob es aus seinem Brustkasten hinausfliegen oder in zehntausend Stücke zerspringen wollte. Moichi wollte mit ihr reden, mit *ihr*, nicht mit all diesen Erscheinungen. Er ächzte nach Gewißheit, daß das tatsächlich nur ein Alptraum war. Alles, was sie je gewesen war, wurde ihr durch die Art ihres Todes genommen.

Dann öffnete sie den Mund, und zu seinem Entsetzen quoll Blut hervor. Er hörte ein fürchterliches, gurgelndes Geräusch, das sich schließlich in zwei stets wiederholte Worte auflöste, und selbst als er schweißgebadet, zitternd, mit pochendem Puls und vor Kummer zusammengeschnürtem Herzen aufwachte, hörte er die Worte noch, die in der völligen Stille der Morgendämmerung in der Wüste wiederhallten.

*Rette mich!*

Ein Kondor kreischte, und sein schillerndes, purpurfarbenes Gefieder stieß direkt jenseits eines Dünenkamms nieder. Tamuk gebot der Reiterkolonne Einhalt, wendete sein *co'chyn* und ritt zu der Stelle zurück, wo Moichi seines im Zaum hielt.

»Die Siedlung befindet sich am hinteren Ende dieser Düne«, sagte Tamuk angespannt. »Aber du weißt so gut wie ich, was die Anwesenheit des Aasfressers bedeutet.«

»Warum haben wir angehalten?« fragte Aufeya, die auf ihrem *co'chyn* aufschloß. »Ich sehe keinerlei Anhaltspunkte für eine Siedlung.«

»Ich habe Angst um dich«, sagte Tamuk, der mit seinem Tier wendete. »Es gab dort zwanzig Siedler und Fe'edjinn.«

»Ich sehe keine Palmen oder irgendein Anzeichen, daß wir uns in der Nähe einer Oase befinden«, beharrte Aufeya. »Ohne Wasser in der Nähe hätten selbst die Fe'edjinn kein Camp errichten können.«

»Sie hat recht«, sagte Moichi. »Bist du sicher, daß wir uns am richtigen Ort befinden, Erster Darman?«

Tamuk schnaubte verächtlich und machte seinen Männern ein Zeichen, woraufhin diese ihre Krummsäbel zogen. Er gab seinem *co'chyn* die Sporen und ritt auf die lange Anhöhe der Düne zu, über der der Raubvogel kreiste und manchmal herabstieß. Moichi und Aufeya folgten dem Fe'edjinn mit Abstand.

Einem der Fe'edjinn platzte von den schrillen Schreien des Vogels die Geduld, oder vielleicht war er auch nervös, weil er nicht wußte, was sie erwartete. Er schoß einen Pfeil ab, der den Kondor in die Brust traf. Der Raubvogel fiel herab und verschwand hinter der Düne.

Moichi stand in seinen Steigbügeln und trieb sein Tier langsam voran, während seine Augen den Horizont absuchten. In keiner Richtung war etwas anderes als ein endloses Meer sanft wogender Dünen zu sehen, von denen hier und da durch die grimmig heißen Windstöße pudrige Sandwolken aufstiegen.

Tamuk und seine Männer erreichten den Dünenkamm und begannen auf der anderen Seite mit dem Abstieg. Plötzlich waren sie verschwunden, und Moichi trieb sein *co'chyn* den Hang hinauf. Auf dem Dünenkamm hielt er an und wartete auf Aufeya.

»Wo sind sie?« fragte sie. Sie starrte in den Abgrund, das tiefe Loch, das sich vor ihnen auftat. Man sah kein lebendes Wesen. »Es ist, als ob die Wüste sie verschluckt hätte.«

In diesem Moment spürten sie ein Beben. Ihre *co'chyn* schnaubten und scharrten nervös, während Sandrinnsale auf der Rückseite der Düne in den Abgrund hinabzusickern begannen. Aus den Rinnsalen wurden Bäche und Ströme, die an Stromschnellen oder Wasserfälle erinnerten. Die *co'chyn* wieherten und bockten, verloren ihren festen Stand und drohten die Düne hinab in den Abgrund zu rutschen, der sich in dramatischer Weise verändert hatte. Er war jetzt ein bösartiger Wirbel von Sand, der zu verfließen schien, herumwirbelte und sich vor ihren Augen vergrößerte.

»Schnell!« brüllte Moichi. »Runter vom *co'chyn*!«

Er sprang von seinem verängstigten Tier, um dann mit ansehen zu müssen, wie es an ihm vorbeischoß und in den Abgrund taumelte, der es wie ein gigantischer Rachen verschlang. Er wandte sich um, rutschte in dem herumwirbelnden Sand aus und riß Aufeya von ihrem *co'chyn*, das auf seine knorrigen Knie fiel und dann Hals über Kopf in den Mahlstrom des wirbelnden Abgrunds stürzte.

»Fort!« brüllte Moichi, der Aufeya festhielt, während er versuchte, sich den Abhang der Düne hinaufzukämpfen. Sie konnten nur noch auf allen vieren kriechen, aber bei jeder Bewegung vorwärts wurden sie durch den wasserfallartig herabströmenden Sand zurückgeworfen.

Moichi blickte über die Schulter und sah, wie beängstigend nah sie sich bereits am wirbelnden Fuß des Abgrunds befanden, der sie zu verschlingen drohte. Er verdoppelte seine Anstrengungen, als ihm ein schwerer Sandwirbel ins Gesicht schlug. Aufeya und er glitten weiter die Düne hinab.

Der Grund des schüsselförmigen Abgrunds sackte schlagartig ab, und aus dem Loch erhob sich eine gleitende, dicke Silhouette. Sie erinnerte an eine riesige Schlange aus uranfänglichen Zeiten, die entweder vom Sand bedeckt war oder aus Sand bestand. Ein Monster. Konnte das wahr sein? fragte sich Moichi. Ein Monster, das unter der Oberfläche der Mu'ad-Wüste lebte?

Die Silhouette krümmte sich, aber sie war zu groß, um noch in den Schlund zu passen. Dann stürzte die Erscheinung unter großem Lärm in das Zentrum des Abgrunds. Sie war jetzt sehr nah, und sie hörten plötzlich wieder das Beben, das sich diesmal aber in eine Stimme zu verwandeln schien, deren Echo von den Dünen und dem fernen, teilnahmslosen weißen Himmel über ihnen zurückgeworfen wurde.

*Fe'edjinn!* Es war ein unheimlicher, zischender Sprechversuch. *Fe'edjinn!*

Direkt über ihnen begann sich eine Sandlawine zu bilden, die sich von der Stelle herabwälzte, wo sich zuvor der Dünenkamm befunden hatte. Sie kam auf sie zu, und Moichi war klar, daß sie nichts tun konnten, um dem Unheil zu entkommen. In seinem Kopf hallte immer noch das Beben, und er kämpfte um einen klaren Gedanken, um dies alles zu begreifen.

*Denk nach!* befahl er sich. *Denk nach!*

Die Sandlawine verschluckte jetzt jegliches Sonnenlicht. Die Dunkelheit überschwemmte sie, und für einen Augenblick schien es eine köstliche Erfahrung zu sein. Dann zerrte Moichi an seinem Fe'edjinn-Gewand mit der Kapuze und versuchte, es sich vom Leib zu reißen.

»Was tust du da?« schrie Aufeya.

»Zieh deinen *d'alb* aus!« brüllte Moichi, der seine zusammengeknüllte Kleidung zur Seite warf und Aufeya ihr Kleid über den Kopf zog.

»Bist du verrückt? Du ...«

Sie wurden von der Lawine ergriffen und nach unten gerissen, in den Schlund des grollenden Abgrunds. Hatte er Aufeya das Kleid ganz ausgezogen? Er war sich nicht sicher. Da traf ihn eine riesige Handvoll klumpigen Sandes mitten ins Gesicht, und er würgte. Er kämpfte gegen das Ersticken an, aber ein Gewicht, das immer schwerer wurde, drückte auf seinen Brustkasten. Plötzlich wurden seine Füße nach oben gerissen, und das Blut stieg ihm ins Gehirn. Die Welt verfinsterte sich. Er verlor das Bewußtsein.

Während er durch die Innenstadt von Haneda eilte, hatte der Hohe Minister Ojime in übertragenem Sinn noch Blut an den Händen. Er spürte das Päckchen mit der Makkon-Zunge, das wie glühende Kohle an seinem Unterleib brannte.

Er war unfähig, um den Rosh'hi zu trauern, weil er Qaylinn von Anfang an als Feind betrachtet hatte. Nicht, daß das unvermeidlich gewesen wäre. Im Laufe der Jahre hatte Ojime es durch Bestechung oder andere, weniger angenehme Methoden geschafft, viele Feinde zu seinen Gefolgsleuten zu machen. Aber nicht bei Qaylinn. Er war ein sturer Mensch gewesen, und manche mochten ihn als rechtschaffenen Mann bezeichnet haben, aber dieser Ausdruck hinterließ bei Ojime einen bitteren Nachgeschmack. Sein Vater hatte sich selbst für rechtschaffen gehalten und Ojime gnadenlos verprügelt, als sich dessen eigener Sinn für Gerechtigkeit entwickelte. Ojime hatte keine Ahnung gehabt, warum sein Vater ihn verprügelte, und die Tatsache, daß er den Grund nie erfuhr, machte das Ganze um so fürchterlicher. Willkür und Unverständnis hatten Ojime tiefer verängstigt als alle brutalen Mißhandlungen mit der Kette.

Folglich verfügte Ojime über genügend Skepsis gegenüber denjenigen, die sich selbst als rechtschaffen bezeichneten und in deren strikter Aufrichtigkeit er den Keim des Bösen und der Verwirrung erahnte.

Und dennoch gab es einen anderen, genauso zwingenden Grund, warum Ojime nicht um den toten Rosh'hi trauern konnte: Er hatte es genossen, Qaylinn die Klinge in die Brust zu stoßen. Dieser schwindelerregende Taumel hatte ihn immer wieder zustoßen lassen. Er hatte nicht aufhören können und hatte es auch nicht gewollt.

Tief in seinem Unterbewußtsein erschreckte ihn seine Freude am Tod und ließ ihn innerlich frösteln, aber sein Herz war kalt, und er konnte seine frühere Abscheu vor dem Tod immer weniger verstehen.

Ojime ging über eine enge, verrottende Brücke ins Hinin-Viertel, den am niedrigsten gelegenen Teil der Hauptstadt. Hierher flossen Hanedas sämtliche Abwässer auf ihrem Weg zur Bucht, hier hatte man einst den »Abschaum« der Bujun-Gesellschaft abgeladen, der auf dem feuchten, lehmigen Boden dahinvegetierte und sich kümmerlich durchschlug.

Ojime eilte zur Mittagszeit durch düstere und schlammige Gassen und folgte dann einem gewundenen Pfad, den er sich schon vor Tagen zurechtgelegt hatte. Er hielt häufig inne, um zu überprüfen, ob er beobachtet wurde, veränderte sein Tempo, kehrte häufig um, einzig um sicherzustellen, daß ihm niemand folgte. Mit jedem klugen Umweg fühlte er sich zunehmend sicherer, während er weiter in das schmutzige und gefährliche Innere des Hinin-Viertels eindrang.

Schließlich traf er auf eine dichtbevölkerte, dreckige Straße, die selbst für diesen Stadtteil verkommen war. Er bog ein, hielt während der gesamten Strecke den Atem an und klopfte schließlich an eine Tür aus Stroh und Weidenholz. Es wurde ihm gerade etwas übel, als die Tür sich einen Spalt öffnete. Im Inneren des Hauses war es unnatürlich dunkel, und als Ojime nach Luft schnappte, atmete er durch den Türspalt einen derart stinkenden Geruch ein, daß er befürchtete, in Ohnmacht zu fallen.

»Wer schickt dich?« fragte eine gebrochene Stimme, und der Mundgeruch der Person ließ Ojime einen Schritt zurückweichen.

»Tokagé.« Ojime murmelte das verbotene Wort so leise wie möglich. Selbst im Hinin-Viertel sollte man den Namen des schlimmsten Verbündeten der Mächte der Finsternis nicht aussprechen.

»Na los, rein mit dir«, befahl die Stimme, und Ojimes Zorn wuchs. Aber man hatte ihn wiederholt vor dieser Kreatur mit den schlechten Manieren gewarnt, die in dieser Hütte aus Lehm und Stroh hauste, und er hielt den Mund.

Als er eingetreten war, knallte die Tür hinter ihm zu, und Ojimes Augen begannen sofort zu tränen. Woraus besteht der Fußboden? fragte er sich. Aus Exkrementen? Genauso roch es nämlich.

Ein buckliges Wesen schlurfte direkt vor ihm her und führte ihn durch einen Raum nach dem anderen, bis Ojime seinen Sinnen zu mißtrauen begann. Er war sich sicher, daß hier irgend etwas nicht stimmte. Von außen sah das Haus am Ende der übel riechenden Gasse so aus, als ob es nicht mehr als vier Räume haben könnte, und doch hatte Ojime schon die dreifache Anzahl gezählt.

Er war beunruhigt, in eine Falle geraten zu sein, und seine Hand tastete zu dem Dolch mit der langen Klinge, der sich in einer dünnen Scheide an der Innenseite seines linken Stiefels befand.

»Gewalt jeder Art wirst du mit dem Leben bezahlen.«

Ojime richtete sich auf, als er den Klang der Stimme hörte.

Er blickte nach vorn und sah eine dunkle Figur, die in einem Sessel mit fächerartiger Lehne saß. Der Raum glich am ehesten einer Sonnenterrasse. Das Licht flutete durch die sehr sauberen Glasscheiben und beleuchtete eine verwirrende Ansammlung kleiner Topfpflanzen, Kräuter, Farne, Pilze und seltsame Blumen, von denen Ojime keine einzige je zuvor gesehen hatte.

Nach dem langen Gang durch die stinkende Dunkelheit blinzelte Ojime heftig. Er sah sich nach seinem buckligen Führer um, aber es schien, daß er sich, zumindest in diesem Augenblick, mit der Figur in dem fächerartigen Sessel allein im Raum befand.

»Wer schickt dich?«

Ojime gab die gleiche Antwort: »Tokagé.«

»Tritt vor!« sagte die Figur so gebieterisch, als ob sie sich im opulenten Schloß des Kunshin und nicht in diesem Stadtteil der Parias aufhalten würden.

Ojime folgte der Aufforderung, und während er die Schwelle zur Sonnenterrasse überschritt, waren die üblen Gerüche verschwunden, als ob es sie nie gegeben hätte. Statt dessen vermischten sich die süßen Düfte frisch gemähten Grases und der Heuballen mit denen der angenehm duftenden Gewürze und des Nektars der unbekannten Kräuter und Blumen.

Das Licht flutete in einem beständigen Strom auf ihn herab, wie Wellen, die an einen Strand schlagen, und plötzlich hatte Ojime das Gefühl, als Ausgesuchter und Auserwählter im Zentrum des Lichts eines himmlischen Scheinwerfers zu stehen.

»Was hast du für mich?« fragte die Stimme rasselnd.

Ojime zögerte nur einen Moment lang. Instinktiv vertraute er niemandem, aber er wußte zugleich, daß das Eingehen eines großen Risikos ein notwendiger Bestandteil seines Plans war. In ihrem gegenwärtigen Zustand bedeutete ihm die Zunge des Makkon nichts. Man hatte ihm versichert, daß diese Kreatur vor ihm die einzige in Ama-no-mori war – und vielleicht auf der ganzen Welt –, die wußte, was man mit diesem Stück Fleisch aus einer anderen Welt tun mußte. Und so hatte Ojime, lange bevor er die Zunge des Makkon gestohlen hatte, Pläne geschmiedet und konspiriert, sich eingeschmeichelt und gedroht und schließlich große Mengen von Juwelen, Perlmutt und Platin hergegeben, um sicher und unerkannt an diesen Ort am hinteren Ende Hanedas zu gelangen.

»Hast du einen so weiten Weg zurückgelegt, um jetzt von deiner Angst beherrscht zu werden?« fragte die rasselnde Stimme ärgerlich.

»Ich habe keine Angst«, erwiderte Ojime und glaubte, daß es so war.

»Dann gib sie mir.« Aus dem Dunkel tauchte eine unglaublich langfingrige Hand auf, und Ojime fragte sich nicht zum erstenmal, was für eine ekelhafte und perverse Kreatur sich in so einem goldenen Käfig isolierte, der von einem Burggraben stinkender Exkremente umgeben war. Ojimes Finger bebten leicht, während er in die Innentasche seines Gewandes griff und den in Wildlederlappen gehüllten Klumpen in die ausgestreckte Hand legte.

»Ahhhh!« Es war ein langgezogener Seufzer. Die Finger zitterten, während sie die Lappen zurückschlugen und den graublauen Fleischklumpen aus einer anderen Welt enthüllten. »Dann stimmt es also. Seine Seele sei in tausend unbekannte Höllen verbannt! Aber was für eine Offenbarung ich für ihn habe!« Die Figur erhob sich und trat aus dem Dunkel hervor. Obwohl Ojime sich auf das Schlimmste, das seine Einbildungskraft heraufbeschwören konnte, vorbereitet hatte, war er auf den Anblick, der sich ihm jetzt bot, nicht gefaßt. Er stand dem ätherischsten und auserlesensten weiblichen Wesen, das er je gesehen hatte, von Angesicht zu Angesicht gegenüber.

Sie war so zart wie ein Schmetterling, und wenn sie sich bewegte, schien sie wie eine Fee auf einer duftenden Luftströmung zu schweben. Ihre Haut hatte die Farbe frischen Schnees, und ihr langes Haar war pechschwarz. Es umrahmte ihr Gesicht in einer Weise, die die Bujun nicht kannten. Der perfekte Bogen ihrer Lippen war von einem so intensiven Scharlachrot, daß es Ojime die Netzhaut zu versengen schien, und die schweren Lider ihrer riesigen Augen waren mit Silberstaub gepudert. Um ihren langen, anmutigen Hals trug sie eine Kette mit perfekt aufeinander abgestimmten Perlen, die die Farbe der Meeresgischt hatten. Ihre schlanke Gestalt war in einen weißen Kimono gehüllt, den wie Brokat gemusterte Kranichfedern aus geplättetem Platin zierten.

»Du siehst wundervoll aus«, sagte Ojime mit gerötetem Gesicht.

Die Frau lächelte mit der Unschuld eines Kindes. »Sehr nett von dir.« Ihre Finger umschlossen die Makkon-Zunge. Ihr Tonfall änderte sich und ließ ihn einen Augenblick lang frösteln. »Du hast dies hier nicht berührt?«

»Nein.«

»Irgendein anderer?«

Er nahm die Anspannung in ihrer Stimme wahr, konnte sich aber keinen Reim darauf machen. »Nicht, daß ich wüßte. Außer dem Dai-San.«

Ihr Kopf fuhr herum. »Der Dai-San weiß Bescheid?«

»Ja. Er hat sie gehalten. Aber er trug seinen schrecklichen sechsfingrigen Handschuh.«

»Aus der Haut eines Makkon.« Sie nickte. »Aber er weiß nichts. Dann ist also nichts Schlimmes passiert.« Sie blickte ihn an. »Ich tue, was du dir wünschst und wofür du eine ansehnliche Summe gezahlt hast. Ich bereite den Trank vor, der dich unsterblich machen wird.«

Ojime zögerte nur einen Augenblick, als sie sich umwandte und ihn in den hinteren Teil der Sonnenterrasse führte. Dort brannten Feuer, die sich aus einer unbekannten Quelle nährten. Sie warf die Zunge des Makkon in einen quadratischen Behälter aus Stein und Keramik, der an einen Schmiedeofen erinnerte. Die orangefarbenen Flammen wurden sofort schwarz, und eine Wolke erstickend dichten Rauchs stieg in die Luft. Der Gestank ließ Ojime all die düsteren Räume vergessen, die er durchquert hatte. Er fiel auf die Knie und würgte.

Die feenhafte Gestalt stand regungslos da und blickte auf ihn herab, bis die Flammen wieder ihre ursprüngliche Farbe angenommen hatten. Dann steckte sie zu seiner Überraschung ihre rechte Hand in den Schmiedeofen, in die Flammen und die unglaubliche Hitze. Ojime keuchte, aber sie zuckte nicht einmal zurück. Einen Augenblick später tauchte ihre durch Schlacke blau verfärbte Hand zur Faust geballt wieder auf. Sie ging zu einem gezinkten Tisch hinüber, auf dem sich Gärtnereizubehör und Werkzeuge befanden.

Sie öffnete ihre Faust über einem großen Mörser aus Marmor, und Ojime beobachtete, wie ein farbloser Regen funkelnder Asche in einem dünnen Strom herabrieselte. Er konnte nicht einmal sagen, was sie dem von der Makkon-Zunge Übriggebliebenen hinzufügte. Eine Stunde später verkündete sie, daß sie fertig sei.

»Ich werde es jetzt an mich nehmen«, sagte Ojime.

Sie wandte sich um und lächelte erneut mit der Unschuld eines Kindes. »Du mußt meinen Preis bezahlen.«

Ojimes Gesichtsausdruck verdüsterte sich. »Warum? Ich habe mehr bezahlt, als zwanzig Männer und deren Söhne im Laufe eines Lebens verdient hätten. Ich habe den von dir verlangten Preis bezahlt.«

»Allerdings«, bestätigte sie, immer noch sanft lächelnd. »Das war mein Preis für die Herstellung des Zaubertranks. Aber was du verlangst, ist einzigartig und gefährlich.« Sie hielt eine kleine Phiole aus Glas hoch, die eine dicke Flüssigkeit enthielt, die zu blitzen und zu fluoreszieren schien. »Du hättest dich wohl kaum an jemand anderen wenden können, um diese Substanz zu erhalten.«

»Du sollst verflucht sein«, sagte Ojime drohend und trat einen Schritt auf sie zu. »Wir haben ein Geschäft abgeschlossen. Wir haben ein Abkommen.«

Die Frau schien unbeirrt. »Meine Bedingungen für die Übergabe sind einfach. *Nachdem* du unsterblich geworden bist, wirst du mir deine Loyalität beweisen.«

Ojime hatte keinerlei Absicht, irgendein Versprechen einzulösen, das er dieser Hexe geben würde. »Ist das alles?«

»Ich warne dich.« Sie hob einen ihrer langen Finger. »Wenn du die Erfüllung meines Wunsches zurückweist, wird das schreckliche Folgen haben.«

Ojimes Gedanken galten nur den Folgen, die sich mit der Glasflasche in ihrer Hand ergeben würden. Er sah keinen Grund, ihre Forderung später einzulösen. »Ich stimme deinem Preis für die Übergabe zu.«

*Macht!* schrie es in seinem Geist, der in diesem Moment wie versteinert war. *Macht!*

Die Frau nickte. Ojime trat vor, nahm ihr die Glasphiole aus der Hand und setzte sie mit einer schnellen Bewegung seines Handgelenks an den Mund. Er schluckte krampfhaft und fühlte ein eigentümliches Brennen in der Gurgel, das sich die Speiseröhre hinab vorarbeitete. Er hatte sich ausgemalt, daß jener Trank, der mächtig genug war, Tote wiederauferstehen zu lassen, aus einem lebenden Menschen wie ihm ein gottähnliches Wesen machen würde, das selbst den großen Dai-San herausfordern und vernichten könnte.

Es *funktioniert*! dachte er. Er wurde von Heiterkeit ergriffen und begann zu lachen. »Ich habe dich hereingelegt, Hexe.« Er blickte die ätherische Frau an. Seine Augen hatten zu tränen begonnen.

»Wirklich, Hoher Minister Ojime?« fragte sie mit jenem engelgleichen Lächeln.

»Keine Namen!« schrie er. »Warum kennst du meinen Namen?«

Die Frau begann zu lachen. »Weil ich *alles* weiß, du Narr.« Sie spreizte die Arme weit. »Hast du geglaubt, ich wüßte nicht, daß du mich angelogen hast?« Sie beugte sich vor, und jetzt schien ihr Anblick – obwohl Ojime sich nicht sicher war, weil ihm die Tränen aus den Augen strömten – gar nicht mehr so engelhaft zu sein. Tatsächlich war sie überhaupt nicht freundlich. »Die *Macht*, Ojime. Ihr gilt dein Ehrgeiz. Jetzt hast du Macht. Erzähl mir doch, ob sich deine Erwartungen erfüllt haben.«

Genau das hatte Ojime im Sinn gehabt. Er wollte ihr sagen, daß er trotz ihrer Häme immer noch in der besseren Position war. Er war schließlich der Hohe Minister und ein Bujun-Krieger. Und was war sie? Er öffnete den Mund, um seine Gedanken zu äußern, aber in diesem Augenblick tröpfelte die Flüssigkeit bereits in seinen Magen.

Der Schmerz traf ihn wie der Hammer eines Schwertschmieds. Jede Zelle seines Körpers schien zu brennen, zu bluten und zu explodieren, und die Qual setzte sich fort, bis ...

Während seiner Verwandlung schrie Ojime die ganze Zeit.

## Sechstes Kapitel

# DER BAUCH DES UNGEHEUERS

Moichi erwachte in modriger Finsternis. Es war warm, aber die Temperatur war nicht im entferntesten mit der glühendheißen Hitze der Mu'ad-Wüste zu vergleichen.

»Aufeya?«

Er streckte die Hände aus, konnte sie aber nicht ertasten. Stöhnend drehte er sich um, bewegte seinen Kopf aber nicht, bis das Schwindelgefühl nachgelassen hatte. Er richtete sich auf alle viere auf und tastete nach seinen Dolchen. Sie waren weg; irgend jemand – oder irgend etwas – hatte ihn entwaffnet. Er begann, sich zu bewegen, hielt aber fast sofort wieder inne. War der Boden nicht schwammig, feucht und beinahe klebrig?

In seinem Geist hörte er erneut die unheimlichen Zischlaute: *Fe'edjinn! Fe'edjinn!*

In diesem Augenblick durchfuhr ihn ein kaltes Frösteln. Konnte es sein, daß er sich im Bauch des Ungeheuers befand? Verschluckt, aber nicht gekaut, eingesaugt, aber nicht verdaut? Und wo war Aufeya?

Moichi bewegte sich wieder, aber es dauerte nicht lange, bis er die harte Stahlkante einer Waffe an der Kehle fühlte.

»Rühr dich nicht!« sagte eine zischende Stimme.

Er sah das Licht einer kleinen Messinglampe, deren Docht schwach brannte. In ihrem armseligen Schein erkannte Moichi ein talgiges Mondgesicht, das direkt auf einem schwergewichtigen, halslosen Körper zu sitzen schien.

»Du bist nicht tot«, sagte das Mondgesicht einigermaßen überrascht.

»Sollte ich?«

Die Klinge der Waffe – Moichi erkannte, daß es einer seiner Dolche war – liebkoste sanft die Haut seiner Kehle. »Alle anderen, die hierherkommen, sind tot«, sagte das Mondgesicht. Unter seinen buschigen Augenbrauen blinzelten schwarze, runde Knopfaugen, und seine kirschroten, weiblichen Lippen verzogen sich zu einem Schmollmund.

»Du nicht.«

Die Knopfaugen blinzelten erneut. »Dreh dich um.«

»Was?«

Die Spitze des Dolchs ließ Blut hervortreten. »Du hast schon verstanden. Dreh dich um, ich bin hungrig.«

Moichi mußte sich bewegen. »Wo sind wir?« fragte er, während er sich auf die Seite drehte. Und als er auf dem Rücken lag, fragte er: »Was hast du vor?«

Die kleine, rosafarbene Zunge des Mondgesichts strich sich über die Lippen. »Ich habe Hunger. Ich werde dich aufschlitzen und verspeisen ...«

Vielleicht war es der Hunger oder die Vorfreude auf die Sättigung, aber die Aufmerksamkeit des Monsters ließ einen Augenblick nach. Moichi rammte ihm die Faust gegen die Hand, die den Dolch hielt. Gleichzeitig bearbeitete er mit der Kante seiner anderen Hand das Nervenzentrum in der Schulter des Mondgesichts, die so fleischig war, daß er sich vom Boden hochstemmen mußte, um es zu finden.

Das Mondgesicht schrie auf, und der Dolch fiel auf den Boden. Moichi hob ihn auf, preßte dem fetten Mann die Waffe an die Kehle und tastete nach seinem zweiten Dolch. »Wer bist du?« fragte er, als er beide Waffen an sich genommen hatte.

»Mein Name ist Dujuk'kan«, jammerte das Mondgesicht. »Bei der Liebe Gottes, hab' Mitleid mit mir. Ich bin hier eingekerkert, weil ...« Sein Kopf wirbelte zweifelnd herum. »Assan, ich weiß nicht, wie lange ich schon hier bin.«

»Assan!« wiederholte Moichi. »Du bist Adaner!«

»Ja und? Du bist ein Iskamen?«

»Allerdings.«

Der fette Mann starrte ihn mit offenem Mund an. »Du kannst kein Fe'edjinn sein.«

*Jetzt kommen wir voran*, dachte Moichi. »Warum nicht?«

»Weil ... weil ...« Dujuk'kan wandte den Blick ab. Er kläffte und sprang hoch, als Moichi ihm mit dem Dolch stach, und legte den Kopf wieder um. Seine zusammengekniffenen Augen ließen ihn traurig aussehen, wie das vergessene, in die Ecke geworfene Spielzeug eines Kindes, das verstaubt, anstatt geliebt zu werden. »Du tust mir weh«, sagte er traurig.

Moichi lachte freudlos. »Das ist noch gar nichts gegen das, was ich mit dir anstellen werde, wenn du nicht zur Zusammenarbeit bereit bist. Du wolltest mich als Mittagessen verspeisen.«

»Aber das war aus Not. Ich war hungrig. Welche Wahl blieb mir? Du aber bist nur grausam.«

Moichi stach erneut zu, und der andere quiekte wie ein Tier.

»Dieses Etwas hier verschlingt Fe'edjinn. Wie bei allen anderen Wesen, die in der Mu'ad-Wüste existieren, sind seine Überlebensinstinkte aufs äußerste geschärft.«

»Aber warum nur Fe'edjinn? Warum hat es dich nicht gefressen?«

Dujuk'kan zuckte die Achseln. »Ich weiß es nicht. Au!« Er starrte auf das Blutrinnsal, und Moichi war sich sicher, daß er kurz davor stand, in Tränen auszubrechen. »Sieh nur, was du getan hast«, jammerte er wie eine Frau.

»Wenn du mir die Wahrheit sagst, wird es kein weiteres Blutvergießen geben.«

Die schwarzen Knopfaugen starrten Moichi an. »Versprochen?« Als Moichi nickte, seufzte er, und sein Gesichtsausdruck war sehr traurig. »Ich bin Händler und habe mein ganzes Leben in der Mu'ad-Wüste verbracht. Frag mich nicht, warum. Die Wüste ist mein Zuhause, und es ist mir unmöglich, sie zu verlassen. Wie bei diesem Etwas sind auch meine eigenen Überlebensinstinkte ungeheuer. Als es mich verschlungen hatte, war mir klar, daß ich schnell zu einem Abkommen kommen mußte.«

»Und so hast du dein Wissen über die Mu'ad-Wüste verschachert, um dein Leben zu retten.«

Der fette Mann nickte. »Es stimmt, ich bin schuldig. Als Gegenleistung für mein Leben habe ich dieses Etwas zu den Fe'edjinn-Siedlungen geführt. Aber das Abkommen hat sich nicht ausgezahlt. Ich war zu nützlich geworden, und das Monstrum wollte mich nicht freilassen. Deshalb bin ich hier unten eingekerkert, und nur Assan weiß, wie lange das schon dauert.«

»Aber wo sind wir? Im Bauch des Monsters?«

»O nein! Wir befinden uns in einem jener unterirdischen Tunnel, die es aushebt, wo immer es sich hinbewegt.« Er blickte nach rechts und links. »Es ist irgendwo hier in der Nähe.«

»Aber es hat mich nicht aufgefressen.«

»Nein.«

»Und was ist mit der Frau, die bei mir war?«

»Was für eine Frau?« fragte Dujuk'kan. »Ich habe sonst niemanden gesehen.«

*Aber wo ist Aufeya dann?* fragte sich Moichi verzweifelt. Konnte es sein, daß dieses Etwas sie ...? Er gebot seinen Gedanken Einhalt, weil sie in den Wahnsinn führten. »Wir müssen sie finden«, sagte er zu dem fetten Mann. »Wie weitläufig sind die Tunnel?«

»Wir haben uns hier eine ziemliche Weile aufgehalten, während der das Monstrum ... gespeist hat. Wenn sie noch am Leben sein sollte, könnte sie sich überall aufhalten. Wir würden sie nie rechtzeitig finden.«

»Rechtzeitig? Was soll das heißen?«

»Das Monstrum hat gerade die drei Fe'edjinn verschlungen. Es hält jetzt einen Mittagsschlaf, während es sein Essen verdaut. Es ...«

Mittagsschlaf! Das war es! »Schnell!« sagte Moichi, der den fetten Mann hochhob. »Führ mich zu dem Monstrum!«

Die Knopfaugen wären Dujuk'kan fast aus dem Kopf gesprungen. »Bist du wahnsinnig? Dieses Etwas ...« Er erschauerte. »Du wirst dich ihm nicht nähern wollen. Glaub mir, du wirst es nicht einmal sehen wollen.«

»Führ mich hin! Sofort!« Moichi drückte dem Mann die Lampe in die zitternden Hände und stieß ihn durch den Tunnel. »Wenn das Monstrum immer noch sein Mittagsschläfchen hält, können wir es erledigen, bevor es aufwacht.«

»Es töten?« Der dicke Mann leckte sich die Lippen, als ob er den Plan kosten müßte.

»Nur so wirst du hier rauskommen«, sagte Moichi.

Dujuk'kans Augen leuchteten auf. »Es töten! Genau!« Er duckte seinen riesigen Kopf, während er Moichi einen gewundenen Tunnel hinabzuführen begann. Die Lampe beleuchtete die gewölbten Wände, die mit Korkenzieher-Mustern versehen waren, als ob ein gigantischer Bohrer den Tunnel vorgetrieben hätte.

»Um was für ein Monster handelt es sich genau?« fragte Moichi, während Dujuk'kan ihn einen links abzweigenden Gang entlanggeleitete.

»Assan weiß es«, sagte der fette Mann. »Das unselige Biest ist in dieser Wüste voller Wunder aufgewachsen, vielleicht das letzte seiner Art.« Er erschauerte erneut, und seine Schultern und Flanken zitterten wie Dalucier Wackelpudding. »Ich bete zu Assan, daß es so ist.«

Moichi war sich bewußt, daß Dujuk'kan ihn durch eine Reihe von Tunneln führte, die weiter in den Untergrund der Wüste führten. Es schien hier kein Felsgestein zu geben, sondern nur Sand, der so zusammengepreßt war, daß er die Härte von Stein hatte. Dennoch war es Sand, und Moichi hatte entdeckt, daß er feucht und porös war, wenn man ihn berührte.

Sie schritten immer weiter hinab, bis sie von einer feuchten Kühle umfangen waren, die so erstickend wie die auf dem Meeresgrund zu sein schien. Die Luft schien so klebrig wie Honig, und Moichis Lungen begannen bei jedem Atemzug zu schmerzen. Als er einen Schwindelanfall spürte, drehte er den fetten Mann herum. »Wie weit ist es noch?«

»Nicht weit.« Die Knopfaugen blinzelten. »Alles in Ordnung?«

»Mir geht's gut«, sagte Moichi und gab ihm ein Zeichen, daß sie weitergehen sollten.

Sie brauchten die Lampe jetzt kaum noch, weil die Wände der Tunnel vor krabbelnden Tieren wimmelten, irgendwelchen Insekten, die ein flackerndes, grünlich-gelbes Licht verbreiteten. Die sich bewegenden Lichter trugen ebenfalls zu seiner Desorientierung bei, so daß Moichi zu taumeln begann und einmal sogar gegen eine Wand fiel. Riesige Insekten krochen über seinen ganzen Körper, und auch er begann zu leuchten.

Als Dujuk'kan es bemerkte, wandte er sich um und strich ihm die Insekten vom Leib. »Das Licht wird die Bestie vorzeitig aufwecken.« Er flüsterte jetzt, und das bedeutete, daß sie sich in der Nähe des Ruhelagers des Monsters befanden. Da Moichi sehr nah an der Wand stand, sah er in dem hart gepreßten Sand dicke Adern verlaufen. Er berührte sie mit den Fingerspitzen. Sie schienen aus metallischer Substanz zu bestehen, und Dujuk'kan bestätigte seinen Eindruck.

»Es gibt erst sehr viel weiter unten im Erdinneren ein Gesteinsbett«, sagte er. »Dort findest du Adern aus Metallen – Zinn, Blei und Antimon –, die so hart wie Diamanten sind.«

Der Weg fiel jetzt steil ab, so daß sie einen Teil der Strecke hinabrutschen mußten. Moichi fragte sich, wie sie je wieder hinaufgelangen sollten, weil es keinen Halt für die Hände gab und der Boden des Tunnels weich und nachgiebig war. Es würde unmöglich sein.

Am Fuße dessen, was man fast für einen Kamin aus Sand halten konnte, verengte sich der Tunnel nach unten. Moichi erkannte sofort, daß der Adaner da nie durchpassen würde. Hier gab es keine Insekten, und es war feucht und dunkel, wenn man von dem kläglichen Lichtkreis der Lampenflamme absah.

»Da«, flüsterte der Dujuk'kan. Er zeigte direkt auf den schmalen Engpaß. »Das ist der Flaschenhals, der zum Ruhelager des Monsters führt.« Er kauerte sich nieder und hob dabei die Lampe. »Es hat sich immer noch zum Verdauungsschlaf zusammengerollt.« Er blickte Moichi an. »Du wirst dort hineingehen müssen.«

Moichi zog einen seiner Dolche und steckte ihn quer zwischen die Zähne. Den anderen hielt er in der linken Hand. Er stieß den Adaner zur Seite, nahm ihm die Lampe ab und begann durch den engen Flaschenhals zu kriechen. Er war sich sofort bewußt, daß der Gang immer enger wurde, und bald konnte er an allen Seiten die Wände fühlen. Trotzdem kämpfte er sich weiter vor, obwohl der hart gepreßte Sand auf seine Kleider drückte. Wieviel enger konnte dieser Flaschenhals noch werden?

Er wand sich weiter nach vorn. Jetzt mußte er seine Schultern zusammenpressen, um weiter voranzukommen. Der enge Tunnel schien noch kein Ende zu nehmen. Da der Dujuk'kan ihn als »Flaschenhals« beschrieben hatte, war er davon ausgegangen, daß er nur eine kurze Strecke zurücklegen müßte.

Doch der Tunnel verengte sich weiter, und es gab keinen Platz zur Umkehr. Moichi hörte den donnernden Herzschlag und keuchenden Atem des Monsters. Er konnte nicht einmal mehr den Kopf heben und glich einem Wurm, der abwärts in die Dunkelheit kroch, einem ungewissen Schicksal entgegen, um wem gegenüberzustehen ...? Irgendeiner monströsen Bestie, die so selbstverständlich Menschen verspeiste, wie er Wasser trank.

Er arbeitete sich weiter vor, weil er instinktiv wußte, daß ein Innehalten ein Fehler wäre. Durch eine Pause könnte er zulassen, daß ihn Zweifel, Ängste und selbst Panik bedrängen und seinen Mut untergraben würden. Aber der Gang war jetzt so schmal, daß ihm gar nichts anderes übrigblieb, als sich unter Schmerzen voranzukämpfen. Durch den ständigen Kontakt mit dem hartgepreßten Sand fühlte sich die Haut unter seinen Kleidern wie wundgescheuert an.

Plötzlich nahm er einen stinkenden Luftzug wahr. Der Gang verengte sich nicht weiter, und Moichi schlängelte sich unter großen Anstrengungen weiter vor. Die Luft war zwar schlecht, aber nicht mehr feucht, sondern trockener und leichter, und seine Lungen saugten sie dankbar ein. Plötzlich waren Kopf und Schultern ganz frei. Er wand sich und preßte die Ellbogen gegen die Wände des Ruhelagers, um sich ganz aus dem Gang herauszukämpfen.

Er fand sich in einer kleinen Höhle wieder. Sie war leer. Er ging zum »Flaschenhals« zurück. »Dujuk'kan«, brüllte er. »Das Vieh ist nicht mehr hier. Was ...«

Seine Stimme wurde von einem dumpfen Grollen übertönt,

und er sprang zurück, einen Augenblick, bevor eine Sandlawine durch den Gang schoß. Sie ergoß sich in die Höhle und füllte sie zu einem Drittel. Sein Mut sank. Er hob die Lampe und trat in den Sand, der fest war. Er entfernte ihn von der Mündung des Gangs, und es kam weiterer Sand heraus. Es gab keinen Zweifel, daß der »Flaschenhals« völlig verstopft war. Er war abgeschnitten und begriff erst jetzt, daß genau das der Plan des Adaner gewesen war.

Der Teufel soll ihn holen! dachte Moichi. Er hat mich hier auf clevere Weise bei lebendigem Leibe begraben. Zu spät kam ihm in den Sinn, daß Dujuk'kan ihn die ganze Zeit über angelogen haben mußte. Er wußte vermutlich auch, wo sich Aufeya befand. Vielleicht wollte er sie selbst, aber es war genauso möglich, daß Dujuk'kan sie auf einem der verrufenen und illegalen Prostituiertenmärkte der Mu'ad-Wüste verkaufen wollte. Mit ihren rötlichen Haaren und den kupferfarbenen Augen war sie in diesem Teil der Welt eine exotische Erscheinung, und es konnte kein Zweifel daran bestehen, daß sie dem fetten Adaner ein Vermögen einbringen würde.

Moichi hielt die Lampe hoch, ging durch die Höhle und sah nichts als Sand. Sie war so klein, daß es angesichts der verstopften Öffnung des Gangs nicht lange dauern konnte, bis es keine Luft zum Atmen mehr gab. Die Flamme der Lampe verbrauchte wertvollen Sauerstoff. Er hätte sie natürlich auslöschen können, aber ohne Zündhölzer könnte er sie nicht mehr anzuzünden.

Moichi stand in der Mitte der Höhle und war sich seines Atems bewußt. Ihm war klar, daß er sich nicht darauf konzentrieren, sondern an etwas anderes denken sollte … Halt! Vielleicht *sollte* er sich auf seine Atmung konzentrieren, oder zumindest auf die Luft, die er einsog. Sie war nicht modrig, und so weit unten im Erdinneren, in einer Höhle, deren einziger Ausgang jetzt verstopft war, hätte sie es eigentlich sein müssen. Wenn man von dem schwachen, stinkenden Geruch absah, war die Luft aber unverbraucht und, wie er schon früher gemerkt hatte, trockener als die in den höher gelegenen Tunneln. Das konnte nur eines bedeuten.

Er blickte nach oben und suchte nach der Stelle, wo frische Luft in die Höhle einströmen konnte. Viermal durchquerte er den Raum und untersuchte die hohen Wände und die Decke gründlich. Es *mußte* eine Öffnung geben.

Schließlich sah er etwas, das wie ein Riß in einer nahezu gleichförmigen Wand aussah. Die Stelle befand sich beängstigend weit oben, fast an der Decke, aber ... Er stand darunter und sog die Luft erst leicht, dann tiefer ein. Ja, sie war hier etwas trockener und frischer. Sein Mut stieg. Dann gab es wenigstens Hoffnung, daß ein anderer Ausweg existierte. Aber wie sollte er ihn erreichen? Obwohl die Wände der Höhle wie die all der anderen Tunnel leicht gefurcht waren, stiegen sie doch senkrecht an, und es gab keinerlei Möglichkeiten, wo Hände und Füße einen Halt finden konnten. Und was nutzte ein unerreichbarer Ausweg? Die Ironie der Situation drohte ihn zu überwältigen.

Er ging zu einer Wand hinüber und betastete sie mit einer Handfläche. Sie fühlte sich härter und trockener an als die Wände in der feuchten, drückenden Atmosphäre weiter oben. Er nahm einen Dolch und rammte ihn drei Fuß hoch waagrecht bis zum Heft in die Wand. Er verlagerte angespannt sein Gewicht darauf, aber der Dolch gab nicht nach.

Sein Herz schlug schnell. Er trat auf den Griff der Waffe, streckte die Hand aus und stieß den zweiten Dolch drei Fuß darüber in die Wand, stieg hoch und verlagerte sein Gewicht vorsichtig auf den oberen Dolch. Dann beugte er sich herab und zog den unteren Dolch heraus. Das war harte Arbeit, und er entschloß sich, bei den nächsten Malen die Waffe nicht so tief hineinzurammen. Das würde zwar seinen Aufstieg verlangsamen, aber so könnte er den unteren Dolch besser aus der Wand ziehen.

Er kletterte mühsam auf die Stelle zu, wo die frische Luft einsickerte. Die große Anstrengung und der heikle Balanceakt, den er gleichzeitig ausführen mußte, ließen ihn in Schweiß ausbrechen. Einmal befürchtete er, den unteren Dolch nicht freizubekommen, und verbrachte zehn quälende Minuten damit, ihn aus der Wand zu ziehen, wobei er sowohl Geduld als auch Muskelkraft einsetzte. Als er es geschafft hatte, legte er eine Pause ein. Er kauerte wie ein exotischer Vogel mit angezogenem Bein und wartete, bis sein Herz wieder halbwegs normal schlug.

Dann stieg er höher, bis er nur noch drei Fuß von der Decke entfernt war. Jetzt konnte er den Riß in der Wand sehen, eine dunkle, gekräuselte Narbe im Sand. Er streckte vorsichtig eine Hand aus, bis seine Finger die Oberkante des Risses ertastet hatten.

Es war irgendeine Art Sims.

Guter Gott, atmete er still auf, ich danke dir!

Er hatte einen Dolch in die Scheide gesteckt, legte beide Handflächen auf den Sims und zog sich mit einer enormen Kraftanstrengung empor. Der Sims war sehr eng. Der Riß selbst erstreckte sich über mehr als acht Fuß in horizontaler Richtung und war in der Mitte etwa eineinhalb Fuß hoch. An beiden Seiten lief er so spitz zu, daß sich niemand hindurchzwängen konnte. Moichi wandte sich um, streckte eine Hand nach unten aus und zog den Dolch aus der Wand. Dann wandte er seine Aufmerksamkeit der Spalte zu.

Er fühlte, daß ihm saubere, frische Luft ins Gesicht blies, und irgendwo in der Ferne sah er trübes Licht. Da er die Lampe unten auf dem Boden der Höhle hatte zurücklassen müssen, waren das wahrhaft gute Nachrichten.

Er untersuchte den Riß und überlegte, daß er es gerade schaffen könnte, wenn er mit dem Kopf voran durch die Mitte kriechen würde. Wie auch immer, es blieb ihm keine Wahl. Er mußte es versuchen.

Der Weg war einfacher, als er es erwartet hatte. Der Sand war hier so trocken wie Schiefer, und er brach in dünnen Schichten ab, so daß er die Öffnung stellenweise vergrößern konnte. Außerdem war der Riß flach, so daß er nach etwas über zwei Körperlängen Weg hindurchgeklettert war.

Einen Augenblick lang blieb er auf der anderen Seite in unheimliches bläuliches Licht eingetaucht sitzen und wischte sich den Schweiß von der Stirn. Er mußte sich selbst daran erinnern, daß er es noch nicht geschafft hatte.

Da sah Moichi die sechs roten Augen, die ihn aus dem Schatten anstarrten. Mit einem Schlag wurde ihm bewußt, daß alle sechs Augen zu einem Wesen gehörten.

*Guter Gott*, dachte er, *dann hat der Dujuk'kan doch nicht ganz gelogen.*

Langsam zog er einen seiner Dolche und hielt ihn mit ausgestreckter Klinge vor seinem Körper. Er kauerte mit angespannten Muskeln in der Dunkelheit, und seine Nerven vibrierten durch den Adrenalinausstoß.

»Fe'edjinn.« Das war die Stimme, die er, unmittelbar bevor Aufeya und er in den wirbelnden Abgrund getaumelt waren, gehört hatte.

»Ich bin kein Fe'edjinn«, sagte Moichi nachdrücklich. Er dachte an das Schicksal, das Tamuk und seine Leute ereilt hatte, und es drehte sich ihm der Magen um. »Wer bist du?«

»Ich bin ich.« Die Bestie wälzte sich in der Dunkelheit herum, aber Moichi hatte immer noch keine klare Vorstellung von ihrer Form oder Größe. Er wußte nur, daß sie den einzigen Ausweg aus diesem unterirdischen Gefängnis versperrte.

»Ich bin Jailor«, sagte das Wesen, als ob es Moichis Gedanken gelesen hätte. »Ich bestimme über die Strafen.«

»Hast du deshalb die Fe'edjinn verschlungen? Um sie zu bestrafen?«

»Ich bestrafe nur einen. Die anderen sind Nahrung. Ich muß leben und essen.«

Moichi kroch ein Stück vor und hoffte, daß ihm nicht übel wurde. Was an dieser Kreatur löste in ihm eine derartige Abneigung aus? War es ihre schauerliche Art und Weise, sich zu ernähren?

»Deinen Gefangenen?«

Jene entsetzlichen roten Augen starrten ihn an. »Ja. Den Adaner Dujuk'kan. Er ist ein Krimineller, und seine Grausamkeit kennt keine Grenzen. Er ist mit einer bestimmten Absicht hier eingekerkert worden. Jetzt hast du alles durcheinandergebracht.«

»Dujuk'kan hat mir erzählt, daß er Händler sei.« Der Adaner hatte Moichi viel erzählt. Was entsprach der Wahrheit, und was war gelogen?

»Wie immer hat er gleichzeitig gelogen und die Wahrheit gesagt«, meinte Jailor geheimnisvoll. »Er ist Händler, aber in ganz besonderer Hinsicht: Er ist Sklavenhändler. Jahrelang hat er ein Adaner-Sklavenlager in der Mu'ad-Wüste geleitet. Seine Opfer waren Iskamen-Siedler, meistens Kinder und Heranwachsende. Er war grausam und unmenschlich zu ihnen.« Ein seltsames Geräusch, das einen frösteln ließ, erfüllte rollend und hallend die Höhle. Erst nach einer gewissen Zeit begriff Moichi, daß das Wesen kicherte. Es hatte das Wort »unmenschlich« ironisch verwendet. In diesem Augenblick wurde Moichi klar, daß es sich nicht um ein geistloses Monster handelte, wie es der Dujuk'kan weisgemacht hatte.

»O ja, er ist ein Händler. Er hat seine menschliche Ware verkauft oder seine Opfer gefoltert, und dann lachte er grausam und lang.«

»Aber irgend jemand muß der Sache ein Ende bereitet haben«, erwiderte Moichi. »Irgend jemand hat ihn hier heruntergebracht und dich zu seinem Wächter bestimmt. Wer?«

»Bjork.«

»Wer ist Bjork?« fragte Moichi.

»Bjork hat mich durch seine Zauberkraft erschaffen und durch seine magischen Kräfte die bedauernswerten Gefangenen des Dujuk'kan befreit. Er hat dafür gesorgt, daß für den Dujuk'kan ein Gefängnis errichtet wurde. Ich bin gleichzeitig sein Kerker und sein Wächter.« Jailors Blick irrte umher, und seine Augen schienen heller zu glühen. »Es gab da einen Plan. Bjorks Plan. Jetzt hast du alles durcheinandergebracht.«

»Ich? Wie habe ich ...?«

»Dujuk'kan ist entkommen. Deinetwegen.« Die sechs Augen glichen in der Dunkelheit glühenden Kohlen, und Moichi fühlte eine dunkle und gefährliche, feindliche Stimmung anwachsen. »Du und diese Frau, ihr habt meine Aufmerksamkeit abgelenkt.«

Moichis Herzschlag überschlug sich. »Diese Frau? Aufeya lebt?«

»Dujuk'kan ist sehr schlau«, fuhr die Kreatur fort. »Er hat die Frau mitgenommen und ist verschwunden.«

Moichi beugte sich vor. »Dann muß ich sie verfolgen. Ist mit Aufeya alles in Ordnung?«

»Sie ist bewußtlos. Mehr weiß ich nicht.«

»Du mußt mich gehen lassen. Sie ...«

»Nein!« Der Schrei gellte in Moichis Ohren, überflutete die Höhle und hallte endlos wider. Die Augen des Monsters wurden größer, während es nach vorne rutschte, bis es ihm völlig den Weg versperrte. Im nächsten Moment würde es aus der Dunkelheit auftauchen, und Moichi könnte es sehen. »Du wirst nirgendwohin gehen. Du wirst anstelle Dujuk'kans hierbleiben.«

Moichi wedelte mit der Klinge seines Dolchs. »Aber ich bin kein Krimineller. Du hast kein Recht, mich gegen meinen Willen festzuhalten.«

»Ich habe die besten Gründe«, sagte das Wesen und kicherte wieder auf jene seltsame Weise, die einen frösteln ließ. »Mein Leben, meine Existenz hängt von meinem Gefangenen ab. Ich habe dir von Bjorks Plan erzählt. Er hat mich erschaffen, damit ich als Wächter diene. Wenn Dujuk'kan stirbt, bin ich auch erledigt, aber so lange Dujuk'kan lebt, werde ich weiterexistieren. Wenn ich niemanden habe, den ich bewachen kann, bedeutet das mein Ende. Das werde ich nicht zulassen.« Die sechs Augen schienen sich plötzlich zu vergrößern, während das Wesen direkt auf Moichi zukam. »Du bist jetzt für alle Zeiten und bis ans Ende deiner Tage mein Gefangener.«

Als Chiisai an die aus Stroh und Weidenholz gebaute Tür des heruntergekommenen Hauses am Ende der übelriechenden Straße in Hinin klopfte, trug sie die Lumpen eines Straßenjungen.

Sie hatte sich vorgenommen, dem Hohen Minister zum Shinsei-na-ke-Tempel zu folgen, wo Ojime – wovon Chiisai aber noch nichts ahnte – die Makkon-Zunge gestohlen und den obersten Rosh'hi kaltblütig ermordet hatte. Sie hatte sich in der Finsternis niedergekauert und geduldig darauf gewartet, bis er herauskommen würde, und so hatte sie ihn schließlich beobachtet, wie er aus dem Tempel schlich und davoneilte. Die Verfolgungsjagd des angstgeplagten Ojime hatte Chiisai durch überfüllte Läden und von Menschen nur so wimmelnde Märkte geführt, unter gewölbte Brücken hindurch und über gepflasterte Hauptstraßen, wo jede Menge Lastkarren und reisende Kalligraphen und Wahrsager an ihr vorbeizogen, dann durch schmale Gassen, wo Ojime manchmal verstohlen einen Haken geschlagen hatte.

Aber Chiisai hatte sich nicht beirren lassen und ihn den ganzen Weg bis zur Hinin-Brücke beschattet, wo sie eilig ihre Kleider mit Schlamm beschmutzte und weiter unbemerkt hinter ihm hereilte. Als sie sah, welche Richtung er einschlug, beschmutzte sie ihre ohnehin schon dreckigen Kleider erneut und wälzte sich, um ihr Aussehen glaubwürdig erscheinen zu lassen, so lange auf der Straße, bis sie heruntergekommen genug aussah. Danach hatte sie mutig an die Tür geklopft.

»Wir haben kein Essen zu verschenken«, murmelte das bucklige Wesen im Türrahmen. »Mach, daß du wegkommst. Wir ...«

Der Bucklige begann zu schreien, als Chiisai ihm ein Messer gegen die Kehle drückte. »Wo ist er?« fragte sie.

»Wer?« Er schrie erneut auf, während sie ihm mit der Messerschneide sanft über die seltsam unbehaarte Haut fuhr.

»Glaubst du, ich scherze?« zischte sie dem Buckligen ins Ohr. »Glaubst du, daß ich keine Ahnung von den verräterischen Aktivitäten habe, mit denen der Besitzer dieses Hauses in Verbindung steht?« Sie verstärkte ihren Griff. »Ojime. Wo ist er?«

»Du wirst dir noch wünschen, nie hierhergekommen zu sein«, sagte der Bucklige, während Chiisai ihn durch die übelriechenden Kammern trieb.

»Das wünsche ich mir jetzt schon«, sagte sie mit gerümpfter Nase.

»Meine Herrin wird dich töten«, winselte der Bucklige. »Sie ist sehr auf die Wahrung ihres Privatlebens bedacht.«

»Das sind wir alle.«

»Nicht so wie sie«, erwiderte der Bucklige, der den Gang entlangeilte, so schnell ihn seine kurzen, verkrüppelten Beine trugen. »Sie ist fanatisch. Du wirst ja sehen.« Er versuchte, seinen Kopf zu drehen, um Chiisai anzublicken, und ihr scharfer Schlag traf ihn an der Schläfe. Der Bucklige gab ein dumpfes, gurgelndes Geräusch von sich, das an einen Wiederkäuer erinnerte, und eilte weiter. Sie saß fast auf seinem Rücken, während sie ihn vorantrieb.

»Es ist gleichgültig, wie schnell wir dort ankommen, du wirst sie nicht überraschen. Sie weiß alles. Das ist ihr Geschäft.«

»Und was für ein Geschäft könnte das sein?«

»Sie ist Kaijikan, die Wächterin über die Seelen.«

Chiisai packte seinen an ein Schneckenhaus erinnernden Rücken und schleuderte den Buckligen gegen eine der verschmutzten Wände. Er prallte grunzend ab, und sie rammte ihm die Handkante gegen den Brustkasten. Sie stellte sich vor ihn und blickte in sein Gesicht, das bleich, kränklich und verlebt war, als ob es Jahrhunderte und nicht Jahrzehnte alt wäre. »Was für einen Unsinn erzählst du da? Kaijikan ist ein Mythos, eine üble Erfindung, mit der man kleine Kinder erschreckt, damit sie sich benehmen. Kaijikan existiert nicht.«

»Dann wirst du eben von einem Mythos getötet«, sagte der Bucklige. Seine Lippen hatten die Farbe frisch tropfenden Blutes.

»Los«, erwiderte Chiisai und trieb ihn weiter. »Zeig mir, wo sie ist.«

»Das ist nicht notwendig«, sagte eine sanfte und dennoch gebieterische Stimme. »Ich bin hier.«

Der Bucklige gab ein kleines Stöhnen von sich, während die große Gestalt die Hände ausstreckte und ihn in etwas wie eine Umarmung einschloß. Innerhalb von Sekundenbruchteilen war der Bucklige verschwunden.

Chiisai blinzelte in die Finsternis. »Wer bist du? Und wo ist der Hohe Minister Ojime?«

»Wie Te-te gesagt hat, ich bin Kaijikan, die Wächterin über die Seelen.«

Chiisai lachte, aber es war ihr nicht wohl zumute. In der Dunkelheit konnte sie keinen einzigen Gesichtszug ihres Gegenübers erkennen.

»Du hast bereits eine kennengelernt«, sagte Kaijikan. »Eine Seele, meine ich. Stimmt's nicht, Te-te?« Wie aus dem Nichts tauchte der Bucklige wieder auf. Er duckte sich und zitterte.

»Ich hasse dich, wenn du das machst«, sagte er. »Es tut mir weh.«

Mit einem Heulen verschwand er erneut.

»Er meint, in geistiger Hinsicht«, sagte Kaijikan. »Er empfindet natürlich keinerlei körperlichen Schmerz mehr.« Sie hob einen ihrer langen Arme. »Komm. Du wolltest den Hohen Minister sehen. Hier geht's lang.«

Sie wandte sich um und schritt durch die Tür. Chiisai blieb keine andere Wahl, als ihr zu folgen. Keinen Augenblick lang glaubte sie daran, daß dieses Wesen, wer immer es auch sein mochte, die mythenumwobene Kaijikan war, die Wächterin über die Seelen. Kaijikan war eine Verrückte, aber gerade deshalb zweifellos schlau und gefährlich.

Das grelle Licht der Sonnenterrasse ließ einen die ersten paar Augenblicke fast erblinden. Als Chiisai sich an die Lichtflut gewöhnt hatte, erblickte sie Kaijikans Gesichtszüge. Zuerst sah sie das lange schwarze Haar und die asymmetrische, für die Bujun unübliche Frisur, dann die riesigen Augen, den hellen Bogen ihrer Lippen, den langen, vornehmen Hals und ihren schlanken, geschmeidigen Körper, der in einen prachtvollen weißen Kimono gehüllt war.

Sie war überrascht, ließ sich das aber nicht anmerken. Die Augen dieser Frau verrieten ihr, daß sie zwar klug, aber nicht verrückt war. Chiisai wußte, daß der Wahnsinn seine eigenen Gifte hat, die die Farben der Iriden auflösten, daß sie nur noch

Linsen waren, die den dunklen Abgrund der Geisteskrankheit widerspiegelten. Diese Augen dagegen glitzerten lebhaft und strahlten eine unbegreifliche Energie aus.

Andererseits ließ sich die schneeweiße Haut mit nichts vergleichen, was sie je bei einem Menschen gesehen hatte. Sie war ohne Falten und Makel, und wenn sie genauer hinsah, auch ohne Poren.

»Du trägst eine Maske«, sagte Chiisai.

»Glaubst du?« Kaijikan warf die Lippen auf und öffnete dann weit den Mund, so daß Chiisai erkennen konnte, daß von einer Maske nicht die Rede sein konnte. Sie legte ihre unglaublich langen Finger auf die Wange. »Glaubst du, daß ich eine brauche? Es haben sich so viele Männer – und Frauen – in mich verliebt, daß ich nie auf die Idee gekommen bin, daß ich eine Maske bräuchte.«

»Wo ist Ojime?«

»Ja, natürlich«, sagte Kaijikan lieblich. »Ich hätte es fast vergessen.« Sie drehte sich zum hinteren Ende der Terrasse um, wo es durch einen gedrungenen Ofen und ein loderndes Feuer abscheulich heiß war. »Sieht ganz so aus, als ob der Hohe Minister heute nicht er selbst wäre – um es vorsichtig auszudrücken.«

Chiisai blickte in die Richtung, in die Kaijikan wies. Ihr Herz pochte so heftig in ihrer Brust, daß es sich zu überschlagen drohte. Dort stand ein riesiger, gewaltiger und kraftvoller Mann mit dunklem Bart, der eine komplette, ihr unbekannte Kriegsrüstung trug. Sein großes, quadratisches Gesicht hatte dicke Backen mit schrägen Wangenknochen und fast fremdartig aussehende Brauen über schwarzen Augen mit schweren Lidern. Die Augen bestanden nur aus der glänzenden Iris. Auf seinem Helm war ein goldenes, sich windendes Reptil angelötet. Chiisai erkannte einen Salamander, das Geschöpf des ewigen Lebens, und auch eine Spange an seiner Kehle, die aus einem einzigen Rubin mit Augen aus Onyx gearbeitet war, zeigte dasselbe symbolhafte Tier. Es war von Onyxflammen umgeben, die sich bis in den Mund des Tieres erstreckten.

»Tokagé!« flüsterte sie. »Aber das ist unmöglich.« Sie wandte sich Kaijikan zu. »Was für eine Betrügerei hast du da vorgenommen? Was für eine Täuschung? Dieses Biest, dieser Verräter der Menschheit, wurde vom Dai-San in der Schlacht von Kai-feng getötet.«

»Das stimmt«, erwiderte Kaijikan. »Aber ich versuche nicht, dich davon zu überzeugen, daß es sich tatsächlich um Tokagé handelt. Du glaubst an eine Täuschung? Wie auch immer, geh zu ihm. Berühre ihn und überzeuge dich selbst.«

Chiisai schritt zögernd quer über die Sonnenterrasse. Während sie an Kaijikan vorbeiging, stieg ihr der Geruch von Rosenblüten und silbernem Salbei in die Nase, und sie keuchte, weil diese Düfte mit der mythenumwobenen Wächterin über die Seelen verbunden waren. Sie hielt inne und starrte Kaijikan an, die sie aber nur anlächelte. Dann wandte sich Chiisai um und schritt auf Tokagé zu. Seine glänzenden Augen folgten ihr, aber als sie eine Hand ausstreckte, um ihn zu berühren – er war tatsächlich massiv –, rührte er sich nicht.

»Bist du jetzt zufrieden?« fragte Kaijikan

»Nein. Er könnte irgend jemand sein.« Aber Chiisai starrte in seine Augen und erkannte ihren Ausdruck. Trotz allem, was sie rational für unmöglich hielt, wußte sie, daß es sich tatsächlich um den Erzverräter der Menschheit handelte. »Zudem wirkt er eigentlich nicht lebendig.«

»Diese Annahme äußerst du mit einigem Recht«, sagte Kaijikan. »Er ist erst halb aus dem Totenreich zurückgekehrt.« Als sich Chiisai umwandte, um sie anzublicken, lächelte sie immer noch. »Ich brauchte zweierlei, um ihn zu reanimieren. Die Zunge des Makkon und irgendeinen lebenden Menschen, der ehrgeizig genug war. Denn dann, wenn die Seele Tokagés wieder in das physische Reich einträte, würden Körper und Seele nicht auseinandergerissen werden. Der Hohe Minister Ojime paßte perfekt in diesen Plan.«

»*Das* ist Ojime?«

»Nicht mehr«, antwortete Kaijikan. »Ich könnte mir vorstellen, daß bestimmte Teile von ihm noch hier und da existieren.

Aber jetzt ist er zu dem geworden, wovon er geträumt hat – etwas Höherwertiges.«

»Deshalb war Ojime also im Shinsei-na-ke-Tempel. Er wollte die Zunge des Makkon stehlen.«

»Und er hat sie gestohlen und später das Blut des Rosh'hi vergossen.«

»Er hat Qaylinn ermordet?«

»Und zwar kaltblütig, wie ich mit Genugtuung feststellte.« Sie strahlte. »So ein perfekter Körper für Tokagé!«

Chiisai wirbelte herum. »Ich werde ihn töten!«

Sie zerrte an dem riesigen, gepanzerten Wesen und zog ihr Messer. Aber hinter ihr zeichnete Kaijikan eine Reihe komplexer Symbole in die Luft, einen Kreis von Talismanen, und genau in dem Augenblick, als die Spitze von Chiisais Klinge sich in seine Rüstung bohren wollte, bewegte sich Tokagé.

Die Klinge glitt an dem Metall ab und kreischte protestierend. Eine riesige gepanzerte Faust sauste nieder und ließ Chiisais Arm in Taubheit erstarren. Das Messer knallte auf den Boden der Sonnenterrasse. Tokagé packte Chiisai mit einem eisernen Griff und wirbelte sie herum.

»Seit dem Moment seines gewaltsamen Todes war seine Seele mein«, sagte Kaijikan. »Jetzt habe ich etwas mit ihm vor. Meine Pläne sind so weitgespannt, daß du dir nicht einmal eine Vorstellung davon machen kannst. Und ich habe nicht die Absicht, es dir oder irgend jemandem sonst zu gestatten, sie zu sabotieren.«

## Siebtes Kapitel

# DUK FADAT

Das Wesen mit den sechs Augen kam aus der Dunkelheit hervorgekrochen, und Moichi glaubte, in Ohnmacht zu fallen. Die Bestie war so häßlich, daß das eine instinktive Reaktion war. Sie hatte einen länglichen, flachen, insektenartigen Kopf. Der Mund bestand aus zwei Schlitzen in Form eines Kreuzes, die von vier dünnen Lippen eingerahmt wurden. Er wurde an beiden Seiten durch schwarze Oberkiefer überragt, die denen von Käfern glichen. Ihr aufgedunsener, verunstalteter Körper, der mit Inseln verfilzten drahtigen Haars gesprenkelt war, wand sich hin und her. Er endete in einem bösartigen, mit Widerhaken versehenen Schwanz, dessen Struktur dem eines Skorpions glich. Die Bestie hatte eine Vielzahl kurzer Beine, von denen jedes vier kraftvolle Krallen hatte. Es mußte deshalb wie eine Krabbe vorankriechen. Aus den Winkeln seines gräßlichen Mauls sabberte zähflüssiger weißer Schaum. Die Augen blickten allerdings lebhaft und interessiert.

»Du hast mich schon für häßlich gehalten, bevor du mich sahst«, sagte die Kreatur. »Jetzt haben sich deine Ängste erfüllt.« Der flache, muschelartige Kopf wirbelte auf und ab. »Bjork hat mich so erschaffen. Ein Gefängniswärter sollte abstoßend sein, und ich war die einzige Kreatur, die Dujuk'kan sehen sollte.«

»Dann wurden Aufeya und ich vom Abgrund verschlungen«, sagte Moichi, der krampfhaft schluckte. »Wie kommt es, daß du uns nicht wie die Fe'edjinn aufgefressen hast?«

»Die waren zuerst hier. Als ihr hier auftauchtet, war ich satt. Ihr wurdet vom Abgrund verschluckt, nachdem mein Hunger gestillt war. Während ich schlief, brauchte ich euch nicht, da mein Bauch voll war.«

»Wir waren also als Vorrat für deine Speisekammer bestimmt.«

»Ich verstehe nicht.«

Es war nicht einfach, diese Kreatur anzublicken, aber Moichi zwang sich dazu. »Du wolltest uns aufsparen, bis du wieder hungrig bist.«

»Das wird lange dauern. Mir gefiel die Frau.«

»Aufeya hat dir gefallen?« Moichi neigte den Kopf. »Auf welche Weise?«

»Dujuk'kan hat sie gesehen. Ich sah, wie ihm das Wasser im Munde zusammenlief, und dachte mir, daß es eine süße Folter für ihn wäre, wenn ich sie bei mir behalten und er sie nicht kriegen würde. Ich dachte, dadurch Bjorks Absichten geflissentlicher umzusetzen.«

Moichi überlegte einen Moment lang. »Verstehst du, was passiert? Bjork hat offensichtlich etwas nicht vorausgesehen.«

Jailor schniefte. »Bjork sieht alles voraus.«

»Außer der Tatsache, daß sein Gefängniswärter anfängt, Charakterzüge eines Gefangenen anzunehmen.«

»Ich verstehe nicht.«

»Paß auf. Du bist erschaffen worden, damit Dujuk'kan eingekerkert bleibt, isoliert von seinem eigenen Geschlecht, das er somit nicht weiter quälen konnte, wie so viele Jahre zuvor.«

»Das habe ich getan.«

»Ja«, sagte Moichi. »Und dann hast du dich entschlossen, noch mehr zu machen. Du wolltest ihn foltern, so wie er die geraubten Kinder gequält hat. Worin besteht dann der Unterschied zwischen dem Wärter und dem Gefangenen?«

Es schien, als ob Jailor summen würde, als er sich an die Arbeit machte. Mit Hilfe seiner Kinnbacken sammelte er den zähflüssigen weißen Schaum und begann plötzlich, leuchtende Fäden zu spinnen und damit die Wände der niedrigen Grotte zu bespannen, die er bewachte.

»Was tust du da?« fragte Moichi, dem unbehaglich zumute war.

Die Bestie summte weiter, während das Netz dichter wurde. »Ein Gefangener flieht, ein anderer kann entkommen. Dieses Netz wird eine weitere Flucht verhindern.«

Moichi trat vor und hieb mit seinem Dolch auf die Fäden

ein. Bestürzt nahm er wahr, wie sich die Fäden, die er durchschnitten hatte, wieder verbanden. Er hackte immer wieder auf das Netz ein, aber das Ergebnis war dasselbe. Es blieb nie genug Zeit zum Ausbruch, bevor die Fäden sich wieder verknüpften.

Jailor kicherte. »Ich habe dir doch erzählt, daß Bjork an alles gedacht hat.«

Moichi trat zurück und wischte sich den Schweiß von der Stirn. Er fragte sich, wie es wohl wäre, den Rest seines Lebens in Gefangenschaft zu verbringen. Jeder Tag wäre wie ein Fehltritt in ein Loch mit Treibsand, wo man in das Nichts hinabgezogen wurde. Zeit und schließlich auch Verantwortung und Gedanken würden bedeutungslos werden. Das Leben wäre nur noch ein langsames Dahintreiben, ähnlich dem eines kleinen Boots auf einem riesigen, nächtlichen Meer. Er durfte das nicht zulassen.

»Was ist jetzt mit Dujuk'kan?« fragte Moichi. »Willst du ihn nicht verfolgen? Er ist dein eigentlicher Gefangener. Ich bin nur ein Ersatz.«

»Ich bewege mich nur in Tunneln«, sagte Jailor. »Dafür hat mich Bjork erschaffen. Ich bleibe hier.«

»Aber du *mußt* Dujuk'kan verfolgen. Er ist ein Krimineller. Bjork kann mit Sicherheit nicht gewollt haben, daß so etwas passiert.«

Die Bestie erhob sich, und ihr Maul schnappte und öffnete sich vor heftiger Erregung. »Du hast mich nicht verstanden. Wenn ich die Tunnel verlasse, werde ich sterben. Das ist das Ende.« Dann begann Jailor wieder zu summen, während er weiterhin sein Netz spann, das einen in den Wahnsinn treiben konnte.

»Weißt du, wohin Dujuk'kan geflohen ist?«

»Ja. Aber die Information hat keinen Wert für dich.«

Moichi beobachtete verschiedene Stellen, wo die Fäden des Netzes noch nicht eng miteinander verwoben waren. »Ich will wissen, wo er Aufeya hinbringt.«

Er bewegte sich wie Jailor und wartete geduldig auf die richtige Position, bis er der Kreatur nahe war.

»Ah, Aufeya interessiert dich. Wie Dujuk'kan.« Seine Mandibel klapperten warnend oder aus Unverständnis. »Soviel Interesse an einem Geschöpf. Nun gut, er verschleppt sie in den hintersten Winkel der Mu'ad-Wüste: nach Mas'jahan.«

Moichi näherte sich zentimeterweise und erwog den günstigsten Angriffswinkel. »Bist du sicher?«

Jailor klapperte weiter mit dem Gebiß, während er an seinem Netz arbeitete. »Ein schlimmer Ort. Sehr abenteuerlich. Er hat in der Zitadelle geschäftliche Interessen und wird sich mit Sicherheit dorthin wenden.«

Moichi holte mit dem Dolch aus und stieß ihn durch das Loch im Gewebe. Die Klinge schoß durch die diamantenförmige Öffnung, direkt in den Kopf der Bestie. Eine große Wolke purpurfarbenen Staubs schoß nach oben, während Jailor aufschrie. Er bäumte sich auf, und fast wäre Moichi der Griff des Dolchs aus der Hand gerissen worden. Aber er war darauf vorbereitet und warf sich gegen das Netz. Wie er vermutet hatte, gab es nach, und er hatte genug Spielraum, um Jailors Bewegungen zu folgen und die Klinge weiter in den gepanzerten Schädel zu stoßen. Er drehte sie, während er sie bis zum Heft einbohrte.

Die kurzen Beine der Bestie begannen zu zittern, während sie zusammenbrach, und die langen Krallen meißelten tiefe Furchen in den hart gepreßten Sand. Aus der Wunde, die Moichi ihm am Kopf zugebracht hatte, stieg weiterhin purpurfarbener Staub auf. Jailor krümmte sich im Todeskampf auf dem Boden, und seine Kiefer zuckten krampfhaft. Die Augen, von denen vier bereits erloschen und zerstört waren, blickten zu Moichi auf.

»Darauf läuft es hinaus, Jailor. Ich muß dich töten, damit ich Dujuk'kan in die Finger kriege.«

»Das entspricht nicht meinem Wunsch, aber meiner Bestimmung«, sagte die Bestie.

Moichi nickte. »Unglücklicherweise verstehe ich dich.«

An Jailors Kinnbacken, die mit purpurfarbenem Staub bedeckt waren, tröpfelte der zähflüssige weiße Schaum herab. »Du verstehst gar nichts. Ich bestehe nur aus Schmerz. Ich wurde als Leidender geboren, obwohl ich nicht danach verlangt habe. Wie oft habe ich mich nach dem Tod gesehnt, aber Bjorks Zauberkunst wollte mich nicht sterben lassen. Dujuk'kan mußte bewacht werden.«

»Aber jetzt, wo er geflohen ist, bist du verwundbar?« fragte Moichi, der weiter auf die Klinge drückte. »Wolltest du das sagen?«

Jailors Kiefer mahlten, aber er brachte keinen Laut zustande. Einen Augenblick später war sein Maul mit purpurfarbenem Staub gefüllt.

»Du solltest jetzt noch nicht sterben, Jailor«, sagte Moichi. Er zog den Dolch aus der Wunde und hieb mit dem gleichen Ergebnis wie zuvor auf die Fäden des Netzes ein. »Sag mir, wie ich dieses verdammte Netz überwinden kann, das du gesponnen hast. Sag es!«

»Ich will zuerst wissen, warum diese Frau es wert ist, gerettet zu werden«, sagte Jailor, dessen Stimme jetzt schwach und erstickt klang.

»Der Teufel soll dich holen! Wie komme ich hier raus?« donnerte Moichi.

»Was wirst du tun, wenn ich es dir nicht sage? Mich töten?« Jailor versuchte zu lachen, aber es war ihm bereits zu viel seiner eigenen Körperflüssigkeit in die Kehle gestiegen, die ihn zu ersticken drohte. Ein enormes Zittern ergriff seinen Körper, und die beiden heilen Augen quollen aus den Höhlen, als ob sich ein großer Druck aufbauen würde. »Diese Frau, an die du denkst ...« Seine Stimme war so leise, daß Moichi sich gegen das Netz pressen mußte, um sie zu verstehen. »Wenn ich aus meiner Knechtschaft befreit sein werde, werde ich sie dir übergeben.«

»Was wirst du ...?«

Das Licht in Jailors Augen erlosch, und die Grotte füllte sich mit einem modrigen Geruch. Und dann brach ein Bild von Aufeya in Moichis Gedanken ein. Sie war auf dem Rücken eines *co'chyn* festgebunden, das unter der schwarzen Peitsche Dujuk'kans durch die Mu'ad-Wüste jagte. Er wußte, daß es Aufeya war. Er erkannte sie, wie man Leute in einem Traum erkennt – durch das Gefühl. Aber wie konnte dies seine Aufeya sein, wo die Frau, deren Bild er vor seinem geistigen Auge sah, den Kopf und den Hals eines weißen Ibis hatte?

Moichi blinzelte, und die Vision verschwand. Er blickte auf den toten Jailor herab. Die Bestie hatte ihr Versprechen gehalten – oder hatte sie sich einen grausamen Witz erlaubt? Hatte Moichis Vision einem Bild der Wirklichkeit entsprochen? Wenn es so war, wie war Dujuk'kan zu einem gesattelten *co'chyn* gekommen und wie hatte er Aufeya verwandelt?

Moichi erkannte, daß keine dieser Fragen eine Rolle spielte, wenn es ihm nicht gelang, Jailors Netz zu überwinden. Wie würde er ...

Und dann bemerkte er, daß unten ein Faden zerschnitten worden und zertrennt geblieben war. Wie war das möglich gewesen? Und dann sah er es: Durch eine von Jailors Krallen!

Schnell kniete sich Moichi nieder und schnitt der Kreatur mit seinem Dolch einen Fuß ab. Er zog ihn durch einen der größeren Leerräume zwischen den Fäden, drehte ihn um und begann, mit einer der bösartig gewölbten Krallen das Netz zu durchschneiden.

Er zwängte sich durch das kreisförmige Loch und stieg über den Kadaver der abscheulichen Kreatur. Dann wandte er sich um und kauerte sich daneben nieder. Irgendwie erschien ihm Jailor jetzt eher bemitleidenswert als häßlich. Die seltsame Feindseligkeit war verschwunden, und an ihre Stelle war eine Dankbarkeit getreten, die alle menschlichen Freuden und Leiden akzeptierte.

»Ruhe in Frieden, Jailor«, sagte Moichi. Er erhob sich. »Mir scheint, du hast es verdient.«

Das Gewirr von Tunneln war mit jener Art vertikaler Kamine gespickt, von denen Moichi und Dujuk'kan einen benutzt hatten, als sie in die Höhle hinabgestiegen waren, wo Jailor ihrer Meinung nach seinen Verdauungsschlaf gehalten hatte. Moichi fand heraus, daß es sich um Abkürzungen handelte, die Jailor in den Untergrund der Mu'ad-Wüste gegraben hatte, um besser auf seinen Gefangenen aufpassen zu können.

Moichi war der Erschöpfung nah und wurde durch den Flüssigkeitsverlust gepeinigt, als er auf einen Schacht stieß, der überraschenderweise einen Aufstieg nach oben ermöglichte. Das war die Antwort auf die Frage, wie Dujuk'kan die Flucht gelungen war.

Der schlaue Adaner hatte Klumpen der Metallerze, deren Adern sich durch große Teile der Tunnel zogen, in die Wände gerammt und so Handgriffe und Fußstützen in dem Kamin angebracht. Moichi blickte auf und sah weit weg einen kleinen, ovalen Fleck klaren Blaus. Der Himmel! Die Erleichterung und die Erschöpfung ließen ihm schwindlig werden. Dann begann er seinen langen Aufstieg.

Moichi mußte oft innehalten, damit ihm nicht schwarz vor den Augen wurde. Er kauerte sich zunehmend häufiger gegen die Wand des Kamins und zitterte, als ob er an Schüttelfrost litt. Verzweifelt krallte er seine Fingerspitzen in den hartgepreßten Sand, um sich festzuhalten und nicht rückwärts in den Tod zu stürzen. Ihm war bewußt, daß dies gefährlich war und daß er – wenn auch im langsamsten Tempo – weiter nach oben steigen mußte. Je länger er regungslos verharrte, desto schwieriger würde es werden, sich erneut aufzuraffen, und zwar sowohl aus körperlichen als auch aus geistigen Gründen. Seine Muskeln verkrampften sich, und seine Kräfte schwanden mehr und mehr, während er seinen Aufstieg fortsetzte.

Um seine Konzentration aufrechtzuerhalten, genügte ihm zunächst der Geruch der frischen Luft, die überall um ihn herum einströmte. Aber als das nicht mehr ausreichte, setzte er sich selbst kleine Ziele. Er dachte an Aufeya und die Vision, die ihm Jailor hatte zuteil werden lassen, in der er sie festgebunden auf einem *co'chyn* gesehen hatte, mit dem Dujuk'kan sich auf den Weg nach Mas'jahan gemacht hatte.

Als er sein erstes Etappenziel erreicht hatte, wandte er seine Gedanken seiner Schwester Sanda und dem Strom von Träumen und Vorahnungen zu, die ihm in der Mu'ad-Wüste erschienen sind. Er wiederholte aus der Erinnerung Sandas rätselhafte Worte. *Suche den Bären in dem Stein,* hatte sie gesungen, *nicht um zu besitzen, sondern um erfüllt zu sein.* Er bedachte das Rätsel eine Zeitlang, bis er das Bild seiner verstümmelten Schwester nicht mehr verdrängen konnte und erneut ihre innige Bitte hörte: *Rette mich!* Wovor? Was hatte das Makkon ihrer Seele im Augenblick ihres Todes angetan? Während der Schlacht von Kai-feng hatte er seltsame Geschichten über die Vorliebe der Makkon gehört, die Seele ihrer Opfer aus deren Augen zu trinken, aber er hatte diese hinter vorgehaltener Hand geflüsterten Geschichten für psychologische Kriegsführung gehalten, durch die die Mächte der Finsternis ihre Feinde entmutigen wollten.

*Rette mich!*

War Sanda – oder irgendein Teil ihres Wesens – irgendwie noch immer lebendig?

Er erreichte sein nächstes Ziel und wandte seine Gedanken dem Makkon ohne Zunge zu. Was war ihm zugestoßen? Wer oder was hatte es stumm gemacht? Wer, vom Dai-San abgesehen, hatte dazu genügend Macht? Moichi kannte sonst niemanden. Während er in Jailors Ruhekammer gefangen gewesen war, hatte er die Fährte des Makkon verloren, und er fragte sich, ob es ihm gelingen würde, sie wieder aufzunehmen. Hatten solche Geschöpfe nicht ein besonderes Nachleben? Seine Erfahrung bei der Verfolgung von Menschen und Bestien sagte ihm, daß es so etwas gab. Aber das Makkon war nicht von dieser Welt. Vielleicht trafen bei ihm andere Gesetze zu.

Er erreichte ein weiteres Ziel und kauerte sich keuchend auf der Stütze aus Metallerz nieder. Wegen Dujuk'kans Leibesumfang und seines Gewichts war diese für Moichis Verhältnisse ziemlich großzügig bemessen, so daß er beide Füße gleichzeitig darauf stützen konnte. Doch er war der totalen Erschöpfung so nah, daß seine Muskeln zuckten und bebten. Er zitterte fast unkontrollierbar und schloß für einen Augenblick die Augen, aber das war ein Fehler, weil er fast abgestürzt wäre. Um sich abzulenken, blickte er nach oben, und die Größe des ovalen Himmelsausschnitts versetzte ihn prompt in eine bessere Stimmung. Er war fast am Ziel!

Aber es tat weh, sich wieder aufzurichten, und als er nach

der nächsten Stütze griff, durchzuckte ein Schmerz seine linke Kniesehne. Er keuchte laut, legte seine Stirn gegen die rauhe Sandwand und massierte seinen Muskel, bis der Schmerz abgeklungen war. Dann setzte er, mit gebrochenen Nägeln, blutigen Fingern, halb bewußtlos und nur noch von schierer Willenskraft getragen, seinen Aufstieg fort. Aber als er die nächste und vorletzte Stütze aus Metallerz erreicht hatte, glitt sein linker Fuß aus, und er rutschte ab.

Er konnte sich eben noch mit verschränkten Fingern festhalten. Sein Körper pendelte gefährlich über einem Abgrund, den er vorher offenbar nicht zur Kenntnis hatte nehmen wollen. Mühsam zog er sich wieder auf die Stütze hoch und erklomm die nächste. Jetzt blieb nur noch eine übrig.

Plötzlich registrierte er ein leises Heulen, und obwohl es nur ein Echo war, das durch die Öffnung über seinem Kopf einsickerte, gefror ihm das Blut in den Adern. Er kannte dieses unheimliche, fast bestialische Geräusch aus seiner Kindheit. Duk Fadat. In der Mu'ad-Wüste über ihm braute sich ein Sandsturm zusammen, und Moichi fragte sich, ob er hier – an der Peripherie von Jailors Welt – nicht mehr in Sicherheit war als dort oben, wo der vom Wind gepeitschte Sand den *d'alb* und die Haut eines Mannes zerfetzen konnte.

Dann rauschte ein großer Sandwirbel durch die Öffnung und hätte ihn fast von der Stütze gerissen. Moichi wurde klar, daß er das Risiko mit dem Duk Fadat eingehen mußte. Wenn er in dem kaminartigen Schacht blieb, würde das seinen sicheren Tod bedeuten. Die Frage war nicht ob, sondern wann ihn ein Sandstoß in den Abgrund befördern würde.

Er zog sich hoch und stützte sich auf die Ellbogen, weil der wogende Sand neben der Mündung des Schachts seinen Fingern keinen sicheren Halt geboten hätte. Stöhnend und keuchend zog er seinen Oberkörper und dann seine Beine aus dem Schacht. Er war endlich frei, aber in was für eine alptraumhafte Welt war er geworfen worden?

Der wiederbelebte Tokagé wollte Chiisai das Genick brechen.

»Sie ist die Tochter des Kunshin«, sagte er in einem merkwürdigen, metallisch grummelnden Tonfall, der einem gefährlich nahen Donner glich. »Sie muß sterben.« Seine Stimme schien nicht aus der Resonanzkammer seines Zwerchfells zu kommen, sondern von irgendeinem fernen, nicht wiederzuerkennenden Strand, irgendeinem bleichen Land, das jenseits von Chiisais Vorstellungen lag. Sie hatte jetzt keine Zweifel mehr, daß die ätherische Frau die legendäre Wächterin der Seelen war, und bat Kaijikan um Erlösung. Seltsam! Sie wußte, daß sie sie bei Tokagé nicht finden würde.

»Wir werden sie am Leben lassen, weil sie die Tochter des Kunshin ist«, sagte Kaijikan ruhig. »Sie ist ein viel zu wertvolles Pfand, das wir zur Erpressung nutzen können.«

»Zum Teufel mit den verdammten Erpressungen«, sagte Tokagé. Er verstärkte seinen Würgegriff und genoß es. »Wenn wir den Kadaver dieses Körpers vor der Haustür des Kunshin abladen, wird das das Herz jedes Bujun-Kriegers mit Furcht erfüllen.«

Kaijikan schien sich nicht im geringsten überwinden zu müssen, quer über die Terrasse nahe auf das riesige und einschüchternde Wesen zuzugehen. Währenddessen wuchs sie, so daß sie jetzt genauso groß wie die Kreatur war.

»Du weißt so wenig über das Herz der Bujun«, sagte sie. Der Tadel wirkte, als ob eine Ohrfeige Tokagés großes, quadratisches Gesicht getroffen hätte, und seine Onyxaugen funkelten vor Zorn. Sie nahm es zur Kenntnis und sagte: »Was glaubst du, warum ich dich hier in Ama-no-mori wiederbelebt habe? Warum ich jahrelang das elende Leben in diesem scheußlichen Sumpfloch ertragen habe und warum ich mich ursprünglich unbemerkt in das Inselreich des Kunshin eingeschlichen habe? Um deine Ausbildung zu vollenden. Du wirst nie der Herrscher dieser Welt sein, wenn du es nicht lernst, die Geheimnisse der Herzen der Bujun zu begreifen, weil die Bujun die Beschützer dieser Welt sind. Deine Zauberkünste haben deinen Erzfeind erschaffen, den Dai-San.«

Die Erwähnung des Namens des Kriegers des Sonnenuntergangs traf Tokagé tief. Chiisai spürte, wie sich seine Muskeln unfreiwillig verkrampften, und sie hörte das entsetzliche Knirschen seiner grauen, an Grabsteine erinnernden Zähne.

Kaijikan streckte eine Hand aus. »Laß das Mädchen los, Tokagé. Ich weiß, wie wir sie für unsere Zwecke einsetzen.«

»Sag es mir.« Der Ausdruck seiner Schlitzaugen war vorsichtig. »Dann kannst du sie haben.«

Für einen langen Augenblick lauschte Chiisai der Stille, die jetzt eintrat, weil es sich um ein unruhiges Schweigen handelte, das von emotionalen Spannungen erfüllt war. Wenn es sich auch nicht um einen voll ausgebrochenen Wettkampf der Willenskraft handelte, so bemerkte sie in der knisternden Spannung doch ein taktisches Manövrieren, das bei Verbündeten ungewöhnlich war. Es war natürlich eine Frage der Macht. Sie waren beide an absoluten Gehorsam gewöhnt, und bei jeder Entscheidung würde einer nachgeben müssen.

»Ich hatte einst eine Schwester«, sagte Kaijikan. »Meine Mutter hat mir einmal erzählt, daß wir Zwillinge wären, wenn ich auch nie eine Ähnlichkeit feststellen konnte.« Sie ließ die Schultern sinken, aber eigenartigerweise konnte Chiisai kein Zeichen dafür erkennen, daß Kaijikan Macht abgetreten hatte. »Meine Schwester war von Geburt an stumm. Sie war sehr geschickt und klug, aber ihre Stummheit war ihre Schwäche und ihr Verderben. Der Kunshin fand als junger Kriegsherr Gefallen an ihr und machte sie zu seiner Konkubine. Er amüsierte sich mit ihr, wenn es ihm gerade gefiel, und er war erfreut, daß sie sich bei anderen Gelegenheiten aufgrund ihrer Stummheit nicht beschweren oder nach Gefälligkeiten fragen konnte, weil meine Schwester sich ihrer Behinderung zu sehr schämte, die Schrift als Ersatz für ihre Stimme einzusetzen.« Sie starrte Tokagé mit festem Blick an. »Ich weiß nicht, ob du das verstehst, aber die Gefühle, die sich in ihrem Gesichtsausdruck spiegelten, waren für sie die einzige Form der Kommunikation. Der zukünftige Kunshin hatte weder Zeit und offensichtlich auch keine Vorliebe für Emotionen. Er wurde von seiner Lust getrieben: Macht und Hormone nährten ihn, und diejenigen, die ihm bei seinen unseligen Gelüsten in die Quere kamen, holte der Teufel.

Eines nachts kam ihm meine Schwester in die Quere. Sie war meistens eingeschüchtert, wenn sie mit ihm zusammen war. Doch sie war an die Angst gewöhnt und konnte damit umgehen, aber als sie den Familienanschluß verlor, war sie untröstlich. Und als sie sich weigerte, ihrem Kriegsherrn zu Willen zu sein, als dieser es verlangte, ließ er sie enthaupten.« Ihr Blick, der bisher Tokagé fixiert hatte, schwang plötzlich zu Chiisai hinüber. »Ich rede von deinem Vater, meine Liebe, und deshalb rate ich dir, genau aufzupassen.«

»Aber das ist doch nur ein Märchen«, sagte Chiisai. »Eine durch nichts bestätigte Geschichte.«

Das Aufflackern eines unmittelbaren Gefühls streifte Kaijikans sonst unerschütterlichen Gesichtsausdruck. »Bist du töricht genug, den Kunshin für einen Heiligen zu halten?«

»Nein, er ist auch ein Mann«, antwortete Chiisai. »Aber ein guter Mann.«

»*Gut.*« Tokagé spuckte das Wort aus, als ob es sich um einen schmutzigen Fluch handeln würde.

Kaijikan lächelte, weil sie jetzt eine gemeinsame Basis gefunden hatten. »Gut und Böse sind nicht unveränderlich, meine Liebe, keine Naturgesetze, sondern Vorstellungen, die sich die Menschheit erträumt hat. Es ist bezeichnend, wie naiv du inhaltslosen Ideen anhängst.«

»Du irrst dich«, sagte Chiisai hitzig. »Die Moral *ist* unveränderlich wie ein Naturgesetz, beispielsweise die Schwerkraft.«

»Wirklich?« Kaijikan neigte den Kopf, zeichnete mit einer Hand ein komplexes Muster in die Luft und begann, vom Boden hochzuschweben. »*Nichts* ist unveränderlich. Weder die Schwerkraft noch der Tod. Und hier bist du Augenzeuge des Beweises.«

Chiisai schwieg. Was hätte sie sagen sollen? Tokagé schleuderte sie grunzend von sich, und sie wurde von den seidigen, übernatürlich langen Fingern aufgefangen, die sich um ihre schlanken Handgelenke schlossen.

»Du bist eine Kriegerin, und das bewundere ich«, sagte Kaijikan. »Aber du kannst davon ausgehen, daß du, wenn du stirbst – und du wirst sterben, meine Liebe –, nicht den Tod einer Kriegerin sterben wirst. Das wäre ein Quentchen Trost für deinen Vater, und das darf ich nicht zulassen. Ich habe lange auf diesen Augenblick gewartet. Die Seele meiner Schwester schreit nach Rache, und ich werde sie rächen.«

Moichi war zu hungrig, um schlafen zu können. Während er vornübergeneigt und schwer atmend im Schutz einer Düne kauerte, sah er plötzlich einen blauschwarz schillernden Umriß. Darüber tanzten Sandfontänen wie die Derwische der Katechisten, jener fanatischen Sekte, die Mas'jahan dem Gestein und dem Sand der Mu'ad-Wüste abgerungen hatte.

Moichi kroch unter Schmerzen auf den Umriß zu, und seine Zunge benetzte dabei seine aufgesprungenen und trockenen Lippen, die zu bluten begannen, weil der Sand sie weiter wundscheuerte. Er schleppte sich dankbar wieder in den Schutz der Düne, und als er herunterblickte, wollte er seinem Glück nicht trauen. Es war der Kondor, den der Fe'edjinn erlegt hatte. Er war noch nicht verwest. Wieviel Zeit hatte er in Jailors entzückendem Ruhelager verbracht? Er konnte es nicht wissen, aber dieses Indiz deutete darauf hin, daß weniger Zeit verstrichen war, als er gedacht hatte.

Er zog den Pfeil aus der Brust des Vogels. Die Wüstensonne hatte ihn schon halb durchgebraten, und obwohl die religiösen Gebote der Iskamen den Verzehr aasfressender Raubtiere verboten, grub er seine Zähne in das Fleisch des Vogels, wobei er einige Federn ausspuckte und andere mit hinunterschluckte. Während er an dem blutigen Fleisch und an Sehnen und Knochen herumkaute, gewann der Geschmack des Essens die Oberhand über den Schmerz seiner aufgerissenen Lippen. Er saugte das Blut aus den Körperteilen, die er nicht aß, und zerbrach dann die Knochen, um an das nahrhafte Mark zu gelangen. Nachdem Moichi seine Mahlzeit beendet hatte, schleuderte er die Reste des Kadavers in die Luft. Dann sank er plötzlich in die Düne zurück. Sein hungriger Magen, der nicht mehr ans Essen gewöhnt war, von dem Verzehr halbrohen Fleischs eines Kondors ganz zu schweigen, drohte zu rebellieren. Er würgte einmal und zwang seinen Magen dann, sich zu beruhigen. Er konnte es sich nicht leisten, die einzige Substanz zu erbrechen, die ihm das Überleben ermöglichen würde.

Moichi drehte sich herum, schloß die Augen und fiel in einen so tiefen Schlaf, daß ihn allenfalls der Geruch eines Makkon hätte aufwecken können. Später öffnete er die Augen, und für einen Moment zwischen Schlaf und Wiederkehr des Bewußtseins glaubte er, das Makkon zu sehen. Schnell zog er einen Dolch, und als er völlig erwacht war, blickte er sich um und lachte freudlos. Selbst eine übernatürliche Kreatur wie ein Makkon würde es sich während eines Duk Fadat zweimal überlegen, das Risiko in der Mu'ad-Wüste einzugehen.

Moichi wollte gerade im Schutz der Düne weiterkriechen, als über dem Dünenkamm ein Wesen auftauchte, das trotz der Wind- und Sandböen mit einem bemerkenswert sicheren Abstieg begann.

Ein *co'chyn.*

Als er genauer hinsah, bemerkte er, daß es sich nicht um ein wildes Tier handelte, sondern um eins aus der Herde, mit der die Karawane in die Mu'ad-Wüste aufgebrochen war. Wie war es dem wirbelnden, sandigen Abgrund entkommen? Doch dann erinnerte er sich an die Vision, die Jailor in Moichis Geist verankert hatte und in der er Dujuk'kan und Aufeya auf einem *co'chyn* gesehen hatte. Sein Herz überschlug sich. Während er die Zügel des *co'chyn* ergriff, hielt er die Vision tatsächlich für wahr, weil es sich um Tamuks Tier handelte. Er erkannte die mit Waffen vollgestopften Satteltaschen wieder. Schade, daß es nicht eins der anderen Tiere war, die ihren Nahrungs- und Wasservorrat transportiert hatten. Zwar hatte er gerade den Kondor verspeist, aber diese Nahrung würde nicht länger als zwei Tage vorhalten, und dann würde sein Körper nach mehr verlangen. Könnte er dieses Verlangen nicht befriedigen, wären Mattigkeit, Muskelschwäche, Flüssigkeitsverlust und der Tod sein Schicksal.

Moichi tätschelte den Hals des *co'chyn* und strich ihm über den Rüssel, während er sich auf seinen Rücken schwang. Er zog an den Zügeln, und der Kopf des Tieres wirbelte herum. Es senkte ihn einmal, bevor es sich in Bewegung setzte und dann – immer im Schutz der Dünen – dahintrottete, damit es sich dem wirbelnden Sand nur so kurz wie möglich aussetzte. Und dennoch waren die Sandböen schmerzhaft wie ein brutaler Schlag mit einer mehrsträngigen Peitsche. Der Stand der Sonne wies ihm den Weg, und er achtete darauf, daß sie immer über seine linke Schulter schien. Mas'jahan lag im äußersten nordwestlichen Teil der Mu'ad-Wüste, in einem breiten Sandsteintal, das an ein ödes und unbewohnbares Gebiet von Adan angrenzte.

Die Katechisten waren politisch neutral eingestellt und hatten alle Angebote hinsichtlich politischer Allianzen – sowohl der Adaner als auch der Iskamen – strikt abgelehnt. Selbst die adenesische Organisation Al Rafaar achtete argwöhnisch darauf, diese skrupel- und furchtlosen kriegerischen Glaubenseiferer nicht zu provozieren. Die Derwische der Katechisten glaubten an einen lebenden Gott, der sich unerkannt unter ihnen bewegte. Sie suchten ihn unaufhörlich, weil ein Blick auf sein Antlitz Seligsprechung, die Befreiung von der sterblichen Hülle des Körpers und das Ende allen Leidens versprach. Sie waren fromme Mystiker, über die andere Rassen wenig wußten. Aber gerade weil sie gegenüber dem Sklavenhandel und sexueller Promiskuität nachsichtig waren – ihre religiösen Riten hatten oft eine deutlich sexuelle Komponente –, zog Mas'jahan einen steten Strom unerschrockener und bösartiger Ungläubiger an. Sie empfingen solche Reisenden aus Bekehrungseifer und hießen sie, wie immer wieder behauptet wurde, sogar noch willkommen. Jeder bösartige Kriminelle, mit dem sie in Kontakt kamen, war in ihren Augen ein potentieller Gefolgsmann. Auf jeden Fall waren sie bei ihren Versuchen, andere zu Konvertiten zu machen, überraschend erfolgreich.

Moichi, der zugleich vor Erschöpfung und aus Selbstschutz vornübergeneigt in seinem Sattel hing, nahm in seinem Geist den Geruch des Makkon wahr. Hinter seiner linken Schulter war die langsam untergehende Sonne jetzt zum großen Teil durch die Sandfontänen verschleiert, die der Duk Fadat nach oben trieb. Er hatte Tamuks Landkarten studiert, die immer noch sicher in einer der Satteltaschen verstaut gewesen waren, und wußte, daß sich die Oase, die Jailor verschlungen hatte, noch ungefähr ein Drittel des Wegs von jener Siedlung entfernt war. Hamaan hatte sich einst dahin aufgemacht, um Sandas Ehemann Yesquz nach Ala'arat zurückzubringen. Es ergab sich, daß diese Siedlung in der Nähe von Mas'jahan lag, aber Moichi war klar, daß diese Distanz im Duk Fadat – ohne Brot und Wasser – der Weite des Ozeans glich, die Iskael vom Kontinent der Menschen trennte.

Er hatte sich gefreut, das lebende *co'chyn* zu finden, aber jetzt könnte sich dies als grausamer Scherz herausstellen, weil es nur um eine Verlängerung seines Leidens und langsamen Sterbens ging.

Doch die Zeit stand auf seiner Seite, und er wollte das Beste daraus machen. Daher trieb er das *co'chyn* auf seinem Weg in nordwestlicher Richtung bis zum äußersten an, und da er wegen des anwachsenden Duk Fadat weniger Umwege als vertretbar machen konnte, vermied er es, das Tier zuschanden zu reiten, weil er um die Gefahr, sich zu verirren und tagelang im Kreis zu reiten, wußte. Die Sonne und die Sterne waren in dem sich verdichtenden Sandsturm nur noch sporadisch und von Tag zu Tag schwächer zu erkennen, bis Moichi schließlich glaubte, sich wieder in Jailors unterirdischem Ruhelager zu befinden.

Dennoch trieb er sein *co'chyn* Tag und Nacht mit gleichbleibender Geschwindigkeit voran. Er schlief ein und schaukelte sich vornübergeneigt in seinem Sattel, in dem er sich nur hielt, weil er seine Handgelenke mit den Zügeln fest an dem Sattelknauf angebunden hatte. Einmal schien sein *co'chyn* Wasser gefunden zu haben, und es bohrte seinen Rüssel an einer Stelle in den Sand, wo sich ein Flecken von Dünengras unsicher ausgebreitet hatte. Moichi grub mit seinem Finger und dem Dolch nach dem kostbaren Naß, konnte aber nichts finden.

Er ritt weiter, aber der Flüssigkeitsverlust raubte ihm die Energie und schließlich auch das Bewußtsein. Mit Sand im

Mund wachte er auf und wußte, daß er in weniger als vierundzwanzig Stunden sterben würde, wenn er seine Reise so fortsetzte.

Mit äußerstem Widerwillen zog Moichi seinen Dolch und tötete sein *co'chyn* mit einem schnellen, gnädigen Schnitt durch die Kehle. Er trank das Blut des Tieres, aber das machte ihn nur noch durstiger. Dann brachte er das Tier in den Schutz einer Düne, wo es halb von herabsickerndem Sand bedeckt wurde, und schnitt vorsichtig die Haut an seinem Unterleib auf. Er trennte die drei Ovale seines Magens heraus, öffnete das dritte und trank die darin befindliche Flüssigkeit. Aus dem zweiten Magen, der ebenfalls wertvolle Flüssigkeit enthielt, fertigte er eine Art Feldflasche, und dann schlachtete er das Tier so gut er konnte.

Er aß langsam und war sich der Tatsache bewußt, daß dies seine letzte Mahlzeit sein würde. Nachdem er satt war, leerte er Tamuks Satteltaschen und füllte die eine Seite mit der behelfsmäßigen Feldflasche, die andere mit ausgesuchten Fleischstücken, die er in die Haut des Tieres eingewickelt hatte. Er warf sich die Satteltasche über die Schulter und setzte seinen Weg in nordwestlicher Richtung fort. Die Schmerzen und die Müdigkeit überstiegen selbst seine Leidensfähigkeit, aber er wuchs über sich hinaus, da er die Fährte des Makkon ahnte.

Schmerzerfüllte Tage verstrichen, und Moichi kämpfte sich weiter durch die Mu'ad-Wüste voran, in den Schlund des Duk Fadat. Er maß langsam seine Wasser- und Fleischrationen ab, bis sein Vorrat verbraucht war. Trotzdem setzte er – wegen des dahintreibenden Sandes mit geschlossenen Augen – unsicher einen Fuß vor den anderen.

Doch schließlich waren seine Sinne und sein eiserner Wille zermürbt, und er brach im Innersten der Mu'ad-Wüste zusammen. Schon bald, als der Duk Fadat seinen Höhepunkt erreicht hatte, war Moichis Körper mit flüsterndem Sand bedeckt, und nur noch ein Geschöpf, das an das riesige, wogende Ödland gewöhnt war, hätte den Buckel auf der Düne als ein lebendes Wesen identifiziert.

## Achtes Kapitel

# DER ROTE SCHLEIER

Ein vereinzelter heller Funke tanzte in der Finsternis, und seine kreisförmigen Bewegungen erweiterten sich zu einem identifizierbaren sprachlichen Muster:

»Der Schwarze Engel ist eingekerkert. Das Übel offenbart sich in der Tat und das Dunkel in der Finsternis. Das lebendige Testament von Zarathus, desjenigen, der seinen Weg allein geht, soll erfüllt werden.«

Die Bilder des Sandes verwandelten sich in wirbelnde Bahnen grell gemusterter Stoffe. Blau, grün, gelb, das Türkis von Meeresbuchten, die an Jade erinnernde Färbung eines sturmgepeitschten Ozeans oder die bernsteinfarbene Impression eines Meers während das Sonnenuntergangs: All diese und noch andere Schattierungen drehten sie wie die Räder phantastischer Fahrzeuge in seinem Geist herum.

Moichi öffnete die Augen, und es schien ihm, als ob sie seit Wochen verklebt und geschlossen gewesen wären. Er sah die Gewänder und Röcke, die neben ihm wogten und herumwirbelten. Plötzlich wurde ihm schwindlig, und er blickte nach oben. Er befand sich in einem riesigen Zelt aus dickem, natürlichem Musselinstoff. Wo immer er auch hinblickte, sah er dicke Zeltstangen aus poliertem Holz wie Baumstämme aufragen. Er erkannte den Geruch gebratenen Fleischs und geschmorter Früchte, der zugleich wohlriechend und streng war. Hin und wieder nahm er durch diesen Geruch, der einem das Wasser im Mund zusammenlaufen ließ, den säuerlichen Gestank ungewaschener Leiber wahr.

Moichi schloß die Augen. Träumte er, oder war er tot, vom Duk Fadat begraben, und dies ein Nachleben, das den Jenseitsvorstellungen der Iskamen zuwiderlief? Dann erkannte er, was sich hinter dem Wirbel von Farben, Bewegungen und Gewändern verbarg: Es wurde getanzt. Er befand sich unter katechistischen Derwischen.

Er seufzte bei dem Versuch, sich von seinem mit weicher Ziegenhaut bedeckten Strohsack zu erheben. Umgehend gesellte sich eine dickleibige Frau an seine Seite, die sich niederkauerte und ihn gütig anlächelte. Obwohl ihm nie zuvor eine Katechistin begegnet war, kam sie ihm auf seltsame Weise vertraut vor. Sie war wunderschön.

»Du hast dich gut erholt«, sagte die Frau. Sie sprach mit einem harten Akzent, aber ihre Stimme war trotzdem angenehm. »Dein kriegerischer Geist hat Fianarantsoa beeindruckt.«

»Wen?« brachte Moichi durch seine aufgerissenen Lippen hervor.

Sie lachte. Ihre Backen wackelten, ihre langen Ohrringe schwangen hin und her und ihre unzähligen Armbänder stießen geräuschvoll aneinander. Ihr Busen hob und senkte sich vor Fröhlichkeit. »Unsere Kirchenältesten. Die religiösen Lehrer. Wörtlich übersetzt bedeutet das Wort ›Wahrheitssucher‹.« Ihre klaren blauen Augen beobachteten ihn freudig. »Ja, du bist wahrhaftig aus dem Reich der Toten zurückgekehrt. Du glichst einem Grabhügel, als wir dich im Duk Fadat gefunden haben.«

Moichi leckte sich die Lippen, und sie gab ihm etwas aus einer Kalebasse zu trinken. Das Getränk schmeckte süß und nach Zitrusfrüchten, und er stürzte es ganz hinunter.

»Was hattet ihr dort bei diesem Wetter zu suchen?« fragte er. Er betastete seine Lippen behutsam mit den Fingerspitzen.

»Du mußt sie sauber halten«, sagte die Frau und ergriff seine Hand. »Deine Lippen waren infiziert, aber die Salbe, mit der ich dich verarztet habe, wird schon wirken.«

»Ich heiße Moichi Annai-Nin.«

»Mein Name ist Ambositra. Ich bin eine Heilkundige.«

Moichi strengte sich an, um sich aufzusetzen. Er war ihr dankbar, daß sie keine Anstalten machte, ihm zu helfen. »Ich muß mich für deine Freundlichkeit bedanken. Ohne dich und deine Leute wäre ich nicht mehr am Leben. Aber was *hattet* ihr dort draußen in der Wüste zu suchen?«

»Wir haben nach dir gesucht. Die Derwische tanzen, um

das lebende Testament von Zarathus zu befolgen, dadurch haben wir erfahren, daß du dich in der Mu'ad-Wüste befandest.« Sie lächelte. »Wir haben die Satteltaschen mit den Resten der Innereien des *co'chyn* gefunden. Du bist ein einfallsreicher Mann.«

»Mein ganzer Einfallsreichtum hätte mich nicht vor dem Tod bewahrt.« Moichi hielt sich den Kopf. »Wo bin ich? In Mas'jahan?«

Ambositra schüttelte den Kopf. »Immer noch in der Wüste. Aber unsere Truppe ist auf dem Weg dorthin. Morgen abend werden wir die Zitadelle erreichen.«

Moichi starrte auf die Derwische, die sich immer schneller im Takt eines inneren Rhythmus bewegten, der so alt wie die Zeit selbst war. »Sie nähern sich dem kosmischen Pulsschlag des Zarathus an«, erklärte Ambositra.

»Um sich in einen entrückten Zustand zu versetzen«, sagte Moichi fasziniert.

»Auf diese Weise hören sie die Worte seines lebendigen Testaments und können sie befolgen.«

War es Moichis Einbildung, oder nahm er tatsächlich in der Luft einen schweren Pulsschlag wahr, der mit den Bewegungen der Derwische übereinstimmte? Er war sich Ambositras Nähe nur allzu bewußt: Ihre Körperwärme und ihr Geruch waren sehr angenehm. Während sie sich neben ihn niederkauerte, stieß sie schrille Geräusche aus. Dann beugte sich über ihn, und ihr von der Sonne gebleichtes Haar strich über seine Wange. »Ich bin deine Krankenschwester, mein Lieber. Ich habe deinen Körper gesehen, ihn mit meinen Händen betastet und liebevoll dein geschundenes Fleisch geheilt.« Ihr Lächeln wurde breiter, und sie drückte seinen Arm. »Während die Fianarantsoa von deinem Geist beeindruckt waren, hatte es mir der Körper angetan.«

»Ambositra«, sagte er sanft. »Ich bin dir dankbar für alles was du getan hast, aber …«

Sie schlug die Augen nieder. »Es liegt an meiner Körperfülle. Wie die meisten Ungläubigen findest du mich zu dick, zu üppig.«

»Ganz im Gegenteil, ich finde dich begehrenswert, aber mein Herz gehört einer Frau, die von einem gefüchteten Adaner namens Dujuk'kan entführt worden ist. Man hat mir erzählt, er wäre auf dem Weg nach Mas'jahan. Eine fürchterliche, mörderische Bestie ist gleichfalls dorthin unterwegs – ich habe ihre Spur verfolgt.« Er sah sie an. »Jetzt, wo es mir bessergeht, möchte ich mit den Mitgliedern der Fianarantsoa reden, um mir Klarheit zu verschaffen, ob sie irgend etwas über den Kriminellen oder die Bestie wissen.«

»Bald«, sagte Ambositra sanft. »Unsere Ältesten tanzen jetzt, und später werden sie sich ausruhen. Morgen früh, bevor wir nach Mas'jahan aufbrechen, werde ich ein Gespräch vermitteln.« Sie wandte sich um und stellte Moichi Schüsseln in den Schoß. »Du mußt jetzt essen und Kräfte für unsere morgige Reise sammeln. Wir reisen sehr schnell.« Sie stand auf, und ihr Schmuck klimperte leise. »Wenn die Zeit der Nachtruhe gekommen ist, werde ich zurückkommen, um mir deine Wunden anzusehen.«

Als sie das Zelt wieder betrat, war es still, und Moichi war allein. Er hatte die vielen Fußabdrücke angestarrt, die die Tänze der Derwische im Sand zurückgelassen hatten. Wie bei der Betrachtung von Wolken konnte er phantastische, ineinander verschwimmende Formationen von Gebäuden und Bestien ausmachen. Die Kürbisschalen waren mit Sand gereinigt und für die morgige Reise verstaut worden. Das Zelt war von lauter bewegten Schatten erfüllt. Die einzige Lichtquelle war eine Fackel, die in der Nähe des Zelteingangs flackerte. Moichi hörte das gelegentliche Schnauben und Scharren der *co'chyn*, die irgendwo draußen angekoppelt sein mußten. Ein- oder zweimal hörte er auch die gedämpften Stimmen zweier Wachtposten, die sich in der Nacht begegneten. Moichi erhaschte einen Blick auf die Waffen der Katechisten: Es waren bösartige Stoßdolche mit zwei Klingen, die sich, wenn man damit umgehen konnte, ausgezeichnet für den Nahkampf eigneten. Die Klingen ragten zwischen Zeige- und Mittelfinger hervor, so daß die gesamte Kraft des Handgelenks, des Arms und der Schulter in den Stoß gelegt werden konnte.

Moichi glaubte, daß die Katechisten auch über Waffen verfügten, die nicht für den Nahkampf gedacht waren.

»Wie fühlst du dich?« fragte Ambositra, während sie neben ihm niederkniete. »Ich dachte, du wärest mittlerweile eingeschlummert.«

»Ich bin müde, kann aber nicht einschlafen«, räumte Moichi ein. Er zuckte leicht zusammen, als sie den Verband von seiner immer noch empfindlichen Haut entfernte. Der Duk Fadat hatte sein Bestes gegeben, ihm bei lebendigem Leibe das Fell über die Ohren zu ziehen, aber was immer auch in der Salbe enthalten sein mochte, mit der ihn Ambositra verarztete, seine Wunden heilten mit erstaunlicher Geschwindigkeit. »Ich kann es nicht abwarten, meine Suche fortzusetzen.«

»Du erholst dich schneller, als ich dachte.« Der Blick ihrer klaren blauen Augen traf seinen, und Moichi glaubte auf einmal, dieser Frau schon einmal begegnet zu sein. Es war unmöglich, und dennoch ...

Ambositra lächelte. »Ich bin glücklich, daß du mich trotz meiner Körperfülle attraktiv findest.« Sie umwickelte seine Wunden mit frischen Verbänden. »Das bestätigt etwas, das ich noch klarstellen wollte.«

Moichi blickte sie an. »Und was?«

Er keuchte, und sein Herzschlag spielte völlig verrückt, als er die Hülle ihres Körpers wie die Flamme einer Fackel flackern sah. Dann schmolz sie wie heißes Wachs, und Ambositras Gesicht verwandelte sich auf subtile Art und Weise. Nur ihre Augen blickten ihn während dieser Verwandlung immerzu begehrlich an.

Als es vorbei war, hatte er alles begriffen: Aufeyas seltsames Verhalten, ihre Bemerkungen über den Mond, ihre Vertrautheit mit der Mu'ad-Wüste und ihren Satz: *Der Gott der Iskamen ... Wie ich dich darum beneide.* Jetzt war Moichi alles klar. Seine Gedanken wurden von zehntausend Fragen durcheinandergewirbelt, aber er sprach nur eine aus.

»Wo ist sie?« Seine Stimme klang trocken und rauh.

»Meinst du Aufeya, mein Lieber?« fragte plötzlich die Zauberin Sardonyx sanft. Sie benetzte ihre Lippen. »Sie hat uns niemals auf unserer Reise nach Iskael begleitet. Da gab es immer nur mich.«

»Guter Gott!« schrie Moichi gequält auf. »Wie konnte ich mich nur so zum Narren halten lassen?«

»Du bist nicht zum Narren gehalten worden, mein Lieber.«

»Hör auf, mich so zu nennen!« brüllte Moichi so erregt, daß sich die Plane am Zelteingang öffnete und ein Wachtposten hineinspähte.

Sardonyx, als Katechistin Ambositra verkleidet, legte einen Finger an die Lippen. »Das liegt an seinen Wunden«, antwortete sie. »Er hat Schmerzen.«

Als die Wache nickte und verschwand, verwandelte sie sich wieder in Sardonyx. Sie sah aus wie damals, als er sie zum erstenmal in ihrem Schloß im Land des Opalmonds getroffen hatte: Ihre Haut glitzerte metallisch, ihre Augen hatten schwere Lider, und ihr Haar bestand aus Platinzöpfen. Sie legte sich neben ihn und streichelte sanft seine Brust. »Ich habe gelogen, als ich dir eben erzählte, daß Zarathus den Derwischen deine Existenz offenbart hat. Ich habe die Vision in ihrem Geist verankert, während sie tanzten. Wie sie diese Vision interpretierten, war nun ihre Angelegenheit. Ich konnte es nicht zulassen, daß du stirbst.«

»Warum nicht?«

»Weil du mich liebst. Du bist der einzige, der mich je geliebt hat.«

»Du bist nicht bei Sinnen.«

»Wirklich? Wen hast du während der ganzen Überfahrt über den Ozean geliebt?«

»Aufeya! Der Teufel soll dich holen! Ich glaubte ...«

»Daß ich deine Verlobte wäre. Wirklich? Aber gab es da nicht irgend etwas im hintersten Winkel deines Geistes, eine Gewißheit, die du lieber nicht wissen wolltest?«

»Nein. Ich ...«

»Und in Ala'arat? Hattest du keinen Verdacht? Wurdest du nicht von Zweifeln heimgesucht? Nein, mein Liebster, du hast alle Vorahnungen von dir gewiesen, weil ... Weil du mich vom ersten Augenblick an geliebt hast.«

»Zugegeben, ich fühlte mich angezogen wie die Motte vom Licht, aber ...«

»Genauso war es, aber da war noch mehr im Spiel. Wir haben es beide empfunden.«

Er spürte, daß seine Muskeln vor Zorn erzitterten, aber er lehnte sich zurück und starrte auf das sternenförmige Zeltdach. »Wie bist du Dujuk'kan entkommen?«

»Er traf ein paar seiner früheren Freunde, Sklavenhändler, die keine Angst vor dem Duk Fadat hatten. Während sie im Lager fraßen, soffen und hurten, bin ich entkommen. Der fette Adaner hatte Glück. Wenn er allein gewesen wäre, hätte ich ihn in ein *co'chyn* verwandelt und wäre auf ihm nach Mas'jahan geritten.«

Das war ein amüsanter Gedanke, aber Moichi war nicht nach Witzen oder Leichtfertigkeiten zumute. »Was ist mit Aufeya? Lebt sie?«

»Die Geschichte ist kompliziert und reicht weit in die Vergangenheit zurück.«

»Keine Lügen mehr, Sardonyx.«

»Ich werde nicht lügen«, sagte sie sanft. »Ich verspreche es.«

Er stützte sich auf einem Ellbogen auf. »Was ist das Versprechen eines Piraten, eines Freibeuters oder einer Mörderin wert?«

»Vielleicht sollten wir aufhören, uns gegenseitig anzulügen.«

»Hier geht's nicht um mich«, zischte er. Ihre Klugheit verdoppelte seinen Zorn. »Du bist die Lügnerin!«

Sie starrte ihn eine Zeitlang an, und der Blick ihrer klaren blauen Augen erforschte jeden Millimeter seines Gesichts, als ob sie versuchen würde, sich an einen lange gehegten Besitz zu erinnern. »Was würdest du als Beweis verlangen?«

»Ich will die Wahrheit hören«, sagte Moichi bestimmt. »Ich will wissen, wie du wirklich aussiehst. Keine Masken mehr, keine Wiederbelebungen oder Verwandlungen. Vergiß die Zauberin.«

»Du hast mich einst Taschenspielerin geschimpft, eine hochbegabte Lügnerin. Glaubst du das immer noch?«

Er hörte nicht auf ihre Worte. »Zeig mir die Frau hinter den Masken.«

»Ich weiß nicht.« Sie blickte unschlüssig zur Seite. »Sie hat sich so lange verborgen, daß selbst ich nicht mehr weiß, wie sie aussieht.«

»Du hast es nicht vergessen«, erwiderte Moichi. »Nicht wirklich.«

»Ich habe Angst.«

Er schwieg.

»Du liebst mich *wirklich*, oder? Wenigstens ein kleines bißchen.«

Moichi lag eine scharfe Antwort auf der Zunge, aber er wollte nicht in sein Inneres blicken.

Sardonyx neigte den Kopf, so daß ihr die Zöpfe aus Platin ins Gesicht fielen. Dann begannen sie sich pulsierend und wirbelnd zu verschmelzen, immer schneller wie ein herabstürzender Strom. Ihr Körper flimmerte. Er war jetzt nicht so schlank wie einst, aber auch nicht so üppig wie der von Ambositra. Die metallischen Arme und Beine wurden zu Gliedern aus Fleisch und Blut. Sie trug enge, schwarze Hosen und eine Wildlederweste über einer am Kragen aufgeknöpften Seidenbluse. Ihre Kleidung betonte ihre vollen Brüste, kaschierte aber ihre Hüften und die Rundungen ihres Bauches. An der Kehle trug sie einen ovalen Saphir, der ein unheimliches, milchiges Licht verströmte. Ihr von der Sonne gebleichtes Haar war zimtbraun und so kurz wie das eines Mannes geschnitten. Und als sie den Kopf hob, offenbarte sich Moichi endlich der wahre Anblick von Sardonyx.

Sardonyx war ein wunderschönes Geschöpf mit einem herzförmigem Gesicht aus fein modellierten Wangen, einer markanten Nase und vollen, breiten Lippen, auf dem das Leben jedoch deutliche Spuren hinterlassen hatte. Auf ihrer linken Gesichtshälfte befand sich direkt unter einem ihrer blauen Augen eine Narbe, die bis zur Spitze des Kinns reichte und von einer schlecht verheilten Schnittwunde herrührte.

»Jetzt weißt du es also.« Es lag eine Art von Herausforderung in ihrer Stimme, die auf ihre Verletzlichkeit zurückzuführen war. »Und du wirst die Wahrheit – meine Liebe zu dir – niemals anerkennen!« Sie spuckte die Worte fast aus. »Wie ich sie verachte, die Wahrheit. Ich habe dich für immer verloren.«

Moichi lag da und starrte lange Zeit auf ihr Gesicht, das Sardonyx selbst für entstellt hielt. Es war, als blickte er auf ein ganzes Leben zurück, so als ob sich jedes einzelne Jahr in ihre Gesichtszüge eingegraben hätte. Er konnte nicht umhin, den Kummer und das Leiden in ihrem Antlitz wahrzunehmen. Sie erinnerte Moichi an Licah, jene Frau, von der auf den Tafeln der Iskamen die Rede war. Von Geburt an war diese Frau für ihr Volk wegen ihres Glaubens an Gott ein Anlaß des Spotts gewesen. Man hatte ihr ihre Kinder genommen und sie zu Tode gesteinigt, aber dennoch hatte sie ihren Glauben nicht widerrufen. Gott hatte sich ihrer angenommen, all ihre Wunden geheilt und sie mit ihren Kindern wiedervereinigt. Er hatte sie auf die bewaldeten Hänge des Berges Sin'hai gebracht, wo sie 999 Jahre lang lebte. An der Schwelle ihres tausendsten Lebensjahres hatte er sie auf den Gipfel eingeladen und sie in seinem Haus willkommen geheißen.

Aber dann verhärtete sich etwas in Moichis Herz. »Sie ist tot, stimmt's?« fragte er, und sein Herz kannte bereits die Antwort. »Aufeya …«

»Ja. Genau wie ihre Mutter Tsuki, die Hure.«

Die Wahrheit rieselte auf Moichi herab wie der Schnee, der auf die eisig kalten Höhen des Berges Sin'hai fiel. Aber überraschenderweise litt er keine Seelenqualen, und er weinte auch nicht. Er empfand gar nichts.

»Du wolltest die Wahrheit erfahren«, sagte Sardonyx, deren warme Hand ihn immer noch berührte. »Nun, denn. Aber bei den Katechisten gibt es ein Sprichwort: Hüte dich vor deinen Wünschen, weil sie sich eines Tages erfüllen könnten.«

Sie beobachtete, wie sich sein Brustkorb hob und senkte, und währenddessen fielen die Zeichen der Zeit von ihr ab, bis sie wieder das junge, unbefleckte Mädchen war, das von ihrer mittellosen und verkrüppelten Mutter als Sklavin verkauft worden war. Jenes Mädchen, das ihren Herrn umgebracht hatte und dann in ein adenesisches Gefängnis geworfen worden war, weil sie sich nicht mißbrauchen lassen wollte. Jenes Mädchen, das ihre natürlichen Gaben – ihr Gesicht und ihren Körper – eingesetzt hatte, um sich den Weg in die Freiheit zu erkaufen.

»Ich habe Adan so schnell wie möglich verlassen«, sagte sie. »Ich hatte keine klare Vorstellung, wohin ich gehen oder was ich tun sollte. Ich wußte nur, daß ich diesen Ort verlassen mußte und nie wieder dorthin zurückkehren wollte.

Es war unvermeidlich, daß ich mich in der Mu'ad-Wüste verirrte. Aber ich hatte Glück. Ich traf auf eine Karawane von Gewürzhändlern, die nach Mas'jahan unterwegs waren. Als ich dort angelangt war, geriet ich – wie nicht anders zu erwarten – unter den Einfluß der katechistischen Religion. Mein Leben hatte keinen Mittelpunkt, keinen Sinn, und darüber hinaus hatte ich keine Vorstellung von mir selbst: Daher fühlte ich mich vom Mystizismus angezogen. Aber ziemlich schnell wurde ich hinsichtlich ihrer grundlegenden Glaubensinhalte skeptisch: Die Katechisten sind der Ansicht, daß Gott unter ihnen lebt und in Sprachen zu ihnen spricht, die nur die Fianarantsoa hören und interpretieren können. Glaube mir, der ekstatische Zustand beim Derwisch-Tanz ist ein äußerst erhebendes Gefühl. Aber ich fühlte mich beim Tanz Gott letztlich nicht näher und entfremdete mich zusehends von ihrem Glauben.«

Während sie sprach, nahm Moichi ihre Worte wie Luftgespinste wahr, wie eine Collage aus Fragmenten ihres früheren Lebens, in das er nun unausweichlich hineingezogen wurde.

»Ein Mitglied der Fianarantsoa mochte mich besonders. Vato-mandry überwachte meine religiöse Erziehung und tanzte mit mir, um mich nicht zu verlieren. Aber obwohl er ein genauso fanatischer Glaubensbekehrer wie die anderen war, war er doch der einzige, der in mir eine eigenständige Person und nicht nur ein Ding sah, das nach dem Ideal der Katechisten geformt werden sollte. Vato-mandry war ein alter Mann mit einem länglichen, bärtigen Gesicht, und seine

Augen schienen, als hätten sie einen Blick auf Gottes Antlitz geworfen. Vato-mandry bot mir an, mich in sein Haus aufzunehmen und als Tochter zu adoptieren. Bestimmt hätte sich mein Glaube erneuert, wäre ich einverstanden gewesen. Aber das wollte ich nicht, und deshalb habe ich abgelehnt. Seltsamerweise verstand er meine Entscheidung.

›Gott kommt zu uns, wenn es ihm paßt‹, sagte er. ›Deine Zeit ist noch nicht gekommen. Du wirst zu uns zurückkehren, da habe ich keine Zweifel.‹ Und in gewisser Weise hatte er recht, weil ich jetzt wieder hier bin.«

Sie schwieg so lange, daß Moichi zu ihr hinblickte. Dann ergriff sie wieder das Wort, und die Bilder begannen vor seinem geistigen Auge zu verschwimmen.

»Vato-mandry hat mich mit einem Mann zusammengebracht. ›Da dein Weg dich ins Weltliche führt, muß ich sicherstellen, daß er unter günstigen Umständen beginnt.‹ Dieser Mann war ein Händler, der sich nur zeitweise in Mas'jahan aufhielt. Und in der Tat erfuhr ich, daß er am nächsten Morgen abreisen wollte. Vato-mandry hatte mit ihm vereinbart, daß er mich durch die Mu'ad-Wüste führen und in die Lehre nehmen sollte.

Dieser Mann hatte in Mas'jahan einen guten Ruf, und Vatomandry kannte ihn sehr gut. Jetzt, im nachhinein, glaube ich, daß Vato-mandry alles weitere vorhergesehen hat. Ich denke, er wollte, daß ich alle Lektionen der diesseitigen Welt lernen sollte. Er glaubte mit Herz und Seele daran, daß ich zu den Katechisten gehörte. Er hat oft von der Möglichkeit gesprochen, daß ich das erste weibliche Mitglied der Fianarantsoa werden könnte. Und als selbst dieser mächtige Anreiz nicht ausreichte, mich an seiner Seite zu halten, hat er mich ganz unerwartet den Wölfen zum Fraß vorgeworfen.«

Durch ihre Hand auf seiner Brust wurde sich Moichi ihrer inneren Anspannung bewußt, und er konzentrierte sich noch stärker auf die Bilder in seiner Phantasie.

»Er war ein großer, stattlicher Mann mit einer frischen Gesichtsfarbe, grünen Augen und blondem Haar. Ich habe nicht lange gebraucht, um herauszufinden, daß er ein brillanter

Händler war. Sein Geschick bei Verhandlungen, Täuschungsmanövern und Betrügereien hat mir die Augen geöffnet. Ich habe schnell von ihm gelernt. Er war verblüfft, wie vollständig ich das Wesen des Betrugs begriffen hatte. Die Menschen sind leichtgläubig. Sie sind deine mächtigsten Verbündeten, und zwar aus dem einfachen Grund, weil sie dir glauben wollen. Es ist seltsam, aber je fremdartiger die Lügen sind, um so mehr versprechen sie sich von ihnen und liefern sich um so begieriger aus.

Aus den Betrügereien lernte ich etwas, das ich damals für dieselbe Form ekstatischer Befreiung hielt, die ich bei den Derwischen kennengelernt hatte. Aber ich war jung und töricht und täuschte mich. In Wahrheit war ich nach den Adrenalinstößen süchtig.

Während wir von Provinz zu Provinz und von Land zu Land zogen, wuchsen meine Geschicklichkeit und meine List, und als ich mehr und mehr Geld für diesen Händler verdiente, begann er mich mit anderen Augen zu sehen. Ich hatte mich vom Schüler zum Lehrling und dann vom eingeschworenen Mitarbeiter endlich zum gleichrangigen Partner entwickelt. Zu dieser Zeit näherten wir uns seiner Heimat, und ich nahm eine seltsame Veränderung an ihm wahr. Je näher wir unserem Ziel kamen, desto unbehaglicher wurde ihm zumute. Es war, als ob er jeden Sinn für seine Heimat verloren hätte und nur daran interessiert wäre, in fernen Ländern mit größter Raffinesse seinen Geschäften nachzugehen. Es schien, als ob dieses Spiel, in dem er der Champion war, das einzige war, das ihm etwas bedeutete. Er hatte sich jemanden herangezogen, der ihm gleichwertig war. Erst jetzt erkenne ich, daß er eingeschüchtert und zuglich leidenschaftlich fasziniert von mir war. Er war verrückt nach mir.

Einmal wachte ich mitten in der Nacht auf, und er stand vor mir und starrte mich an. Als ich ihn fragte, was los wäre, wandte er sich schweigend ab, und ich glaubte in meiner Naivität, daß er so nah seiner Heimat, seine Frau vermissen würde. Das ging drei Nächte lang so weiter. Eines Tages fand ich ihn in meinem Bett. Abgesehen davon, daß ich eine

Vorgeschichte hinsichtlich käuflicher Liebe habe, faszinieren mich Männer sehr.

Er war nicht nur stattlich, sondern auch charismatisch. Er war mein Lehrer, mein Mentor und dann mein bester Freund gewesen. Wir hatten in der Hitze der Nacht vertrauliche Geheimnisse geteilt. Und natürlich überstanden wir auch die Gefahren, die uns von den Behörden drohten, die uns Einhalt gebieten wollten und uns eingesperrt hätten, vorausgesetzt sie hätten uns erwischt.

Es war ein Fehler, mich ihm hinzugeben. Ich glaube, daß ich das selbst damals tief in meinem Inneren begriffen hatte. Aber die Verlockung war groß. Es gab zu viele Gründe, miteinander zu schlafen, und nur einen, es zu lassen, aber der ging rasch im Wirbel unserer Lust unter.

Auf diese Weise hatten wir vier Tage lang unseren Spaß, und während dieser Zeit machte er keinerlei Anstalten, die Reise in seine Heimat weiter fortzusetzen. Aber da war es natürlich schon viel zu spät. Er erzählte mir, was mir schon längst hätte klar sein müssen: Daß er nicht mehr an seine Heimat dächte und daß er nur noch mit mir zusammen sein wollte. Unsere sexuellen Abenteuer waren wundervoll gewesen, manchmal sogar spektakulär, aber das war auch alles: Es ging nur um Leidenschaft. Ich liebte diesen Mann nicht und hatte keinerlei Absicht, den Rest meines Lebens mit ihm zu verbringen. Das habe ich ihm unverblümt ins Gesicht gesagt.

Er versuchte, mir das auszureden und erzählte von dem Vermögen, das wir anhäufen würden, und von dem Leben, das wir gemeinsam führen könnten. Als das alles nicht funktionierte, versuchte er mich zu verführen, als ob das süße Vergessen die Realität hinwegfegen könnte. Ich stieß ihn wütend weg. Er fiel auf die Knie, drückte seinen Kopf in meinen Schoß und gestand mir seine unsterbliche Liebe. Seine Eindringlichkeit jagte mir etwas Angst ein, und ich wollte ihn verletzen. Ich sagte, ich wäre mir sicher, daß er seiner Frau dasselbe erzählt hätte. Was konnte einen Mann wie ihn aufhalten, mich in einem Jahr genauso zu behandeln?

Er schien den Verstand zu verlieren. Er setzte sich rittlings auf mich und schlug mich wieder und wieder. Als ich ihm die Augen auszukratzen versuchte, traf er mich so hart, daß ich das Bewußtsein verlor. Als ich wieder zu mir kam, war ich an Pfähle gefesselt, die er in den Boden gerammt hatte. Als ich zu schreien begann, würgte er mich, und dann hat er mich brutal und ohne Mitleid vergewaltigt. Ich weiß nicht, warum ich so überrascht war. Ich hatte diese Seite seines Charakters bei unseren Betrügereien viele Male kennengelernt, sie sogar bewundert und versucht, ihm so gut wie es ging nachzueifern. Es war ein Fehler.

Ich kann mich nicht daran erinnern, wie oft er mich vergewaltigt hat, und will es auch nicht wissen. Er wurde jedesmal brutaler und gleichgültiger. Er hat Sachen mit mir angestellt ... Vielleicht hatte er seit Jahren von diesen Perversionen geträumt, und jetzt, wo seine Zeit gekommen war, ließ er nichts aus.

Zwischendurch betrank er sich, weil er der Zukunft nicht ins Gesicht sehen wollte, und dafür machte er ausschließlich mich verantwortlich. Wohl, weil er nicht ertragen konnte, was aus ihm geworden war. Nach einer gewissen Zeit war er so betrunken, daß ich mich von meinen Fesseln befreien konnte.

Ich war geschwächt von den Perversionen, zu denen er mich gezwungen hatte, und zitterte vor Wut und Entsetzen. Ich stillte das Blut so gut es ging, aß dann etwas, übergab mich und versuchte es erneut. Als ich von dem Essen etwas behalten konnte, kleidete ich mich zitternd an. Dann stand ich vor ihm, und ich erinnere mich an diesen Augenblick, als ob es gestern wäre. Ich kann mich an jedes Gefühl erinnern, das mich krampfhaft durchzuckte. Ich gebe zu, daß ich ihn umbringen wollte. Gott ist mein Zeuge, daß ich schon vorher getötet hatte. Aber hier lagen die Dinge anders. Dieser Mann war wie ein Vater für mich gewesen, der mich sozusagen auf mein neues Leben vorbereitet und mich alles gelehrt hatte, was zum Überleben notwendig war. Wie konnte ich ihn kaltblütig umbringen, selbst nach allem, was er mir angetan hatte? Ich dachte an Vato-mandry und die Katechisten, und die völlige Reinheit der Gesänge der Derwische verfolgte mich. Mas'jahan zog mich an, und ich wußte, daß ich – zumindest fürs erste – vom weltlichen Leben die Nase voll hatte. Ich nahm also etwas Geld – nur das, was ich selbst verdient hatte – und ließ ihn zurück.«

Ihre innere Anspannung war bis zu einem solchen Grad gewachsen, daß Moichi die Vibrationen ihrer Finger spürte. Von der Mitte ihrer Handfläche ausgehend durchbohrte ihn eine Hitze, die der Mittagsglut in der Mu'ad-Wüste glich.

»Ich hatte ihn gerade eineinhalb Tage verlassen, als ich von einer Patrouille aufgegriffen wurde. Sie fragten mich, ob ich zu dem Händler gehörte, und an der Art ihrer Fragen konnte ich ablesen, daß sie Bescheid wußten. Mir war klar, daß die Sache schlecht für mich ausgehen würde, wenn ich sie anlog. Also sagte ich die Wahrheit.

Sie brachten mich in die Heimatstadt des Händlers, und ich wurde durch die dichtbevölkerten Straßen geführt, wo man mich wie einen Zirkusclown anglotzte. Ich hatte erwartet, daß sie mich ins Gefängnis stecken würden, aber statt dessen fand ich mich in einem luxuriösen Privathaus wieder. Sie zwangen mich, vor einer wunderschönen Frau mit grünen Augen und Haaren aus Silber niederzuknien.«

Moichi ergriff ihre Hand, während er sich aufsetzte. »Was sagst du da?«

»Du weißt es doch«, antwortete Sardonyx sanft.

»Du warst in der Dalucier-Hauptstadt Corruña. Diese Frau war Tsuki Seguillas y Oriwara. Und ihr Mann dein Händler.«

»Ja.«

»Aufeyas Eltern. Guter Gott!« Er fuhr sich mit einer Hand durchs Haar. »Aber man hat mir erzählt, daß der Senhor bei einem Duell starb.«

»Das wäre dann ja alles in allem noch ein ehrenwerter Tod gewesen, oder?«

»Aber ...«

»Du wolltest die Wahrheit hören«, sagte Sardonyx. »Jetzt mußt du sie akzeptieren. Manchmal sind wir besser dran ...«

»Nein, nein. Ich will alles wissen.«

Sardonyx nickte. »Wie du willst.« Sie drückte ihn nieder.

»Leg dich jetzt wieder hin, so daß du die Bilder klar erkennen kannst.«

Als er ihrer Aufforderung Folge geleistet hatte, ergriff sie wieder das Wort:

»Senhora Seguillas y Oriwara trug ein langes Brokatgewand, das die Farbe von getrocknetem Ochsenblut hatte, und ihr Gesicht war mit dem traditionellen Dalusier roten Trauerschleier verhüllt. ›Ist das diese Hure?‹ fragte sie. ›Das Tier, das meinen Mann ermordet hat?‹

›Sie ist es, gnädige Frau‹, sagte der Hauptmann der Garde mit einer solchen Überzeugung, daß mir klar war, daß ich angeklagt und verurteilt werden würde, ohne je einen Gerichtssaal betreten zu haben.

Ich schnappte nach Luft, als ich hörte, daß Narris Seguillas y Oriwara getötet worden war, und nahm an, daß er im Alkoholrausch Räubern in die Hände gefallen war, die eine leichte Beute witterten. Ich habe um ihn geweint, aber Tsuki beugte sich vor und verpaßte mir eine so brutale Ohrfeige, daß ich auf den Marmorboden fiel.

›Wie kannst du es wagen!‹ schrie sie mit zitternder Stimme. ›Wie kannst du es wagen!‹

Ich habe ihr gesagt, daß ich ihren Mann nicht umgebracht habe.

›Und ich nehme an, daß du es auch nicht mit ihm getrieben hast!‹ Sie beugte sich mit bösartig verzerrtem Gesicht über mich. ›Lügnerin! Man hat dich beobachtet! Es gibt Zeugen!‹

›Mich kann niemand beobachtet haben, wie ich ihn umgebracht habe, weil ich es nicht getan habe‹, protestierte ich.

›Das Blut, Senhora‹, sagte der Hauptmann pflichtschuldigst. ›Sieh sie an. Sie ist blutverschmiert.‹

›Mit dem Blut meines Gatten!‹

›Nein! Das ist mein eigenes Blut. Sie wissen nicht, was er mir angetan hat. Er ...‹

Aber der Hauptmann beugte sich über mich und knebelte mich. ›Du wirst Senhor Seguillas y Oriwara nicht verunglimpfen.‹ Er blickte zu Tsuki hoch. ›Soll ich sie jetzt töten, Senhora, damit wir es hinter uns haben?‹

›Nein‹, sagte Aufeyas Mutter. Sie befahl dem Hauptmann, ihr seinen Dolch zu reichen, und ergriff ihn mit ihrer Hand, als ob sie seit je damit vertraut gewesen wäre. ›Halte sie fest‹, befahl sie.«

Sardonyx legte ihre Fingerspitzen auf die Narbe und strich damit von oben nach unten über ihre gesamte Länge. Moichi sah vor seinem geistigen Auge, wie die spitze Klinge ihr brutales Werk verrichtete.

»Die Senhora war eine Expertin auf diesem Gebiet und wußte genau, wie und wo der Schnitt sein mußte. Dann befahl sie dem Hauptmann, mich in Gewahrsam zu nehmen, bis ich aus eigenen Kräften wieder geheilt sein würde. Sie sagte, daß es unter keinen Umständen gestattet wäre, daß sich ein Arzt um mich kümmerte. Wenn sich die Wunde entzünden würde, dann wäre dem eben so. Gott würde über mein Schicksal entscheiden.

›Wenn sie am Leben bleibt, soll sie von jetzt an gezeichnet sein‹, sagte sie. ›So daß jeder, dem sie begegnet, weiß, was für eine Frau sie ist und was sie getan hat.‹«

Moichi hörte draußen die *co'chyn*, die seit einer Weile unruhig waren. Vielleicht brauchten sie Futter. Nach einer gewissen Zeit beruhigten sie sich wieder, und es gab nur noch das Geräusch des Windes, des letzten schwachen Aufflackerns des Duk Fadat.

»Jetzt hast du mich ausgequetscht«, sagte Sardonyx. Sie erhob sich. »Ich hoffe, daß du zufrieden bist.«

Moichi streckte eine Hand aus und ergriff die ihre. Sie reagierte, während er sie zu sich hinabzog. »Irgendwo gibt es ein Ende dieser Geschichte«, flüsterte er.

»Ich habe Aufeya nicht getötet, wenn du das denkst.«

»Im Augenblick weiß ich nicht, was ich denken soll.« Er berührte ihre Schulter. »Was ist mit ihr passiert? Wie ist sie gestorben?«

»Es geschah im Gebirge bei unserem Kampf um die Feuermaske. Als du sie aufgesetzt hattest und die Tür zwischen unserer Welt und der Dimension der Finsternis zuschlagen wolltest, rutschte Aufeya aus und stürzte. Nichts konnte sie retten, selbst meine magischen Kräfte nicht. Nichts konnte sie retten.«

»Dann habe ich also auf dem ganzen Weg zurück nach Corruña mit dir diese idyllische Liebesgeschichte erlebt.«

»Ja. Ich habe mich in Aufeya verwandelt, weil ich wußte, daß du dir das wünschtest. Und ich wollte in deiner Nähe sein und von dir geliebt werden. Aber die Lüge verlor schnell ihren Reiz. Ich wollte nicht Aufeya sein, wollte nicht, daß du sie liebst. Ich sehnte mich danach, *ich* selbst zu sein, war aber in ihrer Haut gefangen. Zudem war ich verängstigt, wie du reagieren würdest, solltest du die Wahrheit erfahren. Ich beschloß daher, daß du sie nie erfahren solltest. Ich war bereit, mich in eine andere Person zu verwandeln, wenn das bedeutete, daß du mein wärst. Zumindest habe ich das geglaubt.

Während der gesamten Schiffsreise nach Iskael kämpfte meine eigene Persönlichkeit um ihre Freiheit, und jedesmal, wenn sie zum Vorschein kam, ahntest du es, auch wenn du es niemals zugeben wirst. Dir war klar, daß ich nicht Aufeya sein konnte.«

Sardonyx hatte ihre Erzählung jetzt beendet, aber obwohl sie schwieg, schwebten die geisterhaften Bilder, die sie aus der Vergangenheit heraufbeschworen hatte, noch immer in der Dunkelheit herum. In gewisser Weise hatte sie das Unmögliche fertiggebracht: Sie hatte das Rad der Zeit zurückgedreht. Für eine kleine Weile hatte sie die große Spirale der Zeit angerufen, deren Auge zu öffnen, so daß sie über den Abgrund der Jahre in die Vergangenheit blickten, die sich sehr wohl wiederholen konnte. Er war sich dieser schmerzhaften Wiederkehr nur allzu bewußt. War das, was Narris Seguillas y Oriwara ihr angetan hatte, denn etwas anderes gewesen als das, was sie unter ihrem früheren Herrn erleiden mußte, der sie versklavt hatte? Moichi glaubte es nicht, und doch hatte sie sich beim zweiten Mal für eine andere Lösung entschieden.

Moichi blickte in ihre klaren blauen Augen und spähte dabei zugleich in seine eigene Seele. »Ja«, sagte er. »Du hast recht. Ich habe dich auf jede erdenkliche Weise bekämpft.«

»Nicht nur mich, sondern auch dich selbst«, antwortete sie.

Er saß eine Zeitlang einfach nur da und schmeckte die Luft der schönen neuen Welt, die er zu entdecken begann. »Willst du mir nicht etwas über die Narbe erzählen?« fragte er schließlich. »Jemand, der über deine Zauberkräfte verfügt, kann sie doch mit Sicherheit zum Verschwinden bringen. Du kannst dich wieder in das Wesen verwandeln, das du einst warst.«

»Aber ich bin nicht mehr, wie ich einst war. Ich bin jetzt ein anderes Wesen.«

»Dann geht es also um eine Art von Bestrafung, die du dir selbst auferlegt hast?«

Sardonyx schwieg eine Weile, und Moichi wollte die Stille nicht zerstören, weil er wußte, daß er der Grund dafür war.

»Ich war einst wunderschön«, flüsterte Sardonyx. »Ich wußte es und alle anderen um mich herum auch. Dementsprechend verhielten sie sich. Sie reagierten auf mein Aussehen in einer bestimmten Weise, und ich lernte, meinen Körper einzusetzen, um das zu bekommen, was ich wollte. Aber dann entdeckte ich, daß ich mich eigentlich nicht nach diesen Dingen sehnte, und so begriff ich, daß mir die Hure aus Corruña unbeabsichtigt Gnade hatte widerfahren lassen. Sie hatte mich befreit, und zwar aus dem Gefängnis meiner Schönheit. Und so wurde ich zu einer Freibeuterin, zu einem unabhängigen Stadtstaat im Land des Opalmonds. Und wie ein Stadtstaat, der sich gegen unliebsame Eindringlinge wappnen muß, habe ich mich zu meiner eigenen Verzückung verhüllt, hinter Masken und Rüstungen versteckt, bis ich mich an die darunter verborgene Frau nicht mehr erinnern konnte. Dann tauchtest du auf, und ich merkte, daß mir alles, was unter den Masken verborgen war, Furcht einflößte.«

Sie legte kurz eine Hand auf ihr Gesicht und ließ sie dann wieder sinken. »Wenn du mich darum bittest, kann ich die Narbe verschwinden lassen.«

Moichi wußte, was sie meinte, und er konnte an ihrem Gesichtsausdruck ablesen, wie sehr eine falsche Antwort sie verletzt hätte. »Die Narbe bedeutet mir sehr viel«, sagte er und nahm sie in die Arme. »Aber nicht auf die Art und Weise, wie du es befürchtet hast.«

Und als sie sich küßten und ihre heiße Zunge seine berührte, brannten ihre Tränen auf seiner Haut wie die Bilder der Vergangenheit, wie der Funkenschlag der Gefühle, wie die Zeit, die sich spiralförmig ohne Ende weiterwindet.

## NEUNTES KAPITEL

# DER VASALL

Man erzählte sich, daß es in Ama-no-mori einen Ort gab, wo der Wind ohne jedes Geräusch durch die Kryptomerien blies. Diese großen Zedern standen wie Wächter auf einer steilen und häßlichen Geröllhalde, von der aus man den Ozean überblicken konnte. Auf dem Gipfel, in schwindelerregender Höhe, so hieß es in den Erzählungen, gab es eine Höhle, zu der der Zutritt verboten war.

In längst vergangenen Zeiten sollen die Vorfahren der Bujun in der Höhle riesige Waffenarsenale, mit denen sie ganze Völker ausrotten konnten, angeblich versenkt haben, nachdem neun Zehntel der Menschheit bereits dem Völkermord zum Opfer gefallen waren. Das allein war schon unglaublich, aber die Legende war noch detaillierter. Man behauptete, daß die Höhle von bösartigem, glühendem *kami* bewacht wurde, das eine unsichtbare Energie ausströmte, die die Menschen bedrohte. Diese Energie würde einem teuflischen Bohrer gleichen, der, wenn er sich erst einmal im Körper befand, die menschlichen Kräfte von innen verzehrte.

Chiisai erklomm die spärlich bewachsene Geröllhalde. Bei ihr waren die Zauberin Kaijikan und der wiederbelebte Tokagé. Der furchterregende Kriegsherr hatte ihr *dai-katana*, das lange Schwert, und ihren *wakizashi*, den Bujun-Dolch mit der langen Klinge, an sich genommen.

Sie waren auf dem Rücken schneller *luma* geritten und hatten bis hierhin drei Tage benötigt. Chiisai hatte sich die ganze Zeit zwischen ihren Wächtern befunden. Ihr *luma* war an die anderen Tiere gebunden, und man hatte Chiisais Handgelenke fest und schmerzhaft hinter dem Rücken gefesselt, so daß sie keine Chance zur Flucht hatte.

Das Wetter war jetzt unwirtlich, und eisige Winde peitschten die vereinzelten Sträucher auf der Halde. Während sie weiterkletterte, blickte Chiisai auf die sich im Wind wiegenden Zweige der Zedern. Sie verursachten keinerlei Geräusch, und ihr Herz erstarrte.

Als sie die Geröllhalde halb erklommen hatten, begann es zu schneien. Die dahintreibenden weißen Flocken kamen aus der Richtung des Meeres, das gar nicht mehr zu sehen war. Die Helligkeit des Tages war einem unnatürlichen, milchigen Zwielicht gewichen. Hin und wieder hörte man den melancholischen und entfernten Klang eines Nebelhorns, das aus einer Seemuschel bestand und das Gefühl ihrer Isolation noch verstärkte. Tokagé hatte die Fesseln an ihren Handgelenken losgebunden, damit Chiisai ohne übermäßige Anstrengung klettern konnte, aber er hatte ihr gleichzeitig einen Strick um den Hals gebunden, so wie er es auf dem Weg hierher mit ihrem *luma* gemacht hatte. Es dauerte einige Zeit, bis das Gefühl wieder in ihre tauben Finger zurückgekehrt war.

Schließlich machten sie im Schutz eines Zedernhains eine Pause. Chiisai hatte noch nie einen Ort solcher Stille kennengelernt. Der Pulverschnee sickerte durch die Zweige und Nadeln. Sehr schnell türmte sich eine dicke Schneedecke auf, und während sie dies beobachtete, fütterte Kaijikan Tokagé wie ein Kind. Chiisai konnte nicht erkennen, was sie ihm zu essen gab – es waren kohleähnliche Klumpen, die Kaijikan aus der Innentasche ihres Gewands zog. Er trank weder Wasser noch eine andere Flüssigkeit. Natürlich, er war ja ein lebendiger Toter. Sie dachte an Kaijikans Diener, den buckligen Te-te, und wunderte sich, daß sie in der Lage gewesen war, ihm Angst einzujagen. Aber was war aus seinem Körper geflossen, als sie seine Kehle mit der Klinge durchbohrt hatte? Mit Sicherheit kein Blut.

Kaijikan selbst aß nichts. Chiisai wußte, daß sogar der Dai-San Nahrung zu sich nahm. Was für ein Geschöpf war sie? Selbst Zauberinnen mußten essen. Chiisai schob sich den Rest der Fischpastete und kalten, klebrigen Reis in den Mund, während sie sich Gedanken machte. Dann setzten sie ihren Aufstieg fort.

Ihr Ziel schien der Gipfel zu sein, und Chiisai näherte sich ihm mit einem wachsenden Gefühl der Bestürzung und der

Angst. Was wäre, wenn die Geschichten stimmten? Zauberinnen und lebende Tote mochten gegen die bösartigen *kami* und ihre unsichtbare Energie immun sein, aber bei Menschen war das mit Sicherheit nicht der Fall.

Sie erklommen ihr ersten Ziel, als der Schneesturm seinen Höhepunkt erreichte. Man konnte in keiner Richtung viel weiter als einen Meter blicken. Doch Kaijikan zögerte nicht und führte sie weiter unbeirrt über das mit Geröll bedeckte Gelände, das mit bleichen und aufblühenden Pilzen übersät war, die, wenn man auf sie trat, einen giftig-süßlichen Gestank verströmten, der dem Geruch des Todes glich.

Bald ragte eine unnatürlich dunkle Felswand vor ihnen auf, und Chiisai wußte, daß sie sich der Höhle näherten. Sie befanden sich in einem mattschwarzen Felsmassiv, das mit nichts zu vergleichen war, das Chiisai je zuvor gesehen hatte. Der Fels schien eine puderartige Oberfläche zu haben, die an den Schweiß auf den Muskeln von Kriegern erinnerte, und Chiisais Nasenflügel waren von einem anderen abartigen Geruch erfüllt, der ihre Kehle und Lungen prickeln ließ, als ob in ihnen Tausende kleiner Insekten hausten.

»Ich werde da nicht hineingehen«, sagte Chiisai, die stehen geblieben war. »Es ist verboten.«

Kaijikan wandte sich um und lächelte. »Hast du Angst, Chiisai? Aber ich werde dich beschützen. Meine Magie ist stärker als die Fehler der Vorfahren.«

»Dann sind die Geschichten also wahr. Die Höhle wird von *kami* bewacht.«

»Kein bißchen davon ist wahr«, antwortete Kaijikan. »Aber nimm dich in acht, die Erde des Höhlenbodens ist vergiftet.«

»Die Erde soll durch unsere Vorfahren vergiftet worden sein?«

»Und zwar so lebensgefährlich, wie es auf diesem Planeten nur sein kann«, bestätigte Kaijikan mit fast erotischer Wollust.

»Ich gehe keinen Schritt weiter«, sagte Chiisai und bohrte ihre Absätze in den Boden.

»Tut mir leid, aber diese Entscheidung liegt nicht bei dir.« Kaijikan gab Tokagé ein Zeichen, das sie wie ein Runenmuster in die Luft malte, und er zog daraufhin so brutal an der Leine, daß es Chiisai von den Füßen riß. Tokagé schritt auf die Höhlenöffnung zu, und die Schlinge begann sie sofort zu strangulieren. Er schleifte sie über den harten Untergrund, und ihr Körper ließ eine breite Spur in dem dahintreibenden Schnee zurück.

Vor der Höhlenöffnung hielt Tokagé inne, als ob er auf irgendeinen verabredeten Befehl hören würde. Kaijikan kniete nieder und preßte ein Knie schmerzhaft gegen Chiisais Brust. »Wenn du mir nicht gehorchst, wird die Sache schlecht für dich ausgehen, das garantiere ich dir. Und verstehe mich nicht falsch. Nicht der Tod wird deine Strafe sein. Nach all dem, was ich mit dir anstellen werde, wirst du dich schreiend nach dem Tod sehnen und in ihm die einzige Erlösung sehen.« Sie warf dem wiederbelebten Ungeheuer rasch einen bedeutungsvollen Blick zu. »Aber ich werde dafür sorgen, daß du nie erlöst wirst. Ich brauchte die Zunge des Makkon, um Tokagé wiederzubeleben, weil er einen Pakt mit den Mächten der Finsternis geschlossen hat. Aber mit dir werde ich nicht soviel Mühe haben. Erinnerst du dich an Te-te?«

Chiisai entfernte die Schlinge von ihrem Hals und blickte Tokagé mit tränenden Augen an. Sie konnte sich nicht vorstellen, was es bedeutete, als lebender Toter unter Kaijikans Zauber zu stehen. Dieser Gedanke entmutigte sie, und sie nickte demütig.

»Wunderbar«, sagte Kaijikan. Sie erhob sich, streckte die Hände herab und half Chiisai mit erstaunlicher Kraft auf die Beine. »Denke in der Höhle an folgendes: Solange du bei mir bist, bist du völlig sicher. Aber ich rate dir davon ab zu fliehen. Ohne meinen Schutz wird das Gift in der Erde dich töten.«

Chiisai nickte. Ihr Herz war zu Eis erstarrt.

In der Höhle gab es keinerlei Gerüche, und Chiisai war weder kalt noch warm. Man hörte keine Geräusche, etwa das Tropfen oder leise Knacken, das man in tiefen Höhlen erwartet. Und diese Höhle war tief. Es war, als ob sie sich in einer Leere befänden, einer Zone des Nichts

Kaijikan hatte die geteerte Spitze einer Schilffackel entzündet, und Chiisai starrte in dem flackernden Licht mit morbider Faszination auf den Boden. Er war dunkel, schien aber hier und da mit einer weißlich metallischen, schwach glänzenden Substanz überzogen zu sein. Konnte das die Quelle des unsichtbaren Todes sein?

Weit hinten in der Höhle ragte eine Wand auf, in deren Mitte sich ein gezackter schwarzer Streifen befand, der aussah, als ob ein primitiver Stammesgenosse unbeholfen einen Blitz dargestellt hätte. Bei näherem Hinsehen sah Chiisai aber, daß es sich nicht um eine Malerei, sondern um einen Riß im Fels handelte.

Als sie vor dem Riß stand, tauchte Tokagé hinter ihr auf. Sie fühlte seine massive Rüstung auf ihrem Rücken und sein seltsames Atmen im Genick. Kaijikan nahm ihm das *dai-katana* ab und drückte es Chiisai in die Hand. Tokagés schwer gepanzerte Faust schloß sich sofort um ihre Hand.

»Nun«, sagte Kaijikan, »ich will, daß du die Klinge in den Riß stößt.«

»Und was passiert dann?« fragte Chiisai.

»Tu, was ich sage, mein Kind.« Der warnende Tonfall ihrer Stimme war unmißverständlich.

»Nein.«

Kaijikan seufzte. Sie zeichnete eine Reihe von Zeichen in die Luft, und Chiisai schrie auf. Der Schmerz in ihrem Inneren war so intensiv und fürchterlich, daß es kein Wort dafür gab. Es war, als ob Kaijikan Chiisais Leib aufgeschlitzt hätte und über ihre bloßliegenden Nerven kratzen würde. »Das war wohl nicht zu vermeiden. Unter anderen Umständen wäre man mit so einem starken Willen vielleicht anders verfahren.«

Die Tränen strömten Chiisai aus den Augen, und wenn Tokagé sie nicht festgehalten hätte, wäre sie auf die Knie gefallen. Sie konnte weder atmen noch denken und sehnte sich tatsächlich nach dem Tod, nach irgendeinem Ausweg aus diesem unerträglichen Leiden. Dann war der Schmerz plötzlich verschwunden, und sie fühlte sich wieder normal.

»Tust du jetzt, was ich verlange, mein Kind?«, wiederholte Kaijikan sanft.

Chiisais Verstand war durch die immense Überbelastung wie leergefegt. Sie hob beinahe bewußtlos die Klinge und führte sie mit der flachen Seite nach oben in den Riß ein.

Nichts geschah.

»Nein, nein«, sagte Kaijikan gereizt. »Du mußt dabei *denken*. Du mußt es wollen.«

»Aber ich *will* nicht denken«, erwiderte Chiisai.

»Du wählst die Alternative?«

Chiisai schloß die Augen. *Ich bin schwach*, dachte sie. *Ich bin es nicht wert, eine Kriegerin der Bujun zu sein.* Aber im Innersten wußte sie, daß das nicht stimmte. Jetzt bedauerte sie es bitterlich, während der Reise hierher keine Möglichkeit gefunden zu haben, ihren geschmeidigen *tanto* mit dem Perlengriff einzusetzen, den sie in ihrem rechten Stiefel versteckt hatte. Aber sie hatte es nicht geschafft, eine passende Gelegenheit herbeizuführen. Sie hatte irrtümlicherweise auf Vorsicht gesetzt, weil sie wußte, daß sich ihr nur mehr eine einzige Chance bieten würde.

Sie hoffte, daß der lebende Tote verwundbar war, aber was war mit Kaijikan? Chiisai fürchtete sich vor der Zauberin, und bis jetzt hatte sie noch keine schwache Stelle entdeckt. Dazu kam noch, daß sie das Ausmaß Kaijikans Macht nicht kannte. Wie sollte sie sie bekämpfen und nur mit ihrem *tanto* und einem begrenzten Wissen die Oberhand über den Feind behalten? Es würde ihr nicht mehr als ein Augenblick bleiben, bevor Kaijikan reagierte und ihre magischen Kräfte einsetzte. Die Chancen waren unwägbar gewesen, und so hatte sie sich entschieden, nichts zu tun. Die Tatenlosigkeit, hatte Sendai einst gesagt, kommt in letzter Konsequenz der Tat gleich. Erst jetzt begriff sie die Bedeutung dieser Lektion.

Aber das war Vergangenheit. Hier stand sie vor einer anderen Wahl. Wofür sollte sie sich entscheiden, für die aktive oder passive Tat?

Die Passivität würde ihr nur noch mehr sinnesraubende Schmerzen eintragen, die bleiben würden, bis sie entweder nachgab oder den Verstand verlor. Dann würde Kaijikan sicherlich das tun, was sie prophezeit hatte – sie würde Chiisai töten und dann wiederbeleben. Sie würde für immer Kaijikans Sklavin sein, so wie Te-te. Wenn Chiisai sich dagegen für die aktive Tat entschied, blieb ihr zumindest ihre Stärke und die Klarheit ihres Bewußtseins. Dann gab es zumindest eine Chance, ganz gleichgültig, ob die Zauberin vom Gegenteil ausging.

Chiisai hob also das *dai-katana* und schob die Klinge in den gezackten Riß. Zuerst geschah nichts. Dann strahlte ganz langsam, so daß Chiisai Zeit brauchte, um es wahrzunehmen, eine gewisse Vibration von dem geschmiedeten Stahl auf ihren Arm und dann auf ihren Körper aus. Dieses Vibrieren verwirrte ihre Sinne, ließ ihre Zähne klappern und ihr Herz unregelmäßig schlagen. Sie wäre beinahe in Ohnmacht gefallen, aber Tokagés starker Arm hielt sie fest.

»Ja«, sagte Kaijikan. »Es ist soweit.«

Als Chiisai bewußt wurde, daß ihre Augen geschlossen waren, öffnete sie sie. Sie konnte kaum atmen. Wenn sie nicht vom Gegenteil überzeugt gewesen wäre, hätte sie geschworen, daß sie etwas anderes als Sauerstoff einatmen würde, so als ob sie sich in ein völlig anderes Geschöpf verwandelt hätte.

Chiisais Blick richtete sich auf die Klinge ihres *dai-katana*, das im Licht der Fackel dunkel zu schimmern schien. Sie blinzelte, weil es sich bei dem Lichtschein, den sie irrtümlicherweise für eine Strahlenbrechung gehalten hatte, tatsächlich um eine Substanz handelte, die aus dem Riß hervorkroch und sich über die Klinge ergoß.

Die Substanz war orangefarben und wirkte wie geschmolzene Lava oder Quecksilber, die erst quälend langsam, dann schneller über die Klinge floß. Chiisais unregelmäßiger Herzschlag machte sie nervös. Vor ihren Augen tanzten schwarze Flecken, und jeder Atemzug, der ihr in der Kehle steckenzubleiben schien, wurde zu einer heroischen Kraftanstrengung.

»Wir haben es fast geschafft«, kreischte Kaijikan triumphierend.

Aber dann atmete Chiisai etwas schneller, und die Geschwindigkeit ihres Herzschlags verlangsamte sich. Die orangefarbene Flüssigkeit bedeckte bald die gesamte Länge der Schwertklinge und tropfte dann auf den Höhlenboden. Während sich die Flüssigkeit auf dem Boden sammelte, wurde sie zuerst dickflüssiger, dann fest. Daraufhin schoß sie nach oben, wenn so etwas überhaupt möglich war.

Die Substanz wurde zähflüssiger und finsterer, wie das Hereinbrechen der Dunkelheit über einem nächtlichen See. Dann formte sie sich zu Chiisais Bestürzung zu etwas. Zuerst gab es nur Anzeichen – hier ein Anhängsel, dort etwas, das ein Fangarm oder ein Schwanz zu sein schien. Das kurze Anschwellen eines Kopfes, der sich aufblähte, dann schnell wieder verschwand und sich an anderer Stelle neu bildete.

Während der ganzen Zeit schwoll das Gebilde an und vergrößerte sich mal da, mal dort. Wie bei einem entsetzlich deformierten Drachenfötus wuchsen ihm Arme und Beine, ein Schwanz und ein Kopf. Dann formten sich allmählich Details, bis das Geschöpf sich, noch in seinen Geburtswehen zitternd, aufrichtete und selbst Tokagé überragte.

Chiisai keuchte, und ihre tauben Finger ließen das Heft ihres *dai-katana* los, das trotzdem fest im Riß steckenblieb. Vor sich sah sie eine Kreatur, die mindestens sieben Fuß groß war. Sie stand auf kräftigen Hinterbeinen, hatte mit Klauen versehene Füße und einen schuppigen Schwanz mit etlichen Stacheln am Ende. Der Oberkörper – obwohl furchteinflößend entstellt – war dem eines Menschen ähnlich, aber das Haupt der Bestie war wahrlich abscheulich: Sie glich dem einer räuberischen Eule und bestand fast nur aus riesigen kreisförmigen Augen und einem bösartig gebogenen Schnabel. Ihre leuchtenden gelben Augen starrten mit faszinierter Aufmerksamkeit auf das Wesen, das ihr gegenüberstand. Sie wand ihren Hals mit kleinen, vogelähnlichen Bewegungen, und als sie zu sprechen begann, erfüllte ihre Stimme die Höhle. Die Stimme war so kreischend, daß Chiisai das Zuhören als schmerzhaft empfand.

»Dann hast du dein Versprechen also eingelöst.«

»Ja, Phaidan. Du befindest dich in der von Menschen bewohnten Welt«, erwiderte Kaijikan.

»Dann ist jetzt eine dauerhafte Brücke errichtet worden?«

»Allerdings«, antwortete Kaijikan.

»Also werden meine Leute nicht mehr verstümmelt und ihr Geist nicht mehr ausgelöscht, wenn sie den Sprung von einer Dimension in die andere wagen?«

»Nein«, versicherte Kaijikan. »Das Schwert und diese brave Person machen die Brücke absolut zuverlässig.«

Chiisai schrie innerlich auf und verfluchte sich selbst, weil sie jetzt die Konsequenzen all ihrer falschen Entscheidungen erkannte. Sie hätte während der Reise hierher handeln sollen, ganz gleichgültig, welche Gründe auch dagegen gesprochen haben. Sie hätte sich für die Unterlassung der Tat entscheiden sollen, für irgendeine andere Möglichkeit, anstatt ihr *dai-katana* in den Riß zu stoßen, um jene Brücke aus dieser Welt ...

»Viele werden mir folgen«, sagte Phaidan, das Geschöpf aus dem Reich der Finsternis. »Diesmal werden keine Fehler vorkommen. Unsere Vergeltung wird vollkommen sein.«

Der Dai-San spricht:

> »Ich wollte bei ihr bleiben, aber es war nicht möglich. Die Welt funktioniert nicht nach diesem Muster; selbst der Dai-San kann nicht alles besitzen, was er begehrt. Auf eine tiefgründige Weise liegt darin sogar ein Trost. Unser Universum akzeptiert keine uneingeschränkte Macht. Aber dies ist nicht der Zeitpunkt, um über Gott zu reden. Niemand – sogar ich nicht, und noch nicht einmal die *kaer'n* – weiß, wie der Berg Sin'hai entstand und was auf seinem Gipfel geschieht. Es gibt immer noch einige Geheimnisse, die wir nicht begreifen können, und auch in der Zukunft wird es Rätsel geben.
>
> Ich gestehe, daß ich Chiisai liebe. Warum auch nicht? Das ist ein Teil meiner zurückgebliebenen menschlichen Charaktereigenschaften, und ich habe ja bereits gesagt, daß die

*kaer'n* mich gelehrt haben, die Bedeutung dieser menschlichen Überreste zu erfassen. Ich will erst gar nicht daran denken, daß man mir Chiisai wegnimmt; mein *kaer'n* verbietet mir solche Gedanken, und ich muß mir darüber klar werden, daß dies aus guten Gründen geschieht. Die *kaer'n* erziehen und beschützen mich, und ich muß immer noch viel über sie lernen. In vielerlei Hinsicht bleiben sie für mich das größte Mysterium, das ich erst noch begreifen muß.
Sie sind wie die Origami – jene vielschichtigen Kunstwerke der Bujun, die Geschöpfe aus Papier darstellen. Sie entblättern sich in so viele Schichten, daß der Prozeß selbst schwindelerregend ist. Die *kaer'n* existieren gleichzeitig auf mehreren Ebenen. Nun, was soll man auch erwarten, wenn man ihre Herkunft bedenkt. Und genau aus diesem Grund halten sie sich im Schatten. Die Angst ist immer noch das Gefühl, das bei den Menschen am einfachsten zu wecken ist, und man kann nicht abschätzen, was für eine Panik ausbrechen würde, wenn das Wissen über die *kaer'n* Allgemeingut wäre – selbst bei den Bujun nicht.
Aber mich hält nichts, und ich muß damit fortfahren, das Wesen der *kaer'n* zu studieren, weil ich nun begriffen habe, daß das der einzige Weg ist, den Schlüssel zu meiner eigenen Existenz zu begreifen ...«

# Dritter Teil

## *Syrinx*

## Zehntes Kapitel

# WEISSER LOTUS

Im Gegensatz zu den in der Wüste üblichen provisorischen Stätten war Mas'jahan eine Festung. Die heißen, braunschwarzen Sandsteinwälle, überragt von waffenstarrenden Zinnen einer Zitadelle, die sich in ständigem Alarmzustand befand, versprachen dem Blick des müden Reisenden Asyl. Für die große Mehrheit derjenigen, die die beeindruckenden Stadttore passierten und zumindest in anderen Teilen der Welt als Kriminelle galten, traf dieser Begriff zweifellos zu. Der heilige Mahatsin'jo, ein grimmig dreinblickender Löwe mit gefiederten Flügeln eines Phönix, war der Schutzengel aller, die unter seinen wohlwollenden Fittichen lebten.

Mas'jahan lag im äußersten nordwestlichen Winkel der Mu'ad-Wüste. Selbst für diesen Teil der Großen Wüste war es ein unwirtlicher Landstrich, gekennzeichnet durch seltsam dunklen Sandstein, den einzig die Katechisten zu bearbeiten wußten. Aber über den Wällen der Festung sah man den Berg Sin'hai aufragen, dessen Gipfel ständig durch düstere Wolken und schwere Eisstürme verschleiert war. Gelegentlich erhellten rötliche Blitze diese Wolken, und die Einwohner von Mas'jahan hoben die Köpfe, um sie anzustarren, und der Boden unter ihren Füßen erzitterte, als ob er gequält aufstöhnen würde. Die Fianarantsoa erzählten ihren Mitbürgern, daß diese nicht eben seltenen Erdbeben ein sichtbares Zeichen dafür waren, daß Zarathus tatsächlich unter ihnen weilte, wenn er über den schneebedeckten Gipfel des Berges Sin'hai schritt, ein geheiligter Ort für seine Meditation.

Die Legende behauptete, daß in der Nähe des Fußes der blauschwarzen Flanke des Berges Sin'hai das uralte Land Syrinx lag. Aber keiner der Einwohner von Mas'jahan hatte es je riskiert, dorthin aufzubrechen, oder es war zumindest keiner zurückgekehrt, um von seinen Erfahrungen zu berichten.

Dies alles war Moichi von den Mitgliedern der Fianarantsoa in jenem Gespräch vor der Morgendämmerung erzählt worden, das Sardonyx ihrem Versprechen getreu für ihn arrangiert hatte. Während sie Brocken von ungesäuertem Brot abbissen und sich getrocknete Datteln in den Mund stopften, unterrichteten sie Moichi über die Dogmen der Katechisten, nicht aber über die ekstatischen Praktiken ihrer Religion, die noch nicht für einen Ungläubigen wie Moichi bestimmt waren. Was Dujuk'kan und das Makkon betraf, hatten sie keine Ahnung und keine Ratschläge parat. Sie hatten sich vierzig Tage und Nächte in der Mu'ad-Wüste aufgehalten, so wie es der lebende Gott Zarathus von ihnen verlangte. Angesichts der jüngsten Ereignisse in Mas'jahan waren sie taub, stumm und blind. Dessenungeachtet schenkten sie Moichi einen prachtvollen Stoßdolch mit doppelter Klinge aus fast schwarzem Damaszener-Stahl, einer mit Gold verzierten Schutzvorrichtung aus Bronze und einem geschnitzten Griff aus Mahagoni.

»Ich habe nicht gedacht, daß sie dir helfen werden«, hatte Sardonyx fröhlich angemerkt.

»Wie kannst du so etwas sagen?« hatte Moichi gefragt. »In Mas'jahan werde ich Hilfe brauchen.«

»Und du wirst sie erhalten«, hatte sie ihm mit so großer Überzeugung geantwortet, daß ihm nichts anders übrigblieb, als ihr zu glauben.

Die Stadtansicht von Mas'jahan war gewaltig, und ihr Ruf verstärkte zweifellos noch diesen Eindruck. Keinem Volk war es je gelungen, einen Gefangenen mit diplomatischen Mitteln aus dieser Hochburg der Katechisten zu befreien, und es war auch niemand töricht genug gewesen, es gewaltsam zu versuchen. »Gott hat ihn zu uns geführt«, pflegten die Katechisten zu sagen. »Früher oder später wird er den Weg zu ihm finden.«

Die Katechisten glaubten in ihrem Innersten tief daran, daß in jedem menschlichen Wesen ein Keim des Guten schlummerte und Gott den Menschen durch seine übernatürlichen Kräfte zur Erlösung führen würde. Das waren die Fundamente einer Glaubensvorstellung, die auf der anderen Seite Menschenhandel duldete und zu sexuellen Ausschweifungen ermutigte, weil dadurch jener ekstatische Zustand befördert werden sollte, der notwendig war, um das Vermächtnis des lebenden Gottes zu hören und auszulegen.

»Wir akzeptieren den Menschenhandel, weil er ein Bestandteil der natürlichen Ordnung der Dinge ist, ein Teil des göttlichen Plans«, hatte einst Vato-mandry zu Sardonyx gesagt, als sie noch unter seiner Vormundschaft stand. »Wir glauben nicht an die Gleichheit aller Menschen, weil wir herausgefunden haben, daß diese Idee Anarchie und Unzufriedenheit hervorbringt. Wenn man den Menschen eine Freiheit zuteil werden läßt, mit der sie nicht umgehen können, bricht die in ihrem Inneren verborgene Wildheit hervor. Denn nur Güte und Weisheit führt die auf den rechten Weg zu Gott. Dies ist weder eine Spekulation noch ein religiöses Dogma, sondern eine Tatsache.«

»Aber wie könnt ihr euch ein Urteil darüber anmaßen, wer frei sein und wer versklavt werden soll?« hatte Sardonyx gefragt. »Die Iskamen sind in Adan versklavt worden, und sie haben sich erhoben und befreit.«

»Wir sind die Auserwählten des Zarathus«, hatte Vatomandry geantwortet. »Was die Iskamen betrifft, so glauben wir, daß ihre Freiheit nur Illusion ist. Sie sind immer noch an Adan gefesselt, allerdings für den gewöhnlichen Blick nicht sichtbar. Ihr Kampf um die Freiheit ist noch nicht zu Ende.«

Sardonyx erzählte Moichi von diesem irritierenden Gespräch, während sie durch die engen Gassen von Mas'jahan schlenderten. Alle Gebäude bestanden aus demselben einheimischen Sandstein, und für einen Ort, der für seine käuflichen Vergnügungen berüchtigt war, wirkte die Umgebung düster und karg.

Über ihnen schien die grelle Wüstensonne, die die Farbe einer heranreifenden Feige hatte, glühend heiß aus einem wolkenlosen Himmel herab. Moichi begann die Vorteile der geschickt geplanten Architektur von Mas'jahan zu würdigen. Die hohen Wälle der Zitadelle hielten allen Wind fern, und die engen Straßen ohne Plätze garantierten, daß nur ein Minimum an Treibsand in die Stadt drang. Der Markt im Zentrum der Stadt hatte die Form eines sanft gekrümmten X, und in den dichtbevölkerten Straßen sah man religiöse Führer mit Kapuzen und Talaren, aber auch Straßenräuber und äußerst geschäftstüchtige Händler. Diese Menschen schienen zwar nicht in vollkommener Harmonie zusammenzuleben, aber doch in einem Zustand, der diesem Ideal erstaunlich nahekam. Geringfügige Zwischenfälle, die Moichi beobachtete – kleine Diebstähle oder Streitereien über Preise –, wurden schnell durch ein Mitglied der Fianarantsoa geregelt. Diese Ältesten schritten durch die Menge und beobachteten gezogene Waffen und erhitzte Gemüter mit der bewundernswerten Gleichgültigkeit ergrauter Politiker. Bei keiner einzigen Meinungsverschiedenheit, die Moichi beobachtete, ließen sie es zu, daß diese eskalierte.

Sardonyx kaufte für beide einen Brei aus reifen gelben Feigen und einer scharfen gelben Soße, von der sie behauptete, daß sie von heißen *co'chyn*-Stuten stammte. Sie aßen das Gericht mit den Fingern, während sie über den Markt gingen. Unter farbenfroh gestreiften Markisen kamen sie an Kaufleuten vorbei, die alle Arten von Gewürzen, getrockneten Früchten und Fleischsorten feilboten, die man auf Reisen in die Wüste mitnehmen konnte. Kupferschmiede und Kunsthandwerker, die mit Zinn, filigranem Silber und Golddraht arbeiteten, beobachteten die beiden Fremden mit Hilfe von Vergrößerungsgläsern. Die Luft war von so vielen verschiedenen Düften erfüllt, daß man diese unmöglich alle identifizieren konnte.

Vor ihnen entdeckte Moichi eine verschrumpelte alte Frau mit krummem Rücken. Sie saß auf einem abgenutzten, mit Leder bezogenen Schemel, der mit komplexen und unentzifferbaren Runenmustern verziert war. Vor ihren knorrigen Händen lagen Totenschädel eines halben Dutzends kleiner Tiere – zweifellos Nagetiere –, die weiß, gelblich oder elfenbeinfarben schimmerten. Sie waren durch die Sonne ausgebleicht und hatten durch die ständige Berührung bereits Patina angesetzt. So strahlten sie einen ganz eigenen Charakter aus – man konnte fast sagen, ein eigenes Leben.

Als Moichi sah, daß die Alte das Gewand einer Katechistin trug, fragte er Sardonyx nach ihr.

»Sie ist eine Tsihombe und verkündet eine Art Orakel.«

»Ich wußte nicht, daß die Katechisten an Weissagungen glauben.«

»Es ist oft überraschend, was ihre Religion alles beinhaltet.« Sardonyx blickte ihn wissend an. »Möchtest du sie um Rat bitten?«

Moichi nickte. Obwohl er es kaum abwarten konnte, seine Suche nach Dujuk'kan, Sandas Mann Yesquz und dem Makkon fortzusetzen, war ihm plötzlich klar, daß er hier etwas zu erledigen hatte. »Ich hatte in der Mu'ad-Wüste einen Traum, in dem mir Sanda erschienen ist. *Rette mich!* hat sie mich angefleht. Und dann gab sie mir so etwas wie ein Rätsel auf.«

Während die beiden sich der Tsihombe näherten, hob sie ihren hexenartigen Kopf und leckte sich die Lippen. Sie nahm eine Handvoll kleiner Schädel von ihrem mit grüner Bordüre verzierten Tisch und rollte sie auf ihrer Handfläche herum. Man hörte ein seltsames, klackerndes Geräusch, das wie das Aufeinandertreffen ausgehöhlter Kürbisse klang.

»Willst du einen Blick in die Zukunft werfen, guter Mann?« kreischte sie mit brüchiger Stimme. »Aber nein. Du bist nicht an der Zukunft interessiert, obwohl du es sein solltest. Du suchst vielmehr die Antwort auf eine Frage.«

Sie gackerte etwas und rollte die Schädel vor Moichi hin, bevor dieser seine Frage stellen konnte. Sie starrte nicht länger als eine Zehntelsekunde auf das Ergebnis. Dann blickten ihre wäßrigen Augen in Moichis gespanntes Gesicht. »Der Bär, den du suchst, entspricht nicht deinen Erwartungen. Du mußt dich von hier aus gesehen in nordwestlicher Richtung orientieren.«

»Im Nordwesten liegen die Hänge des Berg Sin'hai«, erwiderte Moichi.

Die Tsihombe nickte. »Aber vor dem Berg befinden sich

noch das große Moor und die Sümpfe, die Grenze sozusagen. Dort wartet die Eule.«

»Was für eine Grenze?« fragte Moichi.

»Der Gott der Grenze hat sie zwischen der Welt und Syrinx errichtet.« Sie lächelte gewitzt. »In dem Augenblick, als seine Dienerin Miira mit dem Spiegel durch die Kammer ging, wo das Kabinett versammelt war, hat Gott aus den großen Sümpfen und Mooren diese Grenze geformt. Er hat das Gebiet um das Tausendfache vergrößert und es mit den verschiedensten Arten wundersamer Lebewesen bevölkert, als unerwartet Tod und Vergeltung über Syrinx kamen.« Das Lächeln der Alten verbreiterte sich und verwandelte ihr Gesicht in eine unheimliche Maske. »Du kennst doch die Geschichte von Miiras Spiegel, oder etwa nicht, guter Mann?«

»Allerdings«, sagte Moichi. Er gab Sardonyx ein Zeichen. »Bezahl die Tsihombe für ihre Dienste.«

Das alte Weib hob eine Hand. »Für dieses Orakel brauchst du nicht zu bezahlen, guter Mann.« Sie nickte, und der Blick ihrer blutunterlaufenen Augen war verschleiert. »Setze deinen Weg zum Haus von Vato-mandry weiter fort, und Gott möge dir in die Augen blicken.«

»Woher wußte sie, wohin wir unterwegs sind?« fragte Moichi, während sie die Straße hinabeilten.

»Vato-mandrys Haus befindet sich weiter unten in diesem Häuserblock.« Sardonyx zuckte die Achseln. »Aber trotzdem, woher wußte sie, welche Frage du beantwortest haben wolltest?«

»Ich wußte nicht einmal, daß es sich um eine Frage handelte«, antwortete Moichi. Er wiederholte die Verse, die Sanda in seinem Traum rezitiert hatte, für sie.

Das Haus des Mitglieds der Fianarantsoa war von außen unscheinbar. Es sah den braunschwarzen Sandsteingebäuden, von denen es beidseitig eingerahmt war, ziemlich ähnlich und zeichnete sich nur durch einen einsamen Feigenbaum vor der Fassade aus, der so knorrig und verkrümmt wie der Rücken der Tsihombe war. Sardonyx betätigte den

Türklopfer aus Messing. Sand und Wind hatten ihn matt und rauh werden lassen.

Die schwere Tür aus Zedernholz öffnete sich nach innen. »Bes-abas, bist du es?« fragte Sardonyx. »Ich bin zurückgekehrt.«

»Mein Kind!« Eine hochgewachsene Frau mit Turban, großen, roten Wangen und krausen, schwarzen Zöpfen trat aus dem Türrahmen und öffnete die Arme weit. Sie umarmte Sardonyx herzlich. »Mein Mann hatte recht. Die verlorene Tochter ist schließlich doch zurückgekommen.«

Sardonyx küßte sie zärtlich auf die Wangen. »Trauriger und weiser, wie er es zweifellos vorausgesehen hat.«

»Tretet ein, tretet ein!« sagte Bes-abas, nachdem Sardonyx ihr Moichi vorgestellt hatte. »Ihr seid doch bestimmt von der langen Reise ausgehungert.«

Im Inneren des Hauses war es bis auf den Schein brennender Kerzen düster und wohltuend kühl. Die Luft war von den Gerüchen und dem Dunst kochender Schmorgerichte geschwängert. Die Feuchtigkeit kam wohl der Unmenge von kleinen Pflanzen, Blumen und Farnen zugute, die überall im Haus in wunderschönen Töpfen aus Metallen und Keramik wuchsen. In der dampfenden Küche arbeiteten drei stämmige Frauen. Sie hielten alle mit der Arbeit inne, umarmten Sardonyx nacheinander und stellten ihr ununterbrochen Fragen: Wo bist du gewesen? Wie weit bist du gereist? Was hast du gesehen? Was für Abenteuer erlebt? Haben die Männer in fernen Ländern andere Vorlieben? Bei der letzten Frage richteten sich alle Blicke auf Moichi. Aber bevor Sardonyx antworten konnte, scheuchte Bes-abas die Neugierigen wieder an ihren Arbeitsplatz zurück.

Sie brachte den beiden schwer beladene Teller mit Essen und Metallkrüge mit einem alkoholischen Getränk, das dickflüssig, durstlöschend und wohlschmeckend zugleich war.

»Ihr habt eine große Belegschaft in eurer Küche«, sagte Moichi. Er sah, daß Bes-abas Sardonyx schnell einen Blick zuwarf.

»Diese Frauen sind keine Hausangestellten«, erklärte Sardonyx. »Das sind Vato-mandrys andere Ehefrauen.«

»Seine *anderen* Ehefrauen?« Moichi war sprachlos.

»Genau«, sagte Bes-abas, die sie weiter zum Essen und Trinken aufforderte. »Ich bin seine erste Gattin. Diese Frauen sind jetzt meine Schwestern – nun, Vato-mandry muß für Nachkommen sorgen!«

»Für die Mitglieder der Fianarantsoa ist das eine heilige Pflicht«, erklärte Sardonyx.

Moichi kam ein entsetzlicher Gedanke. »Wenn du also das erste weibliche Mitglied der Fianarantsoa werden würdest ...«

»Dann müßte ich viele Ehemänner haben«, antwortete Sardonyx augenzwinkernd. »Damit sichergestellt wäre, daß ich viele Kinder kriege.«

Als Bes-abas Moichis Gesichtsausdruck sah, begann sie zu lachen, bis ihr Tränen in die Augen traten. Dann klopfte sie sich auf die Oberschenkel, beugte sich über Moichi und küßte ihn fest auf beide Wangen. »Du bist ein guter Junge«, sagte sie mit offensichtlichem Vergnügen. »Ich bin glücklich, daß Sardonyx dich hergebracht hat.« Dann stand sie auf. Obwohl sie sie gesehen haben mußte, erwähnte sie Sardonyx' Narbe nicht. »Ich werde meinem Mann sagen, daß ihr hier seid.« Sie lächelte beide an. »Obwohl ich wenig Zweifel daran habe, daß er es bereits weiß. Er ist früher als gewöhnlich aufgewacht und blickte bereits während Dämmerung ruhelos aus dem Fenster über die Stadtmauern in die Wüste hinaus.«

Sie beendeten ihre Mahlzeit und spülten sie mit dem Rest ihres Getränks hinunter. Moichi sah Sardonyx an, die nervös zu sein schien. Er konnte gut verstehen, wie sie sich fühlen mochte. Dieser Mann trug vielleicht größere Verantwortung für ihr späteres Leben als irgend jemand sonst. Moichi würde es ihr nicht übelnehmen, wenn sie einen inneren Zwiespalt gegenüber Vatomandry empfand. Wenn der Katechist sie auch nicht persönlich dem Bösen ausgeliefert hatte, so hatte er es doch befördert. Obwohl er sich über ihr späteres Schicksal so sicher gewesen war, hatte er es nicht nur zugelassen, sondern sogar unterstützt, daß das Leben ihr wie Aasgeier Narben ins Fleisch gehauen hatte. Soweit Moichi beurteilen konnte, hatte er ihr keinen guten Dienst erwiesen, und folglich war er nicht geneigt, irgendwelche Empfindungen für diesen alten Mystiker zu hegen.

Der Mann, den er schließlich am Fuß einer Treppe aus poliertem Ebenholz erblickte, entsprach in keiner Weise Moichis Vorstellungen. Nur sein langer grauer Bart und sein zerfurchtes Gesicht deuteten auf sein hohes Alter hin. Ansonsten ging er aufrecht und war so beweglich wie ein junger Mann.

»Nun, meine Kleine, ich sehe, das Leben hat dich am Kragen gepackt«, sagte er vom Fuß der Treppe.

»Gepackt und durchgeschüttelt«, antwortete Sardonyx. »Aber ich habe immer noch alle Zähne.«

Vato-mandry hatte sanftmütige braune Augen, eine Hakennase und eingesunkene Wangen, was eher auf einen Mangel an Fett als auf sein hohes Alter zurückzuführen schien. Er wirkte wie einer, der sich viel im Freien aufhält, und nicht wie ein Philosoph, und die Fältchen um seine Augenwinkel zeugten von praktischer Welterfahrung, und nicht von geistiger Umnachtung. Er trug ein langes, pelzbesetztes Gewand, und wie bei allen Mitgliedern der Fianarantsoa wurde sein Kopf von einem Hut aus gegerbtem Leder bedeckt, der keine Krempe hatte. Der Mann war so groß, daß er an bestimmten Stellen des Hauses den Kopf einziehen mußte.

Er grinste und entblößte dabei seine riesigen weißen Zähne. »Ja«, sagte er mit seiner dunklen, befehlsgewohnten Stimme, »es tut gut, dich wiederzusehen.«

»Das ist Moichi Annai-Nin, ehrwürdiger Vater«, sagte Sardonyx, während sie dessen Hand ergriff.

»Dann hast du ihn also gefunden«, erwiderte Vato-mandry mit einem rätselhaften Gesichtsausdruck.

»Du hast von mir gehört?«

»Wer hat die Geschichten über die Schlacht von Kai-feng nicht gehört?« Er blickte Moichi lange an, bevor er seine Aufmerksamkeit wieder Sardonyx schenkte. »Es ist gekommen, wie ich es gehofft hatte, meine Kleine, als ich dich auf den Weg aus Mas'jahan herausgeleitete. Gott hat dich seinen Prüfungen unterzogen und auf das Kommende vorbereitet. Du hast meine Vision bestätigt; du bist tatsächlich die Magd Gottes.« Er streckte einen seiner langen Arme aus. »Laßt uns jetzt nach oben in mein Arbeitszimmer gehen. Uns bleibt nicht viel Zeit. Unsere ganze Zukunft hängt von euch beiden ab.«

Die Treppenstufen wirkten wie aus Glas und gaben keinerlei Geräusche von sich, als die drei in das oberste Geschoß von Vato-mandrys Haus hinaufstiegen. Aus den Fenstern des Arbeitszimmers sah man den Berg Sin'hai und Gewitterwolken, die seinen Gipfel einhüllten. Moichi war dem geheiligten Berg noch nie so nahe gekommen, und seine Gefühle waren zwiespältiger, als er es sich je vorgestellt hatte. Der Gott der Iskamen war für sein furchtbares Temperament und seine Unerbittlichkeit bekannt. Und sogar die, die er liebte, unterwarf er im Leben den schwersten Feuerproben.

Das Arbeitszimmer war ein heller, kreisförmiger Raum, einzigartig in dieser Zitadelle, deren Architektur von Quadraten und Rechtecken bestimmt wurde. Die weiß gestrichenen Stuckwände waren mit Bücherborden aus grün und karminrot glasiertem Holz versehen. Sie waren mit Schriftrollen, Büchern und Manuskripten beladen, wobei einige, wie Moichi bemerkte, unvollendet schienen. Eines dieser Manuskripte lag offen auf dem großen Schreibtisch, der aus einem einzelnen Onyxblock gefertigt worden war. Der Steinfußboden war mit einem Teppich bedeckt, wie ihn die Katechisten herstellten. Einfache, naturbelassene Farben wirbelten und hüpften vor Moichis Augen und schienen den Tanz der Derwische unheimlich genau wiederzugeben.

Obwohl diese Eindrücke ziemlich phantastisch für Moichi waren, wichen sie einen Augenblick, nachdem er den Raum betreten hatte, wieder aus seinem Bewußtsein. Seine Aufmerksamkeit wurde durch den großen, dunkelhäutigen Mann gefesselt, der in der Mitte des Arbeitszimmers stand. Er wandte sich um, und der Blick seiner wäßrigen braunen Augen fixierte Moichi.

Der Mann lächelte ohne Wärme und öffnete die Arme. »Mein Bruder.«

»Hamaan!«

Hamaan nickte. »Etwas älter, ein bißchen weiser, aber noch derselbe.« Seine Arme öffneten sich noch weiter. »Warst du zu lange von Iskael weg, um deinen Bruder noch auf die traditionelle Weise begrüßen zu können?«

Moichi trat vor, und sie umarmten sich. Dann wichen sie beide zurück, als ob sie ein befremdlicher Schauer durchfahren hätte.

»Vato-mandry hat dich offensichtlich erwartet«, sagte Hamaan. »Ich nicht.«

»Ich kam nach Ala'arat zurück und mußte feststellen, daß Sanda ermordet worden war. Die Villa war leer, wenn man von der Gruppe der Fe'edjinn absieht, die von dem Ersten Darman Tamuk angeführt wurde.«

»Tamuk ist ein guter Mann, loyal und tapfer«, sagte Hamaan. »Ich habe ihn für eine Beförderung vorgeschlagen. Ich nehme an, daß er mit dir hierhergekommen ist.«

»Er ist mit zweien seiner Männer in der Mu'ad-Wüste umgekommen.«

»Ich verstehe.« Nur das kaum wahrnehmbare Flackern in Hamaans linkem Augenwinkel paßte nicht zu seinem emotionslosen Gesichtsausdruck. Aber andererseits wußte Moichi, wohin er sehen mußte, da er dieses Flackern gut kannte.

»Haben euch Leute von Al Rafaar aufgelauert? Sie führen sich heutzutage so auf, als ob die Mu'ad-Wüste ihnen allein gehören würde.«

»Wir haben keine Adaner gesehen. Die Wüste selbst hat sie verschlungen.« Moichi verspürte keine Notwendigkeit, auf die Begegnung mit Jailor näher einzugehen.

»Und du hast überlebt. Zusammen mit dieser Frau.«

»Stimmt.« Moichi ergriff die Gelegenheit, um Sardonyx vorzustellen.

Hamaan ergriff ihre Hand. »Ich kenne die Frauen meines Bruders«, sagte er in unfreundlichem Ton. Dann wandte er sich wieder Moichi zu. »Nun, mein Bruder, auf die eine oder andere Weise schaffst du es immer wieder, mit dem Leben davonzukommen!«

»Wir sollten uns setzen«, sagte Vato-mandry, der zwischen sie trat, um die Spannung zu entschärfen. Er goß ihnen ein Glas Vash't ein, den tiefgelben Likör der Katechisten. Er blickte Moichi an. »Dein Bruder hat einen ziemlichen Schock erlitten. Tamuk war für ihn wie ein Bruder. Ich bin sicher, daß du das verstehst.«

Moichi sah Vato-mandry interessiert an. Seine Worte verrieten, daß er über die Schwierigkeiten Bescheid wußte, mit denen die beiden Brüder zu kämpfen hatten. Wieviel wußte er wirklich über die Geschichte der Familie Annai-Nin?

Hamaan, der sein Getränk mit einem einzigen wilden Schluck heruntergekippt hatte, stellte sein Glas zur Seite. »Vielleicht hat Tamuk dir erzählt, daß ich hierhergekommen bin, um Sandas Ehemann nach Iskael zurückzubringen, damit er in der Mordsache verhört werden kann.«

»Ja. Tamuk hat mir gesagt, daß er Gewürzhändler ist.«

Hamaan nickte. »Das war alles, was wir wußten. Ich habe Yesquz gefunden und entdeckt, daß er neben den Gewürzen, die auf den unteren Hängen des Berges Sin'hai geerntet werden, mit dem weißen Lotus handelt.«

Die Luft in dem Arbeitszimmer wurde plötzlich so dick, daß man daran zu ersticken drohte.

»Ich habe von dem weißen Lotus gehört, das Ganze aber nur für eine Legende gehalten«, sagte Sardonyx. »Ich habe einst einen Mann gekannt, der an seine Existenz glaubte. Er hat den Großteil seines Lebens vergeblich versucht, ihn zu finden.«

»Es gibt ihn«, bestätigte Hamaan.

»Der weiße Lotus ist ein Puder, der aus dem schwarzen Engel gewonnen wird, einer Wurzel mit höllischen Eigenschaften«, sagte Vato-mandry. »Wenn man ihn einnimmt, verleiht er übernatürliche Kräfte und Ausdauer. Ein Mann verfügt dann über die Stärke einer Hundertschaft und ist in der Lage, Tag und Nacht zu kämpfen, bis das Blut durch die Straßen fließt, Rinnsteine füllt und sogar in die durstige Wüste strömt. Der weiße Lotus ist bei uns verflucht, weil ein Mann, der nur einmal davon gekostet hat, nicht mehr den

Wunsch verspüren wird, den Derwisch-Tanz zu zelebrieren, mit dem wir Gott dienen. Er wird seinen Blick vom Antlitz des Zarathus abwenden.

Aber der weiße Lotus ist auch noch in weniger spirituellen Hinsicht heimtückisch. Er muß korrekt zubereitet und in der richtigen Dosis eingenommen werden. Ansonsten sind die Folgen fatal.« Auch Vato-mandry stellte sein Glas zur Seite, obwohl er nichts von dem Likör getrunken hatte. »Die Blüte ist weiß und ähnelt tatsächlich normalem Lotus, daher der Name. Sie schwimmt auf den dunklen Gewässern des *khashm*, einem Moor, das man nur an einem Ort findet: in Syrinx.«

»Aber die Einwohner von Syrinx sind eine ausgestorbene Rasse«, sagte Moichi. »Wenn sie auch einst den weißen Lotus geerntet haben, wer sollte es denn heute tun?«

»Das *khashm* ist ein außerordentlich gefährlicher Ort«, sagte Vato-mandry. »Die Einwohner von Syrinx besaßen nie das Wissen, seine Gewässer zu befahren, ganz zu schweigen davon, daß sie es geschafft hätten, seine bestgeschützte Pflanze zu ernten. Nein, dazu wären nur Einheimische des *khashm* in der Lage.«

»Die Shinju?« fragte Moichi skeptisch. »Aber wir reden hier von einem Volk, das seit Jahrtausenden ausgestorben ist.«

»Bemerkenswert, daß du da so sicher bist«, sagte Hamaan.

»Diese Ansicht ist weitverbreitet.« Moichi wandte sich Vato-mandry zu.

»Genau«, sagte der Katechist. »Aber entspricht sie der Wahrheit? Dieser Händler namens Yesquz war in Besitz von richtig geerntetem und dosiertem weißen Lotus. Diese Tatsache allein scheint deine These zu widerlegen.«

»Die Shinju existieren noch?« Moichi dachte darüber nach. »Wenn das stimmen sollte, wäre es eine phantastische Entdeckung.« Er blickte seinen Bruder an. »Was hast du mit Yesquz vor?«

»Er soll uns zu seiner Quelle führen«, sagte Hamaan. »Es ist dringend notwendig, daß wir den Adanern die Kontrolle über den Handel mit weißem Lotus entreißen.«

»Den Adanern?«

Hamaan nickte nüchtern. »Durch meine Informationsquellen weiß ich, daß die Leute von Al Rafaar durch die Shinju in den Besitz dieser vernichtenden Waffe gelangt sind. Kannst du dir diese Fanatiker damit vorstellen? Sie würden Iskael innerhalb von vierzehn Tagen überrennen und uns alle abschlachten.«

»Wollt ihr euch da auch einmischen?« fragte Moichi Vato-mandry. »Ich dachte, die Katechisten wären neutral.«

»Sind wir auch«, antwortete Vato-mandry. »Hamaan hat versprochen, uns den weißen Lotus zu übergeben, damit wir ihn vernichten können.«

Moichi blickte den Katechisten eine Weile an. War dieser naiv genug zu glauben, daß Hamaan, der selbst ein Fanatiker und Krieger war, jemals auf einen solchen militärischen Vorteil gegenüber einer dritten Macht verzichten würde? Vielleicht. Aber Moichi ließ sich nicht täuschen. Er wußte, was sein Bruder vorhatte: Hamaan wollte den Sieg der Iskamen durch eine allerletzte Attacke auf Adan sicherstellen. Es bestand kein Zweifel, daß ausreichend weißer Lotus die Machtbalance in der Mu'ad-Wüste verändern würde. Hamaans Lebensziel bestand einzig in der Vernichtung der Adaner. Und jetzt, wo Iskael auf den Krieg vorbereitet war, sah er einen Weg, den Sieg sicherzustellen.

»Leider bin ich nach wie vor davon überzeugt«, sagte Hamaan, »daß Yesquz Sanda nicht getötet hat. Ihr Mörder ist immer noch unbekannt.«

»Ich weiß, wer es war«, sagte Moichi. »Ich bin diesem Wesen in Ala'arat begegnet, wo es meinen ersten Maat getötet hat. Ich habe es quer durch die Mu'ad-Wüste verfolgt, und jetzt verrät mir seine Spur, daß es sich hier in Mas'jahan aufhält.«

Hamaan war schon bei Moichis ersten Worten aufgesprungen. »Du weißt es. Dann sag's mir. Guter Gott, sag's mir, damit ich unsere Schwester rächen kann!«

»Du hast ›es‹ gesagt«, bemerkte Vato-mandry scharfsinnig. »Nicht ›er‹ oder ›sie‹.«

»Stimmt«, sagte Moichi. »Sanda wurde von einem Makkon zerfleischt, einer Kreatur aus dem Reich der Finsternis.«

Moichi blickte zu Vato-mandry hinüber, als er das Makkon erwähnte, und er sah zu seinem Erstaunen, daß das Gesicht des Katechisten bleich wurde. Er zupfte an seinem Bart, und sein Blick war nach innen gekehrt.

»Vato-mandry?« Auch Sardonyx war sich dessen Qual bewußt.

Nur Hamaan, der vor Wut kochte, beachtete Vato-mandry nicht. »Sag's mir!« schrie er. »Der Teufel soll dich holen, Bruderherz!«

»Beruhige dich!« rief Moichi.

»Warum hier?« fragte Vato-mandry. »Warum jetzt?«

Moichi kauerte sich auf einem Knie vor dem Katechisten nieder. »Was weißt du über das Makkon, Vato-mandry?« fragte er sanft.

»Über die Bestie aus dem Reich der Finsternis?« Sein Blick war immer noch nach innen gekehrt und so verschleiert, wie er es sonst auf dem Höhepunkt des Derwisch-Tanzes gewesen war. »Das Makkon läuft frei herum und tötet, und jetzt ist es hier, wo sich der weiße Lotus befindet, den die Shinju geerntet haben.«

»Es muß da eine Verbindung geben«, sagte Moichi. »Ich bin dem Makkon in einer Spelunke im Hafen von Ala'arat begegnet. Diese Bar sah aus, als ob sie von einer Legion von Berserkern auseinandergenommen worden wäre.«

»Oder von einem einzelnen Mann, der weißen Lotus zu sich genommen hatte«, sagte Hamaan.

Vato-mandry nickte. »Auch das ist möglich.«

Moichi wandte sich seinem Bruder zu. »Was sagst du da?«

»Al Rafaar ist im Besitz von weißem Lotus. Ausgewählte Agenten, die in Ala'arat eingeschleust worden sind, haben die Droge genommen.« Sein Blick war von jenem Feuer erfüllt, das den Fanatikern eigen ist. »Begreifst du es nicht? Das ist ein Experiment, um die Wirkung der Droge einzuschätzen. Die Organisation Al Rafaar hat Sanda ermordet, genau wie wir es vermutet hatten. Es war ein Berserker, der weißen

Lotus genommen hatte, ein Verrückter. Was können wir erwarten, wenn der Krieg auf viel, viel breiterer Front erklärt worden ist, mein Bruder?« Seine Augen spuckten förmlich Flammen. »Seltsam, nicht? Das ist der Wahnsinn, vor dem du so verzweifelt flüchten wolltest. Und jetzt befindest du dich mittendrin.«

Phaidan konnte seine gegenwärtige äußere Erscheinung nicht lange aufrechterhalten, und so begann die letzte Phase von Tokagés Wiederbelebung. Er streckte seine gepanzerten Hände aus, und Phaidans Oberkörper floß über seinen, kroch wie Wurzeln oder wahnsinnige Schlangen über ihn.

Tokagés Kopf wurde zurückgeschleudert, und sein Rückgrat krümmte sich, als ob er vom Blitz getroffen worden wäre. Die ganze Zeit über lösten sich die Züge, Konturen und schließlich auch die Hülle des Finsternis-Vasallen Phaidan in Rinnsale, Ströme und einen reißenden Energiefluß auf, der sich zwischen Brustharnisch und Kehle in Tokagés Körper ergoß.

»Endlich!« kreischte Kaijikan. »Endlich!«

Das war der Augenblick, auf den Chiisai gewartet hatte. Sie erkannte den Moment instinktiv, bückte sich und zog den kleinen *tanto*-Dolch aus ihrem rechten Stiefel. Im nächsten Augenblick stieß sie die Spitze der Klinge genau in die Stelle von Tokagés Körper, wo Phaidans Überreste in ihn einströmten.

»Nein!« schrie Kaijikan, während Chiisai die Klinge bis zum Heft in ihr Opfer bohrte.

Tokagé taumelte zurück, und seine Hände tasteten nach der Klinge. Um ihn herum wirbelte eine Wolke von Finsternis-Energie, die sich eher nach außen zu verflüchtigen als in seinen Körper zu strömen schien. Ein donnerndes Klappern, das an die Knochen von zehntausend Skeletten erinnerte, erfüllte die Höhle. Tokagés Röcheln klang, als ob er ersticken würde. Er wurde gegen die Höhlenwand geschleudert, prallte ab und fiel wieder zurück. Die Energiewolke folgte seinen Bewegungen und vergrößerte sich. Sie war so dunkel wie ein Strahl aus dem Körper eines Tintenfischs, der sich ins Wasser ergießt, aber ihr Ziel, gänzlich in Tokagés Körper einzudringen, war durchkreuzt.

Chiisai blieb keine Zeit, dieses Drama zu beenden. Sie hatte sich umgewandt und versuchte, ihr *dai-katana* aus dem Riß herauszuzerren und so die Brücke, die ihre Welt mit der Dimension der Finsternis verband, zu zerstören, als sie brutal herumgewirbelt wurde.

»Du Hure!« schrie Kaijikan. »Du dumme Hure!«

Sie streckte schlanke Arme aus, die nur für diesen Moment erschaffen schienen, und schleuderte Chiisai so gewaltig gegen die Felswand, daß diese fast das Bewußtsein verloren hätte. Sie fühlte, daß ihre Knie nachgaben, und sank auf den dreckigen Höhlenboden. Ihr Kopf schwankte auf einem Hals, der aus Gummi zu bestehen schien. Sie versuchte aufzustehen, aber es fehlten ihr die Kraft und die Fähigkeit, ihre Bewegungen zu koordinieren, und sie sank wieder zurück.

Dann saß Kaijikan rittlings auf ihr. Aus dem Mund der Magierin floß Speichel, und während Chiisai dies entsetzt beobachtete, verlängerte sich Kaijikans rechte Hand, deren Fingernägel glänzten, als ob sie aus Stahl bestehen würden.

Kaijikan spuckte obszöne Flüche aus, während ihre klauenartigen Nägel niederschossen und Chiisais Haut und Fleisch durchbohrten. Die Schmerzen ließen sie aufschreien und sie versuchte, sich wegzuwinden, aber die Nägel waren so lang und so tief eingedrungen, daß die von Panik erfaßte Chiisai glaubte, sie im Innersten ihres Körpers zu spüren.

»Stirb!« schrie Kaijikan. »Stirb!«

Sie zog die Nägel aus Chiisais Fleisch und zerfetzte ihr damit das Gesicht. Dann wandte sie sich vom Anblick des sprudelnden Blutes ab, das aus den unzähligen Wunden spritzte, und versuchte nun, sich um ihren Schützling zu kümmern.

Chiisais Augen hatten sich durch den Schock und die Schmerzen zu Schlitzen verengt, aber sie sah, wie Kaijikan Tokagé packte, der immer noch taumelte, und seinen Hals umklammerte. Sie zerrte ihn aus der Höhle. Chiisai versuchte aufzustehen und preßte sich hart an die Wand, um wieder auf die Beine zu kommen. Ihre Hände waren rot, und als sie auf ihre Brust hinabblickte, sah sie, daß diese blutüberströmt war. Sie empfand jetzt keinen Schmerz mehr, weil die freigesetzten Endorphine jede Schmerzempfindlichkeit erstickt hatten. Ihr Körper wurde von einer Wärme und Mattigkeit durchflutet, die sie vergessen ließen, warum sie sich eigentlich vorgenommen hatte, sich zu rühren.

Sie sank leicht aufseufzend auf die harte Erde zurück und starrte auf ihr Blut, das in die Adern des Bodens mit der metallisch weißen Substanz einsickerte, die jetzt fast wild zu flackern schien, wie ein Gewitter unter Glas.

»Hamaan hat völlig recht«, sagte Vato-mandry. »Der weiße Lotus hat die zerbrechliche Machtbalance im Bereich der Mu'ad-Wüste aus dem Gleichgewicht gebracht. Solange die Adaner im Besitz dieses Gewächs sind, müssen wir Katechisten uns mit Iskael verbünden.«

»Aber das verstößt gegen eure Überzeugungen«, sagte Moichi. »Falls dein Volk sich für eine Seite entscheidet, was sollte dann die benachbarten Länder davon abhalten, gleichfalls Partei zu ergreifen?«

»Vielleicht sollten sie das tun«, sagte Hamaan hitzig. »Glaubst du, daß die Adaner an ihren Grenzen halten werden, wenn sie Iskael erfolgreich überrannt haben? Wenn sie erst einmal Blut gerochen haben, werden sie nicht mehr aufhören können. Sie werden versuchen, die gesamte Region zu erobern.«

»Weise Worte«, sagte der Katechist.

»Nein, das ist schlicht und einfach Wahnsinn«, wandte Moichi ein. »Jede Eskalation einer Fehde zwischen Iskael und Adan hätte unvorstellbare Folgen.«

»Ich habe von deiner Einstellung nun genug gehört!« brüllte Hamaan, packte ihn am Hemd und zog ihn hoch. »Wer bist du denn? Du kommst zurück und fängst an, Befehle zu erteilen? Wir sind hier nicht in unserer Villa, und du bist nicht mehr Vaters Stellvertreter. Fehde? Achte auf deine Worte. Du sprichst wie von Streitereien zwischen alten Weibern. Wir reden von dem fundamentalen Recht auf Freiheit. Die Adaner wollen uns versklaven, so wie früher. Wir dürfen das nicht zulassen.« Er zitterte vor Wut. »Was du hier geäußert hast, ist verräterisch. Ich bin Qa'tach. Ich könnte dich einkerkern lassen oder die Todesstrafe über dich verhängen, und niemand würde mir widersprechen.«

»Wir sind hier nicht in Iskael oder in der Mu'ad-Wüste«, sagte Moichi mit blitzenden Augen. »In Mas'jahan bedeutet dein Dienstrang nichts.«

»Freibeuter, Anarchist, Verräter! Selbst eingeschworene neutrale Völker wissen, wann sie Partei ergreifen müssen, nur du nicht.« Hamaan zog eine Waffe. »Ich werde dich die Bedeutung meines wohlverdienten Dienstrangs lehren.«

»Das reicht jetzt, ihr beiden!«

Vato-mandry stand mit gespreizten Beinen und weit geöffneten Armen da. Die langen Ärmel seines Gewands waren nach oben gerutscht, und die Brüder sahen das Durcheinander von runenartigen Tätowierungen, die sich schlangengleich um seinen Arm wanden.

»Ihr seid nicht hier, um euch gegenseitig zu vernichten, sondern um einen gemeinsamen Feind zu erledigen«, ermahnte er sie. »Ihr müßt die Quelle finden, aus der Yesquz den weißen Lotus bezog, und es ist unbedingt notwendig, daß ihr die Beziehungen zwischen Al Rafaar und den Shinju zerstört.«

»Da mußt selbst du zustimmen, mein Bruder«, sagte Hamaan angewidert.

»Ja.«

»Dann ist es also abgemacht.« Vato-mandry blickte hoffnungsvoll auf die beiden Brüder, um ein Anzeichen für einen Waffenstillstand auszumachen.

Hamaan nickte. »Wir werden Yesquz sofort aufsuchen.«

»Ja, Sir!« Der Fe'edjinn salutierte, als sie eintrafen. »Der Häftling ruht sich aus.«

»Er ruht sich aus?« fragte Hamaan, während sie durch den Korridor gingen. »Hat er gerade gegessen?«

»Er hat uns zu verstehen gegeben, daß er keinen Hunger hat«, sagte der Fe'edjinn trocken.

»Ich habe strikte Anweisungen gegeben, daß er nicht schlecht behandelt werden soll«, sagte Hamaan verärgert.

»Ja, Sir, aber ich habe das nicht so verstanden, daß der Häftling zwangsernährt werden soll.«

»Er ist kein Häftling, Dritter Darman, zumindest noch nicht.«

»Ja, Sir.«

Der Korridor war Bestandteil eines riesigen Labyrinths sich ähnelnder Flure, die ein wahres Durcheinander von Fluchten im Vergnügungsviertel von Mas'jahan bildeten. Seit Prostitution und Religion von den Katechisten vorsätzlich miteinander verknüpft worden waren, sah man hier genauso viele Derwische wie halbnackte Frauen. Viele schienen von beiden zugleich angezogen zu sein.

»Du hast recht«, flüsterte Sardonyx, als Moichi sie danach fragte. »Bei ihren unaufhörlichen Versuchen, neue Anhänger ihres Glaubens zu finden, gehen die Katechisten davon aus, daß Sex der Köder und die Religion der Angelhaken ist. Oft genug liegen sie da ganz richtig.«

Ein anderer Fe'edjinn bewachte eine geschlossene Tür am Ende des Korridors. Auch er salutierte bereits, bevor sie vor ihm auftauchten.

»Wie geht es deinem Schützling, Zweiter Darman?« fragte Hamaan mürrisch. »Hungert er sich immer noch zu Tode?«

»Ja, Sir«, antwortete der Fe'edjinn-Wachtposten. »Zumindest glaube ich das. Ich habe keinen Mucks von ihm gehört, seit er das Essen zurückgewiesen hat.«

»Schließ die Tür auf«, sagte Hamaan ungeduldig. »Und sorg dafür, daß wir nicht ...«

»Was war das?« Moichi stieß den Posten zur Seite und horchte an der Tür.

»Was hast du gehört?« fragte Hamaan.

»Ich weiß es nicht«, antwortete Moichi. »Aber das Geräusch klang, als ob ein Stuhl umgestoßen worden wäre.«

»Öffne die Tür!« donnerte Hamaan.

Während der erschrockene Wachtposten noch an seinem Schlüsselbund herumfummelte, trat Moichi einen Schritt zurück und rammte dann seinen Absatz direkt über dem Schloß gegen die Tür. Das Schloß zerbrach, und die Tür flog auf.

Der Raum roch nach Schweiß, Blut und Exkrementen. Sie befanden sich in einer kleinen Zelle mit Deckenbalken, die äußerst spartanisch eingerichtet war: eine auf dem Boden liegende Matratze, ein Nachttisch mit Wasserkrug, ein Stuhl und ein wackeliger Tisch. Vor dem offenen Fenster in der hinteren Wand bauschten sich billige Vorhänge.

»Verdammt!« schrie Hamaan.

Yesquz' Gesicht sah kränklich und aufgedunsen aus, und er baumelte an einem Strick, der an dem mittleren Deckenbalken festgezurrt war. Unter ihm lag der Stuhl, auf dem er gestanden hatte und der weggestoßen worden war, vielleicht von ihm selbst. Vielleicht auch nicht.

Moichi rannte zu dem offenen Fenster und blickte auf eine schmale graue Gasse hinab. Ein Fe'edjinn, der entweder bewußtlos oder tot war, lag einen Stock tiefer auf dem Boden. Hinter ihm schrie Hamaan aus vollem Hals, und er hörte plötzlich das martialische Geräusch von Militärstiefeln. Moichi kletterte aus dem Fenster und sprang nach unten.

Er kauerte einen Moment neben dem Fe'edjinn nieder, fühlte seinen Puls und wandte sich dann um. Man hatte dem Mann die Kehle aufgeschlitzt. Er sah sich um. In die Gasse war Sand geweht worden, und er bemerkte den schwachen Umriß von großen Fußspuren. Schnell nahm er die Verfolgung auf.

Die Gasse mündete in eine dichtbevölkerte Straße, die zum Gewürzmarkt führte. Er sah einen dicken Mann in einem *d'alb*, der am äußersten Rand der Marktstände davoneilte. Moichi folgte ihm und bahnte sich seinen Weg, indem er Leute zur Seite stieß. Er schlängelte sich schnell und geschickt unter den Markisen hindurch, wo Kisten mit wohlriechendem Inhalt angehäuft waren: Sternanis, Kardamon, Salbeiblätter und Cayennepfeffer. Dazu kamen Füllhörner mit anderen vertrauten und fremdartigen Gewürzen. Die

Stimmen der Besitzer der Marktstände erfüllten die Luft wie das schmetternde Pfeifen farbenfroh gefiederter Papageien. Es wurde lebhaft um den Preis gefeilscht.

Moichi hielt nach dem dicken Mann Ausschau und erhaschte einen kurzen Blick auf ihn. Die Kapuze seines *d'alb* verhüllte sein Gesicht. Moichi warf zwei spindeldürre Händler zu Boden und jagte auf den Mann zu.

Seine kräftigen Arme hatten durch den Zimt die Farbe von Bronze angenommen. Der dicke Mann wandte sich um, als er hörte, daß Moichi sich näherte. Dujuk'kan blickte Moichi an, steckte die linke Hand in die Kiste mit Zimt und rannte dann los.

Er war schneller, als es seine Körperfülle vermuten ließ, und schien mit der Zitadelle völlig vertraut zu sein. Wie ein Aal durch Korallenriffe schlüpfte er durch die Menschenmenge.

Moichi verlor ihn aus den Augen, rannte schneller und fand ihn wieder. Er mußte über eine Gewürzkiste springen, um in eine Gasse abbiegen zu können, und schaffte es noch rechtzeitig, um zu erspähen, daß Dujuk'kan hinter einem Karren verschwand, der mit Muskatnüssen beladen war.

Moichi folgte ihm und konnte den Abstand etwas verringern. Aber Dujuk'kan hatte eine Handvoll Muskatnüsse, die noch in ihrer rotgeäderten Hülle steckten, auf den Boden geworfen. Moichi rutschte aus und prallte schmerzhaft gegen eine Hauswand.

Er sah Dujuk'kan grinsen, während dieser seine Schritte beschleunigte und davonrannte. Als sich Moichi hochrappelte, bemerkte er am anderen Ende der Straße Sardonyx. Er brüllte etwas und raste auf sie und den Adaner zu. Als Dujuk'kan sie sah, blieb er wie angewurzelt stehen. Er erkannte sie nicht gleich, weil er sie nur als Aufeya kennengelernt hatte, aber an ihrer gezogenen Waffe und der Art, wie sie auf ihn zukam, konnte er ihre Absichten erkennen.

Dujuk'kan blickte über die Schulter und sah Moichi näherkommen. Dann wandte er sich wieder Sardonyx zu. Er wirbelte herum und verschwand im Eingang eines Hauses auf der linken Straßenseite. Moichi und Sardonyx trafen fast gleichzeitig vor der Tür ein. Moichi warf ihr ein kurzes Lächeln zu, und dann traten sie ein. Sie befanden sich diesmal in einem anderen Tempel der Lust, in einem weiteren Labyrinth enger Flure, kleiner Zimmer und Hintereingänge.

»Was für ein schlauer Bastard«, sagte Moichi. »Hier werden wir ihn nie finden.«

Ein Katechist kam auf sie beide zu und sagte, daß sie die Kunden stören würden. Als sie ihn über ihre Absichten unterrichteten, forderte er sie höflich, aber bestimmt auf, das Gebäude zu verlassen. Es blieb ihnen keine andere Wahl, als sich zu fügen.

Auf der Straße zog Sardonyx ihn in einen dunklen Hauseingang.

»Dreh dich zur Tür«, sagte sie, und als er sie anblickte, legte sie ihm eine Hand auf die Schulter. »Vertraust du mir?«

Er folgte ihrer Anweisung. Später hätte er geschworen, daß er die Augen offen gehalten hatte, aber vor ihm strich ein so tiefschwarzer Schatten vorbei, daß es ihm schien, als ob er eingeschlafen wäre. Kurze Zeit hatte er das Gefühl, als ob er fallen würde, wie in einem Traum, was aber nicht stimmte. Dann spürte er, wie ihre Hand ihn herumdrehte.

Moichi blickte einem männlichen Mitglied der Fianarantsoa ins Gesicht und wollte gerade protestierend das Wort erheben, als er in die klaren blauen Augen des Katechisten blickte und Sardonyx erkannte. Langsam begann er ihre Verwandlungskünste zu schätzen. Er betastete spontan mit seinen Händen sein eigenes Gesicht, zupfte an dem Vollbart, der jetzt einen Teil seines Gesichts bedeckte, und berührte den Lederhut ohne Krempe auf seinem Kopf. Dann blickte er auf sein gestreiftes Gewand hinab.

»Wir werden es noch einmal versuchen«, sagte Sardonyx, und sie betraten als zwei Glaubensältere der Fianarantsoa erneut das Freudenhaus.

Diesmal verbeugte sich der Katechist respektvoll und würdigte sie keines weiteren Blicks. Sie konnten sich frei in dem Gebäude bewegen.

»Wo sollen wir anfangen?« fragte Moichi.

»Ganz hinten«, antwortete Sardonyx und führte ihn eine Sandsteintreppe mit ausgetretenen Stufen hinauf. »Ich habe Dujuk'kans Aufenthaltsort erraten.«

Geschminkte Frauen, deren Fleisch im Fackellicht glänzte, schlüpften wie Fische in einem Schwarm durch die Korridore. Nur hier war es weiblichen Katechisten gestattet, ihr langes Haar offen zu tragen. Es schwang vor ihrem Rückgrat hin und her und entblößte und verhüllte abwechselnd nackte Hüften und Pobacken. Wie Pilotfische hatten sie Halsabschneider, blutrünstige Händler, Veruntreuer auf der Flucht und Betrüger jeden Kalibers in ihrem Gefolge. Es war, als ob man in eine Bucht voller Haie eintauchen würde.

Obwohl Sardonyx angeblich nie zuvor hier gewesen war, geleitete sie Moichi sicher durch das abstoßende Gewirr. Schließlich mündete der Korridor in einen mit Menschen überfüllten, großen Raum. Die Zuschauer säumten eine kreisförmige, erhöhte Bühne aus wohlriechendem poliertem Zedernholz.

Ein halbes Dutzend Frauen mit aufgeknöpften Kleidern und nichts darunter tanzten in der Mitte der Bühne. In ihren kreisenden Bewegungen und den Verrenkungen ihrer Körper erkannte Moichi Elemente des Derwisch-Tanzes. Aber das konnte nicht sein, da Sardonyx ihn darauf hingewiesen hatte, daß es keine weiblichen Fianarantsoa gab.

»Das ist Ambaranata«, sagte Sardonyx. »Wie bei den Derwischen ist auch dies ein Tanz, der einen ekstatischen Zustand herbeiführt. Hier geht es um ein Vorspiel sexueller Ekstase, das alleinige Privileg der katechistischen Frauen. Die Männer – und manchmal auch Frauen –, die sich hier einfinden, suchen sich ihre Lieblingsfrau aus und bieten um sie. Wer am meisten Geld setzt, gewinnt. Der Katechist, den wir eben kennengelernt haben, sammelt die Einnahmen, die dann in die Kassen aller fließen.«

Fasziniert beobachtete Moichi die umherwirbelnden Frauen, die völlig von Sinnen zu sein schienen. Es war, als ob sie in einen Urzustand zurückfielen, wo Individualität und Geschlechtszugehörigkeit gegen unwiderstehliche erotische Energien eingetauscht worden waren. Wie loderndes Feuer lüftete die Ambaranata ihre gestreiften Kleider wie Flügel, animierte eingeölte Körper und enthüllte in erstaunlich kurzen Abständen Schultern, Brüste, Lenden, Hüften, Oberschenkel und Pobacken, unter denen wohlgeformte Muskeln wie galoppierende Tiere hüpften. Diese tanzenden Geschöpfe waren wie in Tance in ihr Gebet versunken, dem jede kreisende Bewegung ihrer Körper galt, und der Geruch, den sie ausströmten, duftete so stark nach Moschus, daß es Männer wie Frauen mit speziellen sexuellen Vorlieben in den Wahnsinn treiben konnte.

»Faszinierend, nicht wahr?« Sardonyx zog Moichi in die Menschenmenge und flüsterte ihm etwas ins Ohr. »Dujuk'kan steht auf der anderen Seite der Bühne. Du gehst links herum, ich rechts.«

»Was ist mit meiner äußeren Erscheinung?« fragte er. »Ich bin ein alter Mann und werde nicht in der Lage sein, Dujuk'kan einzuschüchtern.«

»Aber du bist ein Mitglied der Fianarantsoa«, antwortete Sardonyx. »In Mas'jahan ist dein Wort Gesetz, und selbst Dujuk'kan muß dir gehorchen. Ansonsten geht er das Risiko ein, für immer ausgewiesen zu werden.« Ihre Zunge berührte den Rand seines Ohrs. »Aber ich werde dir noch eine andere Möglichkeit verraten. Wenn du Dujuk'kan unbedingt wissen lassen willst, wer du bist, mußt du nur daran denken, und dann verwandelst du dich wieder in Moichi Annai-Nin. Aber du mußt sehr vorsichtig sein. Danach kannst du dich nicht mehr zurückverwandeln und hast einen großen Vorteil verspielt.«

Moichi nickte und machte sich auf den Weg. Er ging durch eine Menschenmasse lüsterner Räuber und Verbrecher. Dies war sogar im Vergleich mit den üblen Nachtschwärmern im rattenverseuchten Hafenviertel von Sha'angh'sei so ziemlich die bösartigste Menschenhorde, der Moichi je begegnet war.

Um den unaufhörlichen Sirenenruf der Ambaranata ignorieren zu können, mußte er seine Aufmerksamkeit fest auf die Menge konzentrieren.

Das Feilschen hatte seinen fiebrigen Höhepunkt erreicht, und die Räuber und Freibeuter schubsten sich gegenseitig, während sie ihre Angebote herausbrüllten und ihre Mitbieter bedrohten. Da sah Moichi Dujuk'kan. Er hatte sich in eine Ecke gekauert und war von einer Horde wild gestikulierender und buhender Söldner umgeben, die ihn wirkungsvoll abschirmten.

Dujuk'kans Blick glitt über das Gesicht des auf ihn zukommenden Fianarantsoa und wandte sich dann wieder ab. Er hielt nach Moichi und Sardonyx Ausschau, konnte sie aber nicht sehen.

Im Verlauf der nächsten Augenblicke fühlte Moichi, daß er sich mehr und mehr entspannte. Um so besser. Er bahnte sich den Weg durch den Haufen von Söldnern und war erstaunt, wie einfach das war. Obwohl diese Männer leidenschaftlich um die Frauen feilschten, bezeugten sie einem Mitglied der Fianarantsoa dennoch Respekt und machten ihm den Weg frei. Moichi begann nun zu erkennen, was für einen immensen Vorteil er verlieren würde, wenn er jetzt wieder seine eigene körperliche Erscheinung annehmen würde.

Er hielt nach Sardonyx Ausschau, konnte sie in der aufgewühlten Menge aber nirgends erkennen. Als er nahe genug bei dem Adaner war, um sicher zu sein, daß dieser ihn verstände, sagte er: »Dujuk'kan, du wirst mich begleiten!«

Dujuk'kans Kopf wirbelte zu Moichi herum. »Warum, ehrwürdiger Vater? Was habe ich verbrochen?«

»Nichts«, sagte Moichi, der ihn nicht beunruhigen wollte. »Ich möchte mit dir lediglich über eine heikle geschäftliche Angelegenheit sprechen.«

»Ach so.« Dujuk'kan grinste gierig. »Wenn es ums Geschäft geht, bin ich den Fianarantsoa immer zu Diensten. Aber können wir nicht warten, bis die Ambaranata vorbei ist? Ich habe jede Menge Geld gesetzt.«

»Tut mir leid, aber die Frauen werden wohl warten müssen«, sagte Moichi, der den Adaner aus dieser allzu öffentlichen Veranstaltung bringen mußte.

Dujuk'kan zog die Augenbrauen hoch. »Ich bin schockiert,

ehrwürdiger Vater. Für einen Katechisten äußerst du da einen sehr ungewöhnlichen Wunsch.« Er zuckte die Achseln. »Aber bei mir kommt das Geschäft immer vor dem Vergnügen.«

Die Ambaranata stand kurz vor dem Höhepunkt. Moichi geleitete ihn durch eine Menschenmenge, die bis zum Siedepunkt aufgeheizt war. Von Sardonyx war immer noch nichts zu sehen. Wo war sie? Sie gingen durch einen einsamen Korridor.

»Darf ich fragen, wohin du mich bringst, ehrwürdiger Vater?«

*Nein, das darfst du nicht,* dachte Moichi. »Irgendwohin, wo wir uns ungestört unter vier Augen unterhalten können.« Er hatte keine Vorstellung, wohin er sich in diesem Labyrinth bewegte, und hielt daher verzweifelt nach Sardonyx Ausschau. Er wandte sich spontan nach links und ging eine steile Sandsteintreppe hinab. War es diejenige, die sie auf ihrem Weg hierher genommen hatten, oder eine völlig andere? Wie auch immer, er hatte einen Fehler begangen.

»Unter vier Augen? Nur du und ich?« fragte Dujuk'kan. »Aber das ist ungesetzlich. Schlimmer noch, das steht in krassem Widerspruch zum Gesetz. Warte einen Augenblick.« Plötzlich legte er Moichi eine seiner fetten Hände auf die Schulter und wirbelte ihn herum. »Im Namen der Finsternis, wer bist du?«

Die Entscheidung für die Treppe war ein Fehler gewesen, weil sie sich nun in einem schmalen, engen Gang befanden, wo man schlecht ausweichen konnte. Der riesige Adaner thronte über ihm, und sein Gesicht war wutverzerrt.

»Ich wette, daß du nicht zur Fianarantsoa gehörst!« Er zog einen krummen Dolch mit kurzer Klinge, die ideale Waffe für den Nahkampf.

Moichi erinnerte sich an Sardonyx' Warnung, aber ihm war zugleich klar, daß ihm keine Wahl blieb. Er durfte nicht länger die äußere Erscheinung des alten Fianarantsoa beibehalten, dachte an sich selbst und wurde wieder Moichi.

Dujuk'kan sprang rückwärts die Stufen hoch. »Was für eine Hexerei ist das?«

Moichi antwortete auf seine Art. Er zog seine Dolche und setzte dem Adaner nach. Aber Dujuk'kan war darauf vorbereitet. Er drehte seinen kleinen Dolch und schleuderte ihn mit dem Griff zuerst treppabwärts.

Moichi blieb keine Zeit, sich zu ducken. Das Heft der Waffe krachte gegen seine Schläfe, und er taumelte rückwärts die Treppe hinab. Eine Waffe glitt ihm aus der Hand, aber er schaffte es, seinen anderen Dolch auch dann noch festzuhalten, als er schmerzhaft gegen die Wand eines Treppenabsatzes prallte.

Moichi hörte nur ein gigantisches Dröhnen, aber als er merkte, daß es sich um das Geräusch von Dujuk'kans Schuhen auf der Treppe handelte, hatte der Adaner ihm den anderen Dolch schon aus der Hand getreten. Dujuk'kan steckte seine eigene Waffe in die Scheide, ergriff einen von Moichis Dolchen und preßte ihn gegen seine Kehle.

»Sie haben mehr Leben als eine Katze. Jetzt werde ich erledigen, was ich schon in Jailors Gefängnis vorhatte.«

Moichi war immer noch halb benommen, in seinem Kopf pochte der Schmerz, aber er schaffte es trotzdem, Dujuk'kan die Handkante auf das Auge zu rammen. Der Adaner schrie auf, taumelte zurück, und Moichi war über ihm. Aber er war nicht im Vollbesitz seiner Kräfte. Dujuk'kan knallte ihm einen Ellbogen gegen den Solarplexus. Der Hieb verschlug Moichi den Atem. Er fiel, und der vor Wut brüllende Dujuk'kan rammte ihm seinen Ellbogen in den Magen. Moichi sah seinen zu Boden gefallenen Dolch nicht weiter als drei Handbreit entfernt und streckte verzweifelt seine Hand danach aus.

Der Schmerz ließ ihn aufschreien, als Dujuk'kan ihm brutal auf die Hand trat.

»Diesmal gibt es keine Gnadenfrist.« Der Adaner trat ihm derb in die Rippen und drehte ihn dann auf den Rücken. »Ich werde dich von der Kehle bis zum Unterleib aufschlitzen und zusehen, wie dir die Eingeweide aus dem Bauch quellen.«

Die Klinge blitzte, während sie auf Moichi zuschoß, aber dann hielt sie zitternd mitten im Stoß inne.

»Nein! Nein!« schrie Dujuk'kan. Er war leichenblaß und hatte die Augen weit aufgerissen. »Du bist tot! Du kannst nicht hier sein. Das ist unmöglich!«

Moichi wandte sich jäh um und sah, wie sich Jailors ekelerregender Körper die Treppe hinaufwälzte. Seine Kiefer öffneten und schlossen sich in gieriger Erwartung. Das Ganze war natürlich nicht möglich: Jailor war tot, Moichi hatte ihn selbst umgebracht. Zudem hatte Jailor gestanden, außerhalb der von ihm selbst gegrabenen Tunnel nicht überleben zu können. Nicht, daß das jetzt noch in irgendeiner Weise eine Rolle gespielt hätte. Es war eine verrückte, völlig irreale Situation, aber Moichi nutzte die Gunst des Augenblicks.

Er zog den Stoßdolch mit der doppelten Klinge, den die Mitglieder der Fianarantsoa ihm in der Mu'ad-Wüste geschenkt hatten. Seine Knöchel hatten sich durch seinen festen Griff weiß verfärbt. Er warf sich auf Dujuk'kan.

Die Doppelklinge durchbohrte das Fleisch des Adaners direkt unterhalb des Brustbeins und grub sich bis zum Heft ein, bis sie sein Herz zerfetzte. Moichi hatte die ganze Kraft seines Körpers in den Stoß gelegt und die enorme Wucht seiner Bewegung hätte Dujuk'kan fast von den Beinen gerissen. Dieser blinzelte, als ob er nicht glauben könnte, was ihm zustieß, blickte direkt in Moichis Augen, konnte aber nichts erkennen: weder Bedauern noch Haß, und bestimmt keine Angst. Dann brach sein Blick, und über seine Augen legte sich der Schleier des Todes.

Moichi zog ihm stöhnend den Stoßdolch aus dem Leib, und Dujuk'kans Leichnam fiel auf den Treppenabsatz. Dann wandte er sich um und blickte auf den sich nähernden Jailor.

Er lächelte das furchterregende Gesicht an. »Hat deine Mutter dir nie gesagt, daß du nicht solche Grimassen ziehen sollst? Du könntest für immer so aussehen.«

Jailors Erscheinung schimmerte, und seine Silhouette flackerte und zog sich wieder zusammen. Sie verwandelte sich so lange, bis Sardonyx mit gespreizten Beinen und in die Hüften gestemmten Händen und vor ihm stand. »Ich habe dir gerade das Leben gerettet, du undankbarer Schuft.«

»Und du hast deinen Job verdammt gut erledigt.« Moichi küßte sie auf die Lippen. Er steckte seine Dolche in die Scheide, aber als er sich hinabbeugte, wurde das Pochen in seiner Schläfe fast unerträglich. Er taumelte, und Sardonyx umklammerte seine Taille.

»Wie bleich du bist«, sagte sie. »Du machst mir angst.«

Sie standen sehr nah beisammen, und während sie ihm die Hand auf die Wunde legte, ließen seine Schmerzen zunehmend nach.

»Das Schlimmste ist vorüber«, sagte sie. »Aber es dauert noch, bis die Wunde völlig verheilt ist.«

Langsam wurde sein Kopf wieder klar. »Danke.« Er ergriff ihre Hand, während sie die Stufen hinabgingen.

Auf dem Rückweg zu Hamaan und dem erhängten Yesquz hielt Moichi an dem Marktstand des Zimthändlers an, und obwohl dieser heftig protestierte, bohrte Moichi seine Hand an der gleichen Stelle wie Dujuk'kan in die Kiste mit dem Gewürz. Bald hatte er seinen gesamten Unterarm in der Zimtkiste vergraben, bis er etwas ertastete und den Gegenstand behutsam hervorzog.

»Was ist das?« fragte Sardonyx, während Moichi den Zimt von dem Gegenstand blies.

»Ein Ring.« Moichis Magen zog sich zusammen. Er drehte den Ring hin und her, einfach nur, um sich sicher zu sein. Aber er hätte sich keine Gedanken machen müssen, weil er den sternförmigen Saphir bereits in dem Augenblick wiedererkannt hatte, als er ihn aus der Kiste gezogen hatte. Er starrte auf das tiefe Blau und die blassen goldenen Tiefen des Steins. »Der Ring hat meiner Schwester Sanda gehört. Mein Vater hat ihn ihr geschenkt, als sie dreizehn Jahre alt wurde.«

Sardonyx blickte auf das Schmuckstück. »Was ist an den Seiten eingraviert?«

Moichi sah genau hin. »Ein Bär, warum?« Er dachte an die rätselhaften Zeilen, die Sanda in seinem Traum rezitiert hatte.

»Der Bär im Fels?« fragte Sardonyx, die zweifellos an dasselbe wie Moichi dachte.

»Was hatte Dujuk'kan damit vor?«

»Du meinst, was hatte Yesquz damit vor«, sagte Sardonyx. »Ich glaube, daß Dujuk'kan ihm den Ring gestohlen hat, bevor er ihn umgebracht hat.«

»Warum?«

»Vielleicht ist das der Schlüssel oder die Spur, nach der wir gesucht haben«, sagte Sardonyx. »Hat das Makkon sie deshalb getötet? Oder die Leute von Al Rafaar, wovon Hamaan überzeugt ist? Hat sie Yesquz den Ring gegeben, oder hat er ihn ihr gestohlen? Ich glaube, daß das der Schlüssel zu der ganzen Geschichte sein könnte. Erinnere dich an das, was deine Schwester in deinem Traum gesagt hat. ›*Wenn der Geist über Morast und Abgrund eilt.*‹« Sie blickte ihn an. »Ich glaube, ich weiß, was Sanda damit gemeint hat, Moichi. Sie hat *khashm* gemeint.«

## Elftes Kapitel

# EVA

Wie Kaijikan es prophezeit hatte, sah Chiisai einem langsamen und qualvollen Tod entgegen. Ohne den Schutz der Zauberin sickerte die unsichtbare Energie der Vorfahren in ihre Knochen ein und drohte sie von innen zu verzehren. Obwohl sie wahrscheinlich zuvor an den Verletzungen sterben würde, die Kaijikan ihr zugefügt hatte.

Chiisai öffnete die Augen. Die Fackel aus Schilfrohr war erloschen, aber die Adern der weißlichen Substanz im Boden der Höhle sorgten für eine unregelmäßige Beleuchtung. Ihr wurde bewußt, daß sie viel Blut verloren hatte, und sie konnte kaum atmen. Ihre Lungen schienen zu bersten, und in ihren Mundwinkeln sah man rosafarbenen Schaum.

Der Tod kauerte stinkend neben ihr, und die Knochen waren von einem ekelhaften gelblichen Weiß und durch das Alter porös geworden. Der Tod war direkt neben ihr, ihr einziger Gefährte. Chiisai war eine Kriegerin, und der Tod ängstigte sie nicht. Aber sie hatte sich nie vorgestellt, daß sie verloren und allein sterben würde, während das Leben qualvoll Sekunde für Sekunde aus ihrem Körper wich. Eine Niederlage auf dem Schlachtfeld und einen ehrenhaften Tod hätte sie hinnehmen können, aber das nicht.

Sie spürte, wie Angst von ihr Besitz ergriff, während der Tod seinen rasselnden Arm um ihre bebenden Schultern legte. Nein! dachte sie. Ich darf es nicht zulassen! Ich werde es nicht zulassen! Aber sie wußte, daß es für sie keinen Ausweg gab. Sie hatte weder die Kraft noch die Ausdauer, um aus der Höhle herauszukriechen. Selbst wenn sie dies durch irgendein Wunder schaffen würde, was dann? Sie wußte nicht, wie lange sie bewußtlos gewesen war, und falls sie es überhaupt bis zum Eingang der Höhle schaffen würde, hätte die tödliche, unsichtbare Energie sie soweit vergiftet, daß sie ohnehin sterben würde.

Oh, es war kalt! Sie spürte den kalten Atem des Todes auf ihrer Wange und erschauderte. Dann mußte sie husten und Blut spucken. Das verängstigte sie noch mehr, und sie beschloß, sich zu bewegen. Aber wohin? Jede Bewegung schien besser als einfach nur dazusitzen und auf den eisigen Kuß des Todes zu warten.

Sie wandte den Blick krampfhaft von ihrem Gefährten ab, und in diesem Augenblick sah sie ihr *dai-katana* horizontal in dem Riß stecken.

Die Brücke.

In ihren Gedanken begann sich eine Idee zu entwickeln. Wie von Sinnen glaubte sie einen Moment lang, daß sie von einer unsichtbaren Energie bereits von innen her vernichtet wurde. Dann warf sie den Kopf zurück und lachte. *Warum versuchst du es nicht?* fragte sie sich selbst. *Was hast du schon zu verlieren – dein Leben?* Sie lachte erneut spöttisch auf, und das rauhe Geräusch hallte durch die Höhle wie das letzte Röcheln der Verdammten.

Chiisai preßte ihren Rücken hart gegen die Höhlenwand und versuchte aufzustehen. Sie schrie mehrfach auf, machte sich aber nicht die Mühe, ihre Schreie zu zählen. Mehr als einmal schnappte sie nach Luft, und die Höhle wirbelte wie verrückt vor ihren Augen herum. Sie konzentrierte sich auf ihren Atem, spuckte mehrfach Blut und bewegte sich auf wackligen Beinen so lange an der Wand entlang, bis sie die Hand ausstrecken und das Heft ihres *dai-katana* ergreifen konnte. Sie kletterte auf die flache Seite der Klinge.

Was sie jetzt vorhatte, verängstigte sie in einem solchen Maße, daß sie jeden Gedanken daran verdrängen mußte. Sie bewegte sich wie ein Tier und wurde einzig von ihren animalischen Instinkten am Leben gehalten.

Sie kroch über die Klinge des Schwerts und konnte jetzt nur noch die Finsternis des Risses wahrnehmen, eine nackte Wand und ein Gesicht aus Stein, das ihrem Fortkommen mit Sicherheit Einhalt gebieten würde. Und dennoch kroch sie wie eine Schnecke auf der Klinge eines Rasiermessers weiter und ignorierte den Wahnsinn ihrer Handlung.

Aber das Gesicht im Stein machte keinerlei Anstalten, sie aufzuhalten. Statt dessen öffnete sich der Riß wie ein Erker oder die Iris eines Auges. Und das entsprach ihrer verrückten Vermutung: Wenn sie nicht sterben wollte, mußte sie sich irgendwo aufhalten, wo die gewöhnlichen menschlichen Gesetze von Leben und Tod keine Rolle spielten.

Sie fühlte sich wie zu dem Zeitpunkt, als Phaidan aufgetaucht war, und es war, als ob sie keinen Sauerstoff mehr brauchen würde, als ob das Gesetz der Schwerkraft nicht mehr existierte und Farben, Geräusche, Gerüche und Empfindungen sämtlich durch einen Abfluß gespült worden waren.

Und tatsächlich war es auch so, weil sie auf dem Weg zu jenem fürchterlichen Grenzort war, wo die Welt der Geister auf die des Leibes traf. Sie benutzte als erster Mensch die Brücke, um sich aus dem Reich der Menschheit in die Dimension der Finsternis zu begeben.

Bevor sie aus Mas'jahan aufgebrochen waren, hatte ihnen Vato-mandry erzählt, daß der Abend im *khashm* die schlimmste Zeit wäre, und er hatte nicht gelogen. Vor ihnen breiteten sich die brackigen Wasserläufe des Moors aus. Es handelte sich hierbei um ein riesiges Netzwerk miteinander verbundener Sumpfgebiete, unerwartet tiefer Sickerbecken und heimtückischer Tümpel. Auf ihnen spiegelten sich die ersterbenden Farben des Tageslichts wider, und man schien keine Trennlinie zwischen Wasser und Himmel ausmachen zu können – schon gleich gar keine trockenen und passierbaren Landmassen, die völlig verschwommen wirkten. Aber da die Shinju hier zu Hause sein mußten, gab es bestimmt enge Landzungen und kleine Inseln. Sie waren jedoch unregelmäßig verteilt, und oft gab es zwischen den Landzungen Gebiete tiefer Strudel und gut getarnter Wiesen. Was fester Grund zu sein schien, stellte sich in Wirklichkeit als Abgrund heraus, der einen Menschen innerhalb weniger Sekunden verschlingen konnte.

Es war nicht verwunderlich, daß die Einwohner von Syrinx ihre Bemühungen aufgegeben hatten, das Sumpfgebiet des *khashm* zu erobern. Wie die Mehrzahl der erfolgreichen kriegerischen Völker dachten sie praktisch. Vielleicht war es ihr höchstes Gut, den weißen Lotus zu ernten, aber sie sahen in dem großen Verlust von Menschenleben und der Schwächung ihrer ethnologischen Energien ein Anzeichen für den Untergang ihres Volkes, und so hatten sie das *khashm* verlassen.

Wären sie eine weniger kriegerische Rasse gewesen, hätten sie sich vielleicht für ein Friedensabkommen mit den Shinju entschieden, das äußerst vorteilhaft für sie gewesen wäre; dann hätten die Shinju die Wurzeln des Lotus für sie geerntet. Aber Abkommen entsprachen nicht der Natur der Einwohner von Syrinx. *Conchius Altere Urbeun.* Eroberung über alles. Das war ihr Wahlspruch, der mit Farbe oder Lack aufgemalt, durch Säure oder von Hand eingraviert, die steinernen Monumente ihrer Städte schmückte.

Aber sie waren nicht in der Lage gewesen, das *khashm* zu erobern.

Moichi, Sardonyx und Hamaan kauerten unter einem Marbatt-Baum, der ihnen nur einen provisorischen Schutz bot. Der kleine, verkrüppelte Baumstamm war durch die Winde geformt worden, die permanent über die Sümpfe hinwegfegten. Soweit das Auge blickte, ragten einzig Bäume verschwommen empor. Ansonsten war die Landschaft so flach wie ein stiller Ozean.

Sie hatten ihre *co'chyn* angebunden und am östlichen Rand der »Grenze« zurückgelassen, wie die Tsihombe es genannt hatte. Nach einer Woche in der vor Hitze flimmernden Mu'ad-Wüste waren die drei dann in einer ausgestorbenen und verfallenen Stadt mit seltsamen Kletterpflanzen in den versandeten Straßen gelandet. Nicht einmal Geister schienen diesen verödeten Ort zu bewohnen. Sie hatten sich völlig verlassen gefühlt, als ob Gott selbst seinen Blick schon vor langer Zeit von dieser Stadt abgewendet hätte.

Sie hatten sich unwohl gefühlt, ohne genau den Grund zu kennen, hatten ihren Tieren die Sporen gegeben und waren direkt hinter den Ruinen auf einen Flußlauf gestoßen. Nach einigen Stunden hatten sie eine Stelle gefunden, wo man durch den Fluß waten konnte, und nachdem sie sich erfrischt, ihre Feldflaschen gefüllt und sich gewaschen hatten, brachen sie zum anderen Ufer auf.

Auf dem mineralienarmen, sandigen Boden wuchsen nur verkrüppelte Bäume, die an bucklige Menschen erinnerten. Doch als sie ihren Weg fortsetzten, wurde die Vegetation üppiger, und bald war die trostlose Mu'ad-Wüste nur noch Erinnerung gewesen.

Das Sumpfgebiet des *khashm* tauchte fast ohne Vorankündigung auf, und Moichi erinnerte sich erneut an die Worte der Tsihombe, weil man hier tatsächlich das unleugbare Gefühl hatte, sich an einer Grenze zu befinden. Es war, als ob die Hand Gottes niedergefahren wäre und grüne Ebenen und sanft gewellte Hügel in einen flachen und wäßrigen Sumpf verwandelt hätte. Die Lichtflecken tanzten auf den stillen, ruhigen Gewässern, und die unheimlichen Geräusche unsichtbarer Sumpfvögel hallten unter einem weiten, purpurfarbenen Himmel wider.

Die Nächte waren sehr kalt, und weil die drei Wanderer aus der Mu'ad-Wüste kamen, waren sie an diese Temperaturen zwar nicht direkt gewöhnt, aber auch nicht unvorbereitet. Vato-mandry hatte warme Kleidung und Rucksäcke für sie bereitgestellt, die mit genügend Essen, Wasser und verschiedenen Gegenständen gefüllt waren, die sie eventuell gebrauchen konnten.

Hamaan hatte zunächst gezögert, weil er ohne den Zug seiner Fe'edjinn-Krieger nicht nach Syrinx aufbrechen wollte. Aber Vato-mandry hatte ihn bald eines Besseren belehrt, indem er darauf hingewiesen hatte, daß das *khashm* nicht der richtige Ort für eine größere Gruppe wäre – dies sei auch eine der Tatsachen, die die Bewohner von Syrinx nicht begriffen hätten. Außerdem waren die Fe'edjinn Kämpfer, die speziell für die Wüste ausgebildet waren, und ein Sumpfgebiet war für sie nicht das passende Einsatzgebiet.

Gegen abend funkelten im *khashm* die nach und nach aufscheinenden Sterne. Der Himmel und das Wasser hatten die Farbe getrockneten Blutes, das sich in den Dunkelzonen in ein tiefes Purpur verwandelte. Die *craans* waren Sumpfvögel mit langen Hälsen, die über das Wasser glitten und mit ihren langen Schnäbeln Knochenfische mit flackernden Schlitzaugen aufspießten. Wie fast alles im *khashm* wirkten auch die *craans* mit ihrem aprikosenfarbenen Gefieder und der eleganten Spannweite ihrer Flügel harmlos, aber tatsächlich waren sie nicht nur Raubvögel, sondern Allesfresser, die im Kampf mit ihrer Beute keinerlei Furcht kannten. Das schloß auch Menschen ein, deren Fleisch wohlschmeckender war als das der schlammfarbenen Fische.

Moichi fing mehrere dieser aalähnlichen Tiere und briet sie über dem Feuer, aber ihr Fleisch war so fettig und voller Gräten, daß sie praktisch ungenießbar waren. Schließlich entdeckte Sardonyx, daß das Fischöl auf sehr wirksame Art und Weise die kleinen, aber unvermeidlichen Wunden heilte, die ihnen täglich durch den dichten Stechginster beigebracht wurden, der hier überall in beängstigender Überfülle wuchs.

Man konnte sich keine Vorstellung davon machen, was für Insekten es hier gab. Sardonyx hatte in der ersten Nacht einen glänzenden, handgroßen Käfer mit rundem Rücken entdeckt, der glücklich war, das Zelt mit ihr teilen zu dürfen. Sie war weniger glücklich gewesen und hatte es gerade noch vermeiden können, von dem Tier gestochen zu werden. An der Stelle, wo die Kneifer des Insekts auf einen kleinen Stein gestoßen waren, sah man, wie sich ein gelbgrünlicher Schaum mit einem ätzenden Geruch entwickelte, der die Tiere fast ersticken ließ. Sardonyx entfernte den Schaum mit ihrem Dolch und bemerkte erst hinterher die kleine Anzahl von Löchern, die das Gift in dem gehärteten Stahl hinterlassen hatte. Es war nicht überraschend, daß sie von nun an vorsichtiger mit diesen Insekten umging. Einmal, als sie in diesem Meer von Sümpfen auf einer feuchten Landzunge kampierten, entdeckte sie ein totes Tier und verbrachte einen guten Teil des Abends damit, es zu sezieren und seine eigentümlichen Körperflüssigkeiten zu extrahieren.

Der fröstelnde Hamaan hielt seine Hände über das Feuer. Er blickte nicht auf, als Sardonyx aufstand, um ihre Notdurft zu verrichten. Es war die Zeit nach dem Abendessen, und das *khashm* erschien ihnen in der sternenerleuchteten Nacht noch riesiger. Die Insekten schwirrten umher und zirpten. Gelegentlich hörte man das Flügelschlagen eines Raubvogels, der nachts unterwegs war. Aber das waren die einzigen wahrnehmbaren Geräusche.

»Warum hast du Sardonyx mitgenommen?« fragte Hamaan.

»Hast du irgendwas gegen sie einzuwenden?«

Hamaan schüttelte den Kopf. »Nicht gegen sie persönlich. Ich kenne sie ja kaum. Aber Frauen – und speziell deine Frauen, Moichi – scheinen einem stets in die Quere zu kommen.«

»Wahrscheinlich liegt das daran, daß meine Frauen immer ihren eigenen Kopf haben.«

Zu seiner Überraschung lächelte Hamaan. Moichi konnte sich nicht daran erinnern, wann er zum letztenmal ein Lächeln im Gesicht seines Bruders gesehen hatte.

»Ja. Ich glaube, du hast recht.« Hamaan rieb sich die Hände. »Du hast gute Arbeit geleistet, als du Yesquz' Mörder zur Strecke gebracht hast.«

»Wenn es so gewesen wäre, hätte ich ihn dir lebend übergeben.«

Hamaan zuckte die Achseln. »Nach allem, was du mir über diesen üblen Zeitgenossen erzählt hast, bezweifle ich sehr, daß er das zugelassen hätte.«

Moichi wollte die ungewöhnlich versöhnliche Stimmung seines Bruders ausnutzen. »Hast du von einem Mann namens Bjork gehört?«

»Bjork? Das ist weder bei den Iskamen noch bei den Adaner ein geläufiger Name. Ist er Katechist?«

»Nein. Nach allem, was Sardonyx mir erzählt hat, ist der Name auch in ihrer Sprache unbekannt.«

»Mir sagt dieser Name nichts.« Hamaan schwieg für einen Augenblick und starrte ins Feuer, bevor er schließlich wieder das Wort ergriff. »Moichi, ich weiß, daß wir schon früher Meinungsverschiedenheiten hatten, aber jetzt, vor dem Anbruch unseres heiligen Krieges gegen Adan, möchte ich nicht, daß es noch mehr werden. Im Gegenteil, wenn ich in den Krieg ziehe, wünsche ich mir, daß wir uns versöhnen.«

»Das wünsche ich mir auch«, sagte Moichi. »Jud'ae ist schon lange tot, Hamaan. Und unsere Rivalität um seine Zuneigung sollte auch der Vergangenheit angehören.«

Sie ergriffen über dem Feuer den Unterarm des anderen.

»Wir könnten dich bei den Fe'edjinn gebrauchen«, sagte Hamaan, und seine Augen sprühten Funken. »Was für ein Team wir wären, mein Bruder! Was für eine Schneise aus Angst wir durch die Truppen der Adaner schlagen könnten.«

Sardonyx kam zurück, und Moichi war ihr dafür dankbar. In diesem Augenblick der Versöhnung mit Hamaan hatte er keine Lust, seine Argumente gegen den Krieg erneut zu formulieren.

Sie waren von ihrem Marsch erschöpft und schliefen fest. Aber Moichi, anstatt von Sanda zu träumen, wurde im Schlaf von Eulen und Bestien mit deformierten Köpfen und Drachenkörpern heimgesucht, die sich auf unglaublich schlanken Beinen mit erstaunlicher Geschwindigkeit durch die Sümpfe bewegten. Er warf sich die ganze Nacht über unruhig von einer Seite auf die andere und versuchte in seinen Träumen, diesem Tempo Einhalt gebieten zu können.

Moichi erwachte vor der Morgendämmerung mit einem schalen Geschmack im Mund. Durch die Wunden und blauen Flecken, die man ihm kürzlich beigebracht hatte, schien sein ganzer Körper nur noch aus Schmerzen zu bestehen. Er unterdrückte ein Stöhnen, stand auf und schlich leise zu der Stelle, wo sie ihre Notdurft verrichteten. Er erleichterte sich und starrte in die endlose Ferne, auf die orangefarbene Scheibe der langsam aufgehenden Sonne. Er hätte nicht sagen können, in welchem Augenblick ihm bewußt wurde, daß er beobachtet wurde, aber irgendein Instinkt veranlaßte ihn, sich behutsam umzudrehen.

Hinter einer Staude aus dornigem Stechginster entdeckte

er ein geradezu unmenschliches Augenpaar, die Augen einer Bestie. Das war sein erster Gedanke. Aber seine Instinkte hielten ihn weiterhin in Schach, und er bewegte sich nicht angriffslustig. Tatsächlich zwang er sich, sich überhaupt nicht zu rühren.

Moichi sah ein Wesen mit dreieckigem Kopf und einem rötlichen Pelz mitten im Gesicht und zwischen den großen, dreieckigen Ohren. Das Maul war weiß, die neugierige Nase schwarz. Die Kreatur schnüffelte und hatte die Witterung eines fremden Wesens aufgenommen. Sie bewegte sich, und Moichi sah, daß sie einen langen Rücken hatte und sich zu seinem Erstaunen wie das merkwürdige Biest in seinem Traum auf unglaublich dürren Beinen vorwärts bewegte. Obwohl auch sein Körper mit demselben rötlichen Fell bedeckt war, erinnerte es eher an ein Reh oder ein *luma.*

»Du bist kein Shinju«, sagte das Monster. »Kannst du mir verraten, warum ich dich nicht auf der Stelle umbringen sollte?«

Moichi war so erstaunt, daß es ihm für einen Augenblick die Sprache verschlug.

»Ich bin nicht so dumm, wie ich aussehe, oder?«

Lächelte ihn die Bestie an? Moichi stellte die einzige Frage, die ihn vielleicht retten konnte. »Hast du einen Namen? Ich heiße Moichi Annai-Nin und bin ein Einwohner von Iskael, einem Land weit im Südosten.«

»Dann kehre nach Iskael zurück, Moichi Annai-Nin«, erwiderte die Bestie. »Deine Angehörigen werden dich bestimmt suchen. Hier hast du keine Rechte und nichts zu suchen.«

»Doch«, sagte Moichi und zog durch eine plötzliche Eingebung Sandas Ring hervor.

Die Bestie, die durch Moichis Bewegung aufgefahren war, reckte jetzt ihren Hals über das Dickicht von Stechginster. »Myttali, kann das sein? Du hast den Ring.«

»Du kennst ihn?« fragte Moichi. Er streckte die Hand aus, als ob er ein Angebot unterbreiten würde.

»Selbstverständlich«, antwortete die Bestie. »Das ist ein Ring der Shinju.«

Moichi war sprachlos. Wie war sein Vater zu diesem Schmuckstück der Shinju gekommen? Durch eine seiner Handelsbeziehungen? Offensichtlich.

»Darf ich vortreten?«

Erst jetzt bemerkte er, daß das Verhalten der Bestie sich geändert hatte.

»Nur zu«, sagte Moichi. »Wie kann ich dich nennen?«

Die Bestie bewegte sich mit ihren schlanken Beinen vorsichtig durch den gefährlichen Stechginster, und Moichi sah, wie lang ihre Glieder waren. Dieses Geschöpf war fabelhaft dafür geschaffen, sich in Moor- und Sumpfgebieten zu bewegen.

»Man kennt mich als Ouwlmy. Ich bin ein weibliches Exemplar der Shakra.«

Während sich dieses weibliche Geschöpf seinen Weg durch den Stechginster bahnte, sah Moichi, wie wunderschön es war: schlank und trotzdem anmutig, geschmeidig und kräftig. Dann stand es neben ihm und spähte auf den Ring. Moichi nahm einen Geruch wahr, der so süß wie der frisch gemähten Heus und so herb wie der von Zitrusfrüchten war.

Die Augen, die rund wie der Mond waren und an seine Farbe im Spätsommer erinnerten, beobachteten ihn. »Wen suchst du in meinem Reich?«

Moichi öffnete den Mund und war drauf und dran, Dujuk'kan zu verdammen, sagte dann aber: »Bjork.«

»Ah, Bjork, den *saiman* der Shinju ...«

*»Saiman?«*

»Sagt dir der Begriff nichts? Bjork ist der mächtigste Zauberer der Shinju.« Ouwlmy wandte den Blick von Moichi ab und sah auf den Ring. »Er gehört ihm.«

»Dieser Ring gehört Bjork?«

Als die Kreatur diese Worte aussprach, wußte Moichi, daß sie wahr waren. Aber seit dem Moment, als er in der letzten Nacht zu träumen begann, hatte er die Empfindung, als ob er diese Geschichte schon einmal durchlebt hätte.

»Bjork hat den Ring angefertigt. Bist du gekommen, um ihn zurückzubringen?« Ouwlmy richtete ihre riesigen, aufrichtigen Augen auf ihn, aber Moichi ließ sich nicht täuschen. Sein

Instinkt sagte ihm, daß er sofort wissen würde, ob er log oder die Wahrheit sagte.

»Ich möchte mit Bjork über den Ring und andere Angelegenheiten sprechen«, sagte Moichi. »Mein Vater hat diesen Ring vor vielen Jahren meiner Schwester geschenkt.«

»Und jetzt ist sie tot«, antwortete Ouwlmy prompt.

»Wie kannst du das wissen?« Aber in seinem Innersten wußte Moichi Bescheid, und er begann wieder um Sanda zu weinen.

»Weil sie sich ansonsten nie von dem Ring getrennt hätte«, sagte Ouwlmy unendlich traurig.

*Ich bin, was ich bin.*

Dieser Gedanke war alles, was von Chiisai übriggeblieben war. Sie fühlte sich, als ob man ihr Innerstes nach außen gekrempelt hätte, als ob ihre Organe, Venen und Eingeweide außen pulsieren würden, während ihre Haut sich nach innen zurückgezogen hätte.

Sie wollte sich umsehen, aber sie war blind. Taub, stumm und blind.

Sie spürte nichts als das seltsame Pulsieren ihres Körpers, das man aber nicht mit der Atmung gleichsetzen konnte, weil sie im Moment des Übergangs in diese andere Sphäre zu atmen aufgehört hatte. In der Dimension der Mächte der Finsternis gab es weder Sauerstoff noch eine Atmosphäre, wie sie den Menschen vertraut war. Gott allein wußte, wie diese Kreaturen überlebten, aber wie auch immer, es gab sie.

*Ich bin, was ich bin.*

Dieser Gedanke war das einzige, was zwischen ihr und dem totalen Vergessen stand. Sie war sich dieses Risikos seit dem Augenblick bewußt, als sich dieser krankhafte Plan in ihren Gedanken herangebildet hatte, nämlich daß sie von dieser feindlichen Welt, in die sie kriechen wollte, komplett verschlungen und darin sterben würde – nicht nur ihre leibliche Hülle, sondern einfach alles, was sie zu dem einzigartigen Wesen namens Chiisai gemacht hatte.

Jetzt war es fast soweit.

*Ich bin, was ich bin.*

War das ein Gebet oder ein Mantra? Aber spielte das eine Rolle, solange sie dieser Gedanke vor der totalen Auflösung bewahrte?

Verglichen mit der Finsternis, die sie jetzt umgab, glich die den Menschen vertraute Nacht der strahlenden Helligkeit eines Mittags. Angesichts all der Gefühle, die sie jetzt bedrängten, hätte man glauben können, daß sie sich im Geschwindigkeitstaumel des Raums verloren hatte. Das Pulsieren ihres umgekrempelten und entstellten Körpers hielt ohne jeden Grund weiter an, aber sie ertrug es, und das war immerhin eine Hoffnung. Auf der anderen Seite, wo Haus und Herd das Sein bestimmten, hätte sie längst den Geist aufgegeben, und so gab es einen Grund, warum sie dankbar sein konnte. Das Leben ging weiter, wenn auch noch nicht beschlossen war, auf was für eine Art.

Der Kontakt mit der Dimension der Finsternis hatte sie nicht das Leben gekostet, so wie sie auch nicht gestorben war, als Phaidan durch den Riß gekrochen war und sie die Veränderung der Brücke entdeckt hatte. Warum war sie nicht gestorben? Sie hatte keine Ahnung. Vielleicht, weil sie den Tod so sehr in sich trug. Der Tod, das war hier das Leben.

Aber zu was für einem Wesen würde sie hier werden? Zu einer Kreatur aus dem Reich der Finsternis? Ein tiefes Gefühl der Furcht drohte den einzigen kleinen Funken der Hoffnung zu überwältigen, der sich in ihrem Inneren entzündet hatte.

*Ich bin, was ich bin.*

Aber was war, wenn das Wesen, das aus ihr geworden war, sich als nicht lebensfähig erwies?

Sie lauschte dem Pulsieren und Gurgeln ihres neuerdings nach außen gekrempelten Herzens, ihrer Lungen und ihres Magens und glaubte, eine Art Sprache erkennen zu können. Wenn sie recht hatte, sagte ihr diese neu entdeckte Sprache, daß die Gifte aus ihrem Körper wichen. Sie war der Nicht-Atmosphäre im Reich der Finsternis ausgesetzt, die Gifte verschlang, als ob es sich um erlesene Delikatessen handeln würde.

*Ich bin, was ich bin,* aber was hieß das?

Chiisai sehnte sich nach Behaglichkeit, aber es gab keine, und sie verzehrte sich nach einem Funken der Hoffnung, daß das Leben, das sie kannte, für sie noch existieren könnte, aber die Dunkelheit hielt weiter an. Sie empfand eine so quälende Sehnsucht nach Gesellschaft, daß ihr schließlich gar die Hoffnung auf einen Gefährten wie Phaidan oder irgendein ähnlich monströses Wesen annehmbar erschien.

Das war ganz und gar kein weiser Gedanke, und sie bemühte sich, ihn abzuschütteln, als sie etwas hörte. Hörte? Das war eine falsche Bezeichnung, weil sie keine Ohren zum Hören mehr hatte, und welches Geräusch hätte in der Nicht-Atmosphäre im Reich der Finsternis übertragen werden können?

Nein, es verhielt sich anders: Sie wurde sich der Tatsache bewußt, daß sie nicht allein war.

Sie war taub, stumm und blind, sah aber dennoch vor ihrem geistigen Auge das Bild einer Frau in einem durchsichtigen Kleid, das zerfetzt und zerrissen, aber dennoch wunderschön war. Ihr goldenes Haar und ihre blauen Augen blinzelten in das Licht einer Sonne, die es hier nicht geben konnte. Sie war an einen Baum ohne Blätter, Zweige und Rinde gefesselt, wo die eigentliche Schicht zwischen der Rinde und dem Stamm durch den Einfluß der Nicht-Elemente im Reich der Finsternis hart und verschrumpelt war.

Dieses weibliche Wesen, das zugleich wunderschön war und ihr vertraut vorkam, schien auf eine andere Weise als Chiisai blind zu sein. Aus den Augen dieser Frau sickerten dicke Tränen hellen Blutes, und ihr Mund öffnete sich zu einem stummen Schrei. Aber Chiisai nahm diese Schreie wie ein vorsintflutliches Meeresgeschöpf wahr. Sie trafen ihren umgekrempelten Körper wie Wellen den Strand und schmerzten sie auf eine Art und Weise, die man unmöglich beschreiben konnte. Es war ein entsetzliches Gefühl, als ob man seinem eigenen Tod in einem Traum beobachtete, wenn man von einem Felsen abglitt und fiel und fiel …

Aber diese wunderschöne und vertraute Frauengestalt war

nicht Chiisai selbst, sondern Sanda, Moichis Schwester. Chiisai war ihr nie begegnet, aber Moichi hatte ihr während ihrer gemeinsamen Abenteuer häufig von ihr erzählt, so daß sie ihr irgendwie bekannt vorzukommen schien. Es dauerte einen Augenblick, bis Chiisai die Wahrheit begriffen hatte: Auch Sanda befand sich in der Dimension der Finsternis. Und dennoch war diese Erscheinung auf subtile Art und Weise anders.

Chiisai bemühte sich, dieses visionäre Geschöpf aus verschiedenen Perspektiven zu sehen. Plötzlich wurde ihr etwas klar. Im Gegensatz zu ihrem Gesicht konnte man Sandas Körper nicht identifizieren. Chiisai erkannte, daß es unter dem zerfetzten Kleid keinen Körper gab. Aber was geschah hier in der Dimension der Finsternis? War es Sanda, oder ...?

Da begriff sie, und ihr Herz zog sich vor Trauer zusammen. Sanda war tot, zumindest existierte die sterbliche Hülle ihres Körpers nicht mehr. Und doch blieb etwas von ihr, der gefesselte und angekettete Geist einer Verstorbenen, der im Reich der Finsternis eingekerkert war. Welches verrückte Wesen hatte ihr dies angetan? Es konnte einer der Lakaien der Mächte der Finsternis gewesen sein, und das bedeutete, daß es zumindest noch eine weitere Brücke zur Welt der Menschen geben mußte. Was für ein unvorstellbares Entsetzen kam hier auf die Menschheit zu? War Phaidan nur ein Teil des Plans? Es schien so.

Chiisai war plötzlich klar, was sie tun mußte, selbst wenn das bedeutete, einer der *ihren* zu werden. Sie war bewußt in das Reich der Finsternis eingedrungen und war als Mensch nicht, wie man vielleicht annehmen mag, unausweichlich zugrunde gegangen. Sie hatte keine Lust, nach dem Warum zu fragen, weil sie instinktiv wußte, daß keine Antwort befriedigend gewesen wäre. Sie mußte etwas tun, aber in was für ein Wesen mußte sie sich dafür verwandeln? Letztlich spielte es kaum eine Rolle. Jenes Leben, das sie gekannt hatte, war zu Ende. Die Frage nach der Existenz an sich war ein anderes Thema.

Wenn auch zuerst kaum wahrnehmbar, begann Chiisai sich

zu verändern. Ihr nicht mehr zu heilender Körper löste sich langsam von ihr und schaffte sich dort eine eigene Schwerkraft, wo vorher keine existiert hatte, eine eigene Gestalt, eine Welt aus chemischen Prozessen und phantastischen Reaktionen, eine biologische Fluoreszenz jenseits der Welt der Menschen und der Finsternis.

Irgend etwas geschah.

Sie tauchte wie eine neugeborene Sonne aus dem Meer der Nacht am Firmament auf.

Bald ... Bald ...

Jetzt mußte nur noch entschieden werden, was aus ihr werden sollte.

*Ich bin, was ich bin.*

Zwölftes Kapitel

# BJORK

Moichi schmiegte sich wie ein Liebhaber an Ouwlmys pelzbesetzten Rücken und raste so durch die bösartigen Moore des *khashm.*

»Ich will die anderen in die Finger kriegen«, hatte er gesagt, aber das Shakra hatte den länglichen, dreieckigen Kopf geschüttelt.

»Ich kann dich nur zu Bjork führen.«

»Aber diese Leute ...«

»Ich werde nicht mit dir streiten«, hatte die Antwort gelautet.

Der Wind blies Moichi das Haar aus der Stirn. Er fühlte das Muskelspiel in Ouwlmys Widerrist und Kruppe und schloß verträumt die Augen. Es war ein köstliches Gefühl, auf dem Rücken eines so kraftvollen Geschöpfes über feindliches Gebiet getragen zu werden, sich in dieser Bewegung, die keinerlei Anstrengung erforderte, zu verlieren, auf der Schwerkraft wie auf einer Daunendecke zu liegen und die unzähligen Leiden des Körpers zu vergessen, davonzutreiben ...

In diesem Zustand des Dahindämmerns erschien ihm der Bär. Die Augen seines schwarzweiß gestreiften Raubtierkopfs erinnerten gleichzeitig an die einer Meise und eines Kaninchens. Wenn der Bär seine Vorderbeine ausbreitete, schienen sie das gesamte *khashm* zu umschließen. Dann sah Moichi auf einmal züngelnde Flammen, die so hochschlugen, daß sie eine ganze Stadt verschlingen konnten. So kräftig der Bär auch war, er bewegte sich nicht, und selbst, als die Flammen seinen Pelz versengten, schien er jeder Regung unfähig zu sein. Statt dessen öffnete er sein Maul mit den funkelnden Eckzähnen und schrie auf, und Moichi wußte, daß dieses Schreien ihm galt.

»Ouwlmy«, sagte Moichi und öffnete die Augen. »Was für ein Wesen war das?«

»Der Meister des *khashm* und sein Gefangener«, lautete die rätselhafte Antwort.

»Ich verstehe nicht.«

»Es ist wichtig, daß die Vision dich in diesem Schwebezustand eingeholt hat«, sagte Ouwlmy. »Und ich hatte recht, darauf zu bestehen, nur dich allein mitzunehmen. Bei wie vielen Eindringlingen hat Bjork mir schon befohlen, sie zu vernichten, um die Heiligkeit des *khashm* zu bewahren.«

»Die Shakra erfüllen Bjorks Befehle?«

»Die Shakra tun das, was sie für richtig halten«, antwortete Ouwlmy. »Bjork weiß das, und es ist ihm auch klar, daß jede unserer Aktionen mit einer Reaktion verbunden ist. Unsere Handlungen haben ihren Preis.«

»Würdest du auch die Befehle anderer befolgen – wenn der Preis stimmt?« fragte Moichi beunruhigt.

Ouwlmy warf ihren prachtvollen Kopf hin und her. »Du mißverstehst mich, aber verärgere mich nicht. Vielleicht bist du was Besonderes, aber ich habe immer noch die Macht, dich niederzutrampeln, wenn mir danach sein sollte. Die Shakra gehören zum *khashm*, genau wie die Shinju. Diese Feinheiten haben die Einwohner von Syrinx nie richtig einzuschätzen gewußt, und folglich waren sie durch ihre Arroganz dem Untergang geweiht. Im *khashm* gibt es zwischen allen Arten eine Verbindung. Es gibt eine Einheit allen Lebens, die bis in alle Ewigkeit unauflösbar ist. Darin besteht unser Leben und unsere Macht. Diejenigen, die diese unveränderliche Tatsache ignorieren, riskieren ihre eigene Vernichtung.«

Moichi strich Ouwlmy über den langen, kraftvollen Hals. »Würdest du mich wirklich niedertrampeln?«

Ouwlmy öffnete die Lippen und entblößte drei Reihen ungeheuerlicher Zähne, während sie zu lachen begann. »Ich bin sehr nachtragend. Frag Bjork. Aber ich mag dich tatsächlich. Dein Körper ist zwar seltsam, aber du hast das Herz auf dem rechten Fleck. Das spricht für dich, mach dir also keine Sorgen.«

»Gut«, sagte Moichi. »Du gefällst mir auch.«

Die Sonne, die an einem gelbrötlichen Himmel mit dahintreibenden Wolken stand, die so lang wie die Kriegswimpel der Götter waren, war nur noch eine weißliche Scheibe, und der Horizont bot sich in allen Blickrichtungen weiterhin als eine ununterbrochene Linie dar.

Ouwlmys schlanke Hufe verursachten fast keinerlei platschendes Geräusch, während sie durch das träge dahinfließende Wasser ritten. Moichi war wieder in jenen seltsamen träumerischen Schwebezustand verfallen und hatte keine Ahnung, wie weit sie sich von dem Camp entfernt hatten, das er mit Sardonyx und Hamaan errichtet hatte. Er hätte ihnen gerne eine Nachricht zurückgelassen, damit sie seine Rückkehr abwarteten und sich keine Sorgen machten. Dann fragte er sich, ob Sardonyx ihn eventuell sehen konnte, wie es bei der Suche nach Dujuk'kan in dem Vergnügungspalast in Mas'jahan der Fall gewesen war.

»Halt dich gut fest.« Ouwlmys Stimme unterbrach Moichis Grübelei. »Wir müssen jetzt einen großen Strudel überwinden. Das Wasser ist hier sehr tief, und an beiden Seiten gibt es breite Treibsandbänke.«

Der Strudel öffnete sich mit atemberaubender Geschwindigkeit, und sie wurden in tiefes Wasser hinabgezogen, schwarz wie die Nacht. Moichi war jetzt hellwach und bemerkte ein Gewimmel weißer Blüten, die auf einer Oberfläche dahintrieben, die so dunkel und klar war, daß sie den Himmel wie ein Spiegel reflektierte. Ein Paar herabstoßender *craan* hinterließen eine sichtbare Spur auf dem Wasser, dann verschwanden sie in den Weiten des Sumpfgebietes.

»Ist das der weiße Lotus?« fragte Moichi. Er zeigte auf die dahintreibenden Blüten.

»Hier muß noch geerntet werden«, sagte Ouwlmy, aber als Moichi eine Hand ausstreckte, um eine Blüte zu pflücken, schrie sie: »Hände weg! Das ist verboten! Du bist nicht zur Ernte berechtigt!« Die Anspannung in ihrem normalerweise ruhigen Tonfall erregte seine Aufmerksamkeit. Die Blüte, die er berührt hatte, begann zu erzittern, als ob sie von Schüttelfrost befallen worden wäre.

»Ah, zu spät«, sagte Ouwlmy fast traurig.

Vor ihnen hatte sich die stille Wasseroberfläche über dem Strudel in ein perlendes und wirbelndes Etwas verwandelt. Dann schoß auf beängstigende Weise ein riesiger, eiförmiger Erdwall nach oben, der sich, schneller als das Auge folgen konnte, erst in kleine, dann in größere Hügel verwandelte, von denen Wasserfälle herabstürzten.

»Râs Gharib«, sagte Ouwlmy.

Aus den Tiefen des Strudels erhob sich ein gepanzerter Leviathan mit einer langen Schnauze, drei Fuß langen Kiefern und kleinen, bösartigen Augen, die smaragdgrün glitzerten. Die Augen mit doppelten Lidern und goldenen, vertikalen Schlitzen für die Iris spähten Moichi und Ouwlmy mit kaltblütiger Berechnung an, während die Bestie aus dem Wasser auf sie zuschoß.

Die riesigen Kiefer öffneten sich weit, und jetzt sah Moichi den dicken Schwanz, der dem Wesen als Steuerruder diente. Ouwlmy machte einen Satz nach vorn, und Moichi beugte sich zu dem zuckenden Ohr des Shakra hinab.

»Ouwlmy«, flüsterte er, »können wir diesem Vieh irgendwie ausweichen?«

Das Shakra bemühte sich nicht zu antworten, sondern legte statt dessen einen Schnellstart hin, der sogar das unerbittliche Wesen mit den sechs Beinen überraschte. Moichi zog seinen Stoßdolch.

»Näher heran«, flüsterte er, während er die Dicke des Panzers überprüfte. Moichi betete, stark genug zu sein. »Näher.«

Râs Gharib wurde von seinen sechs Beinen und seinem machtvollen Schwanz angetrieben und schloß die Lücke zwischen ihnen so weit, bis Moichi ein Geruch in die Nase stieg, der ihn an die Latrine im Camp erinnerte.

»Näher«, drängte er, während er sich vorbeugte. »Näher!«

Die Spitze des Schwanzes des Leviathans tauchte aus dem Wasser auf, und Moichi erahnte Râs Gharibs Absicht. Im nächsten Augenblick würde die Bestie ihren Schwanz wie eine Sense seitwärts schleudern, Moichi von Ouwlmys Rücken fegen und das Shakra in zwei Teile zerfetzen.

*Jetzt!*

Gerade als sie den richtigen Abstand erreicht hatten, stieß Moichi die schmalen Klingen durch den Panzer am Ansatz des Schwanzes, wo sich, wie er vermutete, unter den Schuppen ein wichtiges Nervenzentrum befand.

Das Râs Gharib bäumte sich auf, und seine kurzen Beine peitschten das Wasser in alle Richtungen, bevor es wieder in den Strudel hinabsank. Ouwlmy rannte los, und das erneut auftauchende Monster wirbelte den Kopf herum und verfolgte das Shakra und seinen Reiter mit seinen bösartigen Augen. Es machte einen weiten Satz nach vorne, ging aber fast sofort wieder unter. Wie Moichi geahnt hatte, diente ihm sein kraftvoller Schwanz nicht nur als Steuerruder, sondern war auch für die Wahrung des Gleichgewichts im Wasser verantwortlich. Ohne ihn taumelte die Bestie im Kreis, schnappte mit den Kiefern und jaulte grell auf.

Am hinteren Ende des Strudels sprang Ouwlmy förmlich aus dem Wasser in die flachen Gefilde des Moors. »Du hast Mut und Einfallsreichtum bewiesen. Es ist schon so lange her, daß ich fast vergessen hätte, was für ein angenehmes Gefühl das ist.«

Moichi bemerkte etwas Seltsames an ihrem Tonfall. »Du hast mich absichtlich durch den Strudel geführt, nicht wahr?«

»Wie bitte?«

Sie ritten erneut mit großer Geschwindigkeit durch das Sumpfgebiet. *Craans* und andere größere Vögel von dunklerer Farbe und mit finstererem Blick zogen über ihren Köpfen hinweg.

»Wie hättest du sonst die Ankunft des Râs Gharib heraufbeschworen, wenn ich die Blüte des weißen Lotus nicht berührt hätte?«

»Wovon redest du eigentlich?« fragte Ouwlmy mit ihrem charakteristischen Lächeln. »Zugegeben, die Blüten dort müssen unbedingt geerntet werden. Sie wachsen so dicht, daß ich Angst hatte, du wärest vielleicht versehentlich mit einem Bein daran geraten.«

»Dann *war* es also ein Test«, sagte Moichi. »Und zudem ein ziemlich gefährlicher.«

Ouwlmy warf den Kopf hin und her. »Überhaupt nicht.« Das Shakra entblößte seine dreifache Zahnreihe. »Auch ich hatte schon oft Gelegenheit, das Râs Gharib dort zu beißen, wo es ihm am meisten weh tut.«

»Auf jeden Fall ist es eine bösartige Kreatur«, sagte Moichi.

»Etwas gedankenlos, vielleicht. Auch zielstrebig. Aber nicht bösartig. Das Râs Gharib wird nur von zwei Imperativen gelenkt: Es denkt ans Fressen und an sein Territorium.«

»Ich glaube, du bist ein geborener Philosoph, Ouwlmy«, sagte Moichi.

»Philosophie und Physik beherrschen das Universum«, antwortete das Shakra. »Heutzutage bilden beide Disziplinen eine Einheit.«

»Und was ist mit der Magie?« fragte Moichi. »Nach der Schlacht von Kaifeng hatte ich geglaubt – oder gehofft –, das Zeitalter der Magie wäre vorüber, und die Epoche der Menschheit würde anbrechen.«

»Hast du Angst vor der Magie, Moichi? Sie ist die perfekte Kombination von Philosophie und Physik, die Synthese aus beiden. Weißt du, was Magie ist? Hast du einmal gesehen, wie sich das Licht in einem Prisma bricht? Magie ist nichts als angewandte Philosophie, um die Gesetze der Physik stärker als üblich auszudehnen.«

Moichi dachte darüber nach, während sie quer durch das *khashm* ritten. Er blickte auf den Himmel und sah, daß die Sonne immer noch über dem östlichen Horizont stand. Sie schien sich überhaupt nicht bewegt zu haben, seit er zum letzten Mal nach ihr geblickt hatte, und er bemerkte, daß die Zeit seit dem Augenblick, in dem er das Shakra bestiegen hatte, anscheinend stehen geblieben war. Er erzählte es Ouwlmy.

»Ich sehe, daß ich dich nicht erst daran erinnern muß, aufmerksam zu sein«, sagte das Shakra. »Im Gegensatz zum allgemeinen Glauben handelt es sich bei der Zeit nicht um ein lineares Phänomen, sondern eher um eine Art Meer, in das wir alle eingetaucht sind. Ich habe dich bereits getroffen, Moichi. Du kennst mich doch, oder?«

Moichi dachte an das tiefe Déjà-vu-Erlebnis, das er die

ganze Zeit über empfunden hatte, seit er seinen Fuß in das *khashm* gesetzt hatte. Aber er konnte sich nicht daran erinnern, daß er je hier gewesen wäre. Und dennoch ... »Es könnte sein, daß ich dich kenne, Ouwlmy.«

»Ja. Wir haben diese Reise bereits viele Male unternommen. Die Zeit findet einen Weg, um das zu wiederholen, was sie für das Wichtigste hält.« Ouwlmy hob den Kopf. »Wir sind fast am Ziel und müssen nur noch die Bucht der Dämonen durchqueren.«

Moichi blickte über das Moor. Zuerst sah er nichts Bemerkenswertes, aber als er genauer hinblickte, begann er eine leichte Veränderung der Farbe des Wassers auszumachen, das vor ihnen lag. Es reflektierte nicht mehr genau die Farben des Himmels, so daß sich ein verwirrendes Bild ergab: Es schien einen etwas helleren Schimmer zu haben.

»Das kommt von den Treibsandflächen direkt unter der Wasseroberfläche«, erklärte Ouwlmy. »Bjork hat diese Bucht erschaffen – eine Grenze innerhalb der Grenzen, die Gott geschaffen hat.«

»Wie werden wir ans andere Ufer kommen?« fragte Moichi. »Es sieht so aus, als ob die Treibsandfläche viel zu riesig ist, als daß wir sie umgehen könnten.«

»Allerdings«, bestätigte Ouwlmy. »Aber wir werden es direkt in der Mitte versuchen.«

»Und wie stellst du dir das vor?«

»Paß auf«, sagte das Shakra, nachdem es am Rand der Bucht der Dämonen angehalten hatte. Ouwlmy senkte den Kopf und streckte ihre blaßgrüne Zunge heraus, deren Ansatz dick war und deren Spitze einem Keil glich. Aus ihr tröpfelte ein dünner, glänzender Faden, dem bald darauf andere folgten. Diese Fäden wehten im Wind und verknüpften sich wieder und wieder, bis sie ein eng gewebtes Netz bildeten, das sich weiter und weiter über die Treibsandebene erstreckte, bis das hintere Ende nicht mehr zu sehen war.

Ouwlmy hustete und hob den Kopf. »Halt dich fest.«

Moichi folgte ihrem Rat, und das war auch gut so, weil das Shakra mit einem irrsinnigen Geschwindigkeitsschub losschoß. Moichi blickte nach unten und sah, wie die grazilen Hufe über die Fäden galoppierten, die sie so geschickt verwoben hatte, daß das Netz auch unter ihrer beider Gewicht kaum nachgab.

Auf diese bezaubernde Art flogen sie förmlich über die Bucht der Dämonen. Sie brauchten die bösartigen sterblichen Überreste, die sich verwest im ewigen Abgrund der Finsternis unter ihnen verbargen, nicht zu berühren.

Überall um Moichi und Ouwlmy herum verflüchtigten sich die Treibsandbänke, und das *khashm* glich einem Spiegel, in dem sie selbst nicht mehr reflektiert wurden. Es war, als ob sie sich jetzt in einer anderen Dimension befänden, wo das Licht – eine Begleiterscheinung der Zeit – ein Fixpunkt war, oder aber, wie Ouwlmy gesagt hatte, ein riesiges Meer, in dessen Tiefen sie nun eingetaucht waren.

»Wir haben die andere Seite erreicht«, sagte Ouwlmy, als ob sie Moichis Gedanken bestätigen wollte. »Bjork wartet auf uns.«

»Wo ist er?« fragte Moichi. »Ich sehe nichts als das *khashm*.«

»So soll es auch sein«, antwortete Ouwlmy. »Wir werden Bjork sehen, wenn er es will.«

Das Shakra hatte endlich das Ende des Netzes erreicht und verließ es leichtfüßig. Hier waren an die Stelle des riesigen, wäßrigen Moores niedrig gelegene Landzungen getreten, die sich wie Finger in das dunkle Wasser und die Treibsandgebiete erstreckten. Schon bald liefen diese Finger in einer Form zusammen, die man als eine Art Handfläche bezeichnen konnte. Ein kreisförmiges Dickicht von Bäumen mit dreifachem Laubdach erhob sich vor ihnen, welches Moichi aus Gründen, die er selbst nicht verstand, zuvor seltsamerweise nicht wahrgenommen hatte. Und dennoch waren die Bäume mit den rötlich-goldenen Stämmen und den weitgespannten, dicht belaubten Ästen riesig und erinnerten in ihrer Zusammenballung an ein anmutiges Fächermuster. Durch die Baumwipfel strich eine leichte Brise, und von irgendwoher hörte Moichi die Klänge eines flötenartigen Instruments.

Jetzt wurde er sich Ouwlmys extremer Freude bewußt.

Das Shakra tänzelte förmlich über die Landzunge auf das Gewirr von Bäumen zu. Während sie sich näherten, sah Moichi, daß es mit diesen Bäumen noch mehr auf sich hatte. Sie stellten eine seltsame Behausung dar, ein riesiges Haus, das mehrere hundert Fuß hoch war. Die Musik, eine wunderschöne, schwermütige Melodie in Moll, war jetzt lauter, und sie schien aus dem Raum zwischen den Bäumen zu kommen.

Moichi rutschte von Ouwlmys Rücken, und er wurde sich eines starken Gefühls der Vorfreude bewußt, als er gemeinsam mit dem Shakra auf eine dunkle Öffnung zuging, die vermutlich als Eingang diente.

Die wunderschöne Musik verstummte. »Willkommen in meinem Schloß«, sagte eine tiefe, wohlklingende Stimme. »Tritt ein, wenn du möchtest.«

Moichi überschritt – dicht gefolgt von Ouwlmy – die Türschwelle, und sie fanden sich in einem an eine Kathedrale erinnernden Raum wieder, dessen smaragdgrüne Blätterpracht sich förmlich bis in den Himmel erstreckte. In der Mitte dieses Raums sah Moichi etwas, was ein Bär zu sein schien, wenn man davon absah, daß er sehr bequem auf den Hinterbeinen stand. Sein Fell hatte die gleiche wunderschöne rötlich-goldene Farbe wie die Baumrinden, und in seiner rechten Hand – das Wort »Hand« war wirklich treffender als der Begriff »Pranke« – hielt er ein dreieckiges Instrument, eine Art Panflöte. Es war der Bär, der musiziert hatte.

Moichi blickte sich nach Bjork um, sah aber kein anderes Wesen als den Bär.

»Ouwlmy, mein teurer Freund«, sagte der Bär, und das Shakra schnaubte und wackelte erfreut mit dem Kopf.

Moichi starrte mit weit aufgerissenen Augen auf den Bär. »Bjork?«

»Genau der.« Der Bär grinste und entblößte dabei seine mächtigen Eckzähne. »Ich sollte dir einen Spiegel bringen, damit du deinen verdutzten Gesichtsausdruck sehen kannst.«

Ouwlmy kicherte neben ihm.

Wieder dachte Moichi an die rätselhaften Verse, die Sanda in seinem Traum rezitiert hatte:

*»Zeit ist Teil des Seins*
*Wenn der Geist über Morast und Abgrund eilt*
*Begrab vergangene Gefühle*
*Und suche den Bären in dem Stein*
*Nicht um zu besitzen*
*sondern erfüllt zu sein.«*

Moichi hatte das Moor und das *khashm* – den Abgrund – überquert und sah sich nun einem Bären gegenüber, der jedoch, wie Tsihombe es prophezeit hatte, nicht seinen Vorstellungen entsprach. *Begrab vergangene Gefühle* – was sollte das bedeuten? Und *der Bär in dem Stein*?

»Nimm es nicht persönlich«, sagte Bjork. »Alle Wesen, die mir begegnen, sind überrascht, obwohl ich heutzutage kaum noch jemanden sehe.« Er gestikulierte und legte die Flöte zur Seite. »Du mußt dich ausruhen und dich erfrischen. Du hast eine lange Reise durch das *khashm* hinter dir.«

»Und eine Begegnung mit dem Râs Gharib.« Ouwlmy kicherte erneut.

»Du hast sie offenbar erfolgreich überstanden«, sagte Bjork, während er sie weiter in das Innere des Hauses mit dem Laubdach führte. »Diesem Biest muß man hin und wieder eine kleine Lektion erteilen.« Er war offensichtlich befriedigt.

Sie setzten sich in den kühlen Schatten eines Baums, und während die Singvögel über ihren Köpfen hin- und herflogen, schlürften sie ein stark süßlich gegärtes Getränk. Bjork servierte ihnen reichhaltig gefüllte Teller mit geräucherten Fleischstücken und gereiften Käsesorten, dazu frische Früchte und Nüsse. Es war ein wirkliches Festmahl, und Moichi, der sich plötzlich wie ausgehungert fühlte, ließ es sich schmecken.

»Ich muß dir viele Fragen stellen«, sagte er während des köstlichen Essens.

»Tatsächlich?« Bjork blickte Ouwlmy an. »Ich hatte keine Ahnung, daß du bereits von mir gehört hast.«

»Jailor hat mich mit den grundlegenden Informationen versorgt«, sagte Moichi, und er erzählte, wie er in der Mu'ad-Wüste mit Bjorks Geschöpf und Dujuk'kan zusammengetroffen war.

»Nicht gerade eines meiner besten Geschöpfe«, sagte Bjork traurig. »Und dennoch, Jailor war eine der ersten Kreaturen, die ich geschaffen habe, und deshalb empfand ich eine besondere Zärtlichkeit für ihn.«

»Es tut mir leid, daß ich ihn töten mußte.«

»Nicht nötig«, sagte Bjork unverblümt. »Er hat seine Grenzen überschritten. Er hat es so gewollt und mußte die Konsequenzen seiner Taten in Kauf nehmen.« Bjork warf Ouwlmy erneut rasch einen Blick zu. »Wie wir alle.«

»Ich bin aus einem bestimmten Grund hier«, sagte Moichi, während er seinen Teller beiseite schob. »Auf der gegenüberliegenden Seite des *khashm* wird weißer Lotus verkauft. Man sagt, daß ein Händler namens Yesquz mit der Droge handelt. Er ist ein Iskamen, der in der Nähe der Abhänge des Berges Sin'hai lebt und dort Kräuter und Gewürze erntet.«

»Yesquz und ich sind Geschäftspartner«, antwortete Bjork. »Ich kenne ihn seit langer Zeit und würde ihm auf Leben und Tod vertrauen.«

»Yesquz hat meine Schwester geheiratet. Sie ist jetzt tot – genau wie er. Sie wurde von einem Makkon – einer Bestie aus dem Reich der Finsternis – umgebracht, und er wurde von dem Sklavenhändler Dujuk'kan erhängt. Das alles geschah wegen diesem weißen Lotus.«

»Beruhige dich«, sagte Ouwlmy, die mit ihrer Schnauze heimlich Moichis Hand vom Griff seiner Waffe entfernte. »Du bist hier unter Freunden.«

Moichi blickte das Shakra an, das über die außergewöhnliche Fähigkeit verfügte, mit vollkommener Glaubwürdigkeit die Wahrheit auszusprechen. In einer Welt, wo Wahrheit und Lügen oft kaum voneinander zu unterscheiden waren, war das nicht zu unterschätzen.

»Ich weiß, daß Sanda tot ist«, sagte Bjork. »Aber Yesquz ...« Er schüttelte den Kopf. »Würdest du mir geben, was mir gehört?« Er streckte eine seiner Hände aus.

Moichi zögerte, aber als er in die Augen des Bären sah, erkannte er keine bösen Absichten, und schließlich reichte er ihm den Ring der Shinju. Bjork umklammerte ihn mit seiner Faust und wandte sich plötzlich von den beiden anderen ab. Während Ouwlmy bekümmert scharrte und auf den Boden stampfte, starrte Moichi unversöhnlich auf Bjorks Rücken. Vielleicht befand er sich ja unter Freunden, aber sie hatten ihm noch jede Menge Fragen zu beantworten.

Als Bjork sich wieder umdrehte, sah Moichi, daß seine Augen gerötet waren. Er hatte still vor sich hingeweint. »Komm mit«, flüsterte er.

Moichi folgte ihm weiter in das aus Bäumen bestehende Schloß, und er war überrascht, daß das Shakra sie nicht begleitete. Er hatte sich an ihre Gesellschaft und philosophische Schlagfertigkeit gewöhnt und vermißte sie bereits. Schließlich gelangten sie zu einer Reihe gewundener Kletterpflanzen, und Bjork, der wieder das Aussehen des rötlich-goldenen Bären angenommen hatte, begann nach oben zu steigen. Er hielt inne und blickte auf Moichi hinab. »Komm«, sagte er. »Der Aufstieg ist nicht beschwerlich, nicht einmal für einen Menschen.«

Moichi kletterte Schritt um Schritt nach oben. Bjork hatte recht gehabt: Die Kletterpflanzen waren so gebogen, daß sich für Hände und Füße ein rutschfester Halt ergab. Sie befanden sich hoch oben in den Laubdächern, als Bjork die Kletterpflanzen zur Seite schob. Er wandte sich um, streckte die Hand aus und half Moichi nach oben. Ein Baumhaus lag vor ihnen.

Von dieser hohen Warte aus konnte man die geschwungenen Umrisse der Bäume sehen, und Moichi wurde klar, daß sie sich im hintersten Teil des Schlosses befanden. Er blickte in die Ferne und sah, daß dies das äußerste Randgebiet des *khashm* war. Vor seinen Augen breitete sich eine Savanne aus, die durch einen breiten Fluß mit türkisfarbenem Wasser geteilt war und hinter der sich mitternachtsblaue Hänge in die

Höhe erstreckten, die sich in der Nähe des Himmels schwärzlich verfärbten.

»Der Berg Sin'hai«, sagte Bjork. »Ein prachtvoller Anblick, nicht wahr?«

Angesichts dieser Nähe zum geheiligten Berg Gottes begann Moichi fast zu zittern. Auf diesen Abhängen hatte Gott sein unauslöschbares Zeichen hinterlassen. Er wohnte zwischen den wirbelnden Wolken und den donnernden Eisstürmen auf dem Gipfel, und niemand würde sich je trauen, den Berg Sin'hai zu erklimmen, um Gott zu begegnen.

»Ich lebe seit Jahrhunderten in seinem Schatten.«

»Seit Jahrhunderten?« Moichi blickte ihn an.

»Ja. Unter den Shinju bin ich einzigartig«, sagte Bjork mit unendlicher Traurigkeit, die Moichi zu denken gab. »So, wie ich alleine zwischen den Ruinen des ausgestorbenen Landes Syrinx lebe, ein Geist in einem von Geistern beherrschten Land. Ich bin der letzte Shinju.«

Moichi sah den Bären an. »Deine magischen Kräfte haben dich am Leben gehalten.«

»Wenn man die Biologie für Magie hält.« Bjork bedachte ihn mit einem ironischen Grinsen. »Ja, ich bin ein Magier mit großen Fähigkeiten. Aber es stimmt auch, daß die Shinju ein außergewöhnlich langlebiges Volk sind – oder besser waren. Wir haben aus dieser Laune der Natur ein streng gehütetes Geheimnis gemacht, weil wir befürchteten, daß andere Völker sich bedroht fühlen würden. Achthundert Jahre sind für uns eine normale Lebensdauer, aber es hat mit Sicherheit Wesen gegeben, die beträchtlich länger gelebt haben.«

»Achthundert Jahre!« Moichi ließ sich die Zahl genüßlich auf der Zunge zergehen.

»Ja. Deshalb war es uns auch strikt verboten, Angehörige anderer Rassen zu heiraten.«

»Ich verstehe nicht.« Moichi dachte an die Shinju Miira, die Bnak geheiratet hatte, einen Einwohner von Syrinx.

Bjork seufzte. »Denk einen Augenblick lang nach. Könntest du dir vorstellen, daß deine Frau schnell altert, während du vergleichsweise jung bleibst? Das wäre eine Katastrophe.

Und nebenbei, niemand könnte die Folgen einer solchen Heirat ermessen – was für ein Zufallsprodukt könnte da geboren werden!«

Moichi trieb ihn in die Enge. »Ich will Antworten, keinen Geschichtsunterricht.«

Bjork starrte auf den Ring in seiner Pranke. »Es tut mir leid, aber das eine ist ohne das andere nicht möglich. Ich habe deinen Vater vor langer Zeit getroffen, als er ein Mann in mittleren Jahren war. Er war ein außergewöhnlich ehrgeiziger Mann, ein wahrer Visionär. Sein heftiges Verlangen bestand darin, die Welten miteinander zu verbinden – jene Kulturen, die sich über die Jahrhunderte hinweg auf sich selbst konzentriert und die Außenwelt gemieden hatten. Er ging von der richtigen Annahme aus, daß der Handel die weltweit verständliche Sprache wäre. Jedes Volk brauchte Waren und würde nach mehr verlangen, wenn es die Vielzahl der Schätze einmal zur Kenntnis genommen hätte. Aus diesem Grund ist dein Vater so weit gereist.«

»Das weiß ich.«

»Zweifellos. Aber vermutlich weißt du nicht, wie weit er tatsächlich gereist ist. Auf einer seiner Expeditionen hat er die Mu'ad-Wüste durchquert und ist nach Syrinx gekommen.«

Moichi starrte Bjork an. »Mein Vater hat dich *hier* getroffen?«

»Ja. Man hat dir ja bereits erzählt, daß es hier Gewürze und Kräuter gibt, die anderswo nicht zu haben sind. Aus geschäftlichen Gründen reiste er hierher – und er blieb eine Zeitlang.«

Plötzlich wurde Moichi der Zusammenhang klar. »Du sprichst von jenem Jahr, als ich fünfzehn war und wir eine Nachricht erhielten, daß er sich in Kintai die Hüfte gebrochen hätte und nicht nach Hause kommen könnte.«

»Ganz genau«, sagte Bjork zufrieden. »Dein Vater und ich wurden enge Freunde. Wie ich bereits gesagt habe, er war ein außergewöhnlicher Mann, und er hat Syrinx zu lieben begonnen. Im Gegensatz zu anderen begeisterten ihn die Ruinen und die Geister, die sich jede Nacht wie Nebel aus dem *khashm* erhoben. Wir sind gemeinsam durch die Hauptstadt von Syrinx gestreift und betrachteten die traurigen und entstellten Gesichter, die wie Wolken hinter uns zurückblieben. Und in der Dämmerung lauschten wir den sanften Explosionen, während die Geister ins Sonnenlicht entschwanden. Natürlich haben wir auch Geschäfte gemacht.« Bjork betastete den Ring und drehte ihn hin und her. »Er war aus diesem Grund hierhergekommen, und ich machte mir in dieser Hinsicht keinerlei Illusionen. Aber das spielte keine Rolle, weil er aus anderen Gründen blieb.«

»Hat er ...« Moichi spürte einen unangenehmen Druck in der Kehle. »Hast du ihm weißen Lotus verkauft?«

»Dein Vater war ein Händler, Moichi, und kein Verbrecher. Der weiße Lotus ist eine gefährliche Droge, und bis dein Vater hier eintraf, hatte er keine Ahnung von dessen Existenz.« Bjork blickte Moichi an. »Aber zu der Zeit, als er mich verließ, wußte er mehr über den weißen Lotus, als er wissen wollte.«

»Was bedeutet das?«

Bjork starrte auf die bläulichen Abhänge des Berges Sin'hai. »Ich habe ja bereits gesagt, daß jede Handlung ihre Folgen hat. Es ist, als ob man einen Stein in einen Teich wirft. Konsequenzen können immer weitere Kreise ziehen und Nachwirkungen haben.« Er hob eine Hand und geleitete Moichi nach unten, aus dem Schutz des Baumschlosses hinaus. Sie schritten über eine Wiese mit blaugrünem Gras, die sich beständig bis zu einer steinernen Eindämmung senkte, hinter der sich der schnell dahinfließende Fluß befand, der sich von den Abhängen des Berges Sin'hai durch die Savanne schlängelte.

Bjork setzte sich auf einen rosafarbenen Granitfels und warf nacheinander eine Handvoll Kieselsteine in den Fluß. Ouwlmy graste etwa hundert Yards entfernt zufrieden auf der Weide. »Als ich noch ganz jung war, kam ich oft hierher«, sagte Bjork. »Das ist lange her, als die Einwohner von Syrinx noch dachten, das Land zu beherrschen. Wir haben ihnen diesen Glauben gelassen, so war es einfacher.« Ein Kieselstein tauchte ins Wasser und verschwand. »Es war so friedlich hier. Man hörte nur das Geräusch des Winds und des Wassers, während man in den Städten dem unaufhörlichen Getriebe der geschäftigen Einwohner von Syrinx nicht entgehen konnte.«

Er warf den letzten Kieselstein ins Wasser und rieb sich dann die Hände. »Jetzt bleibt mir nicht einmal mehr dieser Frieden. Vielleicht sollte es so kommen. Ich habe – wie alle Shinju – fürchterliche und höchst fragwürdige Taten begangen.« Er blickte auf den verschleierten Gipfel des heiligen Berges. »Irgend etwas läuft da oben auf schreckliche Weise schief.«

»Woher weißt du das?« fragte Moichi.

»Wegen des Makkon, dem Biest aus dem Reich der Finsternis, dem du begegnet bist. Es hatte keine Zunge, stimmt's?«

»Ja.«

»Es stieg vom Berg Sin'hai herab, und als es versuchte hierherzugelangen, um in den Besitz von weißem Lotus zu gelangen, habe ich ihm die Zunge herausgeschnitten, um ihm eine Lektion zu erteilen. Ich habe die Zunge auf eine lange Reise geschickt, als Beweis dafür, daß ich weiterhin die Kontrolle über die Wesen aus dem Reich der Finsternis habe.« Bjorks Kopf wirbelte herum, und sein Blick fixierte Moichi. »Und zwar aus folgendem Grund, Moichi: Es gibt unter den menschlichen Völkern einige, die Allianzen mit den Mächten der Finsternis eingegangen sind, um ihre eigene Macht zu vergrößern. Auch diesen Völkern mußte eine Lektion erteilt werden.«

»Bjork, es ist nicht so, daß ich dir nicht glaube, aber ich weiß auch einiges. Ich habe gesehen, was das verstümmelte Makkon meinem Ersten Maat angetan hat, und meiner Schwester ist es nicht anders ergangen. Bevor mein Erster Maat starb, hatte ein Berserker, der weißen Lotus zu sich genommen hatte, die Bar in Ala'arat schrecklich verwüstet. Mein Bruder Hamaan glaubt, daß es sich um ein Mitglied der Organisation Al Rafaar gehandelt hätte. Er hat daraufhin deinen Freund Yesquz in Mas'jahan festgenommen. Dieser war im Besitz von weißem Lotus, und daher weiß ich ...«

»Was du da sagst, kann unmöglich stimmen.« Der Bär blickte Moichi an, und der Ausdruck seiner wäßrigen braunen Augen wirkte auf seltsame Weise sympathisch. »Yesquz hatte kein Interesse an dem weißen Lotus, und von mir hat er nie welchen bekommen.«

»Dann hast du aufgehört, die Droge zu ernten?«

»Ouwlmy hat dir ja bereits angedeutet, daß immer noch weißer Lotus hergestellt wird. Das stimmt doch?«

»Ja. Aber ich glaubte, es wäre besser, dir zuzuhören.«

Bjork wandte sich Ouwlmy zu, die leise über die blaugrüne Wiese auf sie zugetrabt war. »Magst du diesen Burschen?«

Das Shakra schenkte ihm ein breites Grinsen. »Er ist clever.«

»Du erntest die Droge also weiterhin.«

»Genaugenommen nicht. Ouwlmy und die Shakra ernten die Wurzeln. Sie pflücken die Pflanzen und kauen sie, bis sich eine breiige Paste bildet. Irgend etwas in ihrem Speichel aktiviert Verdauungssäfte, die ansonsten in dem weißen Lotus eingeschlossen bleiben würden. Dann übergeben sie mir die Droge.«

»Nun, jetzt haben wir also festgestellt, daß der Lotus weiterhin geerntet wird. Und an wen verkaufst du ihn?« Moichi sprach weiter, als Bjork mit der Antwort zögerte. »Es war ein weiser Entschluß, daß du es meinem Bruder Hamaan nicht gestattet hast hierherzukommen. Er ist kein verständnisvoller Mann. Du verkaufst die Droge an die Leute von Al Rafaar. Deshalb sind wir hergekommen. Wenn Hamaan dich hier findet, wird er dich bei der erstbesten Gelegenheit umbringen, und ich bin mir nicht sicher, ob ich mich ihm in den Weg stellen würde.«

»Das glaube ich nicht. Aber es stimmt, die Geschichte mit Hamaan ist eine völlig andere.« Bjork blickte auf. Ouwlmy preßte ihre Schnauze an Bjorks Rippen, bis er sich hinabbeugte und sie zwischen die Ohren küßte. »Ja«, flüsterte er. »Ich weiß. Aber ich muß es tun. Mir bleibt keine Wahl. Und er ist der Richtige, der einzig Richtige.«

Er legte den Arm um die Kruppe des Shakra und wandte sich Moichi zu. »Mein Kunde – und mein *einziger* Abnehmer – der Droge sind die Mächte der Finsternis. Sie ernähren sich davon. Ich garantiere dir, daß weder Yesquz noch ich irgendwelche Geschäfte mit Al Rafaar gemacht haben.«

»Ich glaube dir nicht«, sagte Moichi. »Ich habe gesehen, was das Makkon mit meinem Maat angestellt hat. Die Art und Weise, wie man ihn umgebracht hat, stimmte mit der des Mordes an Sanda überein.«

»Dann hast du Sanda also gesehen.«

»Nein. Ein Mitglied der Fe'edjinn hat mir den Zustand ihrer Leiche beschrieben.«

Bjork starrte Moichi lange schweigend an. »Das Makkon hat deine Schwester nicht umgebracht, da bin ich mir sicher. Es war eine schlaue Tarnung, Sandas Tod sollte wie die Tat eines Berserkers aussehen.«

»Du meinst, daß Hamaan recht hatte? Es waren Mitglieder von Al Rafaar?«

»Hat Sandas Tod die Einwohner von Iskael etwa nicht angefeuert und selbst die Widerspenstigsten mit den Fe'edjinn versöhnt?«

»Ja. Er schien die Rettung zu sein.« Moichi starrte Bjork an, und sein Geist war durch die verwickelten Ereignisse wie benommen. »Willst du damit andeuten, daß die Fe'edjinn meine Schwester getötet haben?«

»Das ist die einzige Antwort, die Sinn macht, Moichi. Nur die Fe'edjinn profitierten von Sandas Tod. Durch den Aufschrei, der ihrem Tod folgte, schlugen sich alle auf die Seite der Fe'edjinn, die Sanda wiederum als Märtyrerin zur Begründung für die bevorstehende Schlacht stilisierten, nach der alle lechzten.«

»Und was ist mit dem Makkon? Was hatte es in Ala'arat zu suchen? Warum hat es den ganzen Weg durch die Mu'ad-Wüste bis nach Mas'jahan zurückgelegt?«

»Deswegen.« Bjork streckte ihm Sandas Ring entgegen. »Ich habe ihn deinem Vater als Andenken geschenkt, als er abreiste. Aber der Ring hatte noch eine weitaus wichtigere Funktion. Er ist mein Talisman. Das Wesen, das ihn besitzt, verfügt über die Fähigkeit, mich jederzeit anzurufen, wo es sich auch aufhalten mag.«

Moichi starrte auf den Ring, während er ihn zwischen seinen Fingern hin- und herdrehte. »Vielleicht habe ich damals einer Schwäche nachgegeben, aber das beweist doch nur, daß auch ich menschlich empfinden kann.« Bjork lachte ironisch auf. »Dein Vater hat mir so viel bedeutet, daß ich den Gedanken, ihn nie wiederzusehen, nicht ertragen konnte. Deshalb habe ich diesen Ring hergestellt, und er hat ihn mitgenommen. Bevor er starb, hat Jud'ae ihn Sanda geschenkt, ihr aber nie etwas über die damit verbundenen magischen Kräfte erzählt. Für dich war er nicht mehr als ein sehr wertvoller Gegenstand.«

»Woher weißt du das?« fragte Moichi.

Bjork lächelte. »Dein Vater hat mich ein letztes Mal angerufen, kurz bevor er starb.«

»Aber ich war da! Ich war bei ihm!«

»Ja. Ich weiß.«

Und dann erinnerte sich Moichi, daß er in dem Augenblick, als sein Vater starb, eingeschlummert zu sein schien. Als er neben seinem Bett gesessen hatte, hatte Jud'ae im ersten Augenblick noch gelebt, aber im zweiten war er dann gestorben, und Moichi hatte keine Erinnerung daran, was zwischen diesen beiden Augenblicken geschehen war.

Er blickte Bjork an. »Ja, ich glaube nun, daß du tatsächlich anwesend warst.« Er dachte einen Moment lang nach. »Aber eines verstehe ich nicht. Ouwlmy hat mir erzählt, daß sie von Sandas Tod wußte, nachdem ich im Besitz des Rings war.«

Bjork seufzte tief. »Ja, das stimmt. Aber denke nicht schlecht von Ouwlmy: Sie hat die Wahrheit nur verschwiegen, um mich zu beschützen.«

Das Licht des späten Nachmittags funkelte auf den Facetten des Rings, während Bjork ihn in seiner Hand bewegte. »Dein Vater, Moichi ...« Seine Stimme versagte. »Wie soll ich mich ausdrücken? Wie kann ich dies ausdrücken? Es gibt viele Eigenschaften, die mich zu einem einzigartigen Wesen machen und die andere Völker seltsam oder vielleicht abstoßend finden würden.« Er atmete tief durch. Da schimmerte die Gestalt des Bären, und er brach plötzlich in sich selbst zusammen.

Moichi blinzelte, weil ihm jetzt statt des Bären eine wunderschöne Frau mit goldenem Haar gegenübersaß. »Ich weiß, was du denkst«, sagte sie in einem sanften, melodiösen Tonfall. »Aber ich versichere dir, daß es sich um keine Täuschung handelt. Ich bin ein männliches und weibliches Wesen zugleich. Und als dein Vater hier eintraf, begegnete er nicht dem Bär, dem männlichen Wesen, sondern mir, der Frau namens Bjork.«

Moichi fühlte, wie sich sein Herz kurz zusammenzog. »Und ihr habt euch ineinander verliebt.«

Bjork nickte. »Deshalb ist er so lange geblieben, und deshalb war ich so schmerzlich berührt, als er wieder abreiste.«

»Und deshalb hast ihm den Ring geschenkt.«

Die Augen der Frau schlossen sich kurz. »Ich denke, daß er vielleicht geblieben wäre, wenn ich ihn darum gebeten hätte, aber ich hatte nicht die Absicht, ihn hier einzusperren. Außerdem brauchte ihn seine Familie.«

»Und so verfielst du auf die naheliegende Lösung, bei ihm zu sein, wann immer ...«

»Denk nicht schlecht von ihm, Moichi.« Sie beugte sich vor und berührte Moichis Handgelenk. »Er war so ein wunderbarer Mann, und er liebte seine Familie so sehr. Er sprach so oft von seinen Kindern, daß es mir schien, als ob ich sie kennen würde.« Sie blickte einen Augenblick lang zur Seite, auf die hell erleuchtete Savanne. »Er hat mich nicht oft gerufen. Verstehst du, es war für uns beide sehr schmerzhaft.«

»Ja, ich glaube, ich verstehe«, sagte Moichi nach einer langen Pause.

Sie neigte den Kopf. »Danke.«

»Dann war das Makkon also hinter dem Ring her.«

Bjork nickte. »Ich hatte es verstümmelt, und es sann auf Rache.«

»Dann wäre es doch nur logisch, daß es Sanda umgebracht hat.«

»Nein. Sanda hatte Yesquz den Ring bereits lange Zeit zuvor geschenkt.«

»Aber warum?«

Bjork strich sich über die Stirn. »Sie waren zwar ineinander verliebt, aber die Hochzeit hätte nie stattfinden dürfen. Yesquz hat dafür gesorgt, daß ich es erst hinterher erfahren habe. Ich war wütend und habe ihn letztlich davon überzeugt, daß er ihr die Wahrheit erzählen müßte. Die Hochzeit war ein Unding, weil er Sandas Halbbruder war.«

Moichi saß eine Weile sprachlos da. »Yesquz war also dein Sohn?« fragte er, als er sich wieder gefangen hatte.

»Ja.« Sie konnte nur ein Flüstern hervorbringen. Ihre feuchten braunen Augen baten ihn schweigend um Verständnis.

»Und mein Vater war …«

Sie nickte. »Yesquz' Vater.«

Moichi stützte den Kopf in die Hände. Er hörte das Plätschern des Wassers und die Geräusche der Vögel über ihnen, als ob sie aus großer Entfernung kommen würden. Seine Ohren waren von einem Dröhnen erfüllt, das er nicht kontrollieren konnte. Er schnappte kurz nach Luft, bevor er weitersprach. »Ich will jetzt die ganze Geschichte hören.«

»Moichi …«

»Nein!« Er rückte weiter weg von ihr. »Nichts mehr über dieses Thema. Erzähl mir von den Shinju.«

Ouwlmy stieß einen tiefen Kehllaut aus, und Bjork befahl ihr, ruhig zu sein.

»Die Folgen, Moichi. Darauf läuft letztlich alles hinaus. Du wirst dich vielleicht fragen, warum ich die letzte Shinju bin, und was den Mitgliedern meines Volkes zustieß, wo wir doch so langlebig waren.« Sie wartete auf eine Erwiderung, aber als Moichi nicht antwortete, fuhr sie mit schwerem Herzen fort. »Die Legende behauptet, daß die Bewohner von Syrinx uns ausgelöscht haben, aber Legenden sind oft nur verzerrte Gemeinplätze, die dem Gemeinwohl dienen und die Ängste der Menschheit beschwichtigen sollen. Genauso häufig sind es Lügen. Die Shinju haben seit unzähligen Jahrtausenden einen Pakt mit den Mächten der Finsternis geschlossen. Die Shinju sollten diese Mächte mit weißem Lotus versorgen, wenn jene dafür unsere Lebensdauer verlängerten.«

»Wie ist all das möglich?« Moichi hob den Kopf. »Die

Mächte der Finsternis sind nicht von dieser Welt. Alle Makkons, denen ich begegnet bin – von dem in Ala'arat einmal abgesehen –, befanden sich nur halb in der Welt der Menschen. Sie gehören zum Reich der Finsternis, und bei ihrem Eindringen in unsere Welt geht es darum, dieses Chaos in unsere menschliche Lebenssphäre auszudehnen.«

Ouwlmy gab einen scharfen, hohen Laut von sich, und Bjork küßte sie erneut. »Ich weiß. Aber jetzt muß ich alles erzählen. Das Schicksal hat es so gewollt. Moichi«, sagte sie, »ich weise dich darauf hin, daß ich jetzt den geheiligsten Schwur der Shinju breche. Ich tue es, weil ich es tun muß. Weil das Makkon vom Gipfel des Berges Sin'hai hinabgestiegen ist und weil ich die letzte Shinju bin. Deshalb besteht mein einziger Wunsch vor meinem Tod darin, die Sünde, die mein Volk vor so langer Zeit begangen hat, auszulöschen.«

Sie brachen auf, um am Ufer des Flusses entlangzuschlendern. »Erinnerst du dich an das, was ich über das Gemeinwohl gesagt habe? Es ist die am weitesten verbreitete Annahme der Menschheit, daß die Mächte der Finsternis die unversöhnlichsten Feinde sind, und daß diese nur die Absicht hätten, die Welt der Menschen zu erobern. In gewisser Weise stimmt das, aber es ist gleichzeitig auch nicht ganz richtig.

Einst gab es diese Dimension der Finsternis gar nicht. Damals war die Welt des Menschen vielseitig genug, um allen Kindern Gottes Platz zu bieten – den Menschen und den Geschöpfen der Finsternis gleichermaßen. Sie haben hier zusammengelebt, zwar nicht in völligem Frieden, aber doch in einem Zustand der Ausgewogenheit.

Aber die Ziele der Menschheit und die der Mächte der Finsternis sind unterschiedlich. Die Menschheit muß sich permanent verändern. Sie ist von einer unbarmherzigen Rastlosigkeit, kriegerisch, besitzergreifend und auf territoriale Gewinne erpicht. Demgegenüber ähneln die Geschöpfe der Finsternis eher uns – sie bevorzugen die Ruhe. Sie ändern sich nicht viel – es reicht, wenn sie sich treu bleiben. Die Menschheit konnte das weder verstehen noch ertragen, und so folgte ein Krieg, in dem es deren Magier schafften, die Kreaturen der Finsternis zu verbannen und sie in einer anderen Dimension einzuschließen.«

»Ich kann mir immer noch nicht vorstellen, wie die Menschen und die Geschöpfe der Finsternis in einer Welt zusammenleben konnten«, sagte Moichi.

»Wenn du verstehst, daß die Menschen und die Kreaturen der Finsternis als Einheit geboren worden sind, wird alles klar.«

»Was meinst du damit?«

»Ich glaube, daß du das ganz genau weißt«, antwortete Bjork. »Ouwlmy hat mir erzählt, daß du das Herz auf dem rechten Fleck hast, und tief in deinem Inneren verstehst du es. Laß dir Zeit, bis die Wahrheit ans Licht der Oberfläche kommt.«

Während sie weitergingen, kraulte sie den Kopf des Shakras. »Es ist dir wahrscheinlich aufgefallen, daß die Shinju zwar fortgeschrittener, aber zugleich primitiver als der Großteil der Menschheit sind. Dein Vater hat mit Sicherheit verstanden, daß das der ursprünglichste Weg ist, und ich glaube, daß es das war, was ihn an diesen Ort – und an mich – gebunden hat.«

Sie machten auf einem Hügel, von dem aus man über die Ebene blickte, eine Pause. Dort sah man, wie alle Spezies wilder Tiere im Schatten des Berges Sin'hai in natürlichem Einklang zusammenlebten. »Hier wurde vor urdenklichen Zeiten die letzte Schlacht geschlagen, in der Nähe des Ortes, wo die Magier der Menschheit die Pforte zum Reich der Finsternis geschaffen und versiegelt haben – für alle Zeiten, wie sie glaubten. Ich weiß das, weil die Shinju mehr als jedes andere Volk den Geschöpfen der Finsternis und den damaligen Zuständen nahestanden, der Vereinigung des Menschen mit den Kreaturen der Finsternis, des Lichts mit der Finsternis – eine Allianz, die heute unvorstellbar ist.«

Sie wandte sich Moichi zu, und ihre feuchten braunen Augen schienen sich in Moichis Gehirn bohren zu wollen. »Und noch unvorstellbarer ist, daß sich in der Dimension der Finsternis kürzlich ein fundamentaler Wechsel vollzogen hat. Man plädiert dort jetzt für eine Veränderung der Zustände. In Kürze werden sich die Mächte der Finsternis zurückholen, was man ihnen genommen hat.«

Ein eigentümliches und unangenehmes Gefühl ließ Moichi die Haare zu Berge stehen. »Was soll das heißen?«

»Die Mächte der Finsternis wollen dich, mich, jeden. Sie wollen die *Wiedervereinigung* – und buchstäblich in jeden von uns hineinkriechen und sich dort einnisten.«

»Guter Gott!« Der Gedanke war so abstoßend, daß Moichis Verstand einen Augenblick lang wie betäubt war.

Neben ihnen drehte sich Ouwlmy um. Sie hatte die Ohren hochgestellt und den Kopf gehoben. »Sie kommen«, sagte sie zu Bjork. »Ich habe es dir ja gesagt.«

Bjork wandte ihren wunderschönen Kopf um. »Wenn es denn so ist, so hat es das Schicksal gewollt.«

»Was wirst du tun, wenn sie kommen?«

»Pssst«, sagte Bjork, während sie das Shakra mit ihrer langen, anmutigen Hand beruhigte. »Diese Angelegenheit müssen wir erledigen, bevor sie eintreffen.«

»Wer kommt?« fragte Moichi mit einer Hand am Griff seines Dolchs. »Ist Gefahr im Verzug?«

Bjork schenkte ihm ein seltsames Lächeln. »Deine Gefährten sind dir offensichtlich gefolgt. Im Augenblick kann ich nicht sagen, welche Gefahr uns erwartet. Du kennst deinen Bruder besser als ich.« Sie zuckte die Achseln. »Wie dem auch sei, ich will dir folgendes sagen. Was immer Hamaan dir auch erzählt haben mag, Yesquz besaß keinen weißen Lotus. Habe ich mich klar ausgedrückt?«

»Ich ...«

»Komm. Hamaan hat uns fast gefunden«, sagte sie plötzlich. »Es bleibt wenig Zeit zu beenden, was ich begonnen habe.« Sie streckte die Hand aus. »Auf dem Gipfel des Berges Sin'hai befindet sich die Pforte zum Reich der Finsternis.«

»Unmöglich«, sagte Moichi, während er auf den von Wolken verhangenen Berg starrte. »Das ist ein heiliger Ort. Das Haus Gottes.«

»Und Gott hat uns alle erschaffen: Shinju, Shakra, Menschen und die Geschöpfe der Finsternis.«

»Moment mal. Irgend etwas stimmt da nicht.« Moichi blickte Bjork an. »Wo sind die unwirtlichen Berggebiete und die Bergziegen, aus deren Fell deine Leute einst einzigartige Stoffe herstellten, die so leicht wie Luft waren?«

»Wovon sprichst du?«

»Von der Legende von Miiras Spiegel«, sagte Moichi. »Man hat sie mir so oft erzählt, daß ich sie auswendig kenne. Die Einwohner von Syrinx sind hier durchgezogen, haben die Shinju dezimiert und die Überlebenden in die kalten Berggebiete vertrieben.«

»Du siehst doch, daß es hier, wenn man von den Abhängen des Berges Sin'hai absieht, keine kalten Berggebiete gibt. Nein, als die Syrinx hierhergekommen sind, haben wir ihnen das Land überlassen, das sie haben wollten. Sie schienen es dringender zu brauchen als wir. Unser Zuhause war seit jeher das *khashm*, und wir haben ihnen erst Einhalt geboten, als sie auch dieses Gebiet in Besitz nehmen wollten.«

»Ihr habt alle getötet.«

»Wir haben nichts dergleichen getan«, sagte Bjork. »Diese Art von Gewalt liegt uns fern.« Sie lächelte, und in ihren Augen leuchtete ein verborgenes Licht. »Aber wir hatten das *khashm* mit seinen Strudeln und Treibsandebenen, mit seinen Râs Gharibs, den *craans* und Shakras. Die Natur selbst hat unser Land beschützt, Moichi. Wir mußten überhaupt nichts dazu beitragen.«

»Wie sind die Shinju denn dann ausgestorben?«

»Wir sind nicht ausgestorben«, sagte Bjork. »Wir wurden von den Legionen der Kreaturen der Finsternis abgeschlachtet, die durch die Pforte auf dem Gipfel des Berges Sin'hai geströmt waren. Das war die Strafe dafür, daß wir sie seit Jahrtausenden mit weißem Lotus versorgt hatten und die lose Verbindung zwischen den beiden Welten offen gehalten haben.

Ich habe ja bereits gesagt, daß die Geschöpfe der Finsternis unsere Brüder sind; wir bevorzugen beide die Ruhe. Aber als Miira mit ihrem Spiegel jeden einzelnen Minister der Regierung von Syrinx tötete, setzte sie eine nicht mehr aufzuhaltende Kettenreaktion in Gang. Die Hauptstadt von Syrinx versank in Anarchie. Ein furchterregendes Terrorregime vergrößerte seinen Einfluß, bis es die ganze Bevölkerung in den Abgrund stürzte.

Eine Shinju leitete den Wandel ein, obwohl das gegen die Natur war. Aber andererseits war Miira immer schon eine Rebellin gewesen. Sie hatte einst einen Mann aus Syrinx geheiratet und wurde in ihrem eigenen Volk zur Außenseiterin. Das Volk ihres Mannes verachtete sie, und sie konnte nie mehr zu ihren eigenen Leuten zurückkehren.«

»Diese Version unterscheidet sich von der Legende.«

»Es tut mir leid, aber die Wahrheit war zu schrecklich, als daß sie in irgendeiner Weise zu rechtfertigen gewesen wäre, und so entstand die Legende. Es stimmt, daß sie auf Fakten beruht, die aber so entstellt wurden, daß sie fortan inspirierend wirkten.«

»Wie hast du das alles erfahren?«

»Auf eine denkbar schmerzhafte Weise«, sagte Bjork, während sie Ouwlmy hinter den Ohren kraulte. »Ich selbst, Bjork, bin Miiras Kind.«

Ein großes Schweigen hüllte sie ein, und es schien, als ob Moichi seine Sicht der Dinge jeden Augenblick neu überdenken mußte. »Ich dachte, du wurdest von Bnaks Feinden umgebracht«, sagte Moichi schließlich. »Sie haben den Körper ...«

»Das war nicht mein Körper«, sagte Bjork. »Meine Mutter hat schon dafür gesorgt. Glaubst du, daß sie nicht wußte, was los war und was geschehen würde? Sie war eine Shinju und zudem selbst eine Zauberin. Sie blickte in den Spiegel – das Meer der Zeit – und sah, daß ich umgebracht werden sollte. Deshalb hat sie Maßnahmen getroffen, um meine Sicherheit zu garantieren. Sie hat mich versteckt, und ein anderer trat an meine Stelle.«

»Sie hat ein Kind geopfert?«

»Ja, um mich zu retten.« Bjork blickte ihn ruhig an. »Sie war keine Heilige, ganz und gar nicht. Aber ich frage mich – und ich bitte dich, darüber nachzudenken, bevor du vorschnell urteilst –, ob deine Mutter nicht dasselbe getan hätte, um dich zu retten.«

»Wie kann ich darauf antworten?«

»Wer könnte das schon?«

Moichi dachte eine Zeitlang darüber nach und erinnerte sich daran, was Bjork über den Nachkömmling einer Shinju-Mischehe gesagt hatte: Niemand könne ermessen, was für ein Zufallsprodukt der Natur geboren werden würde. Bjork war der Nachkomme einer Shinju-Zauberin und eines brillanten Staatsmannes aus Syrinx. »Aber du hast doch selbst gesagt, daß Miira als Sünderin verurteilt wurde, weil durch sie die Kreaturen der Finsternis durch die Pforte strömen konnten«, sagte Moichi schließlich.

»Als Agentin des Wandels hat sie gesündigt. Solch eine Sünde liegt nicht im Wesen unserer Natur.«

»Aber was für ein Gott vernichtet fast ein ganzes Volk?«

»Miira hat durch ihre Taten das fragile Gleichgewicht zwischen der Welt der Menschen und der Dimension der Finsternis empfindlich gestört. Gott – die Natur, die Ewige Macht, wie immer man das Göttliche auch bezeichnen will – blieb keine andere Wahl, als dieses Gleichgewicht wiederherzustellen.« Bjorks Blick glitt über Moichis Gesicht. »Du erinnerst dich, was ich über Taten und deren Folgen gesagt habe?«

»Ja. Aber was geschieht dann? Warum ist das Makkon hier? Ich dachte, die Vernichtung der Shinju durch die Mächte der Finsternis hätte das Gleichgewicht wiederhergestellt.«

»Ich auch – bis der Dolman und das Makkon kamen. Jetzt wollen die Geschöpfe der Finsternis den Ruhezustand überwinden, und sie haben begonnen, menschliche Eigenschaften anzunehmen. Das ist eigentlich ein Ding der Unmöglichkeit. Das Reich der Finsternis wurde als die dunkle Kehrseite und das genaue Gegenteil der menschlichen Welt erschaffen. Wenn sich daran etwas ändern sollte, wären alle Lebewesen – die Menschheit und die Kreaturen der Finsternis gleichermaßen – von der Vernichtung bedroht.«

»Wenn das, was du da sagst, stimmt, mußt du die Pforte schließen«, sagte Moichi.

»Ich kann es nicht. Im Gegensatz zu meiner Mutter bin ich unfähig, diesen Wandel herbeizuführen.«

»Aber hast du mir nicht offenbart, daß du deine Untätigkeit aufgeben würdest?«

Bjork schüttelte den Kopf. »Ich bin nur ein Wegbereiter und habe – anders als meine Mutter – nicht offen gehandelt. Ich werde es auch nicht tun.«

Das war es also, dachte Moichi. Hier hatte er den Bären im Stein, eingeschlossen wie eine prähistorische Fliege im Bernstein.

Bjorks Augen glühten. »Du bist der Urheber des Wandels. Deshalb bist du gekommen, Moichi. Du mußt den Gipfel des Berges Sin'hai erklimmen und dich dem stellen, was dich dort erwarten mag.«

Das *kaer'n* spricht:

> »Ich selbst war nie auf dem Berg Sin'hai, gebe aber zu, daß ich diesem Augenblick mit großer Erwartung entgegensehe. Seit Jahrtausenden – und vielleicht seit der Zeit, als wir aus kosmischer Dunkelheit und Licht erschaffen wurden – war der Berg Sin'hai unter meinen Artgenossen ein vieldiskutiertes Thema, weil er der einzige Ort auf diesem Planeten ist, den aufzusuchen uns auferlegt wurde.
>
> Das scheint verständlich. Sich in Sin'hai aufzuhalten heißt, Syrinx anzuerkennen, und wir könnten nie gemeinsam mit den Shinju leben, weil wir sie viel zu sehr an ihre ewigwährende Versklavung erinnern würden. Zusätzlich würden wir sie daran erinnern, wie sie vielleicht einst sein wollten, aber nicht sein konnten.
>
> Ich glaube, daß ist auch gut so. Wir hatten keine schlechten Absichten, was Syrinx betraf. Ganz im Gegenteil, ich bezweifle, ob wir zwischen den Ruinen der Unmenschlichkeit der Völker angenehm leben könnten. Ist Syrinx denn letztlich etwas anderes als ein Monument der Grausamkeit? Auf

dem blutgetränkten Boden wachsen jetzt nur noch Kletterpflanzen, und die Rankengewächse erobern schnell auch die riesigen Bauwerke eines längst ausgestorbenen Volkes. Sie mögen alle tot sein, aber schon in jungen Jahren hat man uns gelehrt, daß ihre Legende die Menschenvölker mit beängstigender Hartnäckigkeit infiziert. Krieg, Macht, Gier, Neid – all diese Übel werden die verlassenen Steingebäude von Syrinx übderdauern und weitaus größeren Schaden anrichten.

Die Blutrünstigkeit färbt noch immer die Wasserläufe des *khashm*, und die Nähe des heiligen Berges Sin'hai hat zur Folge, daß er zum Opfer der dort herrschenden Bösartigkeit wird. Vielleicht wird der Berg Sin'hai letztendlich genauso verlassen daliegen wie das Land zu seinen Füßen. Ich hoffe es nicht. Ich hoffe, daß der Gott dieses Universums immer noch dort lebt. Aber ich habe meine Zweifel, weil ich jetzt jeden Tag fühle, daß das Böse an Boden gewinnt, und es ist eine Entweihung, wenn sich die Bösartigkeit auf dem Berg Sin'hai ausbreitet.

Jeden Morgen, wenn ich meine Gebete spreche, schließe ich auch eines für den Berg Sin'hai mit ein, weil sein Licht das Schicksal der Welt bestimmt ...«

# Vierter Teil

## *Sin'hai*

## Dreizehntes Kapitel

# DRACHEN

Chiisai suchte nach allem, was von Sanda zurückgeblieben sein mochte, konnte aber nichts finden. Die Metamorphose war abgeschlossen. Sie wurde zu einem Wesen, das ihr das Schicksal anscheinend vorherbestimmt hatte. Chiisai wußte selbst nicht, wie sie jetzt aussah, da es im Reich der Finsternis keinerlei Spiegel, Flüsse oder reflektierende Flächen gab, in denen sie ihr Ebenbild hätte sehen können. Tatsächlich gab es überhaupt keine Oberflächen, sondern einzig einen endlos wirbelnden Strudel, der nur von riesigen Energiestößen unterbrochen wurde, die in unregelmäßigen Abständen hervorbrachen und sich in die unterschiedlichsten Richtungen ergossen. Mit anderen Worten – Chaos.

Das Ganze hatte eine Ähnlichkeit mit den Vorstellungen, die sich einige Religionen von der Hölle machten, nur war alles weitaus schlimmer.

Vielleicht, dachte Chiisai, ist bei jenem Verwandlungsprozeß, in dem ich neu geboren wurde, irgend etwas verloren gegangen. Warum sonst war sie vorher in der Lage gewesen, etwas von Sandas Wesen wiederzufinden, jetzt aber nicht mehr? Sie schloß die Augen und suchte nach ihr, während sie ein permanentes Dröhnen hörte, das im Reich der Finsternis herrschte. Aber sie war von Sandas Seele abgeschnitten ...

Sie blickte direkt in den Wirbel, und es war, als ob sie in das Antlitz der Sonne starren würde. Wie kam es, daß sie den Wirbel zuvor nicht wahrgenommen hatte? Sie war taub, stumm und blind durch eine Leere geschwebt. Jetzt konnte sie hören und sehen. Hieß das, daß sie ein Bestandteil des Reiches der Finsternis geworden war, zu einem Biest, das eher in dieser Welt zu Hause war als in der der Menschen?

Nein. Sie merkte, daß sie am Rand des Wirbels entlangkroch. Irgend etwas in ihrem Inneren warnte sie, sich ihm nicht weiter zu nähern, weil sie dann verschluckt werden würde und nie mehr einen Atemzug tun könnte. Sie kroch auf einem Splitter aus Gold, einer Haarsträhne, einem Faden, der so fein war, daß er oft zu verschwinden schien. Sie kroch immer weiter ...

Am Ende des Fadens sah sie ein großes Auge, das sich öffnete, während sie sich langsam näherte. Sie zögerte nicht und hatte keine Angst, sondern wurde vielmehr von einer unsichtbaren Kraft angetrieben, weiter und immer weiter zu kriechen, durch das Auge der Linse hindurch ...

... auf die flache Seite der Klinge ihres Schwerts, das horizontal in einem Riß der Höhlenwand steckte, die Bestandteil des Steilufers war, von dem aus man das Meer vor Ama-nomori sah. Ihre Heimat.

Aber das stimmte nicht ganz, jetzt nicht mehr. Es war ihre Heimat, und dennoch wirkte sie auf eine seltsame Art anders, als ob sie an einen Ort zurückkehren würde, wo ihre ältesten Vorfahren einst gelebt hatten. Aus ihrem Unterbewußtsein tauchten Erinnerungen auf, von denen sie nie auch nur vermutet hätte, daß es sie in ihrem Innersten gab. Sie kannte diesen Ort, und zwar nicht durch ihre jüngsten Erinnerungen. Ihr Geist wurde von den Echos merkwürdiger und dennoch seltsam vertrauter Stimmen erfüllt, und das Ganze glich einem Fest der Erinnerung. Ama-no-mori war für sie auf eine Art und Weise ein Zuhause gewesen, die sie gerade erst zu begreifen begann.

Ich bin die erste, dachte sie. Aber bin ich die erste von vielen Nachkommen, oder die letzte meiner Art?

Sie sprang von der Klinge, achtete auf die metallisch weiß leuchtenden Adern im Boden und begab sich so schnell wie möglich zum Eingang der Höhle. Dann stand sie auf der Böschung, von der aus man auf das Wasser blickte. Wo hatte Kaijikan den wiederbelebten Tokagé hingebracht? Die Verschmelzung mit Phaidan, dem Vasallen des Reiches der Finsternis, hatte bereits begonnen, so daß Tokagé vielleicht schon im Besitz dessen ganzer Machtfülle gewesen wäre, wenn Chiisai bei ihrem Angriff keinen Erfolg gehabt hätte. Was für einen entsetzlichen Plan hatte sich die rachsüchtige Kaijikan zurechtgelegt? Er beinhaltete mit Sicherheit auch den Tod von Chiisais Vater, des Kunshin, da er angeblich ihre Schwester getötet hatte. Davon schien Kaijikan ja überzeugt.

Ich muß in die Hauptstadt gelangen, dachte Chiisai. Nach Haneda.

Chiisai spreizte ihre riesigen, gepanzerten Flügel, ohne bewußt darüber nachzudenken, doch die Luft unter ihr trug sie. Sie schwebte einen Augenblick lang. Überrascht blickte sie auf das steinige Geröllfeld herab, das sie mühsam erklommen hatte, als sie noch eine hilflose, an die Erde gebundene Existenz gewesen war.

Einen Moment lang empfand sie Panik, als sie zwischen sich und dem aufgewühlten Meer nichts als Luft sah. Dann übernahmen ihre Instinkte die Regie. Sie spreizte die kraftvollen Flügel und begann, der Sonne entgegenzufliegen.

Sie schwebte über die schäumenden Wellen, dann über das Gebiet, wo sich die schneebedeckte Geröllhalde in die Ebene hinabsenkte. Dort hatten sie ihre *luma* angebunden, die nun nicht mehr da waren. Es bestand kein Zweifel, daß Kaijikan und Tokagé sie mitgenommen hatten. Chiisai war guter Dinge, und sie schwang sich höher in die Lüfte, indem sie sich mehrfach überschlug. Die Abfolge von Himmel und Erde erzeugte einen Wirbel blauer, grüner und silbrig-weißer Farbtöne.

Als sie wieder normal flog, hatte sie sich weit von dem Berg entfernt, auf dessen Gipfel sich die lebensgefährliche Höhle befand. Ihre Augen untersuchten die Landschaft vor Haneda, und ihr scharfer Blick entdeckte ein Wesen auf einem *luma.* Das andere Tier – zweifellos dasjenige, auf dem sie geritten war – trottete fügsam hinterher. Seine Zügel waren an dem Sattel des ersten *luma* festgebunden.

Chiisai setzte dem Reiter nach und erkannte sofort Tokagé in ihm. Aber wo war Kaijikan geblieben? Vielleicht hatte sie ihre magischen Kräfte benutzt, um in das durch einen Burggraben geschützte Schloß des Kunshin im Zentrum Hanedas zu gelangen.

Chiisai legte die Flügel an und schoß nach unten. Tokagé, der ihren Schatten sah oder nur eine vage Gefahr spürte, wandte sich im Sattel um. Er hob einen gepanzerten Arm, während er sein Schwert zog.

*»Kaer'n!«* schrie er, während Chiisai ihre Krallen ausfuhr. Rhythmisch bewegte sie ihre kraftvollen Flügel und traf seinen Helm. Die goldenen Krallen schlugen tiefe Löcher in seine Kopfbedeckung, die zur Seite rutschte. Er war nun kahlköpfig, und über seine Kopfhaut sickerten Blutrinnsale.

Er hieb mit dem Schwert auf sie ein, aber Chiisai konnte dem Angriff diesmal mühelos ausweichen. Sie schlug ein weiteres Mal zu, und Tokagé begann erneut zu bluten. Sein unheimlicher Zorn ließ ihn aufschreien. Hatte Phaidan den Kriegsherrn bereits in Besitz genommen? Chiisai erinnerte sich an den Heiligenschein von Energie aus dem Reich der Finsternis, von dem Tokagés Kopf eingehüllt gewesen war, als sie ihm in den Hals gestochen hatte. Kaijikan hatte die Wunde offensichtlich geheilt, aber was war in ihm vorgegangen?

Und dann, als Tokagé erneut zum Angriff überging, sah sie den dünnen, trüben, rötlichen Dampf aus seinem gepanzerten Hals hervorströmen. Dann *habe* ich ihn also verwundet, dachte sie. Vielleicht hatte Kaijikan es gewußt und ihn hier krank und sterbend zurückgelassen.

Tokagé holte mit seinem langen Schwert nach ihr aus, und die Schneide der Klinge glitt über einen ihrer Flügel, als sie erneut mit ausgestreckten Krallen zuschlug. Sie trafen seinen Brustkorb mit solcher Wucht, daß er von dem *luma* gerissen wurde. Das Tier war offensichtlich verängstigt und bäumte sich mit gefletschten Zähnen auf. Ein Fußknöchel Tokagés verhedderte sich in dem ledernen Steigbügel, und als sich das *luma* drehte, um vor dem Angreifer davonzugaloppieren, wurde Tokagé so lange über den Boden geschleift, bis das Tier über einen Steinwall sprang und sich sein Fuß aus dem Steigbügel löste.

Tokagé lag mit seinem verrutschten, durchlöcherten Helm auf dem Rücken, und an seinem Oberkörper war die Rüstung aufgeplatzt. Obwohl eines seiner Beine an mehreren Stellen gebrochen und er noch halb benommen war, war Tokagé geistesgegenwärtig genug, sein Schwert zu zücken. Chiisai schrie, als sie ihre tödliche Attacke startete, aber sie wäre fast von dem Schwerthieb zerfetzt worden. Sie wich im letzten Moment aus, so daß die Schwertspitze lediglich die Haut zwischen zwei Flügelknochen durchbohrte.

Sie sauste mit ganzer Wucht auf Tokagé hinab, und die voll ausgestreckten Krallen gruben sich durch die bereits löchrige Panzerung hindurch in sein Fleisch ein. Dieser schrie und bäumte sich auf, als die Krallen sich in seinen Körper bohrten. Er hatte den Mund weit aufgerissen, und sein Gesicht war vom Todeskampf gezeichnet, während er mit seinen Armen wie wild auf den Boden hämmerte.

Chiisais Flügelschlag hatte jetzt jenen Rhythmus des Todes angenommen, von dem ihr der Dai-San erzählt hatte, als er sein *kaer'n* beschrieb. Dieser Rhythmus beschleunigte sich, während der Körper des sterbenden Tokagé erzitterte. Sein Gesicht war blutleer, und seine schwarzen Augen starrten plötzlich nur noch ins Nichts. Chiisai verstärkte den Druck ihrer Krallen, und Tokagés Körper erschauerte in den letzten Zuckungen vor dem Tode.

Im Moment seines Todes entwich seiner Kehle ein bösartiges Zischen, und der rötliche Dampf begann zu verschmelzen. Bald würde Phaidan erscheinen, der Vasall der Mächte der Finsternis.

Der Dampf hatte sich in eine gallertartige Masse verwandelt, und in dieser Flüssigkeit schwammen Teilchen, die kollidierten, verschmolzen, wuchsen und sich zu Kolonien, Ländern und Kontinenten aus einer Substanz bildeten, die sich plötzlich und überraschend in etwas Festes, Dreidimensionales verwandelte.

Die vor Entsetzen gelähmte Chiisai beobachtete, wie sich diese rote Substanz auf dem Leichnam des Verräters Tokagé breitmachte. Sie nährte sich von seinem Fleisch und seinen Knochen wie ein berserkerhafter Kannibale, bis von Tokagés Körper nur noch welke Hautfetzen übrig waren, die zusammenschrumpften und wie herbstliches Laub vom Wind über die dunkle, steinige Erde getrieben wurden. Die leere Rüstung stöhnte und ächzte unter dem Gewicht, das auf ihr lastete.

»Ah, der Todeskampf!« schrie Phaidan, der seinen unheilvollen Blick auf Chiisai richtete. »Ich werde mich gleich revanchieren!«

Die Kreatur sprang auf sie. Chiisai, die tapfere und furchtlose Bujun-Kriegerin, wäre diesem Angriff eigentlich hilflos ausgeliefert gewesen. Doch die frühere Chiisai war tot – sie hatte sich wie die toten Hautfetzen Tokagés im ewigen Malstrom des Reiches der Finsternis aufgelöst. Sie war jetzt teilweise selbst eine Kreatur der Finsternis und machte von ihren neuen Fähigkeiten Gebrauch. Chiisai hob ihren länglichen, gehörnten Kopf und entblößte ihre langen, perlenfarbenen Zähne, die knirschten und Funken sprühten, als Phaidan seinen gespenstischen Körper gegen ihren schleuderte.

Plötzlich schossen aus seinem Kopf fünfzig, dann hundert weitere Tentakel hervor, die sich um Chiisai schlangen und ihre Flügel gegen ihre schuppigen Flanken preßten. Die Tentakel fesselten ihre Hinterbeine, so daß sich die Krallen in die gefrorene schwarze Erde einbohrten. Chiisai kämpfte mit den Vorderbeinen und schaffte es, sie in den schlangenartigen Tentakeln zu vergraben, die durch ihre rasiermesserscharfen Krallen zerfetzt wurden. Aber für jedes abgeschnittene Tentakel wuchsen zwei weitere nach, bis Phaidan nur noch wie ein riesiger Schädel aussah, aus dessen Kopfhaut so dicht wie Haare ein ganzer Wald von Tentakeln sproß.

Dann begannen sich diese Tentakel selbst zu verändern. An ihren Enden bildeten sich schlangenartige Köpfe mit weit geöffnetem Mund, entblößten Giftzähnen und herausschießenden, gegabelten Zungen, die den Geruch ihrer Beute vorkosten wollten. Chiisai ignorierte sie und konzentrierte sich auf den Kopf, den sie mit ihren Klauen freilegen wollte. Aber es schossen immer mehr Schlangen aus der Kopfhaut hervor, die sich, von Chiisai getötet, jedoch in drei- und vierfacher Anzahl auf dem kugelförmigen Kopf vermehrten.

Chiisai ermüdete, und die Schlangen übten einen immer stärkeren Druck auf ihre Flügel aus, so daß sich der Rhythmus des Todes nicht einstellen ließ. Und jetzt begannen sich in zunehmendem Ausmaß die Giftzähne in ihr Fleisch einzubohren, die ihr die Lebenskraft aus dem Körper zu saugen trachteten. Als dieser Versuch, sie weiter zu schwächen, fehlgeschlagen war, wanden sich sechs Schlangen um ihren Kopf. Sie stiegen spiralförmig nach oben und erstarrten, als sie sich in ein großes Schwert verwandelt hatten, das auf Chiisais Kopf einzuschlagen begann.

Chiisai öffnete ihren Schlund, und es schoß eine von glänzenden Flammen eingehüllte Zunge hervor, die die Schlangen und Venen zerschnitt und sich direkt in das Innerste der Bestie aus dem Reich der Finsternis einbohrte.

Die Schlangen schrien wie mit einer Stimme auf, und ihre Köpfe zogen sich in eine Art Schutzzone zurück. Aber es war bereits zu spät: Sie schrumpften dutzendweise zu einer geleeartigen Substanz zusammen und verwandelten sich dann wieder in roten Dampf, der vom Wind davongetragen wurde.

»Wer bist du?« schrie Phaidan. »Ich kenne alle *kaer'n*, aber dich nicht!«

»Ich bin, was ich bin«, sagte Chiisai, die ihre Zunge tiefer in seinen Körper bohrte. »Du kennst mich.«

»*Wen?*« Phaidan kreischte auf, als er aufgespießt wurde und sich vor Schmerzen krümmte.

*»Ich bin, was ich bin.«*

Chiisais Zunge verströmte bleiche Flammen, die Phaidan verschlangen und seinen Körper Stück für Stück einäscherten. Es war eine qualvolle Todesart – wenn das Wort »Tod« eine überzeugende Bezeichnung für das Ende eines Ungeheuers aus dem Reich der Finsternis war.

Man hörte ein rauhes Rascheln, als Chiisai ihre Flügel entfaltete und spreizte. Sie peitschten die Luft instinktiv im Rhythmus des Todes. Ich habe mich also in ein *kaer'n* verwandelt, dachte sie.

Sie ruhte sich aus, und der Wind rauschte über ihre Flügel, wie er über die in der Nähe wachsenden Zedern hinwegstrich. Tokagés phantastische Rüstung rostete vor sich hin, als ob sie schon seit einem Jahrhundert dort gelegen hätte. Sie wirkte wie das Skelett eines vom Zahn der Zeit angenagten Wesens, und sie rasselte und ächzte, wenn sie von Windstößen getroffen wurde.

Chiisai schloß die Augen. Die Umstellung war schwierig. Einerseits hatte sie keine Lungen mehr: Sie atmete durch das komplizierte System von Kapillargefäßen unter ihrer Haut. Zum anderen wurde ihr Blut – oder genauer: ihre Lebensflüssigkeit – von drei Herzen durch ihren Körper gepumpt, die sich, durch Knochen gut geschützt, an der Hinterseite ihres länglichen Schädels befanden. Sie fand das heftige Schlagen ihrer drei Herzen immer noch irritierend. Die Anzahl der Veränderungen war praktisch endlos, und jede einzelne verlangte eine vorsichtige Anpassung.

Über ihr strich ein Schatten vorbei, und sie blickte auf. Die Sonne war von Wolken verhüllt und die Luft wieder frostig. Vielleicht zog vom Meer her ein neuer Schneesturm auf.

»So hast du dich also verändert.«

Chiisai wandte sich um und sah, daß Kaijikan auf sie zuschwebte. Sie lächelte. »Als ich die Falle vorbereitet und den angegriffenen Tokagé als Köder benutzt habe – jenen Tokagé, der durch dich nutzlos geworden war –, hätte ich nie geglaubt, auf eine Bestie angewiesen zu sein.«

»Ich bin keine Bestie«, sagte Chiisai.

»Nein, natürlich nicht«, erwiderte Kaijikan, während sie sich näherte. »Wenn man einmal von den vier Beinen, dem Schwanz, dem Drachenkopf, den Schuppen und den kaum zu übersehenden Hörnern absieht.«

»Welche Bestie wäre in der Lage zu sprechen?«

Kaijikans Lächeln ging in ein Grinsen über. »*Meine* Bestien sind alle so sprachgewandt wie ich.«

»Und welche Bestie empfände wie ein Mensch?«

Die Wächterin der Seelen stand vor Chiisai und lachte ihr ins Gesicht. »Daran glaubst du wirklich? Wie naiv! Wie sollte das möglich sein, wo du doch kein Mensch mehr bist?«

»Ich bin, was ich bin.«

»Dieser Hokuspokus hat vielleicht bei Tokagé funktioniert – er war nur eine Art Mittler. Eventuell sogar bei Phaidan, aber auch er war nur ein Vasall. Bei mir läuft die Sache nicht. Ich weiß, wer und was aus dir geworden ist, und wenn ich dir sage, daß du eine Bestie bist, kannst du mir ruhig glauben. Du verkörperst eine evolutionäre Sackgasse, weil du dich nicht fortpflanzen kannst. Du bist nutzlos wie alle Exemplare dieser Art – du gehörst weder zu dieser noch zu jener Welt.« Kaijikan malte Symbole in die Luft. »Du hast den Tod einmal an der Nase herumgeführt, das will ich dir zugestehen. Aber ich garantiere dir, daß du weiterleben und diese Heldentat bedauern wirst.« In der Luft formten sich Runenmuster. »Was für ein Leben dir auch geblieben sein mag, es gehört *mir*.«

Chiisai hatte genug und wollte Kaijikan angreifen, aber sie konnte sich nicht bewegen. Ihre Muskeln und Nerven gehorchten nicht den Befehlen ihres Gehirns. Sie stand wie angewurzelt auf der Stelle – wie ein versteinerter Drachen.

Kaijikan grinste immer noch und nahm sich Zeit, während sie um Chiisai herumging. »Ich bedauere Tokagés Tod trotz allem nicht. Jetzt habe ich dich, mein persönliches *kaer'n*, das meinen Befehlen gehorcht. Ich hatte zwar geplant, daß der wiederbelebte Tokagé den Kunshin umbringen sollte, aber meine Rache wird sehr viel süßer sein, wenn ihn statt dessen seine eigene Tochter ermordet.«

»Willkommen«, sagte der Bär, dessen Fell sich sträubte. »Wir haben dich erwartet.« Bjork hatte sich wieder in den männlichen Bär verwandelt, als Sardonyx und Hamaan auf der Anhöhe erschienen waren.

Moichi fragte sich, wie sie die Gefahren des *khashm* ohne die Hilfe eines Shakras gemeistert hatten. »Ich hoffe, daß ihr euch keine Sorgen um mich gemacht habt«, sagte er.

»Ich nicht«, sagte Sardonyx sanft. »Ich wußte, wo du warst und wer dich begleitet hat.« Sie kraulte Ouwlmy genau wie Bjork zwischen den Ohren. »Wie geht es dir, meine Süße? Ist Moichi nicht wundervoll?«

»Er ist einzigartig«, sagte Ouwlmy.

»Ja. Das ist er.« Sardonyx beugte sich herab und küßte das Shakra auf die Wange. »Ich habe dich vermißt, meine Schöne.«

Während Ouwlmy ihren Kopf hin- und herwarf und zufrieden schnaubte, ergriff Moichi das Wort. »Ihr kennt euch?«

Sardonyx öffnete weit die Arme und wirbelte wie ein albernes junges Mädchen herum. »Hier habe ich die Kunst meiner Hexerei gelernt, Moichi, die magischen Zauberkünste der Shinju.«

Moichi wandte sich Bjork zu. »Stimmt das?«

Der Bär nickte. »Ich selbst übe die Zauberkünste meiner Mutter nicht aus, habe das Geheimnis aber an Sardonyx weitergegeben.«

So haben sie beide also die Reise durch das heimtückische *khashm* unversehrt überstanden, dachte Moichi.

»Was hat das alles zu bedeuten?« fragte Hamaan. »Drachen im Moor, sprechende *luma* und alle Arten von Hexerei? Und jetzt noch ein intelligenter Bär. Wer – oder genauer – was bist du?«

»Ich bin Bjork«, antwortete der Bär. »Der letzte Shinju.«

»Ein Shinju!« Hamaans Augen leuchteten auf. »Weckt mich nicht auf, falls ich träumen sollte!« Er ergriff Bjorks Pranke und drückte sie begeistert. »Du bist die Antwort auf meine Gebete! Und hier, ganz in der Nähe des Berges Sin'hai, wo der Gott aller Iskamen wohnt, fügt es sich, daß du uns zu Hilfe kommst.«

»Wie bitte?« fragte Bjork.

»Der weiße Lotus, Mann!« brüllte Hamaan. In seinen Augen flackerte erneut das fanatische Feuer auf. »Du bewachst ihn und kennst seine Geheimnisse. Du wirst das Blatt zu unseren Gunsten wenden!« Innerhalb eines Augenblicks hielt er ein kleines Schälmesser in der Hand und preßte es dem Bär an die Kehle. »Ich nehme an, daß du jetzt deine Geschäfte mit den Adanern einstellen wirst, oder?«

»Schon möglich«, sagte Bjork ruhig. Aber seine wäßrigen braunen Augen warnten die anderen, sich nicht zu bewegen. »Vor allem, weil ich nie Geschäfte mit ihnen gemacht habe.«

»Nein? An wen verkaufst du den weißen Lotus dann?«

»Ich kann nicht weiterreden, wenn man mir ein Messer an die Kehle hält.«

Hamaan übte noch etwas mehr Druck mit der Klinge aus. »Du wirst tun, was ich sage, ist das klar?«

Hamaan schnappte nach Luft, als die massive Hülle des Bären flackerte und in sich zusammenfiel. Dann stand eine wunderschöne Frau mit gewelltem rotem Haar vor ihm. Ihre Augen starrten Hamaan an. Sie verdrehte ihm das Handgelenk, bis das Messer auf den Boden fiel. Dann ließ sie ihn los.

»Ja«, sagte Bjork. »Selbstverständlich.«

»Was für ein Wahnsinn ist das?« fragte Hamaan, während er sich das Handgelenk rieb. »Bist du ein Mann, ein Tier oder eine Frau? Oder ist das alles eine böse Täuschung?«

»Tatsächlich bin ich ein Mischling«, sagte Bjork. »Meine Mutter war eine Shinju, mein Vater kam aus Syrinx. Das ist die Wahrheit, Hamaan.« Sie hob einen ihrer langen Arme und wies auf den sturmumtosten Gipfel des Berges Sin'hai. »Jetzt wird es Zeit, daß du vor uns und deinem Gott die Wahrheit sagst.«

»Wovon redest du?«

»Hast du gedacht, daß ich es nicht herausfinden und daß der Tod eines Shakras unbemerkt oder ungestraft bleiben würde?«

Hamaans Gesicht verzerrte sich, so als ob er einen üblen Gestank einatmen würde. »Was für einen Unsinn faselst du?«

»Sag's ihm, Ouwlmy. Erzähl es ihnen.«

»Seit dem Sommer sind zwei Überfälle auf das gleiche Erntegebiet des weißen Lotus am äußersten östlichen Rand des *khashm* verübt worden«, sagte Ouwlmy. »Nachdem wir die Wurzeln zu Paste zerkaut haben, muß diese normalerweise zwei Tage in der Sonne trocknen. Zwei dieser Ernteerträge wurden gestohlen, bevor dieser Reifungsprozeß ganz abgeschlossen war. Bei dem zweiten Überfall wurde ein Shakra abgeschlachtet.«

»Und wer war für diese Überfälle und den Tod des Shakras verantwortlich?« fragte Bjork, während sie Hamaan anstarrte. Als dieser schwieg, zeigte sie auf ihn. »Die Fe'edjinn. Eliteeinheiten, bestens ausgebildete Einsatztruppen, die direkt dem Kommando dieses Mannes unterstehen.« Bjork stand nun unmittelbar vor Hamaan. »Sag die Wahrheit, Mann. Vor Gott und deinem Bruder.«

»Alles Lügen.« Hamaan wandte sich kühl an Moichi. »Siehst du nicht, daß Bjork nur ihre Geschäfte mit den Adanern vertuschen will?«

»Es stimmt schon, daß die Leute von Al Rafaar weißen Lotus bekommen haben«, sagte Bjork. »Aber er wurde ihnen von einem Mitglied der Fe'edjinn verkauft.«

»Was?« schrie Moichi.

»Gerede«, sagte Hamaan. »Niemand würde das glauben.«

»Genausowenig wie jemand glauben würde, daß *du* deine Schwester umbringen ließest?«

Hamaans Gesicht wurde leichenblaß. »Dafür werde ich dich töten.«

»Ich weiß, daß du das versuchen wirst.« Bjork hielt den Ring hoch, den sie vor so vielen Jahren Jud'ae Annai-Nin geschenkt und den Moichi ihr heute zurückgegeben hatte. »Nimm ihn, Hamaan. Umschließ ihn fest mit der rechten Faust.«

Hamaan starrte auf den Ring, als ob er eine Giftschlange wäre. »Ich werde nichts dergleichen tun.«

»O doch«, sagte Bjork. »Weil wir dann in einem Augenblick die Wahrheit kennen werden. Wenn ich lüge, wie du behauptest, hast du nichts zu befürchten. Ganz im Gegenteil, du wärest entlastet.«

Moichi trat einen Schritt auf seinen Bruder zu. »Mach schon, Hamaan.«

»Das ist ein Trick, eine Täuschung.«

»Es ist keine Täuschung«, sagte Sardonyx. Sie wandte sich Moichi zu. »Ich garantiere dafür.«

Moichi nickte. »Nimm den Ring, Bruder!«

Hamaan zögerte immer noch. Dann riß er Bjork den Ring

aus der Hand, und umschloß ihn mit der Faust, wobei sich seine Knöchel weiß verfärbten.

Plötzlich tauchte wie aus dem Nichts ein Mann auf. Er trug das schwarze Gewand eines Al-Rafaar-Mitglieds aus Adan. Der Mann blickte sich einen Augenblick lang um, sah dann Hamaan und vollführte eine kurze Kniebeuge. »Qa'tach«, sagte er. »Wo bin ich? Was ist mit mir passiert?«

»Mach dir darüber keine Sorgen«, sagte Bjork. »Erzähl uns, wer du bist. Du hast nichts zu befürchten. Wir sind Iskamen beziehungsweise ihre Verbündeten.«

»Ich bin nicht in Adan«, sagte der Mann. »Qa'tach?«

Hamaan, dessen Gesicht aschfahl war, hatte den Ring fallen gelassen. »Nein, du bist nicht mehr in Adan.« Seine Stimme klang zuerst zittrig, gewann aber schnell die alte Festigkeit wieder. »Erzähl ihnen, wer du bist.«

»Ich heiße Kh'aligg«, sagte der Mann mit dem Al-Rafaar-Gewand. »Ich bin Mitglied der Fe'edjinn.«

»Und wer ist dein direkter Vorgesetzter?« fragte Bjork.

»Qa'tach Hamaan. Er hat mich persönlich ausgebildet.«

»Warum?« fragte Bjork sanft.

»Um die Organisation Al Rafaar zu infiltrieren.«

»Und ...?«

Er blickte Bjork verwirrt an.

»Was war Ihr letzter Spezialauftrag?«

Kh'aligg wurde von Panik erfaßt. Er blickte Hamaan an.

Hamaan starrte zu Moichi. »Sag es ihnen, Kh'aligg. Es ist keine Schande. Du bist ein Patriot.«

»Ich war eine Art Mittelsmann«, sagte Kh'aligg. Er benetzte seine ausgetrockneten Lippen. »Ich habe der Al Rafaar weißen Lotus verkauft.«

»Und woher kam der weiße Lotus?« fragte Bjork.

»Das weiß ich nicht.«

»Erzähl es ihnen«, sagte Hamaan.

»Er ... Er kam von dir, Qa'tach. Du hast zwei Trupps nach Syrinx geführt, um ihn zu besorgen.«

»Hast du den Verstand verloren, Hamaan?« fragte Moichi verblüfft. »Warum?«

»Du weißt, warum«, sagte Bjork lebhaft. Sie hob den Ring auf, und Kh'aligg verschwand wieder. »Die Qa'tach gingen davon aus, daß die Bevölkerung von Iskael geschlossen den heiligen Krieg gegen Adan unterstützen würde, wenn der Berserker von Al Rafaar seine Attacke innerhalb der Landesgrenzen und sogar in der Hauptstadt starten würde.« Bjork richtete den Blick auf Hamaan. »Aber die Sache hat nicht so funktioniert, wie du dir das vorgestellt hattest, oder, Qa'tach?«

»Hamaan«, flehte Moichi. »Sag, daß das alles nicht wahr ist.«

Jetzt schien Hamaans Blick glasig zu werden. »Wir waren fast am Ziel«, flüsterte er. »Der Erfolg war zum Greifen nah. Die Qa'tachs veranstalteten ein geheimes Treffen und beschlossen, daß ein größerer, entsetzlicherer Ansporn erforderlich war. Sie haben mir höflicherweise erlaubt, mich der Stimme zu enthalten.«

»Und hast du es getan?« Moichi preßte die Worte zwischen den Zähnen hervor.

»Ich habe meine Pflicht getan.«

»Deine *Pflicht*?« Moichi spürte, wie der Zorn in ihm wuchs. Konnte dies tatsächlich der Mann sein, mit dem er sich versöhnt hatte? Sein Bruder, mit dem er übereingekommen war, die Vergangenheit zu vergessen? Was für ein Monster war aus ihm geworden?

»Ich bin Patriot«, schrie Hamaan. »Meine geheiligte Pflicht als Fe'edjinn besteht darin, für Iskaels Sicherheit zu sorgen.«

»Und das hast du getan, indem du die Leute von Al Rafaar mit weißem Lotus versorgt hast?« fragte Moichi ungläubig.

»Der Reifungsprozeß der Droge war noch nicht ganz abgeschlossen«, erklärte Hamaan. »Das wußte ich. Ein Adaner, der sie eingenommen hat, ist innerhalb einer Woche gestorben.«

»Und wie viele unschuldige Iskamen sind in der Zwischenzeit gestorben, als du die Berserker von Al Rafaar innerhalb Iskaels losgelassen hast?«

»Es war zwar ein widerwärtiger, aber definitiv notwendiger Schachzug, um unser Ziel zu erreichen.« Hamaans Gesicht war durch seine leidenschaftlichen Worte gerötet, und er schien in diesem Augenblick unfähig zu sein, irgend etwas zu bedauern. »Hör mir zu, Moichi. Wir haben uns nie vom Joch der Adaner befreien können. Nicht wirklich. Du warst lange Zeit weg. Jahrzehnte und Jahrhunderte sind vergangen, seit Gott unser Volk durch die Mu'ad-Wüste geleitet hat. Aber die Adaner haben immer danach getrachtet, uns zu bestrafen, unsere Handelswege zu zerstören, unsere Verhandlungen mit anderen Ländern zu unterminieren und unsere Karawanen zu vernichten. Seit ihnen bewußt wurde, daß wir nicht in der Mu'ad-Wüste umgekommen waren, begann ein fortwährender Zermürbungskrieg. Und als wir dann begonnen hatten, das Land Iskael erfolgreich zu kultivieren, wurden sie eifersüchtig. Seit Jahrzehnten gieren sie danach, den Hafen von Ala'arat unter ihre Kontrolle zu bringen. Siehst du nicht, daß wir in einer tödlichen Spirale der Gewalt gefangen sind? Wir oder *sie*, das ist die Frage. Aus diesem Grunde gründeten wir die Fe'edjinn.«

»Nein«, sagte Moichi. »Die Organisation der Fe'edjinn wurde von einem kleinen Kader von Kriegern geschaffen, die wütend waren, weil sie den Frieden nicht ertragen konnten. Sie wußten nicht mehr, was sie mit sich anfangen sollten, und noch schlimmer, sie entdeckten während des Friedens, daß ihre Macht zu bröckeln begann. Was für einen Status hat ein Krieger, wenn das einzige, das ihm Macht verleiht, nicht mehr existiert?«

Hamaan schüttelte den Kopf. »Du hast ja keine Ahnung, wie falsch du liegst.«

»Der Beweis für die Richtigkeit meiner Worte liegt offen zu Tage, hier und jetzt. Sieh doch, was du getan hast. Du hast dein eigenes Land Gefahren ausgesetzt und zugelassen, daß deine eigenen Leute abgeschlachtet wurden und in Angst vor den Al-Rafaar-Terroristen leben mußten.«

»Im Namen der Ehre des Gottes unserer Vorfahren, der uns durch die Mu'ad-Wüste geführt hat.«

Moichi versetzte seinem Bruder eine so heftige Ohrfeige,

daß dieser zu taumeln begann. »Du solltest nicht Gottes Namen in den Mund nehmen, um deine üblen Taten zu rechtfertigen. Die Qa'tachs haben die Macht an sich gerissen. Sie berauschen sich daran wie die Kreaturen der Finsternis, bis sie – wie du – nicht mehr wiederzuerkennen sind.«

»Wir haben getan, was wir tun mußten. Wir ...«

»Hast du überhaupt irgendeine Vorstellung davon, was du getan hast, du geisteskranker Bastard? Du hast deine eigene Schwester umgebracht!«

Moichi schlug Hamaan erneut, aber diesmal mit der Faust.

Hamaan taumelte zurück. Das Blut spritzte aus seiner aufgeplatzten Lippe, und er ging in die Knie. Sofort hob er sein Messer auf und richtete die Klinge auf Moichi. »Mach weiter«, sagte er. Hamaan spuckte einen Zahn aus. »Laß gut sein, Moichi. Warum gebe ich mir überhaupt die Mühe, irgend etwas zu erklären? Tief in meinem Inneren habe ich immer gewußt, daß es so mit uns enden würde. Es war unausweichlich, oder? Du hast mich nie verstanden. Du hast nie begriffen, daß das Ministerium der Angst, das die Fe'edjinn eingerichtet haben, notwendig war, um Al Rafaar in Schach zu halten. Ich weiß wenigstens, wofür ich einstehe. Du hast nichts. Du *bist* ein Nichts.«

Moichi zog einen Dolch. Sardonyx sah es und trat einen Schritt auf ihn zu, aber ein warnender Blick Bjorks veranlaßte sie, in der Bewegung innezuhalten. »Diese Sache muß ausgefochten werden«, sagte Bjork. »Bis zum bitteren Ende.«

»Aber sie könnten beide sterben.«

Bjork nickte. »Dann soll es so sein. Es ist nicht an uns, hier einzugreifen.«

Sardonyx warf ihr einen betroffenen Blick zu, aber Bjork schüttelte entschlossen den Kopf.

Moichi stach zuerst zu, und an Hamaans Schulter klaffte eine schiefe Wunde auf. Hamaan sprang auf und trat ihn. Der Absatz seines rechten Stiefels traf Moichi an der Seite des Knies. Er fiel zu Boden. Hamaan war sofort über ihm und kämpfte um die günstigste Position. Moichis Klinge schoß nach oben, aber diesmal war Hamaan darauf vorbereitet. Er parierte die Attacke mit der Schutzvorrichtung seines Messers, während er Moichi die Handkante gegen die Luftröhre rammte.

Moichi zuckte krampfhaft zusammen. Hinter seinen Augenlidern pulsierten dunkle Lichter, und seine Ohren waren von einem schrecklichen Dröhnen erfüllt. Er schnappte nach Luft, während er darum kämpfte, nicht das Bewußtsein zu verlieren. Schemenhaft sah er, wie die Klinge auf seine Schulter zuschoß, rammte Hamaan einen Ellbogen in die Rippen und konnte die Stoßrichtung so verändern, daß die Klinge nur seinen Arm und nicht die Schulter traf. Er schrie auf und traf Hamaan mit der Handkante unterm Kinn. Aber sein Bruder wich aus und stach wieder und wieder auf die Muskeln seines rechten Arms ein.

Die nackte Wut verdrängte jetzt die pulsierenden dunklen Flecken, und durch einen gigantischen Adrenalinstoß schaffte es Moichi, seinen Bruder von seiner Brust zu hieven. Sie kippten zur Seite, und Moichi hämmerte Hamaan mit dem Kupfergriff seines Dolchs das Messer aus der Faust. Dann warf er seine Waffe weg und prügelte Hamaan mit den Fäusten bewußtlos.

Keuchend und blutend hockte er auf seinem Bruder. Der Zorn und die Wucht der freigesetzten Körpersäfte durchpulsten seinen ganzen Körper. Schließlich bemerkte Moichi, daß ihm Bjork seinen Dolch hinhielt. Er ergriff ihn.

»Wirst du ihn töten?« fragte sie.

»Ich weiß es nicht.«

»Er hat ein Shakra abgeschlachtet und seine eigenen Landsleute getötet.« Sie beugte sich vor. »Er hat seine Zustimmung zur Ermordung deiner Schwester gegeben.«

»Aufhören, Bjork!« rief Sardonyx. »Das reicht jetzt. Wie kannst du ihn so quälen?«

Sie hätte weitergeredet, aber Bjork hob warnend die Hand. »Vergiß nicht, wer hier der Meister und wer der Schüler ist«, sagte sie sanft. Dann wandte sie sich wieder Moichi zu. »Nun, worauf wartest du? Er ist durch seine eigenen Worte und unabhängige Anschuldigungen angeklagt, vor Gericht gestellt und verurteilt worden. Bestrafe ihn, Moichi. Es ist deine Pflicht und Verantwortung.«

Moichi hielt Hamaan den Dolch an die Kehle. Dann zog er ihn zurück und stieß ihn wieder in die Scheide. »Nein«, sagte er. Er stand auf und zog seinen Bruder mit hoch. »Wenn es, wie du sagst, mein Schicksal ist, den Gipfel des Berg Sin'hai zu erklimmen, dann wird Hamaan mich zur Wohnstatt Gottes begleiten. Gott soll das Urteil über meinen Bruder sprechen. Es ist die Aufgabe Gottes, nicht meine.«

## Vierzehntes Kapitel

# IM WOLKENREICH

Selbst unter günstigsten Bedingungen wäre das Erklimmen dieses zerklüfteten Vulkangebirges eine Tortur gewesen, aber die Tatsache, daß sowohl Moichi als auch Hamaan jede Menge Wunden hatten, verschlimmerte alles noch.

Der Sin'hai war immer schon ein furchterregender Berg gewesen, aber am schlimmsten war er, wenn man seine schwarzen Basaltabhänge in Angriff nahm. Einige ragten fast vertikal wie Eistürme in ein so dichtes Wolkenreich auf, daß der Bergsteiger bereits eine sturmgeschwängerte Atmosphäre wahrnahm, einen beißenden Geschmack in der Tiefe der Kehle, der von den rosafarbenen Blitzen hoch über ihren Köpfen herrührte, die mit der Macht einer Lawine über die Felswände hinabkrachten.

Bjork und Sardonyx hatten sich die Nacht über alle Mühe gegeben, um die Wunden des Kampfes zwischen den Brüdern zu stillen, zu desinfizieren und auszubrennen, aber Bjork war peinlich darauf bedacht gewesen, sich von den Spannungen zwischen den beiden Brüdern fernzuhalten.

Während Moichi und Hamaan in ihrem Schlummer von Träumen heimgesucht wurden, hatte Sardonyx eine Frage gestellt: »Worum ging es dabei eigentlich, Bjork? Ihr Haß aufeinander ist nicht gestorben – er vergrößert sich in demselben Ausmaß, wie sich wilde Tiere vermehren.«

Bjork blickte auf den vom Geräusch des Donners eingehüllten Gipfel des Berges Sin'hai, der von rosafarbenen Blitzen erleuchtet wurde, die so kraftvoll waren, daß sie sogar die dichte Wolkendecke durchdrangen. In den Stunden nach der Dämmerung war Syrinx von drei oder vier schweren Erdbeben erschüttert worden. »Im Moment treibt sie der Haß bei dieser Klettertour voran.« Sie blickte Sardonyx an. »Ich habe schwerwiegende Befürchtungen, wenn du sie begleitest. Selbst ich weiß nicht, was sie auf dem Gipfel erwartet.

Es ist mehr als wahrscheinlich, daß beide es nicht überleben werden.«

Sardonyx bedachte Bjorks gewichtige Worte lange genug, bevor sie sich zu einer Antwort entschloß. »Ich habe mich schon vor langer Zeit entschieden, als Moichi zum erstenmal im Land des Opalmonds war.«

»Es steht mir nicht zu, dich über die Konsequenzen deiner Entscheidung aufzuklären.«

»Nein«, sagte Sardonyx leise, während sie Moichi einen flüchtigen Blick zuwarf und ihre Hand auf seine Wange legte, um ihn in seinem unruhigen Schlaf zu besänftigen. »Aber was könnte ich denn sonst tun? Mein Herz wird sich mit Sicherheit verhärten, wenn ich nicht bei ihm bin. Gut oder schlecht, er ist zu einem Teil von mir geworden.«

»Was hast du ihm über dich erzählt?«

»Das meiste weiß er schon, aber er muß nicht alles wissen«, antwortete Sardonyx.

»Irgendwann wird er Bescheid wissen, vielleicht früher, als du denkst«, sagte Bjork mit einigem Nachdruck.

Sie begannen ihren Aufstieg im ersten Morgenlicht. Bjork gab Moichi eine Karte, auf der der untere Teil der östlichen Bergseite verzeichnet war, die sie bezwingen mußten. Sie versorgte sie auch mit den nötigen Ausrüstungsgegenständen und dem erforderlichen Schuhwerk. Ihre Schätzung für den Weg ins Wolkenreich belief sich auf drei Tage; dann befänden sie sich in einer *terra incognita*, von wo sie sich auf eigene Faust zum Gipfel weiterkämpfen müßten.

Der schwarze Basaltstein des Berges Sin'hai war für keinerlei Erosion anfällig. Obwohl er Jahrtausende alt war, gab es immer noch unzählige Felsvorsprünge und Ritzen, die seit jenem Augenblick unverändert waren, als sich der Berg aus der Erdkruste erhoben hatte. Das war zugleich Vorteil und Nachteil. Die Oberfläche des Berges war mit Stellen übersät, die Händen und Füßen einen guten Halt boten, aber im Gegensatz zu anderen Bergen gab es überhaupt keine vom Wetter ausgewaschenen Stellen am Boden. So mußten sie ohne Pause und durch Seile abgesichert vertikale Felsschächte bezwingen und heimtückische Schluchten überwinden, die sich hinter zerklüfteten Felsvorsprüngen so weit in die blaue Tiefe erstreckten, daß ihr Grund unmöglich auszumachen war.

Je höher sie stiegen, desto öfter mußten sie eine Pause einlegen, um Atem schöpfen zu können. Moichi war klar, daß es weitaus klüger gewesen wäre, häufiger zu rasten, um sich langsam an die dünne Luft zu gewöhnen, aber er entschied sich für einen Aufstieg ohne lange Pausen. Er wurde von Ängsten umgetrieben, daß die Kreaturen der Finsternis durch die Pforte strömen und in die Welt der Menschen eindringen könnten, um sich das zurückzuholen, was sie für das ihre hielten. Der Gedanke, von irgendeiner Kreatur wie dem Makkon oder – Gott behüte – dem Dolman beherrscht zu werden, genügte, um ihn wachzuhalten und ihn nachts schwitzen zu lassen.

Hamaan hatte die ganze Zeit über fast nichts gesagt. Er hatte seine Niederlage wie ein guter Soldat hingenommen. »Ich betrachte mich als Kriegsgefangenen«, sagte er, wobei er es stur vermied, seinem Bruder in die Augen zu blicken. »Ich werde deinen Anweisungen folgen, halte dich aber für meinen Feind und werde so schnell wie möglich fliehen.«

Moichi versuchte, ihm sein verkrampftes militärisches Getue auszureden, aber all seine Bitten waren sinnlos. Er war deshalb gezwungen, Hamaan nachts zu fesseln, damit er nicht fliehen oder Moichi umbringen konnte. Moichi wußte nicht mehr, was er von seinem Bruder denken sollte. Als er in sein Heimatland zurückgekehrt war, wurde er sogleich mit einem Alptraum konfrontiert: Sanda war brutal umgebracht worden, Sardonyx hatte den Platz Aufeyas eingenommen, und sein Bruder Jesah nannte sich jetzt Hamaan und hatte sich den Fe'edjinn angeschlossen. Als Qa'tach war er für unvorstellbare Verbrechen verantwortlich, die im Namen Gottes und des Patriotismus begangen worden waren.

Nachts, wenn ihn niemand sah, setzte sich Moichi vor eine der steilen Felswände, die nie weit entfernt waren, legte sein Gesicht in die Hände und versuchte, den ganzen Schrecken zu vergessen.

In ihrer zweiten Nacht auf dem Berg Sin'hai, in der Moichi auf diese Art Ruhe suchte, überprüfte Sardonyx Hamaans Fesseln nach Anzeichen, ob er sie zu lösen versucht hatte. Da dies stets der Fall war, zog sie einige Knoten fester an, stieg über ihn hinweg und stand etliche Minuten lang so da, während sie Moichis gekrümmten Rücken betrachtete.

Schließlich überquerte sie den schmalen Felssims, auf dem sie ihr beengtes Lager aufgeschlagen hatten. Sie legte ihre Arme um Moichi und kauerte hinter ihm nieder. So verharrten sie eine lange Zeit. Dann seufzte Moichi. »Wie kommt es, daß ich ihn immer noch lieben will, nach allem, was geschehen ist?«

»Weil er dein Bruder ist.«

Er schüttelte den Kopf. »Das reicht als Begründung nicht aus.«

»Doch. Und es ist ein sehr menschliches Gefühl.« Sardonyx strich ihm übers Haar. »Egal, was du tun würdest, ich weiß, daß ich dich ebenso lieben würde.«

»Das sagt sich so einfach. Wir beide sind keine Kriminellen.« Seine Stimme klang verbittert.

»Aber du hast alles richtig gemacht. Du hast die Entscheidung getroffen, die Bjork von dir erwartet hatte. Du hast ihn nicht verurteilt. Auch Bjork und Ouwlmy haben es nicht getan, obwohl er sich ihnen gegenüber verbrecherisch verhalten hat. Sie haben dir gestattet, ihn mitzunehmen.« Sie blickte flüchtig auf die Blitze über ihnen. »Damit Gott sein Urteil über ihn sprechen kann.«

»Gott. Daß ich nicht lache. Wenn es einen Gott geben würde, hätte er solche Grausamkeiten nicht zugelassen. Er hätte Sanda gerettet.«

»Warum, Moichi? War sie so etwas Besonderes, daß sie von Gottes Plänen ausgenommen sein sollte?«

Moichi wandte sich um. »Du glaubst also, daß all dies irgendeinem Plan entspricht? Zum Teufel, wenn es so sein sollte, ist es ein gewissenloser und grausamer Plan.«

»Grausamer als das Leiden, das den Iskamen seit Jahrhunderten durch die Adaner zugefügt worden ist?«

Moichi schwieg. Auf diese Frage wußte er keine Antwort. Aber er legte seine Hände auf ihre Arme, und während sie einander festhielten, spürten sie das tiefe Grollen, während ein weiteres Erdbeben den Berg erschütterte. Direkt unter ihnen brach ein Felsvorsprung ab und krachte in die Tiefe.

»Guter Gott, was ist da oben los?« fragte Sardonyx. »Es sieht so aus, als ob die Stürme an Intensität zunehmen würden.«

»Wir werden es früh genug erfahren,« antwortete Moichi.

Am nächsten Morgen nahmen sie ein leichtes Frühstück ein, banden Hamaan los und wuschen sich kurz. Dann brachen sie ihr Lager ab und machten sich auf den Weg. Fast sofort waren sie von einer Nebeldecke eingeschlossen, so daß das fast hypnotisch wirkende Panorama von Syrinx, das *khashm* und die dahinter liegenden Festungswälle von Mas'jahan durch einen silbrig weißen Wirbel ausgelöscht wurden.

Moichi dachte an das rätselhafte Wesen namens Bjork, das sich selbst als ein Zufallsprodukt der Natur charakterisiert und Sardonyx die Kunst der Hexerei beigebracht hatte. Und er dachte an Ouwlmy, die er mit einem fast fühlbaren Schmerz vermißte. Auch Bjork fehlte ihm, aber auf eine Art, die ihm unklar blieb, bis Sardonyx ihm eine Frage stellte:

»Begreifst du jetzt, warum ich dir nicht früher erzählt habe, wo ich meine Kunst der Hexerei erlernt habe?«

»Nein«, antwortete er, während er sich weiter nach oben zog. »Ich hätte lieber vorher über Bjork Bescheid gewußt.«

»Wirklich? Sag mir, wie du jemandem ein Wesen beschreiben würdest, dem du vorher nie begegnet bist.«

Moichi dachte einen Augenblick nach, während er gewissenhaft das Seil überprüfte. »Ich weiß noch nicht einmal, ob ich Bjork ›er‹ oder ›sie‹ nennen soll.«

»Ich auch nicht«, sagte Sardonyx, die neben ihm einen engen Felssims erklomm. »War es also nicht besser, daß ich dafür gesorgt habe, daß du dir deine eigene Meinung bildest?«

»Bjork hat sich selbst als ein Zufallsprodukt der Natur bezeichnet. Wie denkst du darüber?«

Sardonyx ließ das Seil nach unten gleiten, so daß Hamaan ihnen folgen konnte. »Wenn es um Bjork geht, spielt es keine Rolle, was ich – oder sonst jemand außer dir – denken mag. *Sie* selbst hält sich für eine Verbrecherin – zwar nicht nach menschlichen Gesetzesvorstellungen, aber was macht das schon für einen Unterschied?«

»Sie hat mit den Mächten der Finsternis kollaboriert, dem Feind der Menschheit.«

»Aber du weißt doch bereits, daß das so nicht stimmt«, sagte Sardonyx. »Die Mächte der Finsternis repräsentieren die Schattenseite der Menschheit. Sie wurden vor unvordenklichen Zeiten von Magiern verbannt, die vielleicht – vielleicht aber auch nicht – das Wohl der Menschheit im Sinn hatten. Erinnere dich daran, was du über die Qa'tachs der Fe'edjinn gesagt hast. Ich garantiere dir, daß diese Art der widerrechtlichen Machtaneignung sogar älter als die Menschheit ist. Die Götter selbst haben sich über Machtfragen gestritten.«

Neben ihnen tauchte Hamaan auf, und einen Augenblick lang teilten sie ihren gefährlichen Aufenthaltsort. Hamaans Blick fixierte Moichi, und es kam ihm wie eine Ewigkeit vor. Dann zog sich Moichi an dem Seil nach oben.

»Kein Grund zur Beunruhigung«, sagte Hamaan zu Sardonyx. »Er hat mit jeder Art von Pflichtausübung Probleme und wird dich oder mich nie verstehen.«

»Schone deine Kräfte«, sagte Sardonyx, während sie ihn gegen die Felswand stieß. »Wir haben heute noch einen langen Weg vor uns.«

Im Laufe des Tages wurde der Nebel dichter, und er drang in ihre Münder und ihre Kehlen ein. Um sie herum tanzten die rosafarbenen Blitze, und das Krachen erinnerte an Bäume, die im Wald gefällt werden. Mittags machten sie eine Pause, um sich zu erfrischen und ihre Notdurft zu verrichten.

»Ich möchte dich vor etwas warnen«, sagte Sardonyx. »Vor unserem Aufbruch hat mir Bjork erzählt, daß meine magischen Kräfte immer mehr nachlassen, je höher wir steigen. Wir müssen dafür Sorge tragen, sie sparsam einzusetzen – nur zweimal, wie Bjork warnend sagte –, weil der Berg Sin'hai diese Art von Energie schwächen kann. Darüber hinaus können wir nicht davon ausgehen, daß da oben alles gutgeht.«

»In Ordnung«, sagte Moichi. »Werden deine magischen Kräfte auf dem Gipfel überhaupt funktionieren?« fragte er nach einem Augenblick.

»Das weiß niemand, obwohl ich fest davon überzeugt bin, daß wir sie dort am dringendsten brauchen werden.« Sie trank einen Schluck Wasser. »Geht es weiter?«

Nachdem die Hälfte des Nachmittags verstrichen war, mußten sie feststellen, daß ihr Weg durch massiven Steinschlag blockiert war. Der vertikal aufragende, kaminartige Schacht – der letzte Eintrag im oberen Bereich von Bjorks Karte – war fast völlig dicht. Moichi blickte nach oben. Die Außenseite des Schachts wölbte sich aus der Felswand hervor. Noch schlimmer war, daß sich dieses Gebilde durch einen einzigen Kraftschub gebildet haben mußte, weil seine Oberfläche so glatt wie ein Spiegel war und keinerlei Halt für Hände oder Füße bot.

»Können wir dieses Hindernis irgendwie umgehen?« fragte Sardonyx.

»Nach Bjorks Karte zu urteilen nicht.« Moichi studierte die fast unnatürlich wirkende Felswand. »Es hilft alles nichts, wir müssen es versuchen.«

Moichi zog einen Haken hervor, einen dicken, dornenartigen Gegenstand mit einer Öse an einem Ende, und hämmerte ihn in einen kleinen Riß, der sich in einem Zick-Zack-Muster über die Felswand erstreckte. Er stieg darauf, schlug einen weiteren Haken ein und kletterte weiter, während er das Sicherheitsseil hinter sich herzog. Als er den vierten Haken in den Stein hämmerte, wurde ihm klar, daß es Probleme gab. Der Riß war eine Armlänge über seinem Kopf zu Ende. Von da an bis zum oberen Ende der Wölbung schien der Fels völlig glatt zu sein, und es gab keine Stelle, wo man einen weiteren Haken anbringen konnte.

Er blickte nach unten. Hamaan stand bereits auf dem zweiten Haken, und Sardonyx richtete die Seile, um mit ihrem Aufstieg zu beginnen. Moichi sah wieder nach oben und suchte nach einem Ausweg, wie man die Außenseite des kaminartigen Schachts bewältigen könnte. Er glaubte, etwas gesehen zu haben, und als er auf den obersten Haken geklettert war, streckte er seinen Körper ganz in die Länge.

*Da!* Die Felswand war doch nicht ganz eben. Es war ein Riß, zwar dünner als derjenige, der ihnen bis jetzt weitergeholfen hatte, aber er schlängelte sich fast seitlich durch den Stein und teilte den Schacht mehr oder weniger in zwei Hälften. Aber würde er ihnen den weiteren Aufstieg ermöglichen?

Moichi hatte nicht viel zu verlieren, streckte die Hände nach oben und hämmerte einen weiteren Haken ein. Er zog das Seil hindurch und kletterte hoch. Hamaan und Sardonyx folgten ihm, aber er schenkte seinem Bruder kaum Beachtung. Hier, am Rande einer fast senkrechten Steilwand brauchte er sich um Hamaans Fluchtversuche keine Gedanken zu machen. Sie hingen alle an demselben Sicherheitsseil, und Hamaan konnte nirgendwohin entkommen.

Bedächtig kletterte er an der glatten Felswand empor wie eine Spinne auf Glas. Ein eisiger Wind erzeugte kleine Wirbel aus Nebel und Dunst, die seine Wangen streiften und hinter dem Kragen seiner Weste aus Wildseite seinen Rücken hinunterkrochen. Ohne Aussicht konnte man unmöglich beurteilen, wie weit sie bei ihrem Aufstieg schon vorangekommen waren. Noch schlimmer war, daß man nicht ermessen konnte, was für eine Strecke noch vor ihnen lag. Die Anspannung ließ die Seile erzittern und spiegelte sich in ihrem konzentrierten Gesichtsausdruck, der Wölbung der Muskeln und der bis zum Zerreißen gespannten Sehnen.

Nachdem er den fünften Haken eingehämmert hatte, ordnete Moichi eine Pause an. Obwohl Bjork und Sardonyx seine Wunden sorgfältig verarztet hatten, schmerzten sie. Eine war aufgeplatzt, und er mußte alle paar Minuten das Blut abwischen. Wenn sie heute nacht ihr Camp aufschlagen würden – falls sie dieses gottverdammte Hindernis überwinden könnten –, mußte er Sardonyx bitten, seine Wunden erneut auszubrennen. Er durfte zu diesem Zeitpunkt nicht das Risiko einer Infektion eingehen.

Sie hingen an den Sicherheitsleinen, an den Felsen gepreßt, der aus der Bergwand hervorragte. Die aufkommenden Winde peitschten sie wie Schiffe auf dem Meer. Moichi war sich der Distanz zwischen ihm und Sardonyx noch nie so bewußt gewesen. Er wollte ihre Hand ergreifen, aber sie war zu weit weg, außerdem befand sich Hamaan zwischen ihnen.

Er weckte sie aus ihren Träumereien auf und schwang sich nach links auf den nächsten Haken. So ging es weiter. Sardonyx mußte den untersten Haken hinausziehen und ihn durch Hamaan an Moichi weiterreichen, so daß dieser ihn erneut verwenden konnte. Es gab kein Zurück.

Zwölfmal hatte Moichi bereits einen Haken in den schmalen Riß eingeschlagen und kletterte nun auf den obersten, um den dreizehnten einzuhämmern. Der Tag neigte sich dem Ende zu. Selbst in dieser Höhe, wo die Sonne sehr lange am Himmel stand, war absehbar, daß sie bald durch den Nebel verschleiert sein würde, der mehr und mehr einen rosa Farbton annahm, während sie am Horizont unterging. Die flackernden rosafarbenen Blitze der Eisstürme aus dem Wolkenreich über ihnen waren jetzt die hauptsächliche Lichtquelle.

Moichi spürte die Erschöpfung. Als seine Finger den Fels nach der Verlängerung des Risses absuchten und nur glattes Gestein ertasteten, überprüfte er das Resultat dreimal. Nichts. Der Riß endete eineinhalb Fuß hinter der Stelle, wo er zum dreizehntenmal einen Haken eingeschlagen hatte. Was nun? Selbst wenn er durch irgendeinen Zufall einen anderen, parallel verlaufenden Riß finden würde, könnten sie bei diesem schwachen Licht unmöglich ihren Aufstieg fortsetzen.

Die Nacht brach schnell herein, und sie hingen vor der Felswölbung und kamen in keiner Richtung weiter. Moichi beugte sich zu Hamaan und Sardonyx hinab und teilte ihnen die schlechten Neuigkeiten mit. Es wäre selbstmörderisch gewesen, den Aufstieg in diesem Zwielicht fortzusetzen. Sie beschlossen, die Nacht an Ort und Stelle zu verbringen und für den nächsten Tag das Beste zu hoffen. Sie verzehrten ein kärgliches Mahl, das aus getrocknetem Fleisch, Fischpastete und Wasser bestand. Dann schliefen sie – zumindest versuchten sie es.

Es waren schlimme Stunden.

Bjork hatte behauptet, daß Syrinx voller Geister sei, und Moichi, der in einem Zustand zwischen Schlaf und Wachen an dem Felsen hing, glaubte ihm allmählich. Einst hatte sich die schwarze Erde durch das Blut der Einwohner von Syrinx und der Shinju rot verfärbt. Bei so vielen Toten war es kein Wunder, daß die Atmosphäre selbst in dieser Höhe noch davon geschwängert war. Geister wandelten in der Nacht durch den launenhaften Wind, die unregelmäßig einsetzenden eisigen Regenschauer und die hellen Blitze, die an die gegabelte Zunge eines Reptils denken ließen. Sie erzählten Geschichten von Elend und Tod, von vorzeitig beendeten Leben, von Verlust und vom Krieg.

Während er schlief und träumte, wurde Moichi von diesen verlorenen Seelen umgetrieben: Er nahm an den Kriegen in Syrinx teil, fühlte die Tode der Shinju und lernte die Rache der Mächte der Finsternis kennen. Seine Muskeln zuckten instinktiv, und als er im ersten Morgenlicht erwachte, kam es ihm vor, als ob er überhaupt nicht geschlafen hätte.

Er versuchte, seine schmerzenden Muskeln zu strecken, blickte zuerst nach oben, dann nach links und rechts und schließlich verzweifelt nach unten. Als er sah, daß die anderen beiden bereits wach waren, schilderte er das Problem erneut. »Wir sitzen fest. Es sind nirgendwo weitere Risse zu sehen. Wir werden die Haken nicht in den Fels einhämmern können.« Er blickte an Hamaan vorbei zu Sardonyx hinunter. »Wir brauchen dich jetzt. Das ist der einzige Ausweg.«

Sie blickte Moichi an und dachte an Bjorks Warnung, derzufolge sie ihre Zauberkünste nur zweimal einsetzen durfte.

Moichi wußte, daß sie sich beide Chancen für den Gipfel aufsparen wollte. Niemand wußte, was sie dort, wo die Pforte zum Reich der Finsternis aufgestoßen worden war, erwartete. »Es gibt keine andere Möglichkeit«, sagte er. »Ohne dich werden wir den Gipfel gar nicht erst erreichen.«

Sie nickte und schloß die Augen. Wie damals in Mas'jahan,

als sie ihn in ein Mitglied der Fianarantsoa verwandelt hatte, empfand Moichi erneut das Gefühl eines tiefen Schlummers und Traums, als ob er fallen und immer weiter fallen würde …

Moichi öffnete die Augen und fand sich eingezwängt in der Mitte des kaminartigen Schachts wieder. »Wir haben es fast geschafft!« brüllte er, während er auf Hamaan und Sardonyx hinabblickte, die direkt unter ihm kletterten. »Sechs Fuß mehr, und der Steinschlag hätte den Schacht gefüllt und ihn unpassierbar gemacht.«

Während er sprach, empfand er das seltsame Gefühl, als würde er seine eigene Stimme aus einer gewissen Entfernung hören und als gehörte sie irgendeinem anderen Wesen in seinem Körper. Moichi brach kalter Schweiß aus. Dann verschwand das unheimliche Gefühl, und er brachte den letzten Haken an, zog das Seil hindurch und kletterte durch die Öffnung des kaminartigen Schachts.

Moichi legte eine Pause ein und blickte sich um. Er befand sich auf einem schneebedeckten Felsenriff, das zu seiner Linken fast wie ein natürlicher Pfad anstieg. Hamaan und Sardonyx verließen nacheinander den Schacht, und als sie alle auf dem Felsen waren, zogen sie ihre Ausrüstung nach oben. Die Dunkelheit brach herein, und der Schnee war so trocken wie Sand. Er blieb an allen rauhen Oberflächen haften, an der Ausrüstung, selbst an ihren Augenbrauen und den Bärten der beiden Männer.

»Was ist geschehen?« fragte Moichi Sardonyx sanft, während sie ihr Lager aufschlugen.

»Zeit und Zukunft«, antwortete sie. »Das war Miiras spezielle Gabe – jene Zauberkunst, die sie an Bjork und mich überliefert hat. Zeit und Zukunft sind gleichermaßen in geringfügiger und zunehmender Art und Weise veränderlich. Es gibt nicht nur eine Zukunft, so wie es auch nicht nur eine Strömung im Meer gibt. Das, was geschieht, kann manchmal … manipuliert werden.«

»Willst du damit sagen, daß du deine eigene …?«

»Nein. Vielleicht verfügt Gott selbst nicht mehr über diese

Macht«, antwortete Sardonyx. »Zukunft ist in jedem beliebigen Moment mannigfaltig. Bei der Erschaffung der Zukunft fließen so viele Faktoren der Vergangenheit und der Gegenwart ein, daß ein Mensch verrückt werden würde, wenn er sie kategorisieren wollte, vom Zählen ganz zu schweigen. Aber manchmal bin ich in der Lage, in die Strömungen der Zeit einzugreifen, eine andere Zukunft herauszupicken und sie Realität werden zu lassen.«

»Wie jetzt.«

»Ja. Hier, in dieser Zukunft, war der kaminartige Schacht passierbar, und es bestand keine Notwendigkeit, an der Außenseite des Felsens hochzuklettern.« Sie hielt in ihren Ausführungen inne und ergriff Moichis Arm. »Aber auf dem Berg Sin'hai ist das eine gefährliche Sache. In unmittelbarer Nähe zu Gott und den Mächten der Finsternis kann diese Zauberkraft verdreht werden. Davor hat Bjork mich gewarnt. Denk daran, daß ich meine magischen Kräfte nur noch ein einziges Mal einsetzen kann.«

»Was wäre uns in jener ... anderen Zukunft zugestoßen?« fragte Moichi, als sie sich gerade abwenden wollte.

Sie legte eine Hand auf seine Wange, und ihre Augen glitzerten düster. »Diese Frage solltest du nie stellen, da du die Antwort bestimmt nicht wissen willst. Das ist jetzt unsere einzige Wirklichkeit. Gib dich damit zufrieden.«

Nach dem Essen kümmerte sich Sardonyx um die Wunden der beiden Männer. Sie war nicht glücklich darüber, das frische Blut in Moichis Gesicht zu sehen. Sie säuberte die Wunde so gut es ging und brannte sie dann aus. Hamaan beobachtete die Prozedur aufmerksam. Selbst als sich die glühend heiße Messerspitze ins Fleisch seines Bruders bohrte, verrieten seine Augen keinerlei Emotion. Als Moichi vor lauter Schmerz die Augen schloß, seufzte er leicht auf.

Am nächsten Morgen, als sie den vereisten Felsen erklommen, erreichten sie das Wolkenreich. Selbst Bjork, der offensichtlich auf den unteren Abhängen des Berges Sin'hai umherstreifte, war nie bis in diese Höhe vorgedrungen. Die dichten Wolken rochen nach Antimon und Kupfer. Der Sturm war unverändert und peitschte die Bergsteiger mit einer Mischung aus Graupelschauer, Hagel und jenem trockenen Schnee, den sie in der letzten Nacht kennengelernt hatten.

Trotzdem war es eine große Erleichterung gewesen, sich nicht mehr mit Fingernägeln und Stiefelspitzen an dem nackten Felsen oder dem Seil anklammern zu müssen. Es tat gut, wieder zu Fuß zu gehen, wie in den niedrigeren Höhenlagen, bevor sie nach Sin'hai gekommen waren. Selbst Hamaan wurde jetzt klar, daß sie nicht mehr zur alten Welt gehörten – jener Welt Iskaels und Adans, der Mu'ad-Wüste und selbst des *khashm.* Diese Gegend hier war für sie alle *terra incognita.*

In gewisser Weise tat Hamaan Moichi leid. Sein Bruder war ein Krieger, und solche Menschen durften sich nicht gefangennehmen lassen, auch wenn sie oft genug als Gefangene endeten. Man konnte sogar sagen, daß das zwangsläufig so war, aber irgend etwas an der ganzen Sache traf Moichi sehr, so als ob er ein wildes Tier in einen engen Käfig gesperrt hätte. Für beide durfte es nur Freiheit oder Tod geben, aber keine Gefangenschaft.

In der Nacht konnte er nicht schlafen und lauschte dem Geräusch seines Herzschlags, als ob es sich um irgendein Instrument handeln würde, dessen Klang er studieren mußte. In seiner Erschöpfung sehnte er sich danach, daß Sanda ihm erneut erscheinen würde, in einem Traum oder auf irgendeine andere Weise. Vielleicht erwartete er eher ihren Richtspruch als das Urteil Gottes. Seinem eigenen Urteil vertraute er in dieser Angelegenheit nicht, weil es durch seine komplizierten Gefühle verzerrt war. Wenn er an Sandas Geist dachte, sah er ihn irgendwo in einem seltsamen Gefängnis eingesperrt, und seine körperlichen Schmerzen wurden durch die Leiden seines Herzens noch übertroffen. Ich will, daß du zurückkommst, dachte er und preßte seine zusammengeballten Fäuste fest gegen die Augen, damit ihm keine heißen Tränen kamen. Warum konnten Sardonyx' magische Kräfte Sanda nicht zurückbringen? Warum konnte sie nicht in den Wirbel der Zeit eingreifen und eine andere Zukunft heraufbeschwören, in der Sanda lebte? Es war zu spät. Selbst Magie konnte die Toten nicht wiederauferstehen lassen. Aber das bloße Wissen darum ließ ihn den Tod seiner Schwester nur um so schwieriger ertragen.

Als er dann einschlief, verfolgten nur die rohen Seelen von Syrinx sein träumendes Gemüt, und er vollzog während der Zeitspanne eines Wimpernschlags ein ganzes Leben nach.

Die vereisten Felsen des Wolkenreichs waren im großen und ganzen leichter zu bewältigen als die glatten, vertikal aufragenden Bergwände in den tieferen Höhenlagen. Moichi konnte sich nie wirklich einen Reim darauf machen, wie das möglich war, weil die endlosen Eisstürme selbst eine geistige Orientierung unmöglich machten. Sobald sie eine bestimmte Wegstrecke zurückgelassen hatten, verschwand dieser Abschnitt durch einen Wirbel von Eiskügelchen und bitterkalten Winden aus ihrem Blickfeld, als ob es ihn nie gegeben hätte.

Sie marschierten gebückt weiter, um sich vor dem Wind zu schützen, über Eisfelder und gletscherähnliche, gefrorene Schollen. Ein- oder zweimal am Tag mußten sie die Haken herauskramen, die Sicherheitsleinen an ihnen festmachen und sich an senkrechten Felswänden hochziehen. Aber auch wenn es oft schwierig war, waren diese steilen Bergwände nie groß genug, um sie auf der glatten Fläche eines ... *Vergiß es!* ermahnte sich Moichi. Dieses Erlebnis gehört einer anderen Zukunft an. Oder war das mittlerweile die Vergangenheit?

Er fragte sich oft, wie es wohl sein mochte, in das Meer der Zeit zu blicken, die Wirbel verschiedener zukünftiger Welten zu sehen und eine wie einen Fisch mit glänzenden Schuppen auszuwählen. Ganz wie ein Gott. Und vielleicht hatte Bjork Sardonyx deshalb gewarnt, sparsam mit ihren magischen Kräften umzugehen. Irgendwo dort oben befand sich das Haus Gottes, und keine andere Macht konnte vor ihm bestehen.

Nachts war der Frost so streng, daß der Stoff ihrer Zelte erstarrten Leichnamen glich. Deshalb befahl Moichi seinen Gefährten, Blöcke aus dem Eis herauszuhauen, aus denen sie kleine, konische Gebilde formten, die sie besser vor den Naturgewalten schützen sollten, als es die Zelte je vermocht hätten.

Dafür wurden sie jetzt durch ein seltsames Heulen aus dem Schlaf gerissen, das sie noch mehr als die Kälte frösteln ließ.

»Was ist das?« fragte Moichi.

»*Wolke'en*«, antwortete Sardonyx. »Das sind große, schneeweiße Raubtiere mit eisblauen Augen. Sie leben im Wolkenreich und darüber, aber gelegentlich hat Bjork bei seinen Reisen auch auf den unteren Abhängen einen Blick auf sie erhascht. Selbst er hat einen großen Bogen um sie gemacht. Man sagt, daß es sich um sehr kluge Tiere handelt, die erbarmungslos töten, wenn sie erst einmal auf der Jagd sind oder Blut riechen.«

»Ich werde es mir merken«, sagte Moichi, der seinen Kopf unter den Armen vergrub und so versuchte, die unheimlichen Schreie nicht zu hören.

Der Morgen dämmerte bleich, aber da die Nacht durch die funkelnden Blitze hell war, gingen die Tageszeiten ineinander über. Sie mußten sich auf ihren eigenen biologischen Rhythmus verlassen, um die Grenze zwischen Tag und Nacht zu erkennen. Sie schliefen, wenn sie müde waren, ansonsten schleppten sie sich weiter dahin.

Hamaan, der sein ganzes Leben in der Wüste verbracht hatte, litt am meisten. Moichi und Sardonyx hatten immerhin schon in kälteren Klimazonen gelebt, wo der Winter gnadenlos hereingebrochen war. Und dennoch hatte keiner von ihnen solch markerschütternde Temperaturen und ein so unwirtliches Wetter kennengelernt. Hamaans Wunden, die gut zu verheilen schienen, waren durch die schwere Anstrengung wundgescheuert und brachen eiternd auf.

Als sie mittags eine Pause einlegten, kümmerten sich Moichi und Sardonyx gemeinsam um ihn. Sie säuberten die Wunden und sorgten dafür, daß sie gut verbunden waren. Aber während er unbekleidet dalag, wäre er beinahe erfroren, und die anderen beiden wußten, daß sie ihn nie wieder so der rauhen Kälte aussetzen durften.

»Das Ganze gleicht der Welt bei Nacht«, sagte er, während

er seinen Kopf an einen Eisvorsprung lehnte. Er hatte die Augen zusammengekniffen, damit ihn der Schnee und das Eis nicht erblinden ließen. »Wir sind von Träumen umgeben.« Und so empfand er sie auch. »Und wir verleihen den Träumen eine Präsenz, ein Leben.«

»Das sind die Seelen der Toten von Syrinx«, sagte Moichi, während er eine Wunde verband.

Aber Hamaan schüttelte den Kopf. »Für dich vielleicht. Aber mir sind diese Träume vertraut. Sie kommen nachts und nagen wie Haie an mir.« Moichi warf Sardonyx schnell einen Blick zu. »Aha, Bruderherz, ich weiß, was du denkst. Du glaubst, daß ich von den Seelen derer verfolgt werde, die ich umgebracht oder deren Tod ich befohlen habe. Du hoffst, daß hier auf dem Berg Sin'hai ein Wunder geschehen wird.« Sein Oberkörper schoß plötzlich nach vorne, und er packte Moichi an dessen Weste. »Das denkst du doch, oder?« Sie starrten sich aus nächster Nähe an. »Aber ich bin zur Reue unfähig. Ich bin selbst wie ein Hai, ein Raubtier. Ich strebe nach vorne, immer nur nach vorne, und blicke nicht zurück. Ich verachte diese Art von Nachdenken, die deine Schwäche ist.«

Er ließ Moichi los und legte sich keuchend hin. »Jetzt bin ich schwach, und das Nagen beginnt. Wenn ich sterbe, werden es andere Raubtiere erfahren und sich an meiner Leiche weiden.« Sein Atem entwich wie Rauch zwischen seinen Lippen. »So liegen die Dinge, und so will ich es.«

Am Morgen machte er einen kräftigeren Eindruck, als ob es ihm neue Energie verliehen hätte, seinem Bruder seine Galle ins Gesicht zu spucken. Sie verrichteten ihre kurzen morgendlichen Gewohnheiten und brachen das Lager ab. Ihr Weg wurde erneut steiler, und sie verbrachten den größten Teil des Tages an den Seilen, während Moichi die Haken durch Eis und Fels hämmerte. Das war eine zunehmend gefährlichere Aufgabe, weil es in den oberen Bereichen des Wolkenreichs größere Flecken schwarzen Eises gab. Dieses Eis war schon so lange Bestandteil der Bergwand, daß es die Farbe des darunterliegenden Felsens angenommen hatte und praktisch nicht von diesem zu unterscheiden war. Aber im Gegensatz zu rissigem Fels würde es nicht einmal das Gewicht eines Menschen halten können, von dreien ganz zu schweigen.

Mehr als einmal löste sich ein tief eingehämmerter Haken, als Moichi ihn mit einem Testgewicht belastete. Schlimmer war jedoch, daß der Test einmal erfolgreich war, der Haken aber nachgab, als Moichi daraufkletterte. Das Eis schoß an ihm vorbei, während er fiel. Dann wurde sein Fall durch das Sicherungsseil gestoppt, und er pendelte acht Fuß weiter unten am Ende des Taus, dort, wo Hamaan war.

»Zieh am Seil!« rief Sardonyx Hamaan zu, während sie damit begann, Moichi wieder in die Höhe zu zerren.

Hamaan starrte auf seinen Bruder herab und rührte sich nicht, bis Sardonyx das Wort ergriff. »Zieh, Qa'tach, oder ich jage dir ein Messer zwischen die Schulterblätter.«

Hamaan zuckte die Achseln, ohne den Blick von Moichi abzuwenden. »Wer wird dir helfen, deinen Liebsten in Sicherheit zu bringen, wenn du mich tötest, meine Liebe?« Er machte eine kurze Pause. »Ich will ein Versprechen.«

»Was für ein Versprechen?« fragte Sardonyx genau in dem Moment, als Moichi losbrüllte.

»Der Teufel soll dich holen!«

»Ich will ohne Fesseln schlafen«, sagte Hamaan. »Ich hab' es satt, wie ein angebundenes Tier behandelt zu werden.«

»Das war deine eigene Entscheidung, nicht unsere«, brüllte Moichi, der sich bemühte, seine Pendelbewegung unter Kontrolle zu kriegen.

»Wenn wir dich nachts losbinden, wirst du zu fliehen versuchen«, warf Sardonyx ein.

»Ich gebe dir mein Wort, daß ich nicht fliehen werde.«

»Und was ist dein Wort wert, Bruderherz?« rief Moichi.

Sardonyx blickte Hamaan lange an. »In Ordnung«, sagte sie. »Und jetzt tu, was ich dir sage.«

Hamaan und Sardonyx arbeiteten perfekt zusammen. Sie zogen und zogen und hievten Moichi Schritt für Schritt an der Bergwand empor.

»Eines Tages wirst du mir noch für meinen Großmut dankbar sein, Bruder«, sagte Hamaan zu Moichi, als sich die beiden direkt voreinander befanden.

Moichi schwieg. Er war auf Sardonyx wütend, weil sie dem Handel zugestimmt hatte, auch wenn er ihr andererseits dankbar war, in dieser Situation, wo er selbst außer Gefecht war, richtig gehandelt zu haben. Er verstand die Notwendigkeit ihrer Handlung, wenngleich es ihm nicht gefiel.

Einige Zeit später wurden sie von einem grimmigen Schnee- und Eissturm überfallen. Es war der bisher Schlimmste. Eine peinigende weiße Decke legte sich über sie, so daß sie unmöglich mehr als eine Handbreit weit sehen konnten. Sie kämpften sich praktisch blind den vereisten Felsen empor und kamen langsam, aber beständig voran.

Schließlich streckte Moichi die Hände aus, um nach einer Stelle zu suchen, wo er den nächsten Haken einhämmern konnte, und seine Finger ertasteten einen waagerechten Sims. Er rief Sardonyx und Hamaan etwas zu und zog sich dann hoch.

Sofort wurde ihm klar, daß dies mehr als nur ein enger Sims war. Sie befanden sich am Rande eines Eisfelds, das natürlich noch weiter nach oben führte, doch der Anstieg schien nicht besonders steil zu sein. Als sie alle oben waren, machten sie sich auf den Weg. Sie mußten vorsichtig sein, weil hier bereits so viel Schnee gefallen war, daß ihr Körpergewicht sie auf das darunterliegende Eis krachen ließ. Wenn sie das Gewicht nicht genau auf den voranschreitenden Fuß verlagerten, konnten sie sich eine schmerzhafte Wunde einhandeln.

Mehrere Stunden lang schleppten sie sich mit gesenkten Köpfen, um sich gegen den Sturm zu schützen, dahin. Wegen der zunehmenden Intensität der Erdbeben mußten sie jetzt häufiger anhalten. Bei einigen dieser Erschütterungen hatten sie das Gefühl, als versuchte der Berg sich selbst zu zerstören. Aus der Ferne hörten sie das Echo des dumpfen Grollens von Steinschlägen und Lawinen.

Es war immer noch hell, als Moichi im Windschatten eines Gewirrs eisverkrusteter Felsen eine Pause anordnete. Diese

Geräusche und unheimlichen Echos ließen in seinem Kopf die Alarmglocken klingeln.

»Wir werden hier unser Lager aufschlagen«, teilte er den anderen mit.

»Aber warum?« fragte Hamaan. »Der Sturm wird stärker, und hier sind wir ihm ausgeliefert. Bis zum Anbruch der Dämmerung sind es noch ein paar Stunden. Wenn wir weitergehen würden, hätten wir dieses gottverdammte Eisfeld bald hinter uns gelassen und einen anständigen Platz gefunden, der uns Schutz bietet.«

Moichi wußte natürlich, daß Hamaan recht hatte, aber seine Entscheidung hatte nichts mit Logik zu tun. Die Echos, die immer noch in seinem Geist hallten, sorgten dafür, daß ihm trotz der extremen Kälte der Schweiß ausbrach. Irgend etwas wartete dort draußen auf sie, und er hatte keinerlei Absicht, der Gefahr im Schneesturm zu begegnen, wenn sie praktisch blind waren.

Sie errichteten ihr Lager so gut wie möglich. Sie versuchten, Eisblöcke loszuschlagen, aber das Eis haftete mit einer so unnatürlichen Zähigkeit an dem Fels, daß sie nur mit einigen eiszapfenähnlichen Splittern zurückblieben.

Wie vereinbart, fesselten sie diesmal Hamaans Handgelenke und Fußknöchel nicht. Er rollte sich zusammen, deckte sich mit dem steif gefrorenen Stoff seines Zelts zu und war fast sofort eingeschlafen. Moichi und Sardonyx wollten abwechselnd schlafen, und Moichi übernahm die erste Wache. Es war dunkel und eng. Der Wind heulte, die Erde erzitterte und beruhigte sich dann wieder. Die Echos waren weiterhin zu hören und erfüllten Moichi mit Angst. Was wartete dort draußen in der Finsternis auf sie?

Er schloß die Augen, um sich zu beruhigen, und schlief sofort ein. Ein Geruch weckte ihn. Er öffnete die Augen und sah, daß Hamaan neben ihm kauerte. Er preßte Moichi die Spitze eines Eissplitters an die Kehle.

»Du sollst wissen, daß ich mein Versprechen gehalten habe«, flüsterte er rauh, während der Wind heulte. »Ich habe gesagt, daß ich keinen Fluchtversuch unternehmen würde, habe aber nicht versprochen, daß ich dich nicht umbringen würde.«

Moichi starrte ihn ohne Angst an. »Haben wir dieselben Eltern?«

Fast im gleichen Augenblick nahmen die beiden Brüder eine Bewegung in der nächtlichen Dunkelheit wahr. Sie schwiegen und rührten sich nicht, lauschten auf ihre Instinkte. Einen Moment später schien es, als ob sich ein Schneehügel bewegt hätte. Dann erkannten sie einen Kopf und zwei stechende, eisblaue Augen.

*Wolke'en!*

Die Bestie, deren dichtes, weißes Fell mit Schnee bedeckt war, starrte sie an. Sie war so groß wie ein Mensch und etwa sechs Fuß lang. Ihre vier Beine wirkten kräftig, und der lange, rutenartige Schwanz bewegte sich nervös hin und her. Hamaan rührte sich, und das Tier legte die Ohren an und ging in eine Kauerstellung. Die beiden Brüder waren sich sicher, daß es sie anspringen würde, aber es rührte sich nicht von der Stelle. Sie starrten sich weiterhin gegenseitig an. In der nächtlichen Dunkelheit sahen sie die kleinen Atemwolken des Tieres, dessen eisblaue Augen nicht zwinkerten. Schließlich zog es sich so langsam zurück, daß Moichi und Hamaan zuerst unsicher waren, ob überhaupt etwas geschah. Es näherte sich dem Rand ihres Lagers und war dann ganz verschwunden.

Die beiden Männer schwiegen eine Zeitlang und bewegten sich auch nicht, während die Spannung, die sich aufgebaut hatte, langsam nachließ. Allmählich wurde wieder alles so wie vorher, und der kurze Augenblick, in dem sich die Brüder gegen den gemeinsamen Feind verbündet hatten, verflüchtigte sich genauso wie das *wolke'en*.

»Ach, ja.« Hamaan konzentrierte seine Aufmerksamkeit wieder auf seinen Bruder. »Erkennst du nicht in uns beiden unseren Vater?«

Moichi spürte immer noch die behelfsmäßige Waffe an seiner Kehle. Er schloß die Augen. »Ja, töte mich. Bring die Sache zu Ende, ermorde alle deine Geschwister.«

Es geschah nicht, und als er die Augen wieder öffnete, lag

Hamaan bereits wieder zusammengerollt unter seinem steif gefrorenen Zelt und schlief.

Am nächsten Morgen, als sie ihr Lager abbrachen, hatte der Sturm nachgelassen. Er hörte völlig auf, nachdem sie aufgebrochen waren. Ein vereinzelter Sonnenschimmer fiel auf das schneebedeckte Eisfeld, und über ihnen glitzerte der blaue Himmel wie ein unerreichbarer Gral.

Sie schritten die Steigung des Eisfelds hoch, und unter den Sohlen ihrer Stiefel knirschte der frisch gefallene Schnee. Aber Moichi sah bereits direkt vor ihnen eine dünne graue Furche, die mit beunruhigender Geschwindigkeit breiter und tiefer wurde, bevor sie sich wieder schloß.

Die drei Bergsteiger blieben wie angewurzelt stehen, und sogar Hamaan verschlug es die Sprache. Moichi verstand jetzt, daß die Echos der Steinschläge und Lawinen sein Unterbewußtsein gewarnt hatten. Wenn sie gestern weitergegangen wären, wie Hamaan es vorgeschlagen hatte, wären sie jetzt bereits tot gewesen.

Vor ihnen, keine neunhundert Fuß von ihrem Nachtlager entfernt, klaffte eine weitausladende Schlucht in Eis und Fels, die so tief und breit war, daß sie nur von der Hand Gottes geschaffen sein konnte.

## Fünfzehntes Kapitel

# DIE GROSSE SCHLUCHT

»Empfindest du etwas?«

Kaijikan spitzte ihre vollen Lippen und hielt eine Hand hoch. Darin befand sich eine schimmernde, gläserne Kugel, in der ein kleines *kaer'n* schwamm.

Chiisai.

Kaijikan lachte und schüttelte die Kugel wie ein Kind sein Spielzeug. Chiisai stürzte Hals über Kopf.

»Wie fühlt man sich denn so ganz ohne Macht, meine Liebe?« gluckste Kaijikan, deren Wangen eine ungesunde Blässe hatten. »Gewöhne dich daran.«

Tatsächlich sah Chiisai überhaupt nichts. Aus dem Inneren war die Zauberkugel völlig undurchsichtig, aber sie hörte Kaijikans Stimme so deutlich, als ob sie neben der Wächterin der Seelen stehen würde. Das Schwindelgefühl, das sie überwältigt hatte, als Kaijikan das zweite Runenmuster in die Luft gemalt hatte, ließ nicht nach. Ihr Magen schien sich umzudrehen, und Chiisai blieb keine andere Wahl, als fügsam umherzutreiben und zu beten, daß sich an diesem Zustand bald etwas ändern würde.

Das war schnell genug der Fall. Aber als die undurchsichtige Kugel aufbrach und die Flüssigkeit, in die Chiisai eingetaucht gewesen war, abfloß, wünschte sie sich in diese Sphäre zurück, weil sie erkannte, daß sie sich nun in den Privatgemächern ihres Vaters aufhielten, im Zentrum des Schlosses des Kunshin in Haneda. Sie hatte keine Ahnung, wie Kaijikan sie dorthingebracht hatte, aber sie befanden sich bereits jenseits des Schloßgrabens, den vor Waffen starrenden Zinnen und den speziell ausgebildeten Elitetruppen des Kunshin. Irgendwo hier mußte ihr Vater liegen, der Führer und die geistliche Macht der Bujun. Er ahnte nichts und war dem Angriff schutzlos ausgesetzt.

»Selbst dieses ekelhafte Gesicht eines *kaer'n* kann Gefühle ausdrücken«, sagte Kaijikan. »Und mir gefällt, was ich sehe.« Sie ging um Chiisai herum. »Deine Angst erregt mich. Es ist, als ob ich ein exotisches Gewürz auf der Zungenspitze schmecken würde.« Sie trat näher, streckte die Zunge heraus und leckte Chiisais schuppige Haut. »Hmmm.« Sie schloß wie in Ekstase die Augen.

Dann öffnete sie die Augen, und der Ausdruck ihres Blicks war stahlhart. »Die Zeit der Rache ist gekommen.« Sie bedeutete Chiisai durch ein Winken, daß sie ihr folgen sollte.

»Ich kann mich nicht bewegen«, sagte Chiisai. »Keinen einzigen Muskel.«

Kaijikan wandte sich wieder um. »Höre ich da Erleichterung in deiner Stimme?« Sie lächelte bösartig. »Das können wir natürlich nicht zulassen.« Ihre langen Finger zeichneten Muster in die Luft, und Chiisai war von ihrer Bewegungsunfähigkeit befreit. »Versteh mich richtig, mein Kind, du wirst jetzt das tun, was ich dir sage«, erklärte Kaijikan sanft. »Dir bleibt keine andere Wahl. Du mußt meinen Anweisungen gehorchen.«

»Du irrst dich«, erwiderte Chiisai. »Ich werde dir beweisen ...« Sie taumelte gegen ihren Willen voran und blickte auf ihren Körper herab, während sie hinter Kaijikan hertrottete. Es war, als ob ihr Geist sich völlig von ihr abgelöst hätte und in Nebelschwaden dahinschwebte. Sie versuchte, ihre Nerven und Muskeln in den Griff zu kriegen, aber sie schien vergessen zu haben, wie sie das anstellen mußte. Es geschah nichts, wenn man einmal davon absah, daß sie nacheinander durch die Räume schritten und tiefer in die Welt ihres Vaters eindrangen. Wenn es ihren drei Herzen möglich gewesen wäre, sich vor Furcht zusammenzuziehen, hätten sie es getan, aber Chiisai hatte jede Verbindung zu ihrem Körper verloren. Es erging ihr wie Sanda – ihr Wesen war in der schaurigen Vorhölle des Reiches der Finsternis gefangen.

Aber sie konnte immer noch sprechen. »Warum tust du das?« fragte sie.

»Das habe ich dir bereits gesagt«, erwiderte Kaijikan gereizt. »Meine Schwester ...«

»Der Tod deiner Schwester hat nichts damit zu tun, daß du einen unheiligen Pakt mit den Mächten der Finsternis geschlossen hast.«

Kaijikan blieb stehen und lächelte. »Es ist wirklich eine Schande, daß du sterben mußt. In gewisser Weise ist es eine Sünde wider die Natur, deinen flinken Geist zu zerstören.«

»Chaos bedeutet ein Verbrechen gegen die Natur.«

»Da irrst du dich, meine junge Dame. Und ich bin erstaunt, daß du, die sich auf der anderen Seite befunden hat, immer noch an diese sehr menschliche Lüge glaubst. Du bist kein Mensch mehr, Chiisai. Ich darf wohl sagen, daß du jetzt eher mir ähnelst als deinem Vater, den du bald umbringen wirst.«

»Wie kannst du so etwas Schreckliches sagen?«

»Weil es die Wahrheit ist.« Kaijikan blickte ihr in die Augen. »Sieh mich an, mein Kind. Was glaubst du, was ich bin? Ein Mensch? Könntest du mich mit einem Bujun oder Kintai verwechseln? Ich glaube nicht.«

Sie hatte recht. Seit Chiisai die Wächterin der Seelen kennengelernt hatte, hatte sie über deren Herkunft nachgedacht.

»Ich bin eine Shinju. Hast du von diesem Volk gehört, mein Kind?«

»Ja. Ich kenne die Legende von Miiras Spiegel.«

»Miira!« Kaijikan spuckte das Wort fast aus. »Es ist so ungerecht, daß sich die Sage um *ihre* Person rankt. *Ich* sollte die Hauptfigur der Legende sein!«

»Aber die Wächterin der Seelen ...«

»Ist, wie du sagtest, ein furchterregendes Märchen, mit dem man ungezogene Kinder gefügig macht.« Kaijikan schien wirklich traurig zu sein. »Mich hat man zu einer Menschenfresserin in einem Kindermärchen herabgewürdigt. Was für ein schreckliches Klischee. Miiras Legende hat dagegen Schwung und Stil. Jeder bewundert sie.«

»Wenn du keinen Pakt mit den Mächten der Finsternis geschlossen hättest, dann ...«

»Du bist ein sehr, sehr dummes Mädchen. Begreifst du denn nicht? Alle Shinju schließen einen Pakt mit den Mächten der Finsternis, und sogar unsere Heldin Miira machte keine Ausnahme. Glaubst du, daß sie anders war, weil sie ein außerordentlich schlecht entwickeltes Urteilsvermögen hatte und mit einem Politiker aus Syrinx davonlief? Und jetzt herrscht dieses Halbblut, ihr Nachkömmling, über das *khashm* und hegt rebellische Gedanken – genau wie seine Mutter. Glaubst du, daß ich nicht weiß, daß er dem Makkon die Zunge herausgeschnitten und sie mir als Warnung geschickt hat? Mein Gott, der ganze Unfug macht mich krank.«

»Was willst du denn?« fragte Chiisai.

»Ich will, was alle Geschöpfe der Finsternis wollen, weil es richtig und gerecht ist – die Wiedervereinigung. Die Mächte der Finsternis wollen das, was ihnen rechtmäßig zusteht – jenen Teil dieser Welt, der ihnen verweigert wurde, als sie vor Äonen verbannt wurden.«

»Das kann nicht dein Ernst sein.«

Kaijikans Gesicht glich einer schmerzverzerrten Maske. »O doch. Ich will mich wieder als ein Ganzes fühlen, so wie du jetzt – als Bestandteil dieser Welt und des Reiches der Finsternis. Aber das wußtest du bereits, oder? Du wolltest nur, daß ich es ausspreche. Bist du jetzt zufrieden?«

Chiisai, deren Wesen durch Kaijikans Zauberkünste weggeschlossen worden war, verzagte angesichts der Wahrheit, die zu fürchterlich war, um darüber nachzudenken. Der Gedanke, daß jeder Mensch auf diesem Planeten von einer Bestie aus dem Reich der Finsternis beherrscht wurde, war zu schrecklich, um ihn lange ertragen zu können. Doch bei ihr handelte es sich um einen anderen Fall, der vielleicht einzigartig war. Ihr Leben in dieser Welt neigte sich dem Ende zu. Sie hatte den einzigen Ausweg gewählt, der ihr offenstand, und war durch irgendeinen alchimistischen Prozeß verwandelt worden. Vielleicht war es ja einst so gewesen, wie Kaijikan behauptet hatte, daß die Menschen und die Kreaturen der Finsternis vereint gelebt hatten, aber diese Zeit war längst vorbei. Im Gegensatz zu den Kreaturen der Finsternis hatte die Menschheit sich weiterentwickelt – sie war jetzt weit von dem Stadium entfernt, wo die Wiedervereinigung noch funktioniert hätte. Ihr war auf einmal klar, daß das Endresultat einzig und allein eine Katastrophe sein konnte, wenn die Mächte der Finsternis ans Ziel ihrer Wünsche gelangen würden. Menschen konnten den Anblick der Kreaturen der Finsternis nicht mehr ertragen, von ihrer eigenen Präsenz ganz zu schweigen.

»Nein!« kreischte Chiisai. »Du mußt doch sehen, wie abwegig diese Idee der Wiedervereinigung ist!«

Kaijikans Gesicht hatte eine entsetzliche, fahle Farbe angenommen. »Ich sehe nichts dergleichen«, sagte sie wütend. »Begreifst du nicht, daß mir etwas fehlt? Ich *brauche* etwas, das mir nur die Mächte der Finsternis geben können. Als Gegenleistung für meine Hilfe haben sie geschworen, die Krankheit zu heilen, die mich seit meiner Geburt quält. Alle Shinju sind von Geburt an teilweise Geschöpfe der Finsternis. Das ist unsere Erbschuld. Unsere Macht begann zu schwinden, als die Mächte der Finsternis hinter die Pforte verbannt wurden – jetzt will ich sie zurückhaben.«

»Was für eine Pforte?« fragte Chiisai. »Ich kenne nur die Pforte, die ich in der Höhle geöffnet habe, als ich mein Schwert in den Riß bohrte.«

»Das war nebensächlich, ein bloßer Nadelstich«, sagte Kaijikan. »Ich habe seit Jahren mit den Mächten der Finsternis zusammengearbeitet, um die Trennwand zwischen ihrer Dimension und dieser Welt durchlässig zu machen. Aber die wichtigste Pforte befindet sich auf dem Gipfel des Berges Sin'hai – in Syrinx, jenseits des *khashm*.«

»Auf diese Weise ist also das Makkon ohne Zunge in unsere Welt gelangt?«

»Ja. Ich habe den Mächten der Finsternis alles zur Verfügung gestellt, was sie für den Erfolg ihrer Mission benötigen. Durch meine magischen Kräfte habe ich schließlich die Pforte auf dem Gipfel des Berges Sin'hai geöffnet, so daß die Kreaturen der Finsternis wieder in diese Welt eindringen können. Und auf die gleiche Art und Weise habe ich auch Sakkourn, dem neuen Herrscher im Reich der Finsternis, das gegeben, was er am meisten begehrte – die Seele eines Menschen. Deshalb war das Makkon in Iskael.«

Chiisai dachte sofort an Sanda, die im Reich der Finsternis gefangen war, und ihr Herz verzweifelte. Sie waren beide hilflose Gefangene dieser finsteren Mächte.

Traurig sah sie zu, wie Kaijikan Symbole in die Luft zeichnete, und Chiisai beobachtete, wie sich ihr Körper von einem Raum in den nächsten bewegte, durch die Gemächer ihres Vaters, die ihr aus ihrer Kindheit und Jugendzeit vertraut waren. Jeder Kunstgegenstand, die Einrichtung und die Möbel hatten eine Geschichte und einen Sinn. Sie kannte alle Geheimnisse und rief sie sich wie ein Kind, das sich gegen das Böse schützen will, erneut in Erinnerung.

Aber das Böse näherte sich unerbittlich, und die bedrohliche Macht schritt an ihrer Seite und lenkte jeden ihrer Schritte. Chiisai verzweifelte, weil sie sich ganz sicher war, daß das Leben ihres Vaters durch ihre eigene Hand enden würde.

Der große Abgrund erstreckte sich zur linken und zur rechten Seite so weit, wie man bei dem wirbelnden Nebel sehen konnte, der sie erneut einzuhüllen drohte. Das Fleckchen blauer Himmel löste sich rasch wieder auf, und der Berg erzitterte. Es braute sich offenbar ein neues Unwetter zusammen.

»Was denkst du?« fragte Sardonyx, als sie zu dritt am Rande des Abgrunds standen. »Vierhundert Meter?«

»Mindestens«, antwortete Moichi.

»Das werden wir nie schaffen«, warf Hamaan ein, aber die anderen beiden beachteten ihn kaum.

»Seht mal dorthin.« Moichi zeigte auf etwas. »Obwohl der Abgrund sehr tief ist, gibt es doch viele Steine, die vom Boden der Schlucht aufragen. Die Zwischenräume sind nicht besonders groß. Wenn es uns gelingt, an einem dieser Vorsprünge das Seil festzumachen, könnten wir es schaffen ...«

»Das sind doch nur zackenartige Gebilde. Einige sind so dünn wie Tropfsteingebilde«, sagte Hamaan. »Was ist, wenn sie unser Gewicht nicht aushalten?«

»Los geht's«, sagte Moichi, der erneut auf eine Steinformation zeigte, die einige Zentimeter weiter rechts aufragte. »Wir werden dort beginnen. Dieser Felszacken scheint am nächsten zu liegen.«

Moichi schaffte es beim zweiten Versuch, das Seil um den spitz zulaufenden Stein zu werfen, und zurrte es fest. »Hamaan hat recht, diese Felsen sind nicht besonders vertrauenerweckend«, sagte er. »Es ist nur recht und billig, wenn ich den Anfang mache.«

»Moichi ...« Sardonyx blickte bestürzt drein.

Er lächelte sie an. »Hab Vertrauen. Wir befinden uns jetzt im Reich Gottes.«

Er ergriff das Seil mit beiden Händen, holte tief Luft und sprang in den Abgrund. Die mit Eis und Schnee bedeckten Felsen rauschten an ihm vorbei, und er hörte, wie der Wind in den Tiefen der Schlucht heulte. Er näherte sich dem zackigen Stein mit beängstigender Geschwindigkeit, krümmte seinen Körper und vermied es so, frontal gegen den Fels zu prallen. Statt dessen schwang er um ihn herum. Seine Finger glitten einen Augenblick lang an der eisigen Oberfläche ab, fanden dann aber Halt.

Einen Moment lang klammerte er sich an den vereisten Felsen und hing mitten im Nichts. Er hatte das Gefühl, als wäre er im Weltraum ausgesetzt worden. Sein Herz pochte schmerzhaft in seinem Brustkasten, und er bemühte sich, seinen Atem wieder unter Kontrolle zu bekommen.

Dann machte er sich an die Arbeit und wählte eine geeignete Stelle aus, wo er den Haken einhämmern konnte. Er zog das zweite Seil durch die Öse und machte es fest. Dann winkte er Sardonyx und Hamaan zu, nahm den zweiten Felszacken ins Visier und schwang darauf zu. Als er es sicher geschafft hatte, wandte er sich um und sah, wie Hamaan auf den ersten Felsen zusprang.

So ging es mühsam weiter, bis sie durch intensive Konzentration einen bestimmten Rhythmus gefunden hatten: Springen, sich anklammern, hämmern, das Seil befestigen, alles überprüfen, etwas ausruhen, erneut alles überprüfen und dann wieder springen, während sich der ganze Vorgang wiederholte. Dieser Rhythmus erfüllte sie mit einer

Art Freude, weil sie erfolgreich einen Schritt nach dem anderen bewältigten, wodurch das Entsetzen vor dem steilen Abgrund direkt unter ihnen gemildert wurde.

Die Sturmwolken jagten über ihren Köpfen dahin, und das dumpfe Grollen erinnerte sie jetzt ständig daran, daß sie ihrem Ziel schon näher waren, als sie gedacht hatten. Sie hatten mehr als zwei Drittel des Abgrunds erfolgreich überwunden, als der Haken plötzlich in dem Felsen nachgab, auf den Hamaan zuschwang.

Hamaan schrie auf, während er in den Abgrund stürzte. Zwanzig Fuß weiter unten straffte sich die Sicherungsleine und riß ihn aus seinem freien Fall. Dadurch wurde er mit dem Kopf zuerst gegen einen vereisten Felsvorsprung geschleudert.

»Hamaan!« rief Moichi.

»Er hat sich schwer verletzt«, rief ihm Sardonyx, die einen besseren Blickwinkel hatte, über die Schlucht hinweg zu. »Er ist entweder bewußtlos oder tot.«

»Bleib, wo du bist«, rief Moichi. »Ich komme zurück.«

»Aber Moichi ...«

»Du mußt an deinem Platz bleiben, Sardonyx. Wenn ich mich zu Hamaan abseile, bist du unser einziger Rettungsanker.«

Moichi bohrte die Absätze seiner Stiefel in das Eis und stieß sich in entgegengesetzter Richtung ab. Er hielt sich an dem vereisten Felsen fest und suchte nach der Stelle, wo er den Haken angebracht hatte. Schwarzes Eis! Kein Wunder, daß es nachgegeben hatte. Ein fünfzehn Zentimeter breiter Brocken war durch den Druck einfach abgebrochen.

Er blickte nach unten und sah, wie sein Bruder mit blutendem Kopf nach unten an der Leine hing. Sein Kopf schlug immer noch leicht gegen den vereisten Felsvorsprung. »Ich seile mich zu ihm ab«, rief er Sardonyx zu. »Ich weiß aber nicht, ob das Seil lang genug ist, um zu ihm zu gelangen.«

Stück für Stück seilte er sich ab und suchte mit den Stiefelspitzen an der glatten Eiswand Halt. Jetzt, wo er sich weiter unten befand, wurde ihm das Problem bewußter. Der vereiste

Felsvorsprung war Bestandteil eines kürzeren Felszackens, so daß sich zwischen der Stelle, wo er sich befand, und derjenigen, an der Hamaan baumelte, eine Kluft auftat.

»Komm zurück!« brüllte Sardonyx. »Du wirst es nicht schaffen.«

Vielleicht hat sie recht, dachte Moichi. Aber es blieb ihm nichts anderes übrig, als es zu versuchen. Er setzte seinen Abstieg weiter fort und stieß sich dann im richtigen Augenblick ab. Einen kurzen Moment lang fühlte er sich, als stürzte er in eine schwindelerregende Unendlichkeit hinab. Der kleinere Zacken ragte vor ihm auf, und er klammerte sich an seiner Spitze fest. Jetzt konnte er Hamaan besser sehen. An dessen Schläfe klaffte eine große, stark blutende Wunde. Sardonyx hatte recht gehabt: Es sah sehr schlecht aus.

»Hamaan!« rief er. »Ich bin direkt über dir, Hamaan!«

»Moichi«, schrie Sardonyx. »Er hört dich nicht!«

Moichi ignorierte sie. »Hamaan! Streck einfach die Hand aus, dann hab' ich dich.«

Hamaan antwortete nicht. Sein Körper schlug weiterhin gegen die Felswand. Moichi ließ sich weiter hinab, doch das Seil war zu kurz. Wenn er zu Hamaan wollte, mußte er das Tau loslassen, aber dann wäre ihm der Rückweg versperrt.

»Hamaan!« schrie er ein weiteres Mal verzweifelt. Dann blickte Moichi zu Sardonyx hoch. »Tu es!«

»Nein«, sagte sie. »Mit Sicherheit nicht. Wenn ich meine magischen Kräfte jetzt einsetze, wird es das letzte Mal gewesen sein.«

»Ich kann meinen Bruder doch nicht ... Ich werde meinen Bruder nicht allein lassen.«

»Wir werden völlig hilflos sein, wenn wir erst auf dem Gipfel sind, Moichi.«

»Dann muß es eben so sein.«

»Vielleicht ist er bereits tot. In diesem Fall ...«

»Ich weiß. Dann hättest du deine magischen Kräfte umsonst eingesetzt. Du kannst Tote nicht wiederauferstehen lassen. Aber wir wissen nicht, ob Hamaan wirklich tot ist, nicht wahr?«

Sardonyx blickte ihn an. »Zieh dich wieder hoch«, sagte sie freudlos.

Moichi tat es. Als er den oberen Felsen erreicht hatte, fühlte er einen überwältigenden Drang, die Augen zu schließen. Es begann sich alles zu drehen, und er träumte, daß er fiel und immer weiter fiel …

Als er die Augen wieder öffnete, lagen sie alle drei auf dem Felsen auf der anderen Seite des tiefen Abgrunds. Hamaan befand sich zusammengerollt zwischen Moichi und Sardonyx. Moichi entfernte Eis und Schnee von seinem Körper, um ihn umdrehen zu können.

»Hamaan.«

Sein Bruder öffnete die Augen. Als er Moichi sah, verzog sich sein Mund zu einem eigentümlichen Lächeln. »Du stehst jetzt in meiner Schuld, Bruder.«

»Was?«

Hamaan setzte sich auf. »Weil ich dir da draußen in der Schlucht das Leben gerettet habe. Oder hast du das einfach vergessen?«

Das Entsetzliche war, daß er es nicht vergessen hatte. Nach jenem verstörenden Augenblick, in dem sich die beiden Realitäten überlappt hatten, war die neue Wirklichkeit auf Moichi eingestürzt, und er erinnerte sich an jede blutige Einzelheit: an den Haken, der aus dem schwarzen Eis herausbrach, an seinen Sturz und an Hamaan, der ihn sofort an der Taille umfaßte, bevor sein Kopf gegen einen Pfeiler aus Eis krachte.

Schweigend blickte Moichi zu Sardonyx hinüber, die gerade die letzten Seile einholte.

Sie zuckte die Achseln. »Das war die einzige Zukunft, in der wir es alle drei ohne Verletzungen schaffen würden.«

»Zum Teufel, wovon redet sie?« fragte Hamaan gereizt. »Wir schaffen uns unsere eigene Zukunft. Stimmt's, Bruderherz?«

Der Kunshin entspannte sich allein in seinem königlichen Badegemach. Die Badezimmer waren kostbar ausgestattet, und man sagte, daß es dem Kunshin gefiel, mit einer Reihe heiratsfähiger junger Frauen zu baden, die keinesfalls nur die Aufgabe hatten, ihm mit einem rauhen Schwamm die Schultern und den Rücken zu massieren. Und dennoch war die Wahrheit weitaus alltäglicher. Die Zeit des Bads war für den Kunshin immer eine Zeit der Einsamkeit gewesen. Das heiße Wasser und der nach Kräutern duftende Dampf halfen ihm, sich von allem und jedem zu distanzieren. Auf diese Art und Weise war er am besten in der Lage, politische Richtlinien zu formulieren, Reformen zu bedenken und sich jedem nur denkbaren Problem zu stellen.

So fand ihn seine Tochter vor: Der Kunshin hatte die Augen geschlossen, und sein unbehaarter Körper trieb in einer achteckigen Badewanne aus poliertem Zedernholz und schwarzer Jade. Weil er irgendein gewichtiges Problem hinsichtlich seines Königreichs überdachte, war er in Gedanken tausend Meilen weit entfernt.

Wie in einem Alptraum beobachtete Chiisai sich selbst, wie sie auf riesigen, goldenen Krallen auf ihn zukroch. Sie sah ordentliche und einladend wirkende Handtuchstapel, Waschlappen und vielerlei frisch gewaschene Kleidungsstücke, die der Kunshin nach seinem Bad vielleicht brauchen konnte.

Chiisai wollte rufen und warnend ihre Stimme erheben, aber es war nicht mehr ihre Stimme, und sie war auch nicht mehr sein Kind. In diesem großen, geflügelten Biest konnte er wahrscheinlich nicht jene Frau wiedererkennen, die Chiisai einst gewesen war.

Irgendein gut entwickelter sechster Sinn bewirkte, daß der Kunshin sich umwandte, während sie sich näherte.

»*Kaer'n?*« Er schien überhaupt nicht überrascht zu sein. »Ist meine Anwesenheit erforderlich?«

Chiisais Körper kam weiter auf ihn zu, aber ihr wie von ihr selbst abgelöster Geist fragte sich, was hier vor sich ging. Die Anwesenheit eines *kaer'n* in seinem Schloß, besonders in seinen privaten Badegemächern, hätte ihn sprachlos machen müssen, und dennoch fand er alles ganz normal.

Er stieg aus dem Wasser, wickelte seinen Körper in ein dickes Handtuch und trocknete sich munter ab. »Ich werde nur einen Augenblick brauchen, um mich anzuziehen. Dann können wir uns auf den Weg machen.«

»Du wirst nirgendwohin gehen, Kunshin.« Kaijikan trat hinter Chiisais massigem Körper hervor. »Wenn man von jeder einzelnen der zehntausend Höllen absieht, die ich für dich bestimmt habe.«

Der Kunshin blinzelte und versuchte, sie in dem gedämpften Licht zu erspähen. »Wer bist du? Wie bist du hereingekommen?« Jetzt schien er doch bestürzt zu sein.

»Zusammen mit dem *kaer'n*«, antwortete sie, nicht ganz wahrheitsgemäß.

Der Kunshin nickte verwirrt. »Das erklärt alles.« Er sah seine Kleidungsstücke durch.

»Es tut mir leid, daß es nicht so ist«, antwortete Kaijikan. Chiisai hatte einen knappen Schritt vor ihrem Vater angehalten, der gerade eine weite Seidenhose und ein Hemd anzog. »Erinnerst du dich an Ulrika?«

Als er den Namen hörte, hielt der Kunshin einen Moment lang inne. Dann kleidete er sich weiter an. »Ich kenne niemanden, der so heißt.«

»Lügner!« schrie Kaijikan. Ihre zusammengeballten Finger zeichneten Arabesken in die Luft, und Chiisai taumelte mit ausgestrecktem Unterarm vor und schlang ihre Klaue um die Taille ihres Vaters.

»Was hat das zu bedeuten? Wer wagt es, den Kunshin zu berühren?«

Sein Protest veranlaßte Kaijikan nur zum Lachen. »Männer! Wie wirkungslos ihre Taten letztlich sind! Dieses Land würde ganz anders aussehen, wenn eine Frau auf dem Drachenthron gesessen hätte.« Sie ballte die erhobene Hand zur Faust, und Chiisai spürte, wie sich ihre Klaue schmerzhaft um den Körper ihres Vaters zusammenzog. Der Kunshin schnappte nach Luft, und sein Gesichtsausdruck war plötzlich schmerzverzerrt.

»Kommt dir der Name Ulrika jetzt vertraut vor?« fragte Kaijikan.

»J ... Ja.« Sein Gesicht war blaß, und Chiisai sah, wie sein

Blick durch das Badezimmer schoß, um irgendeine Waffe oder ein Werkzeug ausfindig machen zu können, mit dem er die Eindringlinge angreifen konnte. »Ulrika war meine Geliebte. Aber das ist schon ziemlich lange her, vor der Zeit, als ich den Drachenthron bestieg.«

»Erzähl mir von ihr«, sagte Kaijikan.

»Sie war schön«, sagte der Kunshin. »Zart und blaß, fast wie ein Geist.«

»Weiter.«

»Bist du auf intime Details aus?« fragte der Kunshin stoisch. »Ich habe nicht die Absicht ...«

»Sie war stumm, oder?«

Der Kunshin schien durch die Aggressivität ihres Tonfalls geschockt zu sein. »Ja. Sie konnte nicht sprechen. Aber das spielte keine Rolle, weil wir andere Wege gefunden haben, um miteinander zu kommunizieren.«

»Allerdings. Du hast sie wieder und wieder bestiegen und deinen Spaß mit ihr gehabt.«

Der Kunshin begann völlig unerwartet zu lächeln. »Tatsächlich war es eher umgekehrt.«

»Lügner!«

»Du hast mich gebeten, von ihr und mir zu erzählen. Die Sexualität war ihr sehr wichtig.« Er neigte den Kopf. »Willst du behaupten, daß du das nicht wußtest?«

»Meine Schwester war noch unberührt, als du sie mehr oder weniger entführt hast. Du hast sie vergewaltigt und sie wie ein Tier eingesperrt.«

Der Kunshin runzelte die Stirn. »Du bist Ulrikas Schwester? Ja, jetzt sehe ich die Ähnlichkeit. Aber wie kommst du auf die Idee, daß ich sie vergewaltigt und wie eine Gefangene gehalten hätte? Nichts könnte weiter von der Wahrheit entfernt sein.«

»Und warum ist sie dann bei dir geblieben?« kreischte Kaijikan. »Sie ist nie wieder nach Hause zurückgekehrt. Sie hat mich im Stich gelassen!«

»Ja, das glaube ich auch«, sagte der Kunshin. »Sie haßte ihre Familie, und dich ganz besonders. Du hast Ulrika tyrannisiert und sie beschimpft, weil sie daran arbeiten sollte, sprechen zu lernen. Du wolltest, daß Ulrika wie du wurde. Das war doch ihre geheiligte Aufgabe, oder? Du hast dir nie die Mühe gemacht zu entdecken, daß sie nicht reden wollte. Ich habe ja bereits gesagt, daß sie andere Methoden der Kommunikation kannte. Und ich kann dir versichern, daß diese oft weitaus intensiver waren als die Sprache.«

»Du hast sie getötet.« Kaijikan spuckte ihm ins Gesicht. »Kaltblütig ermordet.«

»Unsinn«, sagte der Kunshin. »Warum hätte ich das tun sollen? Ulrika starb bei ihren geliebten *kaer'n*.«

Kaijikan taumelte einen Schritt zurück. »Was?«

»Sie hat mich mit den *kaer'n* bekanntgemacht. Mit ihnen konnte sie reden, obwohl die *kaer'n* keine Worte benötigen. Mit Hilfe der *kaer'n* bin ich zum Kunshin geworden. Was glaubst du denn, warum die höchste Instanz in Ama-no-mori ›Drachenthron‹ genannt wird? Das ist kein Zufall. Die *kaer'n* sind die wirkliche Macht, die hinter dem Kunshin steht. Sie haben hier seit Jahrtausenden den Frieden garantiert. Jeder Kunshin vor mir war ihr Partner und treuester Verbündeter.«

»Ich werde mir nicht länger anhören, wie meine Schwester verleumdet wird«, kreischte Kaijikan wütend. »Ich kenne die Wahrheit. Es *muß* die Wahrheit sein!«

Ihre Hände flogen durch die Luft, und Chiisai mußte zu ihrem Entsetzen mit ansehen, daß ihr eigener *kaer'n*-Körper sie betrog und die über die Zeitalter währende Allianz zwischen den *kaer'n* und den Bujun verriet. Das Gesicht ihres Vaters war aufgedunsen, und während er sich hin- und herwand, um zu entkommen, verstärkte sich Chiisais Griff so lange, bis die langen goldenen Krallen sich in sein Fleisch bohrten.

Auf der anderen Seite des Abgrunds hing die Wolkendecke niedriger. Der Berg erzitterte, und gelegentlich stürzten Stein- und Eislawinen in die Tiefe. Moichi hielt es für eine Fügung göttlicher Vorsehung, daß sie nicht von diesen Lawinen überrascht wurden, als sie mit der Schlucht kämpften.

Rosafarbene Blitze fuhren so dicht über ihnen durch die

wogenden Wolken nieder, daß man ihren karmesinfarbenen Ausgangspunkt erkennen konnte. Mit zunehmender Intensität fielen gefrorene Schneeplatten durch den heulenden Wind herab.

»Es wäre besser, wenn wir uns jetzt auf den Weg machen würden«, sagte Moichi, der gerade den Rest ihrer Ausrüstung schulterte.

»Laß mich gehen«, sagte Hamaan. »Ein Menschenleben für ein anderes. Du weißt, daß das Gottes Wille ist. Soviel schuldest du mir!«

»Hast du mir deshalb das Leben gerettet, Hamaan, mit diesem Hintergedanken?« Moichi schüttelte den Kopf und beantwortete auf diese Weise seine Frage selbst. »Nein, es geschah alles viel zu schnell. Du hast instinktiv reagiert. Du *wolltest* mich retten.«

»Das kann ich mir nicht vorstellen«, sagte Hamaan stur. »Mit jeder Stunde, die vergeht, bin ich mehr davon überzeugt, daß du uns in die Verdammnis führst.«

»Wenn du so denkst, werde ich dich freilassen«, antwortete Moichi. »Du kannst den Berg ja wieder hinabsteigen.«

Hamaan lachte bitter. »Soll das ein Witz sein? Allein würde ich das keinen halben Tag überstehen. Wie soll ich denn zum Beispiel den Abgrund überwinden?«

Moichi zuckte die Achseln. »Auf die gleiche Weise, wie wir es geschafft haben.«

Sie wandten sich alle um, als in diesem Moment die Erde erbebte und ein dickes, vereistes Felsenriff mit großem Getöse in den Abgrund stürzte.

»Nicht gerade ein angenehmer Gedanke, Bruderherz.«

»Dann bleib bei uns«, bot Moichi an.

»Damit ich Gott wie ein Opfer dargeboten werde?«

»Ich habe dich von allen Verpflichtungen befreit«, sagte Moichi. »Tu, was du für richtig hältst.«

Er gab Sardonyx ein Zeichen, und sie entfernten sich von dem tiefen Abgrund. Vor ihnen lag die letzte Etappe ihres Aufstiegs zum Gipfel.

Hamaan blickte ihnen nach. »Der Teufel soll ihn holen«,

murmelte er. Dann folgte er ihnen und beeilte sich, die anderen beiden einzuholen. Er hatte nicht die Absicht, allein in der Wildnis zurückzubleiben.

»Ich hoffe, daß dir bewußt ist, wozu du mich veranlaßt hast«, sagte Sardonyx.

»Du hast ein Menschenleben gerettet«, erwiderte Moichi.

Sardonyx schüttelte den Kopf. »Vielleicht. Aber angesichts dessen, was uns auf dem Gipfel zustoßen könnte, sind wir jetzt sehr verwundbar.«

»Was wird passieren, wenn wir wieder in eine heikle Situation geraten und du deine Shinju-Magie anwendest?«

»Das kann ich wirklich nicht sagen. Ich weiß nur, daß Bjork mich gewarnt hat, meine magischen Kräfte öfter als zweimal einzusetzen.«

Der Weg wurde ganz plötzlich steiler und enger. Eine Art eisiger Nebel, der wie gefrorene Spinnweben in der Luft hing, zwang sie, ihr Tempo zu verlangsamen. Bei diesem schlechten Wetter war es unmöglich, die Tageszeit zu bestimmen, aber Moichi, dem daran lag, ihr Ziel bald zu erreichen, trieb sie an, schneller zu gehen. Die rosafarbenen Blitze über ihnen spiegelten sich wie Blutströme auf dem Eis, und sie konnten jetzt erkennen, daß diese Blitze alle von einem zentralen Punkt auszugehen schienen, der sich direkt über ihren Köpfen befand.

»Der Gipfel.« Moichi streckte die Hand aus. »Wir sind fast am Ziel.«

»Moichi«, sagte Hamaan, der sie eingeholt hatte, »was ist im Abgrund geschehen? Wenn ich daran denke, erinnere ich mich mal an dieses und mal an jenes ...« Er brach abrupt ab und erzitterte kurz. »Ich weiß nicht, aber es kommt mir vor, als ob ich im Sterben gelegen hätte.« Es folgte ein rauhes und unbehagliches Lachen. »Aber ich werde nicht sterben, oder?«

»Nein, Hamaan. Wir sind alle am Leben.«

»Aber was fühle ich in meinem Inneren?«

»Warum ignorierst du es nicht?«

»Weil ich es beunruhigend finde. Ich habe noch nie solche Gedanken gehabt. Werde ich wahnsinnig?«

»Nein.« Moichi wandte sich seinem Bruder zu. »Was du auch getan haben magst und was du auch sagen oder denken magst, ich hätte dich nicht sterben lassen. In uns fließt das gleiche Blut. Bei Gott, was immer auch geschehen mag, ich stehe zu dir.«

Hamaans Gesicht war aschfahl. »Dann war es also kein Alptraum. Es war wirklich so.«

»Vergiß es«, sagte Moichi. »Erinnerst du dich nicht daran, daß du mir das Leben gerettet hast?«

»Ich erinnere mich an beides«, erwiderte Hamaan, der sich wieder einen Schritt zurückfallen ließ, um sich alleine mit seinen Gedanken zu beschäftigen.

»Worum ging es denn?« fragte Sardonyx Moichi einen Augenblick später.

»Er erinnert sich an beide Vorfälle, und das hat ihn aus der Fassung gebracht.«

Sardonyx warf ihm einen flüchtigen Blick zu. »Gut so. Vielleicht sinkt dadurch die Wahrscheinlichkeit, daß er uns ein Messer in den Rücken rammt.«

Der Weg, für den sie sich bei ihrem Aufstieg zum Gipfel entschieden hatten, wurde sehr schnell zu einem schmalen Engpaß. An beiden Seiten ragten riesige, konische Gesteinsmassive in den eisigen Nebel auf. Der Wind, der durch die Felsen heulte, erinnerte an stark verzerrte Stimmen, die man sich nicht vorstellen konnte. Und dennoch wurde dadurch die Annahme bestärkt, daß sie jetzt an einem Ort waren, wo Leben überall um sie herum existierte, in Dingen und Elementen, die normalerweise tot waren. Es war, als ob die Luft von aufsteigenden und zugleich herabfallenden Geistern beherrscht würde, die auf heimtückischen Strömungen tanzten.

Es schien jetzt, als ob sie eine gigantische, aus lebendem Basalt herausgeschlagene Treppe erklimmen würden, die regelmäßig anstieg. Sie schritten Stufe um Stufe auf ihr einziges Ziel zu: den Gipfel des Bergs Sin'hai.

Die Blitze krachten hernieder und tauchten alles in ein wild glühendes Licht. Die Basaltformationen wurden größer und massiver, bis sie an allen Seiten steil aufragten: ein Berg auf dem Gipfel des Sin'hai. Und ganz oben drang ein rot glühendes Licht wie die riesige Laterne eines Leuchtturms durch den Eisnebel.

Während Moichi die Umgebung beobachtete, verwandelten sich die umherwirbelnden Eisplatten. Sie prallten nicht ab, als sie auf die Felsen trafen, sondern verschmolzen mit ihnen und wurden eins mit ihnen. Weiter unten brachen riesige Eiszapfen, die wie krankhafte Geschwüre an dem fast vertikalen Felsen hingen, ab. Sie tauten auf, und die Flüssigkeit stieg in die Luft empor und verwandelte sich in weitere Eisplatten.

Dies war das Haus des Allmächtigen, wo der Gott der Iskamen wohnte und wo, wie man behauptete, auch der lebende Gott der Katechisten umherstreifte. Bjork hatte ihnen erzählt, daß hier die Pforte, die ins Reich der Finsternis führte, geschaffen und vor unzähligen Jahrtausenden versiegelt worden war.

Was war Wirklichkeit und was Legende? Moichi blickte zu dem roten Glühen empor, und er hatte das sichere Gefühl, daß sie sich in einem völlig neuen Universum befanden, und sie konnten nur hoffen, daß sie sich an die Gesetze gewöhnen konnten, die auf dem Berg Sin'hai und nirgendwo sonst auf der Welt herrschten.

Aber was für Gesetze waren das? Zunächst offenbar das der Wandelbarkeit. Was in allen anderen Teilen der Welt unveränderlich war, konnte sich hier verwandeln. Bestimmte Zustände veränderten sich so schnell, daß das Auge kaum folgen konnte.

Moichi versuchte immer noch herauszufinden, wie man dies in einen Vorteil ummünzen konnte, als der Eissturm sich über den Gipfel erhob und hoch über ihnen wütete. Und während dies geschah, offenbarte sich die Quelle des wilden roten Glühens, und Moichi wußte, daß sich Bjorks schlimmste Befürchtungen bewahrheitet hatten.

Die Pforte zum Reich der Finsternis war irgendwie geöffnet worden, und während sie konsterniert zusahen, betrat die erste monströse Kreatur mit einem markerschütternden Geheul die Welt der Menschen.

## Sechzehntes Kapitel

# DAS HAUS DES ALLMÄCHTIGEN

»Stirb! Stirb!« kreischte die halb wahnsinnige Kaijikan.

Der Kopf des Kunshin blähte sich auf, als ob er sich der verrückten Forderung fügen wollte, und zerplatzte dann wie eine von einem Dach fallende Melone.

Aber es floß kein Blut, und während Chiisai wie gelähmt zusah, verflüchtigte sich Kaijikans Herrschaft über ihren Vater – oder, genauer, das, was er einst gewesen war. Anstelle des duldsamen Kunshin zeichnete sich der durch eine Rüstung gepanzerte, furchteinflößende Körper des Dai-San ab.

»Nein!«

All die eingravierten, sagenhaften Figuren, die seine Rüstung zierten, waren in Bewegung, während er auf Kaijikan zuschritt. Er packte ihr Genick mit seinem sechsfingrigen Panzerhandschuh, der aus der Haut eines Makkon bestand.

Entsetzt starrte sie auf sein mit einem hohen Helm gekröntes Antlitz. »Nein«, schrie sie. »Ich habe dich weggeschickt und dafür gesorgt, daß die Knochen des Schneehasen die Zukunft nach meinen Wünschen weissagten. Du solltest am anderen Ende der Welt sein!«

»Ich bin aber hier«, knurrte der Dai-San, und das Echo seiner Stimme wurde schmerzhaft laut von den Wänden der Kammer zurückgeworfen. »Ich habe dir die Möglichkeit gegeben, sich mit der Wahrheit zu versöhnen und sich daran zu erinnern, wie deine Schwester war, damit du um sie trauern kannst. Die Gelegenheit zur Buße ist vorbei.«

Kaijikan sah ihn an. »Woher wußtest du ...? Ich habe doch alles so sorgfältig geplant.«

»Das mangelnde Wissen über die *kaer'n* war dein Verderben«, sagte der Dai-San. »Hättest du deine Schwester so gesehen, wie sie wirklich war, hättest du auch die *kaer'n* und ihre mythische Beziehung zu dieser Insel verstanden. Dann hättest du gewußt, daß sie die Hüter des empfindlichen Gleichgewichts zwischen der Menschheit und den Mächten der Finsternis sind.« Er schüttelte sie so stark, daß ihre Zähne klapperten. »Jetzt ist dieses Gleichgewicht durch deine Niedertracht ernsthaft gestört.« Er zog sie hoch, bis ihre Beine über dem Boden baumelten. »Du wirst gemeinsam mit mir dafür sorgen, daß keine dauerhaften Schäden bleiben.«

Er schleuderte sie in eine Ecke des Badezimmers, wo sie sich hinkauerte und vor sich hinbrabbelte. Dann wandte sich der Dai-San um, ging auf Chiisai zu, zog seinen Makkon-Panzerhandschuh aus und streichelte sanft ihren langen, geschwungenen Nacken. »Hab keine Angst, dein Vater ist vor ihrer Hexerei geschützt. Bei den *kaer'n* ist er in Sicherheit.«

»Du weißt, wer ich bin«, sagte Chiisai heiser. Langsam gewann sie wieder die Gewalt über ihre Nerven und Muskeln.

»Ich weiß alles«, antwortete der Dai-San. »Hätte ich genügend Macht gehabt, hätte ich eingegriffen. Aber selbst die *kaer'n* verfügen nicht über solche Mittel.« Er schenkte ihr jenes Lächeln, das nur für sie reserviert war. »Du weißt, daß ich ein besonderes Verhältnis zu den *kaer'n* habe. Meinem Wesen nach gehöre ich zu ihnen. Die Zauberkünste der Bujun haben mich verwandelt. Sie hatten beschlossen, daß es eines *menschlichen* Vorkämpfers bedurfte, um den Mächten der Finsternis entgegenzutreten. Die *kaer'n* wollen nicht, daß ihre Überlegungen zur Verwirklichung dieses Plans bekannt werden.

Du weißt, daß sich in ihrem Inneren – und bis zu einem gewissen Ausmaß auch in mir selbst – etwas vom Wesen der Mächte der Finsternis verbirgt. Daher ist ihnen die vollkommene Umwandlung zuwider. Wir sind eher Wächter und Wegbereiter als Handelnde. Die *kaer'n* haben mich, und ich habe Moichi. Dank meiner menschlichen Herkunft steht es in meiner Macht, mehr als die *kaer'n* zu bewirken, und Moichi kann den Wandel besser einleiten als ich selbst.«

Dann tat er etwas ganz Außergewöhnliches. Er beugte sich vor und küßte sie liebevoll. »Chiisai, meine Liebe, verzweifle nicht wegen deiner menschlichen Natur. Du bist gesegnet.

Wie Eva bist du die erste deiner Art: ein weibliches *kaer'n.* Weil es keine Weibchen gab, konnten sich die *kaer'n* bislang nicht fortpflanzen. Jetzt aber bricht für sie – und auch für dich – ein neuer Tag an. Wenn du bereit sein solltest, ihnen zu helfen, gäbe es auch für sie eine Überlebensmöglichkeit.«

Chiisai wollte ihm gerade erzählen, daß sie ihrem früheren Leben nicht nachtrauerte, als sie sah, wie Kaijikan mit ihren Klauen Zeichen in die Luft malte. Chiisai spürte erste Anzeichen, daß sich ihr Geist von ihrem Körper zu lösen begann. Sie reagierte instinktiv und öffnete den Mund. Ihre Zunge schoß hervor. Über ihre ganze Länge züngelten Flammen, die Kaijikan zu verbrennen begannen, nachdem Chiisais Zunge die Wächterin der Seelen umschlungen hatte.

*Versuche, sie nicht zu töten,* hörte sie in ihrem Geist die Stimme des Dai-San sagen. *Sie wird uns auf unserem künftigen Weg nützlich sein.*

Aber er hatte ja keine Ahnung, wie es war, wenn der eigene Körper von einem anderen manipuliert wurde, während der Geist wie hinter Glas verschlossen war. Chiisai hatte fürchterliche Angst, und dazu kam, daß die brennende Kaijikan noch nicht von ihren Zauberkünsten lassen wollte. Chiisai tat das einzig Mögliche, um das Ganze zu beenden. Sie zog ihre Zunge und damit Kaijikan ein und biß brutal zu. Während sie kaute, beschäftigten sich ihre Gedanken mit anderen Dingen. Sie fühlte das heiße Spritzen von Kaijikans Blut, hörte das Knirschen ihrer Knochen, und im Augenblick ihres Todes löste sich die Macht ihres Banns auf. Chiisai schluckte wieder und wieder. Dann wandte sie sich dem Dai-San zu.

*Ich habe getan, was ich tun mußte,* gab sie ihm im Geist zu verstehen. *Ich habe das Notwendige erledigt.*

*Keine Sorge,* antwortete er. *Wir werden einen Weg finden.*

*Aber wohin wird er uns führen?* fragte sie.

*Zu einem Ort, von dem ich nie erwartet hatte, daß ich ihn eines Tages kennenlernen würde. Ins Reich der Mächte der Finsternis.*

Die Gebirgsgipfel erbebten und warfen das Geheul des Ungeheuers aus dem Reich der Finsternis als Echo zurück. Hinter ihnen donnerten und krachten Steinschläge und Lawinen, und das Geräusch glich dem eines sturmgepeitschten Meeres.

»Beim Gott meiner Vorfahren!« schrie Hamaan. »Was ist das für ein Monster?«

Zum Schrecken aller sah die Bestie menschlich aus. Sie stand aufrecht auf zwei kräftigen Beinen, und aus den wuchtigen Schultern ragten zwei muskulöse Arme hervor. Aber damit endete die Ähnlichkeit auch schon. Der Kopf bestand aus einer Unmenge gewundener Tentakel. Eine Unmenge unheimlicher Schlangenaugen, abwechselnd sichtbar und versteckt, umringten seine Krone. Das Geheul der Bestie, das Schmerz, Angst und Aggression ausdrückte, wurde lauter und schwoll – zusätzlich durch das Echo verstärkt – überdimensional an.

Das Ungeheuer aus dem Reich der Finsternis kam durch die Pforte. Es blutete und sonderte Säfte ab. Offenbar war es nicht leicht gewesen, die Schwelle zu überqueren. Die Kreatur trat auf den Berg hinaus, wobei ihre klauenartigen Füße sich in das Eis einbohrten und eine kleine Lawine auslösten. Sie wurde von einem feinen, eisigen Schleier eingehüllt. Die drei beobachteten, wie sich der Schwanz hin- und herbewegte und beim Abstieg für die Wahrung des Gleichgewichts sorgte.

Die schlangenartigen Augen der Bestie blickten sie unversöhnlich und mit einer unheilvollen Feindseligkeit an, die noch unheimlicher als die dünne Gebirgsluft auf dem Gipfel war.

»Wer von euch ist es?« kreischte das Monster. Es sah einen nach dem anderen an. »Man hat mir die Wiedervereinigung versprochen. Wer von euch ist für Lorcun bestimmt?«

»Zurück!« rief Moichi, aber es war bereits zu spät. Lorcun hatte mit unglaublicher Geschwindigkeit Moichis Handgelenk ergriffen und zog ihn auf die gewundenen Tentakel zu.

»Wiedervereinigung!« kreischte er. »Sofort!«

Moichi hackte mit seinem Dolch auf die Bestie ein, aber es war nutzlos. Entsetzt sah er, daß sich die Tentakel wie eine Flüssigkeit ausdehnten, während sie sich auf sein Gesicht zuschlängelten.

»Nein!« schrie Sardonyx.

Moichi hatte das unheimliche Gefühl, vom Rand der Welt abzurutschen, und seine Augen schlossen sich, obwohl er krampfhaft versuchte, sie offen zu halten.

Die Metamorphose der Formationen ging weiter. Anfänglich schien es sich um ein Gebirge mit Kamm und Bächen zu handeln, dann um eine konische, aus rotem Obsidian geschlagene Treppe. Die einzige Konstante war ein blutroter Farbton, der im künstlichen Licht des Reichs der Finsternis schimmerte und flackerte. Um sie herum ertönte eine Kakophonie aus Donnern und Trompetenklängen.

»Dann gibt es also zwei Pforten«, wiederholte Chiisai. Sie hatte es ihm schon erzählt, als sie noch durch Ama-no-mori geeilt waren, auf dem Weg zu jener todbringenden Höhle, die sich hoch oben hinter der schneebedeckten Geröllhalde befand. »Wir sind in Ama-no-mori durch die Pforte eingetreten, die mich Kaijikan zu öffnen gezwungen hat.« Dort hatten sie ein *kaer'n* postiert, um die Pforte zu versiegeln, nachdem sie die Schwelle bereits überschritten hatten. »Aber die von Kaijikan geöffnete Hauptpforte befindet sich auf dem Gipfel des Bergs Sin'hai.«

»Dort ist Moichi«, sagte der Dai-San, während sie durch das Reich der Finsternis eilten. »Ich mache mir Sorgen um ihn, weil ...«

Die Wendeltreppe – oder das, was ihnen im Moment so erschien – erzitterte unter ihren Füßen, und ein plötzlich aufflackernder Sturm drohte sie mit seinen kräftigen Flügeln herabzuschleudern.

»Was ist los?« kreischte die um ihr Gleichgewicht kämpfende Chiisai.

»Irgend jemand hat sich sehr dumm verhalten«, bemerkte der Dai-San grimmig. »Auf dem Gipfel des Berges Sin'hai sind dunkle Zauberkräfte am Werk, und niemand kann die Folgen ermessen. Wir können nicht einmal erahnen, welche bisher verborgenen Kräfte noch freigesetzt werden.«

»Dann sollten wir uns beeilen.« Chiisai blickte über die

Schulter auf die vielen *kaer'n*, die dem Dai-San und ihr bereitwillig folgten.

»Das wäre ratsam. Zeig uns den Weg zu der Pforte auf dem Berg Sin'hai.«

»Ja, ich ...« Innerhalb von Sekundenbruchteilen waren die blutrote Treppe und der Berg verschwunden. Sie flogen durch die Dunkelheit, in die Finsternis eingehüllt. »Irgend etwas ist passiert. Ich kann nichts mehr sehen und habe jeden Orientierungssinn verloren.«

»Im Reich der Finsternis werden wir durch die Hexerei in Mitleidenschaft gezogen«, fluchte der Dai-San. »Warum können die Leute nicht tun, was man ihnen sagt?«

»Ich muß unsere Position bestimmen, kann aber keine Orientierungspunkte finden.«

Dann hörte sie in der totalen Finsternis eine Stimme. *Ich bin hier. Hörst du mich?*

*Ja, ich höre Sie,* gab Chiisai in ihren Gedanken zu verstehen.

*Beim Gott meiner Ahnen, ich war sicher, die Verbindung zu dir für immer verloren zu haben.*

*Sanda!*

*Ja! Ich kenne den Weg zur Pforte. Das Makkon hat mich durch Sie hierhergeführt.*

*Einen Augenblick,* sagte Chiisai. Sie wandte sich dem Dai-San zu. »Ich habe den Weg zum Berg Sin'hai gefunden.«

Obwohl Bjork sie gewarnt hatte, machte Sardonyx noch einmal von ihren magischen Kräften Gebrauch. Moichi wollte ihr Einhalt gebieten, war aber stumm wie in einem Traum. Lorcuns übler Gestank schlug ihm entgegen. Die Tentakel berührten jetzt fast sein Gesicht. Eines streifte seine Haut, und diese kalte, flüchtige Berührung ließ seinen Kopf zurückzucken. Aber der Angriff der Tentakel war nicht aufzuhalten. Bald saugten sie sich ein, und Lorcun würde mit der Wiedervereinigung beginnen. Sein gallertartiges Wesen würde in Moichis Haut eindringen, wenn Sardonyx' Zauberkünste nichts dagegen ausrichten könnten.

Er spürte ein Gefühl der Entrückung und glaubte zu stürzen. Aber durch eine plötzliche Erschütterung war er wieder bei Bewußtsein. Er öffnete verängstigt die Augen. Was war passiert?

Moichi sah, wie Lorcun den Kopf zurückwarf und vor Frohlocken heulte. »Macht!« rief er, während er sich zu nähren begann. »Ja, ja! Mehr Macht!«

Als Sardonyx begriff, daß Lorcun ihre Kräfte absorbierte, kaum daß sie sie ihm entgegengeschleudert hatte, verstand sie Bjorks Warnung und hielt inne. Sie mußte verzweifelt mit ansehen, wie das Ungeheuer Moichi mit sich zerrte. Immer wieder schlug sie mit ihrem *katana* auf die Bestie ein, bis sie durch die Anstrengung und Frustration zu schluchzen begann. Wieder holte sie hinter der Schulter mit der Waffe aus, um erneut zuzustoßen, als sie brutal zur Seite geschubst wurde.

»Hör auf«, sagte Hamaan. »Siehst du denn nicht, daß es keinen Sinn hat? Es gibt nur einen Weg ...« Er stürzte auf Lorcun zu und zerrte so kräftig an Moichi, daß sich der Griff der Bestie kurzfristig löste. Hamaan nutzte die Gelegenheit, um seinen Bruder in den Schnee zu schleudern. Dann stürzte er sich auf die Kreatur aus dem Reich der Finsternis, um deren Medusenhaupt zu umklammern.

»Nein!« brüllte Moichi.

Aber Lorcun hatte Hamaan sofort in eine Unzahl von Tentakeln eingehüllt. Moichi war aufgesprungen und hörte die heftigen Angst- und Schmerzensschreie seines Bruders. Hilflos standen Sardonyx und er daneben. Irgend etwas mußte geschehen! Moichi konnte nicht hilflos zusehen, wie sich Lorcuns Wesen in seinen Bruder einsaugte.

Zickzackförmige Blitze ergossen sich wie Fetzen im Regen krachend über den gesamten Himmel und färbten ihn blutrot. Über ihnen flackerte die von ruhelosen Schatten heimgesuchte Pforte. Es schien, als ob noch mehr Kreaturen aus dem Reich der Finsternis die Schwelle überschreiten wollten, und Moichis Herz war angsterfüllt. Es ging nicht um sein eigenes Überleben, und vielleicht hätte er auch Sardonyx vergessen können, aber was würde mit der Welt geschehen, wenn sie nicht mehr lebten? Wer würde die Menschheit beschützen? Bjork nicht. Wie sehr wünschte er sich, daß sein Blutsbruder, der Dai-San, an seiner Seite wäre. Moichi war so sehr auf dessen Kraft und Macht angewiesen.

*Aber du verfügst über deine eigene Macht,* hörte er eine Stimme in seinem Geist sagen. Er blickte Sardonyx an, aber sie war auf Lorcuns Wiedervereinigung mit Hamaan fixiert. Wessen Stimme hatte dann zu ihm gesprochen?

In diesem Augenblick schlug rechts neben Moichi ein gigantischer Blitz in die gewaltige Felsformation ein, aber seine Energie wurde nicht von der Erde aufgesogen. Er bemerkte einen leuchtenden Regen azurfarbener Funken. Der ganz durch sein Ritual beanspruchte Lorcun jaulte auf, als einige der Funken seine Haut versengten.

Moichis Herzschlag beschleunigte sich, und er rannte zu der Stelle, wo der Blitz eingeschlagen hatte. Er sah bloßgelegtes, dunkelgraues Metall und hieb auf den neu geformten Spalt ein. Der ganze Felsen war mit diesem Metall durchsetzt und hatte deshalb den Blitz angezogen. Das konnte die Wende sein. Er dachte noch einmal darüber nach und befahl Sardonyx, soviel wie möglich von dem zerborstenen Gestein abzubrechen, um das Metall freizulegen.

Ein Blitz spaltete sich, und es donnerte drohend. Er schoß nieder und wurde von dem Metall angezogen, das jetzt offen zu Tage lag. Es gab einen Funkenregen, der aber viel zu schnell erloschen war. Moichi war klar, daß er alles – sogar sein Leben – riskieren mußte, um Lorcun näher an die Felsformation heranzulocken.

Er stürzte sich auf die Bestie aus dem Reich der Finsternis und erwischte sie mitten im Prozeß der Wiedervereinigung. Seine Schulter traf Lorcun an der Seite und brachte das Ungeheuer ins Wanken, das seinen Schwanz einsetzte, um das Gleichgewicht wiederzufinden. Da erinnerte sich Moichi plötzlich an die empfindliche Körperstelle des Râs Gharib. Bjork hatte gesagt, daß Syrinx dem Reich der Finsternis geografisch am nächsten lag, und vielleicht ähnelten sich die Kreaturen der beiden Territorien.

Moichi zückte den Dolch mit dem Kupfergriff und stieß die Klinge in Lorcuns Schwanzansatz. Obwohl sie an der schuppigen Haut abglitt, heulte die Bestie auf. Moichi setzte noch einmal seine Schulter ein und drückte ihn zur Seite. Lorcun taumelte heftig auf den Felsvorsprung zu.

Sardonyx sprang zurück, als ein weiterer Blitzschlag losbrach und auf das freigelegte Metall heruntersauste. Ein großer Funkenschauer schoß hoch und regnete auf Lorcun herab.

Plötzlich schrie die Kreatur vor Schmerz auf und brach im Schnee zusammen. Moichi stürzte sich auf sie und stach ihr mit dem Dolch in die kalten, schwarzen Augen. Lorcun schrie auf, krümmte sich und hätte ihn beinahe abgeworfen. Aber ein weiterer Blitz sorgte dafür, daß er erneut von Funken übergossen wurde und krampfartig zu zucken begann. Moichi kniete nieder, zerrte an Hamaans Schultern und versuchte, ihn der Bestie zu entreißen.

Aber Lorcuns Tentakel waren – im Gegensatz zum Schwanzansatz – hartnäckig und Moichis Angriffen gegenüber unempfindlich. Da krachte Sardonyx' Stiefel auf Lorcuns Nacken. Man hörte ein schweres, knackendes Geräusch, und er bäumte sich zum letzten Mal auf. Die vielen Brandwunden stanken. Die Funken hatten sich unter seiner Haut in die Eingeweide eingefressen.

Lorcun rollte zur Seite und ließ Hamaan los.

»Das Ungeheuer ist tot«, sagte Sardonyx.

Moichi wiegte Hamaans Kopf in seinem Schoß. Das Gesicht seines Bruders war eine einzige rote Wunde, aus der eine Flüssigkeit eiterte, die Moichi nicht kannte. Trotz seiner Beruhigungsversuche zuckte Hamaan noch immer spastisch. Seine weit aufgerissenen und starren Augen schienen auf etwas tief in seinem Inneren fixiert zu sein.

»Du mußt Hamaan töten«, sagte Sardonyx, die neben Moichi niederkniete.

»Nein, nein.«

»Du mußt es tun«, sagte Sardonyx sanft. »Sieh doch, wie er leidet. Der Prozeß der Wiedervereinigung ist schon zu weit vorangeschritten. Du kannst ihn nicht zurückholen – ich auch nicht.« Sie stand auf und blickte auf ihn herab. »Du weißt, was jetzt am besten für ihn ist.«

Moichi war ihr dankbar dafür, daß sie sich umdrehte. Ihm war bewußt, daß ihre Worte wahr waren. Er sah, wie sehr Hamaan litt. Der Tod – je schneller, desto besser – wäre eine Erlösung für ihn.

»Es ist kein beruhigender Gedanke, mein Bruder, sich Gott wie ein Opfer anzubieten«, hatte er einmal zu ihm gesagt.

»Ich habe dich von allen Verpflichtungen entbunden«, hatte Moichi geantwortet. »Tu, was du für richtig hältst!«

Und Hamaan hatte sich entschieden. Moichi zog den Dolch aus der Scheide, sprach ein Gebet für Hamaans Seelenheil und stieß ihm die Waffe bis zum Heft ins Herz. Die Zuckungen hörten sofort auf, und Hamaan gab einen langgezogenen Seufzer von sich. Seine Augen bewegten sich unruhig und konzentrierten sich dann einen Augenblick lang auf Moichi.

»Du hast mir erneut das Leben gerettet, Hamaan«, flüsterte Moichi.

Hamaans blutleere Lippen öffneten sich, als ob er antworten wollte, erstarrten dann aber. Auch sein Blick fixierte den Bruder.

Dann hörte Moichi hinter sich Sardonyx' Stimme. »Es kommen weitere Bestien durch die Pforte.«

Er sah auf. Sie hatte recht. Die flackernden Schatten hatten sich verdunkelt, und erneut hallte das abscheuliche Echo, das sie gehört hatten, als Lorcun über die Schwelle des zertrümmerten Gebirgsmassivs getreten war. Jetzt kamen die Krieger aus dem Reich der Finsternis durch die Pforte, und jeder einzelne von ihnen war auf die Wiedervereinigung erpicht. Sie strömten über die Schwelle und stimmten ein lange unterdrücktes Vergeltungsgeschrei an. Noch nie hatte Moichi einen so wilden Haufen gesehen, selbst nicht auf den blutgetränkten Schlachtfeldern vor Kamado während der Schlacht von Kaifeng. Er stand auf und ergriff Sardonyx' Hand. Wie sollten sie diesem Ansturm entgegentreten, wo sie doch einem einzigen beinahe unterlegen gewesen wären?

»Wir wollen, was unser ist!« schrie die Heerschar der Bestien wie mit einer Stimme. »Gebt uns, was uns gebührt!«

An der Spitze dieser bösartigen Armee schritt eine Kreatur von einzigartiger Haltung. Während die Rückseite des Körpers von vier behuften Beinen getragen wurde, erhob sich die Vorderseite senkrecht wie bei einem Menschen. Ihr entsprangen zwei kräftige Arme, die in Klauen mündeten, so lang wie Kampfschwerter. Ihr Kopf war länglich und so schuppig wie die Haut eines Râs Gharib, wenn man von dem Unterschied absah, daß ihre Schuppenplatten in einem bösartigen Bogen hervorragten. Ihre an ein aufgeschrecktes Insekt erinnernden Facettenaugen lugten mit einer Gier in die neue Welt, als ob es von dem Wahn getrieben würde, diese komplett zu verschlingen.

Moichi lief es bei dieser Vorstellung kalt den Rücken herunter. Plötzlich wußte er, daß er sich dem neuen Herrscher aus dem Reich der Finsternis gegenübersah, dem Nachfolger des Dolman.

»Ja, Sakkourn«, ertönte da hinter diesem eine Stimme. »Du wirst alles bekommen, was dir zusteht!«

Plötzlich sprengte der Dai-San mit wogendem Umhang durch die Pforte. Er ritt auf einem *kaer'n*, und hinter ihm tauchten in großer Anzahl weitere auf. Die Krieger aus dem Reich der Finsternis drehten sich um und schrien wie mit einer Stimme auf, als sie die *kaer'n* und ihren Anführer sahen, der drohend sein Langschwert – *aka-i-tsuchi* – schwang und einer Bestie das Haupt abschlug. Andere stolperten und rutschten den vereisten Hang hinunter.

Als ob das das Startzeichen gewesen wäre, attackierten die *kaer'n* die Heerschar der Ungeheuer in wohlgeordneten Zweier- und Dreiergruppen. Moichi sah, daß sie nicht nur vom Dai-San, sondern auch von einem etwas anders aussehenden *kaer'n* angeführt wurden. Es hatte lange, mandelförmige Augen, und die Mähne, die kurz hinter den Ohren ansetzte, war wie der Zopf eines Bujun-Kriegers geflochten.

Genau wie bei Chiisai, dachte Moichi.

Sakkourn wirbelte herum, riß in einem überraschenden

Wutausbruch das *kaer'n* nieder, das ihm am nächsten war und durchbohrte es mit seinen Krallen. Es wendete den Kopf, um zuzubeißen, aber Sakkourn schlug ihm das Haupt ab.

Die versammelte Schar der Ungeheuer hob zu einem Schrei an, der einem das Blut in den Adern gefrieren ließ, und verdoppelte ihre Kraftanstrengungen. Das Geschrei ertönte erneut, nachdem Sakkourn dem *kaer'n* das Rückgrat gebrochen und den Kadaver hoch in die Luft geschleudert hatte, damit alle ihn sehen konnten.

Moichi stürzte auf das Ungeheuer zu und schleuderte einen Dolch in Richtung seiner Augen. Die Klinge knallte gegen die gepanzerten Schuppen von Sakkourns Wangenknochen, und das schreckliche Haupt wirbelte zu Moichi herum.

In diesem Augenblick sprang der Dai-San von seinem *kaer'n* und landete auf dem Körper von Sakkourn. Der Herr aus dem Reich der Finsternis bäumte sich auf, und sein Kopf drehte sich um 180 Grad. Das Monster schnappte mit den Kiefern nach der Schulter des Dai-San und schickte sich an, seine Zähne durch die Rüstung in dessen Fleisch zu bohren.

Moichi stützte sich auf eines von Sakkourns Beinen und wollte seinen anderen Dolch in ein Auge des Ungeheuers stoßen, aber es senkte sich ein schützendes Lid nieder, und Moichis Hieb prallte ab, ohne Schaden anzurichten. Der Dai-San keuchte, weil Sakkourn ihn fest im Griff hatte und seine Zähne tiefer ins Fleisch eindrangen und dabei Gift verspritzten.

Als Moichi erneut mit dem Arm ausholte, nahm er neben sich eine Erscheinung wahr. Er sah, daß Sardonyx auf das Ungeheuer geklettert war und ihm die Schwertspitze in eine der ungeschützten Nüstern stieß. Sakkourn schrie auf, und aus der Wunde schoß eine Fontäne pudrigen Blutes hoch.

Der Dai-San befreite seinen Arm und stieß sein *aka-i-tsuchi* in den Nackenansatz des Monsters. Die Zauberklinge durchbohrte den Panzer und grub sich ins Fleisch ein. Sakkourn kreischte so laut auf, daß der gesamte Gipfel bebte, und gab die Schulter des Dai-San frei.

Blitzschnell quetschte er den Nacken des Ungeheuers zwischen Unterarm und Faust ein und drängte es so zurück. Sakkourns Körper wälzte sich von einer Seite auf die andere. Während seine Krallen auf der Suche nach einer verwundbaren Stelle die Rüstung des Dai-San einkerbten, stoben Funken hoch. Die Kiefer der Bestie schlugen zusammen und schnappten erneut zu, aber der Dai-San schmetterte immer wieder seinen Panzerhandschuh gegen die Schnauze.

Einen langen Augenblick schienen die beiden Gegner zu verharren, als ob die Zeit stillstehen würde. Sie bewegten sich kaum, aber das Knirschen von Metall auf Metall und die unter äußerstem Kraftaufwand ächzenden Gelenke verdeutlichten die Intensität des Kampfes. Sakkourn heulte und brüllte, und sein Umriß flackerte und pulsierte, während er alle seine Kräfte gegen den Dai-San mobilisierte.

Blutrote Blitze erhellten den Himmel. Dann brach unvermittelt ein Inferno bewegter Energie herein, so daß der Gipfel in ein feuriges Herz eingetaucht zu sein schien. Der Boden erzitterte und erbebte, bis sich plötzlich ein großer Felsen löste und eine riesige Wolke aus Eiskristallen und Metallsplittern herabdonnerte.

Moichi stand hoch genug und sah, daß der Dai-San der Bestie tief in die Augen blickte, und er fragte sich, wonach er dort wohl suchen mochte.

Dann brach unter mehrfachem, heftigem Knacken Sakkourns Wirbelsäule entzwei, die sofort darauf durch den unerbittlichen Druck zersplitterte. Moichi und Sardonyx waren geistesgegenwärtig genug, zur Seite zu springen, bevor sich der Körper des Ungeheuers wild zu krümmen begann und seine Arme und Beine mit verblüffender Geschwindigkeit um sich schlugen.

Die *kaer'n* preschten nun mit wahrem Ungestüm in die Horde der Kreaturen aus dem Reich der Finsternis und erlegten schlitzend und reißend eine Bestie nach der anderen. Es war das reinste Gemetzel. Mit ihren scharfen Zähnen rissen sie den kriegerischen Biestern die Eingeweide aus dem Leib. Sie enthaupteten, verletzten und verstümmelten sie und schlugen so eine Schneise durch die Legion des Grauens.

»Beim Gott der Iskamen, was ist hier los?« hauchte Sardonyx.

»Das ist wahrhaftig der Zorn des Gottes meiner Ahnen«, sagte Moichi verwundert. »Oder die Wiederherstellung des Gleichgewichts zwischen der Menschheit und den Mächten der Finsternis.«

Er wünschte sich, daß Hamaan und Sanda Zeugen dieses Schauspiels gewesen wären, da sie beide bei dieser Entwicklung ihre Hand im Spiel gehabt hatten.

Um sie herum hatte das Gemetzel aufgehört. Die *kaer'n* spielten und tobten wie unschuldige Kinder herum und tummelten sich freudig unter den rosafarbenen Blitzen, die jetzt abgeflaut waren, so daß es sich nun um einen ziemlich gewöhnlichen Schneesturm handelte.

Der Dai-San geleitete sein *kaer'n* auf den schneebedeckten Felsen, wo er auf Moichi, Sardonyx und den toten Hamaan traf.

»Wieder treffen wir uns auf dem Schlachtfeld, Blutsbruder.« Der Dai-San ergriff nach Art der Iskamen Moichis Unterarm.

»So wie immer, Dai-San.« Moichi stellte ihm Sardonyx vor, war aber zu sehr in Gedanken verloren, um den durchbohrenden Blick zu bemerken, den der Krieger des Sonnenuntergangs ihr zuwarf. Das *kaer'n*, das die Meute angeführt hatte, schlug Moichi bereits in seinen Bann. Er beobachtete es genau, als es sich anschickte, die Schwelle der Pforte zu überschreiten. An der Grenze zwischen beiden Welten angelangt, verschwand plötzlich einer seiner Flügel und löste sich auf. Kurz darauf hüpfte ein zweites *kaer'n* über die Schwelle, das ihm noch vertrauter vorkam. Nachdem beide mehrmals wie bei einem komplizierten Manöver durch die Pforte geschritten waren, erfüllte ein tiefes, beinahe erhabenes Grummeln ihren Geist, und das rote, signalfeuerartige Licht erlosch sofort.

»Die Pforte ist wieder versiegelt«, sagte der Dai-San, während die beiden *kaer'n* neben ihm landeten. Sie flankierten ihn mit baumelnden Köpfen wie Schutzengel und schnaubten vor überschüssiger Energie. Eines von ihnen streckte den Kopf vor und senkte ihn, bis es sich dicht vor Moichi befand.

Moichi trat einen Schritt vor, aber Sardonyx hielt ihn am Arm fest. »Sei vorsichtig«, sagte sie unter dem prüfenden Blick des Dai-San, aber Moichi schüttelte den Kopf. Er spürte, wie die Eiskristalle auf seiner Haut tanzten und der frische und belebende Wind vom Gipfel des Bergs Sin'hai herabblies.

»Hier droht keine Gefahr«, sagte Moichi, erhob seine Hand und berührte die Schnauze des *kaer'n*. »Wir sind uns bereits begegnet«, stellte er verwundert fest. »Ich kenne dich.«

Der Kopf des *kaer'n* senkte sich weiter, und Moichi ergriff eines der geschwungenen Hörner, um in dessen riesige Augen blicken zu können. Was er sah, ging ihm durch Mark und Knochen. Er wandte sich seinem Blutsbruder zu. »Ist das möglich, Dai-San?«

Der Krieger des Sonnenuntergangs nickte, und sein Helm glänzte. »Das ist möglich, und es verhält sich tatsächlich so, Moichi.« Er zeigte auf das *kaer'n*. »Das ist Sanda. Ja, sie wurde verwandelt, ist aber immer noch deine Schwester.«

»Sanda«, flüsterte Moichi. »Du bist mir in der Mu'ad-Wüste in einem Traum erschienen. Du hast gesagt, daß ich Bjork, den letzten Shinju, suchen solle, und das habe ich getan.«

*Weine nicht um mich, geliebter Bruder,* sagte eine Stimme in seinem Geist. *Meine Seele lebt in diesem neuen Körper weiter. Chiisai und ich haben jetzt die Chance, die alte Ordnung zu verändern.*

»Chiisai?« Er wandte sich dem *kaer'n* mit dem Kriegerzopf zu, das auf der anderen Seite neben dem Dai-San stand. »Was ist geschehen?«

Chiisai berichtete ihm kurz von ihrer Begegnung mit Kaijikan und dem wiederbelebten Tokagé. Moichi nickte stumm, weil es ihm die Sprache verschlagen hatte. Lange Zeit sagte niemand ein Wort. Schließlich rührte sich Moichi. Er hielt Sanda immer noch fest und führte sie zu der Stelle, wo der erkaltende Leichnam Hamaans lag.

»Man hat mich aufgefordert, über ihn zu richten, aber er hatte zu viele Verbrechen begangen, und das Ganze ging mir zu nahe. Ich konnte es nicht.«

»Jetzt wird Gott sein Urteil sprechen.« Sie senkte den Schädel und schmiegte ihre Schnauze an Hamaans Schulter. »Wir müssen ihn hier beerdigen, auf dem Gipfel des Bergs Sin'hai.«

Mit dem Leichnam seines Bruders in den Armen bestieg Moichi den Rücken des *kaer'n*, in dem Sandas Seele weiterlebte. Der Dai-San kam auf sie zu und bot Moichi sein Zauberschwert an.

»Das wird euch eure Arbeit erleichtern!«

»Nein, danke. Eine solche Aufgabe sollte man sich nicht leicht machen.«

In der Nähe des Abgrunds stieg der Dai-San ab. Schnee wirbelte in Riesenflocken einem grünlichen Himmel entgegen. Das Sonnenlicht wurde von den unzähligen Flocken reflektiert und prismatisch gebrochen.

Sanda und Moichi begannen zu graben. Sie schoben den Schnee zur Seite und zerhackten das dunkle Eis darunter. Moichi begann trotz der Kälte zu schwitzen.

Sie hatten vielleicht drei Fuß tief gegraben, als Moichi aus den Augenwinkeln etwas wahrnahm. Er blickte auf und erkannte die lange Raubtierschnauze eines *wolke'en*, schneeweiß wie bei allen Kreaturen seiner Art. Seine eisig blauen Augen schienen sie mit umsichtigem Verstand zu beobachten. War es dasselbe, das nachts in ihrem Lager aufgetaucht war, als Hamaan gedroht hatte, Moichi die Kehle durchzuschneiden? Vielleicht hatte Hamaan in dem *wolke'en* etwas gesehen, was in ihm einen Sinneswandel auslöste. Das *wolke'en* starrte beständig auf den Leichnam und leckte sich die Lippen.

Sanda bemerkte es. »Unter den gegebenen Umständen ist es wohl am besten, wenn wir für Hamaan ein sehr tiefes Grab schaufeln.«

Aber Moichi schüttelte den Kopf. »Das ist nicht richtig. Ich wußte es von Anfang an.« Er steckte seinen Dolch in die Scheide und begann, Eisklumpen in die Grube zu kicken.

»Was tust du da?«

*Wenn ich sterbe, werden andere Raubtiere davon erfahren und sich von meinem Leichnam nähren,* hatte Hamaan zu ihm gesagt.

Moichi erzählte es ihr. »Wir sollten ihn hier liegenlassen und weggehen.«

Nachdem sie sich ein Stück entfernt hatten, umkreiste das *wolke'en* den Leichnam, vielleicht, weil die Nahrung wegen der extremen Kälte knapp war oder weil es in Hamaan einen ebenbürtigen Gegner erkannte.

»Hamaan starb den Tod eines Kriegers, jetzt wird ihm auch die Beisetzung eines Kriegers zuteil«, sagte Moichi mit Blick auf das *wolke'en,* das nun, ein Auge auf Moichi und Sanda gerichtet, Hamaans Leiche zerfetzte. »Seine sterblichen Überreste bieten einem anderen kriegerischen Wesen Nahrung.«

Die Zeremonie war nach erstaunlich kurzer Zeit beendet. Wie Sardonyx gesagt hatte, war das *wolke'en* eine gut funktionierende Tötungsmaschine. Ganz wie Hamaan zu Lebzeiten.

Sie kehrten zum Dai-San und Chiisai zurück. »Es ist vollbracht«, sagte Moichi feierlich. Er sah sie an und fühlte sich bei den *kaer'n,* diesen fremden Kreaturen, erstaunlich wohl. Chiisai erwiderte seinen Blick. Sie kannte seine Gedanken und wußte auch, warum die *kaer'n* ihm vertraut waren. Es war, wie der Dai-San ihr erzählt hatte: Moichi und er waren unauflöslich aneinander gebunden, der eine war der verlängerte Arm des anderen. *Ich habe die Macht, mehr als die kaer'n zu bewirken, und Moichi hat mehr Macht als ich, Veränderungen in Gang zu bringen.* Vielleicht hatte Moichi das irgendwo tief in seinem Unterbewußtsein begriffen. Falls nicht, war es nicht an ihr, ihn aufzuklären.

Der Dai-San erahnte Moichis Stimmung und deutete auf den Gipfel. »Komm mit!«

Zusammen erklommen sie die steile, schneebedeckte Bergwand. Ab und zu knirschten die Überbleibsel der toten Finsternis-Kreaturen unter ihren Füßen. Moichi spürte, daß wieder Ordnung in seine Gedanken kam. Es war wohltuend, mit seinem Blutsbruder zusammenzusein. Nach so vielen einschneidenden Veränderungen war ihm ihre alte Freundschaft besonders tröstlich.

»Wer sind diese *kaer'n*?« fragte Moichi nach einer Weile.

Sie hatten einen stabilen Felsvorsprung erreicht, der den

Berg Sin'hai überragte. Die Wolkendecke brach kurz auf, und er konnte die hohen Mauern von Mas'jahan und dahinter die Mu'ad-Wüste erkennen. Irgendwo dort hinten bereiteten sich Männer darauf vor, in den Krieg zu ziehen, und er wußte, daß er nicht länger auf dem Berg verweilen durfte, wenn er ihnen Einhalt gebieten wollte. Dann wurde ihnen der Ausblick durch eine Schneeverwehung verwehrt.

Der Dai-San dachte nach, bevor er das Wort ergriff. »Es ist recht und billig, daß du ihr Geheimnis nun kennenlernst, Moichi. Die *kaer'n* sind vor Jahrtausenden entstanden, als Teil eines geheimen Experiments. Nachdem die Shinju-Magier zu ihrem Entsetzen herausgefunden hatten, daß von den Mächten der Finsternis, obwohl sie sie hinter der Pforte eingesperrt hatten, gewisse Elemente übriggeblieben waren, versuchten sie vergeblich, sie auf jede nur erdenkliche Art und Weise aus der Welt zu verbannen. Doch diese Elemente gehörten auf diese Seite und existierten hier weiter – trotz der magischen Kräfte, die der Menschheit damals zur Verfügung standen.«

Der Dai-San streckte seinen Arm mit dem Makkon-Handschuh aus und berührte die versiegelte Pforte, die wie Sonnenlicht auf Eis glänzte. »Deshalb begannen die Magier, mit diesen Elementen aus dem Reich der Finsternis zu experimentieren. Sie wollten herausfinden, ob es für diese Dinge in der Welt der Menschen eine Verwendung gäbe. Die *kaer'n* waren das erste Resultat dieser Versuche, aber die Shinju fanden diese Wesen so unfertig und erschreckend, daß sie sie auszurotten trachteten. Nachdem das nicht gelungen war, veränderten sie die *kaer'n* und sorgten dafür, daß es nur männliche Exemplare gab. Ohne Weibchen würden sie sich nicht vermehren können und schließlich aussterben. Aber niemand kannte die Lebensdauer eines *kaer'n*.«

Der Dai-San hämmerte mit seiner gepanzerten Faust gegen die Pforte, und ein dumpfes Pochen wurde als Echo von den Felswänden zurückgeworfen. Einen Augenblick lang hielten die *kaer'n* in ihrem ekstatischen Tanz inne, um ihn dann fortzusetzen, als ob nichts geschehen wäre.

»Angst ist ein schlechter Ratgeber und behindert das Denken. Und so verhielt es sich auch mit den Magiern der Shinju. Sie haben sich nie bemüht, die wahre Natur ihrer Schöpfung zu verstehen. Sie haben nie erfahren, daß sie dazu bestimmt waren, die Elemente aus dem Reich der Finsternis zu manipulieren, daß sie dazu ausersehen waren, die *kaer'n* zu erschaffen, diese Wächter des Gleichgewichts zwischen den Menschen und dem Chaos.«

Er sah Moichi an. »Jetzt sind im Kessel von *karma* und Chaos zwei weibliche *kaer'n* erschaffen worden, und Chiisai und Sanda könnten, wenn sie es denn wollen, für die Zukunft eine neue Dynastie von *kaer'n* begründen.«

Dann versank Dai-San in ein für ihn untypisches, kontemplatives Schweigen. Über ihnen stießen die *kaer'n* weiterhin aus dem Himmel herab. Trotzdem wurde alles von der Stille des Ortes überlagert.

Moichi trat einen Schritt auf den Dai-San zu. »Was hast du, mein Freund?«

Der Krieger des Sonnenuntergangs blieb ihm für geraume Zeit eine Antwort schuldig. »Die tragische Ironie besteht darin, daß ich sie liebe, Moichi. Ich hätte Chiisai gerne zur Braut genommen.« Sein Kopf wirbelte herum, und er durchbohrte Moichi mit seinem furchtbaren Blick. »Niemand – niemand – kennt dieses Geheimnis.«

»Nicht einmal Chiisai?« fragte Moichi sanft.

Die Augen des Dai-San blickten zu dem *kaer'n*, das inmitten der anderen stand. »Gerade sie nicht.«

»Vielleicht ist das ein Fehler.«

Der Blick des Dai-San kehrte zu den anderen *kaer'n* zurück, und er zuckte die Achseln. »Schon möglich.«

Moichi, der dem Dai-San nach so langer Zeit wieder so nahe war, verstand plötzlich, wie einsam der Dai-San sei mußte, und er wurde von Melancholie überwältigt. Selbst die einzige Frau, die er liebte, war für ihn unerreichbar. Wie mochte das Leben für seinen Blutsbruder sein? Er hatte sich diese Frage nie gestellt und konnte sie auch nur schwer ertragen. Jede von vielen möglichen Antworten wäre gleichermaßen schmerzlich. Er fühlte sich dem Dai-San in diesem Augenblick näher denn je und war sich sicher, daß die Bande zwischen ihnen unergründlicher waren, als selbst sein Freund es ahnte.

Während Moichi langsam die Fassung zurückgewann, nahm er sich Zeit, über ein Problem nachzudenken. »Miiras Nachkömmling Bjork hat mir dort unten in Syrinx erzählt, daß in jedem Shinju etwas von den Geschöpfen der Finsternis steckt.«

Der Dai-San erwachte aus seinen Träumen. »Stimmt. Aber die Shinju machten einen entscheidenden Fehler und waren auf gewisse Weise schwach. Sie waren nur durch ein einziges Band mit den Mächten der Finsternis verbunden – durch den weißen Lotus. Unter solcher Obhut konnte man ihnen nicht trauen.«

»Wer hat dann dafür gesorgt, daß die Elemente der Finsternis versiegen? Die Art und Weise, wie du von dieser Geschichte sprichst, legt den Gedanken nahe, als ob alles nach einem großen Plan abgelaufen wäre.«

»Ja, es scheint so.«

Moichi blickte sich auf dem Berggipfel um. »Die Menschen meines Volks glauben, daß dies das Haus des allmächtigen Gottes ist. Auch die Katechisten denken ähnlich. Sie behaupten, daß Zarathus – ihr lebender Gott – über diese Hänge schreitet.«

»Und in gewisser Weise tut er das auch, genauso wie er manchmal durch die Straßen von Mas'jahan wandelt.« Der Dai-San lächelte Moichi an. »Hat Bjork dir nicht erzählt, daß sie auf dem Berg Sin'hai umherwandert? Manchmal vermißt sie männliche Gesellschaft, hüllt sich in den Umhang ihrer Mutter und streift durch die Zitadelle der Katechisten.«

»Bjork ist ihr Gott?« fragte Moichi entgeistert.

»Wenn die Katechisten in Bjork so etwas sehen, dann muß es wohl so sein.«

Moichi gefror plötzlich das Blut in den Adern. »Und was ist mit meinem Gott, dem Gott der Iskamen, Dai-San?«

Der Dai-San blickte über den Gipfel des Bergs Sin'hai hinaus in die Höhe. »Du sagtest ja bereits, mein Freund, daß ir gend jemand oder irgend etwas einen großen Plan entworfen hat.« Er legte eine Hand auf Moichis Schulter. »Viele Menschen haben auf der Suche nach Gott ihr ganzes Leben geopfert. Das ist vielleicht nicht unbedingt die sinnvollste Beschäftigung.«

»Für einen Menschen, meinst du.«

»Das gilt für alle.«

EPILOG

# Auf dem Meer der Nacht

Ein Schrei ließ Moichi aus dem Schlaf hochfahren – ein Todesschrei? Mit gezücktem Dolch sprang er auf, während sich Sardonyx, der ein tieferer Schlaf vergönnt war, neben ihm auf die andere Seite drehte.

Moichi hatte von den Erlebnissen auf dem Berg Sin'hai geträumt. Die Nacht war mit der für solche Höhenlagen typischen Plötzlichkeit hereingebrochen, und Sardonyx und er hatten lange gen Himmel auf eine Galaxie neuer Sterne geblickt – auf die *kaer'n,* die durch die Lüfte ihre Heimreise nach Ama-no-mori antraten. Sie hatten kein Bedürfnis verspürt, länger als nötig im Land der Shinju zu bleiben, und mußten nun, da die Pforte wieder versiegelt war, um die halbe Welt fliegen. Moichi hatte den Arm zum Gruß erhoben. Vom Dai-San, der rittlings auf Chiisais Rücken sitzend davonflog, hatte er sich auf vertrauliche Weise verabschiedet. Wer konnte schon wissen, wann sie sich wiedersehen würden, jene Freunde, die das Schicksal erneut voneinander trennte.

Der Mond, der hoch am Firmament stand und das Himmelsschiff erleuchtete, wurde von der Flotte der gleichzeitig aufsteigenden *kaer'n* verdunkelt. Sie schwebten verspielt vor der Kulisse des Himmels, als sie ihre Heimreise antraten. Diesen großartigen Anblick würde Moichi nicht so bald vergessen, und er gelobte, Ama-no-mori zu besuchen, bevor seine Tage in der Welt der Menschen gezählt sein würden.

Neben ihnen scharrte Sanda, die geblieben war, um Moichi und Sardonys nach Syrinx zurückzubringen, wo Bjork und Ouwlmy zweifellos besorgt auf sie warteten.

Sie rieb ihre Schnauze an seiner Seite. »Zeit zum Aufbruch. Es wird sehr kalt.«

Sie senkte den Kopf, und Moichi schwang sich hoch. Sardonyx folgte seinem Beispiel und nahm vor ihm Platz. Aber so bequem es für ihn auch war, so unkomfortabel war es für sie. Moichi schlang seine Arme um ihre Taille, um sie schweigend zu beruhigen.

Auf Sandas Rücken stiegen sie in den nächtlichen Himmel mit seinen Sturmwolken, Schneeböen und Eiskügelchen auf, bis der Mond hervorbrach. Im Osten konnten sie die mittlerweile winzig wirkende Flotte der *kaer'n* sehen, die wie Sterne matt und gespenstisch im Mondlicht glänzten. Und dann, als Sanda einen Haken schlug, hatte Moichi das Gefühl zu fallen, immer weiter zu fallen.

In den Todesschrei hinein.

Jetzt sprang Moichi auf und rannte über die Brücke, auf der sie ihre Betten hergerichtet hatten. Sie befanden sich wieder in Bjorks Baumschloß. Um sie herum ragten riesige Bäume auf, die Bjork in ein einzigartiges Heim verwandelt hatte. Aber jetzt bot das gespenstische Geflecht von Zweigen einen unheilvollen Anblick. Es fing den Schrei ab und ließ ihn an den Wänden zurückhallen. Der Schrei war schmerzerfüllt und kündete von tödlicher Angst.

Moichi fühlte plötzlich, daß jemand hinter ihm herlief. Sardonyx? Es blieb ihm keine Zeit, sich umzusehen, aber seine Gedanken waren seltsamerweise mit ihr beschäftigt. Sie schien sich Sanda gegenüber eigentümlich kalt verhalten zu haben, und Moichi erinnerte sich an ihr Unbehagen, rittlings auf dem *kaer'n* zu sitzen, so als ob sich diese Szene in sein Gedächtnis eingebrannt hätte. Sanda, die liebevolle Schwester, die er so lange schon vermißte, hatte seine Einladung, noch eine Weile mit ihm in Syrinx zu bleiben, abgelehnt. Allerdings war diese Entscheidung nicht sehr überraschend gekommen; kein *kaer'n* legte Wert darauf, in dem Land zu verweilen, wo seine Artgenossen von den Magiern der Shinju mißhandelt worden waren. Trotzdem war sie seine Schwester, und Moichi sehnte sich danach, mit ihr zusammenzusein. Aber er hatte auch eine bestimmte Verpflichtung gegenüber seinem Heimatland zu erfüllen, und es war ihnen beiden klar, daß Moichi schnell in die Mu'ad-Wüste zurückkehren mußte, um den von Hamaan und den Qa'tachs so raffiniert angebahnten Krieg zu verhindern. Es war von allergrößter Bedeutung, die Iskamen über den Plan der Fe'edjinn aufzuklären, und Moichi wußte, daß er der einzige war, der dies tun konnte.

Der Todesschrei wurde erneut vom Gitterwerk der Zweige zurückgeworfen. Moichi eilte durch die flackernden Schatten des Mondes und seltsam blaue Lichtflecken voran.

Bevor sie sich zum Schlafengehen fertig machten, hatte er Sardonyx einige Male indirekt gefragt, warum sie sich Sanda gegenüber so reserviert verhalten habe, aber sie hatte ihm keine befriedigende Antwort gegeben – eigentlich gar keine. Schließlich hatte er es aufgegeben. Er konnte es nicht ändern, wenn sie es ihm nicht erzählen wollte. Beim Abendessen hatte Moichi bemerkt, daß alle – Sardonyx, Bjork und Ouwlmy – außergewöhnlich einsilbig waren. Das war nicht die Feier der triumphalen Heimkehr, die er sich ausgemalt hatte, während sie vom Berg Sin'hai herabgeflogen waren.

Inmitten des Helldunkels der Landschaft sah er zwei Gestalten kämpfen. Der hohe Schrei ertönte erneut, und jetzt war er nah genug, um die Stimme zu erkennen: Ouwlmy!

Irgendein großes und bedrohliches Wesen packte das Shakra an der Gurgel, und auf den letzten Metern erkannte er, daß es Ouwlmys aufstemmen wollte. Sie machte von ihren Hufen und den kräftigen Weichen Gebrauch und gab ihr Bestes, aber das Wesen, das sie festhielt, war offensichtlich viel stärker … Es schüttelte sie in stummer Raserei durch und brachte ihre Zähne zum Klappern. Während Moichi entsetzt zuschaute, griff es zwischen die geöffneten Kiefer und zog die Zunge so weit wie möglich heraus.

Beim Gott meiner Ahnen, dachte Moichi, das ist das Makkon ohne Zunge, das Rache sucht. Er zückte beide Dolche und stürzte auf das Makkon zu, obwohl ihm klar war, daß er gegen die Bestie aus dem Reich der Finsternis keine Chance hatte. Dann sah er, wie auf der gegenüberliegenden Seite der Lichtung eine Gestalt aus dem Schatten trat.

»Bjork, das Makkon, das du verstümmelt hast, schneidet Ouwlmy die Zunge raus!« brüllte Moichi.

Zu seiner Verwunderung unternahm Bjork nichts, sondern

blickte nur – über die beiden Kämpfenden hinweg – auf die Lichtung hinaus.

»Bist du taub oder verrückt, Bjork?« schrie Moichi. Er kochte vor Wut. »Du hast die Macht, das Makkon zu stoppen! Warum unternimmst du nichts? Willst du Ouwlmy opfern? Wofür? Antworte, verdammt noch mal!«

Das Makkon, das sich an dem Entsetzen, das sich im Blick des Shakra spiegelte, weidete, spielte weiter mit Ouwlmys Zunge. Es zerrte an ihr und klammerte sie schließlich zwischen zwei Krallen.

*Guter Gott!* dachte Moichi. Er überwand die letzten Meter und stieß mit einem seiner Dolche auf das Makkon ein. Die Kreatur verpaßte ihm einen gleichgültigen Hieb mit der Rückseite ihrer sechsfingrigen Pranke, und Moichi fiel zu Boden.

Während er sich wieder hochrappelte, erkannte er, wohin Bjork starrte. Sardonyx schritt langsam über die Wiese.

Endlich brach Bjork ihr Schweigen. »Du weißt, was du zu tun hast.« Sardonyx antwortete nicht. »Ouwlmy wird sterben, wenn du nicht einschreitest.« Sardonyx schritt an Moichi vorbei auf Ouwlmy und das Makkon zu. »Ich brauche dich nicht daran zu erinnern, was Ouwlmy für dich getan hat. Selbst als ich noch nicht wußte, ob ich dich ausbilden sollte oder nicht, war sie deine entschlossenste Fürsprecherin.« Sardonyx schien sich in einem tranceartigen Zustand zu befinden, so als ob sie Bjorks Worte und die Szene, die sich vor ihnen abspielte, gebannt hätten. »Handle, oder Ouwlmy wird sterben.«

Sardonyx blieb knapp vor dem Makkon stehen. Sie sah Moichi an, aber als sie zu sprechen begann, wußte er, daß ihre Worte nicht ihm galten. »Ich habe gebetet, daß dieser Augenblick nie kommen würde. Das ist der Alptraum, der mich von dem Moment an verfolgt hat, seit du mit meiner Initiation begonnen hast.«

»Du bist, wie du bist, und mußt das akzeptieren, wenn du dir eine Hoffnung auf ein Überleben ausrechnest.«

Sardonyx nickte schnell und instinktiv. Dann wandte sie sich wieder dem Makkon zu, das im Begriff war, Ouwlmy die

Zunge aus dem Hals zu reißen. Aber vorher hatte Moichi in ihrem Blick einen Ausdruck wahrgenommen, der ihn erstarren ließ. Es war, als ob er in einen Hohlraum oder in eine Leere blicken würde, die über seine Vorstellungen hinausging.

Sie hob eine Hand und malte eine Reihe senkrechter Zeichen in die Luft. Der Wind frischte auf, rauschte durch das Spinnennetz von Zweigen und wendete die Blätter, so daß ihre silbernen Unterseiten wie vom Himmel heruntergestürzte Sterne funkelten.

Das Makkon, endlich gewarnt, hob seinen abscheulichen Kopf und wandte sich um. Aber es war bereits zu spät. Sardonyx hatte schon ihr Schwert gezogen und stieß es in eine riesige Wurzel, die aus dem Gras hervorragte. In einer Sprache, deren Laute Moichis Ohren weh taten, murmelte sie eine Beschwörungsformel.

Er hielt sich die Ohren zu, um durch die unglaublichen Laute nicht taub zu werden, konnte aber den Blick nicht abwenden und stand wie angewurzelt da. An der Stelle, wo Sardonyx ihr Schwert in die Wurzel gerammt hatte, schimmerte ein mattes grünes Licht auf. Es schoß donnernd nach oben, und dann heulte ein heißer Wind auf, der kleine Blätterstürme in dem Baumschloß auslöste.

Die Stürme schienen sich bei dem Makkon zu sammeln, das versuchte, Ouwlmy weiter festzuhalten. Aber das grüne heulende Geräusch war zu stark. Das Makkon verlor den Halt und wurde Hals über Kopf auf den Boden geschleudert, mit Wogen von Funken und Rauch im Schlepptau.

Moichi rannte zu Ouwlmy hinüber, die schluchzend am Boden lag. Er bettete ihren Kopf in seinem Schoß, aber sein Blick konnte sich nicht von dem grünen Licht lösen, das das Makkon in der Gewalt hatte. Die Bestie aus dem Reich der Finsternis, die mit zusammengekrallten Klauen wie rasend auf den Boden einschlug, stürzte mit den Füßen zuerst ins dunkle Herz des Zaubersturms. Sie wurde von dem Lichtstrahl aufgesogen, und ihre Silhouette erlosch wie ein Kerzenlicht im Sturm. Dann war sie verschwunden, aufgesogen von einem schwarzgrünen Blitz, mit einem grünen Windsturm und dem

Lichtstrahl im Gefolge. Sardonyx zog die Klinge aus der Wurzel, und es war wieder eine ganz gewöhnliche Nacht.

»Mir ist nichts passiert, Moichi. Ich bin nur leicht verwundet«, flüsterte Ouwlmy. »Hilf mir bitte hoch.« Er küßte sie auf die Wange, und sie erhoben sich gemeinsam.

Bjork kam von der anderen Seite der Lichtung auf sie zu, aber Sardonyx stand unbeweglich wie eine Statue da. Sie umklammerte ihr gezücktes Schwert und blickte starr ins Nichts.

»Was ist hier los? Was ist geschehen?« fragte Moichi.

»Erzähl es ihm, Sardonyx«, sagte Ouwlmy, während Bjork an ihrer Seite auftauchte.

»Sie hat recht«, bestätigte Bjork. »Die Wahrheit ist bereits demonstriert worden.«

»Nur, weil du mich dazu gezwungen hast«, sagte Sardonyx hitzig. »Du wärst selbst mit dem Makkon fertiggeworden.«

Bjork nickte. »Schon möglich. Aber das hätte dir nicht geholfen. Ganz im Gegenteil.«

Sardonyx warf ihr einen giftigen Blick zu, den Bjork vergnügt abprallen ließ. »Sardonyx hat eine Pforte zum Reich der Finsternis geöffnet«, sagte Bjork so nüchtern, als ob sie die monatlichen Getreidequoten referieren würde.

Moichi sah Sardonyx an, und sie nickte.

»Es stimmt«, sagte sie. »Ich bin zwar, wie ich dir erzählt habe, in Adan geboren worden, bin aber eine Shinju.«

»Eine reinrassige Shinju«, warf Bjork ein. »Kein Mischling wie ich.«

»Aber warum hast du es mir nicht erzählt?« fragte Moichi, der jetzt die Abneigung zwischen Sanda und Sardonyx zu verstehen begann.

»Weil wir alle Verräter sind«, sagte sie trotzig. »Seit die Magier der Shinju die Kreaturen der Finsternis hinter die Pforte auf dem Berg Sin'hai verbannt haben, gab es gleichzeitig immer eine Möglichkeit, das Ganze rückgängig zu machen. Auch wenn wir wenig über unsere eigenen Zauberkräfte wußten – etwa, wodurch sie angetrieben wurden –, so mußte doch das Wissen, wie man Zugang zum Reich der Finsternis findet, Machtgelüste hervorrufen.

Die Shinju haben noch lange, nachdem die Pforte geschlossen worden war, weißen Lotus geerntet. Und warum? Weil bestimmte Shinju, die das Geheimnis über Generationen weitergegeben hatten, weiterhin heimlich Beziehungen zum Chaos aufrechterhielten. Warum? Ich weiß es nicht und glaube, daß niemand es weiß. Vielleicht werden wir wie die Motten vom Licht angezogen und können ohne die Geschöpfe der Finsternis nicht überleben.

Andererseits verachteten sie uns. Wir kannten ihre Schwäche für den weißen Lotus und haben jahrhundertelang mit ihnen gespielt und sie ausgenutzt.«

»Bis sie genug davon hatten«, sagte Bjork. »Dann strömten sie durch die Pforte und rotteten fast das ganze Volk aus.« Sie blickte Sardonyx mit großem Mitgefühl an. »Nicht, daß wir dieses Schicksal nicht verdient hätten. Wir waren gierig, geizig und anmaßend. Wir haben versucht, die *kaer'n* zu unseren Sklaven zu machen, und die Gesetze Gottes und der Natur mißachtet. Doch wie sind wir für unsere Sünden bestraft worden!«

»Warum haben die Shinju die *kaer'n* so behandelt?« fragte Moichi.

»Darüber kann ich nur Spekulationen anstellen«, sagte Bjork ruhig. »Sie waren von den Geschöpfen, die sie erschaffen hatten, wahrscheinlich erschreckt. Man muß die *kaer'n* nur ansehen, um das zu verstehen. Und ich glaube, daß sie eifersüchtig waren. Sie hatten die ganze Zeit über geglaubt, die einzige Verbindung zwischen der Menschheit und der Finsternis zu sein. Das machte sie zu besonderen und einzigartigen Wesen. Die Existenz der *kaer'n* spottete diesem Gedanken Hohn. Ich kann mir vorstellen, daß sich die Shinju einst als Hirten der Menschheit betrachteten, die diese vor den Kreaturen der Finsternis schützten. Aber seit dem Auftauchen der *kaer'n* wußten sie tief in ihrem Inneren, daß sie lediglich Schöpfer der Wächter über die Menschheit waren.« Sie seufzte. »Die Hybris der Shinju: Es tut mir leid, aber wir waren so selbstgefällig.«

Lange Zeit herrschte Schweigen auf der Lichtung. Nachtvögel huschten von Zweig zu Zweig, aber sie wußten, daß ihr Gesang jetzt unpassend war.

»Ouwlmy ...« Bjork streckte einen Arm aus, und das Shakra schmiegte sich an.

Bevor sie gingen, hob Ouwlmy den Kopf und küßte Moichi zärtlich. »Auf Wiedersehen, Prinz von Iskael. Ich wünsche dir ein langes Leben!«

»Ich dir auch, Ouwlmy«, sagte Moichi bewegt. »Aber du irrst dich. Ich bin kein Prinz, sondern nur der Kapitän eines Schiffs.«

Das Shakra lächelte rätselhaft, schnaubte einmal, trottete dann mit Bjork davon und ließ Moichi mit Sardonyx zurück.

Das Mondlicht schien auch weiterhin in das kathedralenartige Baumhaus. Licht flutete kaskadenhaft in Streifen- und Punktmustern herab, und es schien Sardonyx gleichermaßen zu verschleiern und zu enthüllen. Sie umklammerte noch immer fest ihr Schwert und hatte den Blick gesenkt. Sie wirkte so traurig und verlassen wie der Dai-San auf dem Gipfel des Berges Sin'hai. Moichi sehnte sich danach, sie durch eine Berührung zu beruhigen, aber sein feines Gespür für die Situation hielt ihn zurück. Er wußte, daß sie noch ein letztes, tief in ihrem Inneren verborgenes Geheimnis preisgeben mußte, und er konnte ihr bei dieser schwierigen Teufelsaustreibung nicht helfen.

»Schuld«, sagte sie schließlich. »Wahrscheinlich ist mein Leben mehr als durch alles andere von der Schuld geprägt worden. Durch Schuldgefühle wegen meiner Herkunft und wegen dem, wozu mein Volk fähig ist und was es getan hat. Das war für mich der Anstoß, neue Identitäten zu erfinden. Es ist komisch, wenn die äußere Erscheinung die Wahrheit verbirgt und man viel Energie darauf verwenden muß, sie zu vertuschen. Man steigert sich auf diese Weise in das Maskenspiel hinein, so daß man es mehr als perfekt beherrscht. Mit einem solchen Selbstbewußtsein kann man die Fehler, die man bei anderen erkennt, gut ausmerzen. Hörst du mir zu?« fragte sie nach einer langen Pause.

»Das weißt du doch«, sagte Moichi.

Sie seufzte. »Nach all der Zeit frage ich mich, was du von mir denken mußt. Vielleicht glaubst du nichts von dem, was ich dir erzählt habe.«

»Sardonyx …«

»Nein, nein. Ich würde dir deshalb sicherlich keine Vorwürfe machen.« Sie wandte sich um und sah ihm in die Augen. »Vielleicht hegst du sogar den Verdacht, daß ich Aufeya getötet habe, um mit dir zusammenzusein.«

»Ich habe dir geglaubt, als du mir erzähltest, daß sie ausrutschte und stürzte, während ich mit der Feuermaske beschäftigt war.«

Sardonyx tat einen Schritt auf ihn zu, und er bemerkte den Ausdruck von Schmerz und Sehnsucht in ihrem schönen, vernarbten Gesicht. »Ich könnte gelogen haben.«

»Was für einen Unterschied würde das jetzt noch machen?«

Sie war verblüfft. »Was? Es würde alles ändern!« rief sie.

»Allein diese Antwort verrät mir, daß du die Wahrheit gesagt hast.« Er lächelte sie an und ergriff ihre Hand. »Siehst du nicht, daß es vorbei ist? Das Davonlaufen, das Versteckspiel und – wie sagtest du noch – das Erfinden neuer Identitäten. Zumindest ich kann dich so akzeptieren, wie du bist. Da werden mir vermutlich auch andere folgen, meine Schwester eingeschlossen.«

»Nein.« Sardonyx schüttelte vehement den Kopf. »Die *kaer'n* werden den Shinju nie vergeben, was diese ihnen angetan haben.«

Er drückte sie an sich. »Wenn du so denkst, setzt du dann nicht das fort, was dein Volk ihnen angetan hat, als es sie ablehnte, verunglimpfte und mißbrauchte?« Er erkannte in seinen Worten den Keim einer Erkenntnis, eine Parallele zu dem jahrhundertealten Krieg zwischen Iskael und Adan, dessen wirkliches Ende er jetzt erahnte.

Sie schien einige Zeit über seine Worte nachzudenken und verbarg dann ihren Kopf an seiner Schulter. Es konnte zwar auch der Wind in den Bäumen sein, aber er glaubte, sie weinen zu hören. Moichi nahm sie in die Arme, und nach einer sehr langen Zeit ließ sie ihr Schwert los. Es fiel vor ihre

Füße und schimmerte matt, als das geisterhafte Mondlicht die Klinge traf. Schließlich strich er ihr das dichte, schwarze Haar aus der Stirn und küßte ihre Schläfe, machte aber keine weiteren Anstalten, sich zu bewegen. Er dachte an Bjork und Ouwlmy und empfand plötzlich ein Gefühl der Ruhe, das er sich nicht erklären konnte. Vielleicht durfte er sich in dieser unmittelbaren Nähe zum Berg Sin'hai und seinen Geheimnissen den Gedanken gestatten, daß das tiefe Gefühl der Verwandtschaft, das er diesen Wesen gegenüber empfand, nicht nur seelischer Natur war. Konnte es möglich sein, daß in seinem Inneren – vergleichbar dem Verhältnis zwischen den *kaer'n,* dem Dai-San und den Geschöpfen der Finsternis – etwas von den Shinju weiterlebte? Er erinnerte sich an Bjorks Erzählung, wie fasziniert sein Vater von Syrinx gewesen war.

Er drückte Sardonyx fester an sich und fühlte, daß sie sich langsam beruhigte. Sie hatte recht – seit dem Augenblick, als sie sich im Land des Opalmonds in ihrem Schloß kennengelernt hatten, waren sie füreinander bestimmt gewesen. Niemand außer ihm hätte Sardonyx von ihrem eigenen Bann erlösen können. Er küßte sie erneut und hörte ihr Seufzen, während sie sich an ihn schmiegte. Wenn er erst einmal den heiligen Krieg verhindert hätte, würde ihm noch genug Zeit bleiben, sein eigenes Wesen zu erkunden. Er war entschlossen, wieder zur See zu fahren – zumindest fürs erste. Die Meere dieser Welt schienen ihm jetzt, fast wie in einem Traum, sehr weit entfernt zu sein, fast so wie die Reise auf dem Meer der Nacht, die er auf dem Rücken des *kaer'n* unternommen hatte.

Er blickte durch das Blattwerk in den klaren Himmel, wo die Sternenhaufen wie Sonnen im samtenen Schwarz brannten. Er wußte, daß sich irgendwo dort oben die fröhliche *kaer'n*-Flotte auf dem Heimflug befand. Er sah vor seinem geistigen Auge, wie Sanda sie einholte und an der Seite von Chiisai und des Dai-San dahinschwebte. Es kam ihm vor, als ob er selbst dabei wäre – und ein Teil seines Wesens war es auch.

*Ich bin nur der Kapitän eines Schiffs,* hatte er Ouwlmy gegenüber freimütig bekannt. Erst jetzt begann er das Wesen ihres rätselhaften Lächelns zu verstehen.